当代汉语言文学研究及文学鉴赏能力培养

刘明静 黄 毅 陆 青◎著

辽海出版社

图书在版编目（CIP）数据

当代汉语言文学研究及文学鉴赏能力培养 / 刘明静，黄毅，陆青著. -- 沈阳：辽海出版社，2018.12
ISBN 978-7-5451-5090-2

Ⅰ.①当… Ⅱ.①刘… ②黄… ③陆… Ⅲ.①中国文学—现代文学—文学研究②中国文学—当代文学—文学研究 Ⅳ.①I206.6

中国版本图书馆CIP数据核字(2018)第283978号

责任编辑：丁　凡　高东妮
责任校对：丁　雁

北方联合出版传媒（集团）股份有限公司
辽海出版社出版发行

（辽宁省沈阳市和平区十一纬路 25 号 辽海出版社　邮政编码：110003）
北京市天河印刷厂印刷　　全国新华书店经销
开本：710mm×1000mm　　1/16　　印张：17.25　　字数：300 千字
2020 年 1 月第 1 版　　2020 年 1 月第 1 次印刷
定价：70.00 元

前言 PREFACE

中国作为一个拥有五千多年历史的国度，有着绚烂的文化。同时，中国现当代文学对西方文化产生了不可忽视的重要影响。与此同时，根据社会需求对汉语言文学专业重新进行应用性定位，是应用性中文专业改造的首要任务。文学即人学，阅读优秀的文学作品，能够丰富人的精神世界，洗涤灵魂。文学鉴赏教学的重要目的在于，通过引导学生阅读作品，培养学生敏锐的感知能力、丰富的情感力、独特的想象力和深刻的理解力，发现、感悟、创造世界之美。从这个角度出发，才能找到培养文学鉴赏能力的路径。

在语文教学中，文学作品的鉴赏是比较重要的一个环节。为了培养学生的文学作品鉴赏能力，在语文教学中应当重视美读，注重发掘作品的深层意蕴。情意的表达能够通过声音进行有效的传达，但是在语文教学中，很多教师经常会忽略这一点，对美读的重视程度不足。因此，要充分重视美读，在语文教学中发挥美读的作用，借助朗读的方式将文学作品中的思想感情表达出来。通过吟诵将文学作品中的思想情感声情并茂地表达出来就是美读，这需要学生在进行文学作品的吟诵时，把握好文学作品的意境、画面以及情感等。在美读过程中，学生应该充分投入到文学作品的朗读中，通过语调、节奏以及语气等的有效调节，使得声音具有情感变化。此外，在进行文学作品的鉴赏教学时，语文教师还应该引导学生沉潜到文学作品中去，从而对文学作品所表达的意蕴进行深度的开拓。黑格尔说，意蕴是"一种内在的生气、情感、灵魂、风骨和精神"。只有对文学作品中表达的意蕴进行准确的把握，才能够使得自身的文学作品鉴赏能力得到提高。在进行文学作品的鉴赏教学时，语文教师应该对学生进行适当的引导，使学生感受到文学作品的内在意蕴，提高学生的鉴赏能力。

在文学作品的鉴赏教学中，语文教师想要对学生的文学作品鉴赏能力进行提高，可以采取比照的方式进行教学。在文学作品的比照中，能够感受到文学作品的优与劣，这对学生的文学作品鉴赏能力的提高有着较大的促进作用。因此，教师需要采取有效的策略进行比照方式的应用，通过比照，让学生深刻地感受文学作品的精妙之处。

笔者在撰写本书的过程中，借鉴了许多前辈的研究成果，在此表示衷心的感谢。由于笔者水平有限,加之撰写时间仓促,书中难免存在不妥和疏漏之处,恳请前辈、同行以及广大读者斧正。

作者
2018 年 10 月

目录 CONTENTS

第一章　中国现当代文学概述 ... 01
　第一节　中国现当代文学简介 ... 02
　第二节　中国现当代文学研究现状 ... 06
　第三节　中国现当代文学审美 ... 11
　第四节　中国现当代文学的发展进程与典型观念 ... 14
　第五节　现代性理论与中国现当代文学研究转型 ... 25

第二章　中国现当代文学探究 ... 31
　第一节　中国现当代文学与文学史料 ... 32
　第二节　中国现当代文学作品的英译 ... 35
　第三节　中国现当代文学的语言品格 ... 37
　第四节　寻根文学与中国当代文学观念 ... 40
　第五节　中国现当代文学电影改编的文化学 ... 46

第三章　中国现当代文学教学 ... 51
　第一节　中国现当代文学史"三段法"教学 ... 52
　第二节　中国现当代文学课程与教学改革 ... 57
　第三节　中国现当代文学作品中的教师形象 ... 59

第四章　现当代西方文学研究 ... 65
　第一节　时间观流变与当代西方文学发展 ... 66
　第二节　当代西方文学研究中的美学回归态势 ... 71

第五章　中国现当代文学与西方文化的结合 ... 79
第一节　中国当代生态文学创作中的西方生态文化因素 ... 80
第二节　西方现代文化之现代派文学 ... 84
第三节　中国文学文本空间中"西方文本"的寓意 ... 86

第六章　汉语言文学概述 ... 99
第一节　学习汉语言文学的重要性及其特征 ... 100
第二节　汉语言文学的发展 ... 103
第三节　网络环境下汉语言文学的传播 ... 105
第四节　汉语言文学的应用 ... 107
第五节　汉语言文学与中华文化的弘扬 ... 110
第六节　语文教育与汉语言文学教育 ... 112

第七章　汉语言文学探究 ... 117
第一节　汉语言文学与人的修养 ... 118
第二节　汉语言文学的审美教育 ... 120
第三节　汉语言文学的语言意境 ... 124
第四节　互联网与汉语言文学的融合 ... 129

第八章　汉语言文学教学 ... 133
第一节　汉语言文学专业教学 ... 134
第二节　汉语言文学教学方式的创新 ... 136
第三节　汉语言文学的学习和应用 ... 138
第四节　汉语言文学课程改革 ... 141
第五节　汉语言文学应用型人才的培养 ... 144

第九章　汉语言文学教学的创新性研究 ... 147
第一节　网络时代汉语言文学的经典阅读及体验 ... 148
第二节　汉语言文学教育创新 ... 150
第三节　汉语言文学应用性教学 ... 152

第十章　各阶段汉语言文学教学 ... 155

- 第一节　小学汉语言文学教学 ... 156
- 第二节　初中汉语言文学教学 ... 158
- 第三节　高中汉语言文学教学 ... 162
- 第四节　中职汉语言文学教学 ... 165
- 第五节　大学汉语言文学教学 ... 172

第十一章　文学鉴赏概述 ... 177

- 第一节　文学语言艺术 ... 178
- 第二节　现代派文学的理论 ... 184
- 第三节　"知人论世法"与文学鉴赏 ... 193
- 第四节　文学鉴赏与理想价值的追寻 ... 196

第十二章　文学鉴赏的分类鉴赏 ... 201

- 第一节　诗歌鉴赏 ... 202
- 第二节　小说鉴赏 ... 210
- 第三节　散文鉴赏 ... 215
- 第四节　戏剧文学鉴赏 ... 222

第十三章　文学鉴赏能力培养策略 ... 225

- 第一节　文学鉴赏能力培养的重要性 ... 226
- 第二节　文学鉴赏写作路径 ... 228
- 第三节　文学鉴赏能力的培养 ... 234
- 第四节　培养学生文学鉴赏能力的教学 ... 237
- 第五节　在阅读中提升学生的文学鉴赏能力 ... 239
- 第六节　文学鉴赏中创新思维能力的培养 ... 242
- 第七节　对语文教学中文学作品鉴赏能力的培养 ... 244

第十四章　职业院校文学鉴赏能力的培养 ... 247

- 第一节　文学鉴赏对高职学生的影响力 ... 248

第二节 高职院校汉语言教学中的文学鉴赏..................251
第三节 高职文学鉴赏课的教学..................253
第四节 高职文学鉴赏教学片论..................255
第五节 如何引导高职学生提高文学鉴赏能力..................258

结束语..................262

参考文献..................265

第一章

中国现当代文学概述

第一节　中国现当代文学简介

中国现当代文学史是一门容纳现当代文学精华的文学科目，它蕴含着异彩纷呈的作家、作品、流派、思潮等文学财富，呈现着现代中国民众和中国知识分子的精神发展历程。针对现当代文学史的特点，应有相应的教学方法，应该做到拓展实践、回归历史真实、从重视"史"转向重视"作家作品、文学现象"、重视文学感受与分析能力的培养、强化写作训练、为学生构建开放式学习环境、以人格教育来影响和提高大学生的审美能力和人文素养等。

发掘中国现当代文学所蕴涵的精神资源，将学生培养成具有现代人文精神的高素质人才，是该学科应承担的重要任务。要实现这一目标必须不断总结、强化教学方法。以下是作者一些浅陋的看法。

一、拓展实践

拓展实践教学，简单来说，就是组织学生积极参与形式各异的课外教学，也就是将课上与课下、课内与课外沟通起来。这种方法更为形象直观、灵活生动。具体来讲，其包括"剧情表演""影视欣赏""专题报告""学术小组"等多种环节。

（一）剧情表演

在这一环节中学生仍是行为主体，学生可以自由分组，编演课本剧。组织学生集体演出短幕剧，同学们的表演既能娱乐身心、丰富生活，又调动自身的学习兴趣，还能使学生对作品的内容有更好的理解与掌握，学生还可在合作、交流、互助等主题理念中陶冶情操、塑造个性。

（二）影视欣赏

中国现当代文学中许多文学名著经过改编加工都被搬上了银幕，如《林家铺子》《边城》《日出》《四世同堂》《骆驼祥子》等影视作品。教师可组织学生集体观看这些经典影视作品，使他们更加直观地了解文学发生的时代环境、因果缘由以及文学由文本到剧本的演变样式。

（三）定期举办"学术小组""专题报告"等活动

教师可将下一阶段的教学内容进行拆分，通过师生双方协商，学生以个人或小组的形式负责某个发言主题。学生在课余时间广泛收集材料、查询资料，并写出发言报告，届时在课堂做专题演讲，教师根据具体情况再适时地进行指导和点评。另外，要积极邀请国家级、省内知名教师、学者和作家进行演讲或开课，将前沿的文学信息输入课堂，使学生了解时下热点的学术思想。总的说来，教学方法是无定式的，只要行之有效，都可以应用到教学中。作为教师，就应该结合实际，认真总结，以多种方式引领学生积极参与教学过程，变单一的、填充的、灌输的教学为开放的、灵活的、轻松的、多样式的教学。兼容并包，博采之长，一定能收到事半功倍的效果。

二、回归历史真实

坚持辩证唯物主义和历史唯物主义立场，还原历史场景，尊重历史事实。既要站在历史的高度，以当代人视角解读历史，又不能机械地用当代人的评判标准苛求前人，实事求是地对各种文学现象进行定性定位，从而做出科学的价值判断。《在延安文艺座谈会上的讲话》（以下简称《讲话》）是毛泽东1942年5月在延安举行的文艺座谈会上的讲话，它毫无疑问是一篇具有划时代意义的马克思主义文艺理论经典文献，对于指导我国数十年文学事业的发展，具有里程碑意义。但是，《讲话》毕竟是70多年前的一部文献，不可能超越时代的局限。其中有些观点在当时是正确的、先进的，但拿到现在看，则是过时的，甚至是错误的。在教学过程中，如果纯粹用当代人的评判标准去解读文本，肯定会产生历史的错位，必须把学生的思维引导到20世纪40年代初那个炮火连天的特定历史场景中，让他们设身处地去体验一个政治家、战略家对文艺问题的严肃思考。

让学生进入历史并不等于沉溺于历史，还要让学生跳出历史，回到当代，站在当代人的角度重新审视历史，只有这样，才能做出合乎历史唯物主义的价值判断。《讲话》中谈到艺术的典型性时，强调个性与共性的统一，在个性与共性的统一中，又强调共性和普遍性；在谈到文艺创作题材时，强调宏大叙事，强调集体主义、英雄主义，从而无形中忽视了作家、作品和人物塑造的个性化要求。站在文学的角度，这无论如何都是理论上的缺失。但是，这种理论上的偏颇或缺失，放在特定历史环境中却是可以理解的。众所周知，毛泽东《讲话》发表于1942年，正处于最艰苦的抗日战争相持阶段，需要动员全民族的力量抗击日寇的侵略。在那样一个时代，个体必须服从集体，个人意志必须服从国家意志，一切工作必须服从和服务于战争。

三、从重视"史"转向重视"作家作品、文学现象"

以往的现代文学课程，很注重"史"的勾勒，强调所谓文学史"规律"的掌握以及对文学性质的判定以及思潮、论争,思想观念的灌输远比文学审美能力的训练更要受到重视。随着时代的发展和文化价值重心的转移,笔者认为,现在应把作家作品和文学现象的分析放到突出的位置。在教学实践中,笔者也在身体力行。作者认为这更适合低年级大学生的接受能力,也更适合时代的需要。笔者用二分之一课时讲代表性作家,其中有10位作家专章讲述,即分别用2个以上的课时,他们是:鲁迅、郭沫若、茅盾、巴金、老舍、曹禺、沈从文、艾青、张爱玲、赵树理;另外还有大约15位比较著名的作家也分别用1个课时来讲述。这样,作家作品的讲解就用了全部课时的一半。剩下的课时中又还有一小半讲流派和文体,也还离不开作家作品分析。除了五四新文学运动、左翼文学思潮和延安文艺座谈会讲话等内容用几个专门的课时讲述,其他文学史现象和知识大都穿插结合到各个作家作品的讲析中。这样,虽然课时已经大为减少,但内容比较集中,重点突出,一个学期下来,学生对主要作家的特色、贡献和地位有较深入的了解,也可以把现代文学发生、发展和嬗变的线索大致串起来,获得一个"史"的印象。

四、重视文学感受与分析能力的培养

笔者长期给学生强调读作品和分析作品的重要性,因此开课之前,笔者会为学生开一份必读书目,其中大部分是作品,少量是研究论作。书目中突出重点,严格要求,并把是否读过主要的作品作为考核的标准之一。在学生阅读的基础上讲解,注意结合学生阅读印象和问题来分析作品,侧重发掘与培育学生对文学的感受力和分析评判能力,使之成为教学的主要目标。改变满堂灌的教学方法,笔者一直在课堂上增加学生主讲或者讨论的方式,效果很好,能够很好地调动同学们学习的热情与主动性。比如讲到曹禺的《雷雨》时,笔者布置给学生一个问题,要求其在精读作品的基础上,思考一个似乎很难有现成答案、却又能充分发动学生独立思考的问题:"《雷雨》的主人公究竟是谁?"要求同学们预先写好发言稿,选出某些代表性观点在班上发表,然后讨论。大家对此都有很高的热情,并发表了各种不同的意见,这样不仅加深了对作品的理解,又学会了从不同的角度解读作品。还安排学生模仿《雷雨》自己创作剧本并在课堂上演出,效果极好。笔者认为现代文学课还是要立足于"文学",这个领域虽然不像古典文学那样,有大量经过历史沉淀得非常精美耐读的作品,但也不能不重视文学分析,特别是现代特点的审美分析。现在研究界有"文化热"趋向,要特别注意不能把现当代文学史讲成文化史、思想史,而一定要把握住"文学"这个重心。

五、强化写作训练

把文学感受与分析能力实践化,就是写作能力。在教学实践中,笔者经常强调写作能力的培养,基本每学期都安排一次诗歌创作、一次短篇小说创作、一次戏剧创作、一次散

文创作、一到两次小论文写作，批阅后给学生作品做一定的讲评。笔者力图学以致用，把这门课与写作教学结合起来，并努力把平时上课的小论文、学年论文以及毕业论文这几个环节尽量贯穿起来，并引导学生慢慢建立自己的研究方向和学术体系。和其他文科专业相比，中文系的"强项"就是"语言文学"的能力，包括文学感受力和评判力，而这一切只有落实到写作的综合能力训练上，才能凸显中文系的学科本色。中文系不一定能培养作家，但一定能也应当能培养"写家"，这样才符合现当代文学的教学宗旨。

六、为学生构建开放式学习环境

利用多种渠道（互联网、杂志、参考书、讲座等）拓宽学生学习的领域。教学实践中，教师应选择当今学术界的热点问题，并将这些新进展、新成果、新观点不断地补充到现当代文学教学内容中，从而扩大学生的知识视野，拓宽学生的思维结构。与此同时，教师应当不断更新知识理念，追踪学术前沿动态，时刻关注现当代文学的研究成果，把现当代文学的教学与研究和时代同步，激发学生探究知识的兴趣。

（一）师生互动，讲授与讨论相结合

教学过程中改变"以教师为主的教学模式"，确认教师的指导作用与学生的主体地位，不仅强调学生要倾听教师的观点，更强调学生在课堂中的自主意识、个人感受和内心真实的声音。因此，在讲到一种文学现象、文学思潮、流派或作家作品时，教师可采用讨论法，给学生表达的空间。这样不仅活跃了课堂氛围，更能把学生变为主体，培养他们的创新思维与科学研究能力。

（二）鼓励学生自己上课

学生自选作家作品，并经过大量阅读、研究、上讲台对作家作品做富有个性的讲评，这样，学生不但积极主动阅读作品，查找资料，确立论题，质疑先贤定论；而且，通过讲评，增强了口头表达能力，也使全班学生都拓宽了知识面。比如，讲授十七年时期的散文创作时，笔者留出一个课时让学生上讲台为同学们讲评杨朔散文。虽然表述不够流畅，甚至出现错误（教师点评时给予了纠正），但可以看得出学生讲解作品风格突显了自己的见解，从而培养了学生的钻研精神。

七、以人格教育来提高大学生的审美能力和人文素养

现在的大学生喜欢读时尚书籍，玩电子游戏，追传媒明星。但作为社会中相对来说最为"知书达理"的人，人文性与精英性才是大学生们必有的素质。所以人文教育应成为中国高等教育中的基础课程，而现当代文学丰富的人文性特别是其中蕴含的人格教育在唤醒大学生的审美敏感性和人文价值观、培养大学生的公民意识和公共知识分子的价值立场等

方面有着不可低估的作用。文学也是人学。五四以来，中国社会的发展与世界接轨，西方的新思想、新文化传入中国，以"人"为核心的西方文学引起了中国作家的关注，并对其人格产生了深远的影响。因此，中国现当代文学作为一门人文学科，其"精神资源"不仅是优秀的文学作品，作家的人格魅力也是我们学习的重要内容，毕竟"教育还当注意人格的发展"。所以，在讲到重要的作家作品时，笔者除了分析作品的艺术与思想特点之外，作家的人格精神也是我们着重分析并让学生有所领悟的，其实后者往往也是学生深感兴趣的。例如在对鲁迅的分析中，我们采用细读的方法讲解了他的《阿Q正传》《狂人日记》《在酒楼上》等作品，指出鲁迅对中国文化革新事业的突出贡献和他在中国现代文学史中的大师地位；同时也分析了鲁迅对人的思考、重视人的价值的精神特点，以及鲁迅"硬骨头"的人格魅力。

教学是一个漫长的成长过程，就像人的成长一样，需要慢慢成熟。笔者定会在教学实践中不断学习前人、不断汲取前人的成果，使自己更加成熟，成长为一位优秀的现代文学教师。

第二节　中国现当代文学研究现状

中国现当代文学作为我国文学史中的一个重要部分，对中国和世界文学的影响都非常深远。但是，随着新文化的传入，以及网络文化等诸多因素的冲击，中国现当代文学也走了很多的弯路，这对中国现当代文学的长远发展和流传是非常不利的。面对这种情况，要想提升中国现当代文学的价值，还需加强对中国现当代文学发展现状和未来发展趋势的研究。

一、中国现当代文学的概念和发展历程

（一）中国现当代文学

中国现当代文学是现代文学和当代文学的结合统称，通常，在文学界一般都将五四运动至1949年之间出现的文学称为"现代文学"，将1949年以后的文学称为"当代文学"。从中国现代文学和当代文学的发生时间分析，它们都出现在中国社会的大变革时期，而中国社会的大变革，其本质就是一个由农业社会向工业社会，由农耕文化向工业文化转型的过程，即现代化过程。

（二）中国现当代文学的发展历程

不论是中国现代文学还是当代文学，它们的发展都经历了三个过程。首先，从中国现代文化的发展来讲，它经历了三个十年。其中，第一个十年（1917—1927）为文学革命的十年，这个时期最重要的文学社团是文学研究会和创造社，文学作家以鲁迅和郭沫若为代表；第二个十年（1928—1937年6月）为革命文学时期，比较活跃的是左翼作家和自由主义作家，老舍、曹禺、巴金是这个时期的重要作家代表，而矛盾的《子夜》更是开创了新的文学范式，它代表的是正宗的左翼文学；第三个十年（1937年7月—1949年9月）为抗战时期，这个时期的文学具有鲜明的时代特点，反应的多为当时的社会背景，其中，赵树理代表了40年代解放区的最高成就，张爱玲和钱钟书是国统区最为杰出的作家。

二、中国现当代文学研究中存在的问题

（一）创新性研究不足

从人们如今的生活现状分析，网络和都市文化充斥着人们的生活，社会处于一种高速发展和日新月异的阶段，此时的先锋文学和纯文学都发展得非常迅速，如革命年代的小说体、乡土文学、底层写作等，并逐渐上升为当下文学领域的研究热点和主要研究方向。同时，受这种时代发展特点的影响，文学的研究方向也发生了深刻的变革，逐渐向更加边界化的形势和领域加速拓宽，导致整个文学领域的内容研究变得盲目急功近利。如今，我国有相当一批的学者在当前的时代环境中，掀起了一场对现当代文学的发展研究热潮，这种研究热潮的出现虽然拓宽了整个文学的研究领域，增强了人们对现当代文学了解的视野和角度，但这种研究热潮却没有将现当代文学的真实研究意义体现出来，并出现了一种减少现当代文学社会价值和实用价值的误区，导致研究的深度逐渐降低，甚至被大家所忽视，创新性的研究更是无从谈起，增加着学术研究的负担。

（二）缺乏"自我"审思精神

文学研究和批评，离不开对"自我"认真反思。这个"自我"是指延续在我们血脉之中的传统文化。中国现当代文学的根脉，应该是在基于传统民族文学或文化之上的，而不是其他的基础。中华文化源远流长，博大精深，我们应该从中吸取当代文学创作的营养。在特殊的历史阶段，我们曾一度放弃对"自我"的反思，所以，中国现当代文学作品中的大部分作品，无法对当代人群做出深刻的心理描写。正如陆建德所言，中国文学"不仅自我审思欠缺，也因为自我过度扩张，以无我的精神来观察世界，这就导致了自我的美化和单一化"。这是从一个极端走向另一个极端的表现。

(三)文学创作商业化严重

如今,中国现当代文学创作者在文学的创作中,不同程度地受到了市场化的影响和侵蚀,促使着我们这个时代的文学发生着深刻巨变。在市场经济浪潮的冲击下,"纯文学"的光晕日渐消逝,加之网络媒介下的大众文化流行,致使"俗文学"对严肃文学形成巨大挑战,文学的教化、启蒙甚至审美功能在这一过程中逐渐褪去。文学的娱乐功能开始放大,文学的社会承担意识和历史使命意识受到了压抑,严肃文学逐步地退居边缘,成为一小部分知识精英的精神寄托。大部分的作家所追逐的是一场名利和市场的竞争,他们希望在文学中获得各种奖项,以奠定自己在文学界中的地位,也希望自己所创作的内容主导市场,能够从中获得高额的经济效益,只要市场需要就创作这种市场需要的文学内容。文学逐渐市场化和庸俗化,文学创作的状态逐渐变得扭曲。

三、中国现当代文学学科教学面临的困境

(一)当前语境对教学的影响

随着市场经济的发展,时代和科技不断地变化,人们的观念和生活方式也发生着巨大的变化。这种变化一方面导致了文学的边缘化,文学已经失去了它曾经的轰动效应和地位,学生们不再觉得文学和他们正在行走、正在思考的人生有任何的联系;另一方面,网络和影视等"快餐文化"日益成为当代大学生最主要的文化消遣和娱乐消费形式。在这些变化的影响下,学生们对文学类课程的兴趣日益减弱。武汉大学的陈国恩教授在总结学生学习现状时说:"学生们对文学经典不感兴趣,很少读甚至是不读文学作品。上中国现当代文学史课不带笔记,听讲像听书,能记住一些有趣的故事情节和几点结论已经算是不错了。到交作业时,去网上下载,稍加拼接加工就可充数。期末考试借同学的笔记复印,花几天时间突击,美之名曰恶补。这类学生对文学并非出于内心喜爱,不是把阅读当作一种精神享受。没有感性的艺术体验,没有感动和愉悦。"目前,在高校中,这一类学生很具有代表性。还有一部分同学对网络文学非常着迷,而对中国现当代文学中的经典作品知之甚少。张向东在《中国现当代文学的教学困境和"三结合"教学模式的提出》中总结了当今时代青年们的精神特征:"思想日趋平庸化,他们不再需要通过对那些具有崇高信仰和严肃探索意义的文学作品的阅读,来获得精神的寄托和心灵的净化,而是沉迷于'快餐文化'带来的瞬间的感官享受。"

(二)专业扩招与就业压力的影响

随着高等教育大众化时代的来临,专业扩招的趋势不断加强,而与之相对应的却是就业压力的增大,为了适应专业扩张和"面向就业市场"的要求,教学体制方面的变化是必

然的。李怡教授在总结这种变化时说:"包括传统的中国语言文学专业在内的中国现代文学课程都在压缩,至于许多文学院新设置的其他专业如电影电视、播音主持、新闻传播、对外汉语等等,中国现代文学课程更像是点缀了。这一局面已经极大地冲击着中国现代文学课程固有的教学程序,所谓改'中国现代文学史'为'中国现代文学',突出经典作品的讲授,淡化冗长繁杂的历史过程等等,都可以说是在这一冲击下的课程调整。"而这种变化最为直观的一个后果就是教学和学习的功利化,无论是教师还是学生都更重实用、重功利,而轻素质、轻人文。

(三)教育观念和教学方法的僵化

近年来,高等学校中的文学类课程的教育越来越呈现出体制化和学院化的趋势,正如吴晓东教授在《我们需要怎样的文学教育》中所担忧的那样:"我们往往更喜欢相信一系列本土的尤其是西方的宏大理论体系,喜欢建构一个个的知识论视野,但是文学中固有的智慧、感性、经验、个性、想象力、道德感、原创力、审美意识、生命理想、生存世界……却都可能在我们所建构的知识体系和学院化的制度中日渐丧失。于是我们的课堂上往往充斥着干燥的说教,充斥着抽干了文学感性的空洞'话语'。"因此,这种逐渐僵化的教育观念和方法势必影响包括现当代文学在内的文学类课程的教学效果。

四、中国现当代文学的未来发展方向

(一)注重世界化文学模式的挖掘

从现当代文学的创作时代背景出发,在未来的发展中,中国现当代文学需要从"西方化"的观点中走出来,逐渐向"世界化"的文学模式发展。首先,文学作为一种精神文化载体,在任何时代、任何国家,它的发展都不是为了谋取利益或否定人的价值观,而应该处处反映人类的审美情趣和精神内涵。文学不仅无国界,更无阶级性,因此,在中国现当代文学的未来发展中,它需要建立一种世界性的对话模式,这样才能保持各国之间对先进文化和文学的交流,才能更好地促进我国现当代文学的良性发展。当然,在这个发展过程中,中国现当代文学研究者需要擦亮眼睛,在世界文化对话中扬长避短,保持清醒的头脑,建立一种具有创新因素和独特文化内涵的新文学精神,而不是以西方文化为动力,也不是以死板的传统文化为引力的发展模式。因为,只有创新性的新文学精神才是积极向上的,只有用整体的眼光去看待世界,中国现当代文学的发展才会又好又快。

(二)注重民族化文学模式的挖掘

新的社会发展时期,中国现当代文学作品向民族化的方向发展并不是复古,而是回归传统的表现,这也是符合中国文学发展规律的。现如今,中国现当代文学作品的发展虽然受到西方文学的影响，但有一些作者还是比较注重从民族文化中汲取营养。以现代文学中白话诗歌的创作为例，它们多是出自民间的相关歌谣，或是对民间生活真实写照的描述，深刻地刻画了民间的生活群体，这是现当代文学作品充分体现民族化精神的表现。同时，在创作者辛勤刻画民族文化和不断深入汲取中华民间产物的过程中，我们也发现了创作者们想要弘扬中国传统文化的苦心，这对中国传统文化的大力发展是有着积极推动作用的。中国现当代文学创作必然要吸收外来文学的营养，但作品的创作必须要具备中国传统特色，用民间精神和传统作为中国现当代文学的创作基石，这样才能促进中国现当代文学向更深层次的发展。

（三）注重文学人性本质特点的挖掘

从对中国现当代文学作品发展历史的探究可以发现，中国文学创作者是可以树立生命真谛的，也会按照自己的思想路线去挖掘人性的本质特点。对于现代的文学创作者而言，还需要从三个方面展开。其一，中国现当代文学作品，是要沁入人内心、具有穿透生命力、直达灵魂的语言，面对这种需要，中国作家需要具备超凡脱俗的意识，在超越平庸中寻找生命的真谛，用自己独特的方式记录社会的发展进程和人生感悟。其二，中国作家需要注重对经典的重读，重温经典是为了更好地衔接新文化，是对民族文化更好的传承。其三，中国现当代文学的学术空间需要继续拓展，在拓展中注重对传统旧诗词和戏曲的深入研究，从中深刻感悟传统文化的神奇生命力；当然，对社会转型期的市民文学也需重视，认真分析它的特性和效应，这样才能保持文学发展的平衡。

综上所述，在中国现当代文化的发展中，受社会环境背景的影响，文学人性的本质也发生了很大的改变，在改变中既有提升也面对着各种问题，这就导致中国现当代文学的创作遇到了很大的发展瓶颈。但是，中国作为一个历史文化悠久的文明古国，深厚的历史文化背景以及中国文学者对文学热情的存在，都给中国现当代文学的发展带来了巨大的发展潜力。在未来的发展中，中国现当代文学的发展需要"取其精华，去其糟粕"。文学创作者们更需知道，文学的优秀与否和自身的文化积淀，以及自身对生活的感悟有关，而不是哗众取宠下的战利品。只有用心去感悟生活，用心去创作文字，这样的文学作品才是中国现当代文学的未来创作方向。

第三节　中国现当代文学审美

文学是一种以文字为媒介、工具，对作者眼中所见的客观事实进行具象化反映，对作者内心的艺术世界直观地进行表述的文化的重要表现形式。文学的创作依赖人，文学的鉴赏也依赖人。因此，文学也是一种表现人类审美的意识形态。自文学革命过去以后，中国的现当代文学开创了新纪元、掀开了新篇章，中国现当代文学的审美观念，也发生了翻天覆地的改变。

我国具有悠久的的历史，在华夏上下五千多年的历史长河中，文学创作一直未曾中断。我国不仅仅是一个有着厚重历史底蕴的国家，更是一个有着深沉文学内涵的国家。随着时光的变迁，不变的是我国丰富多彩的文学创作。曾经，中国也曾受过许多的内忧外患的伤害，但斩不断的是我们文学的根茎，不论什么时候，都无法阻止中国人民对文学的热爱和创作的热忱。

在不同的时代，我国的文学都有着不同的鉴赏标准。1917年，伴随着新文化运动一同开展的文学革命，彻底结束了我国的古典文学时代，开启了我国文学创作和审美的新篇章——现当代文学到来了。我国的现代文学从"五四"文学开端，新文化运动中提倡的是以人为核心进行文学创作，反对过去的旧文学，文学内容要倡导自由平等。鲁迅先生更提出，创作文学要"以人为本"——以人道主义为文学的根本。从那时开始，中国现当代文学的审美便将鉴赏的核心标准放了在"人"身上。而文学创作本就是一种表现当下世界的客观现实、作者内心的艺术世界的文化形式，因此也是一种表现世人审美的意识形态。走在新时代的中国现当代文学，迎来了新的审美追求——真、善、美。

一、"真"——文学的真实性

郁达夫曾指出："艺术的价值，完全在一真字上，是古今中外一例通称的。"文学的创作离不开生活现实给作者带来的灵感，离开了实际，文学就失去了创作的源泉，建筑在虚空中的亭台楼阁最终都禁不起众人的审视和时间的洗礼。因此文学最具备艺术价值的一点，便是它的真实性。文学是创作者从生活中汲取到艺术的养分和灵感，以高于生活却又不离开生活的表现手法和形式来进行创作的，文学的真实性，是文学整个体系的根基。创作者将自己的生活见闻、历史事件或者他人的真实事件进行文学融合、创作，或在优秀的作品基础上加入自己的思想进行二次创作，使文学作品充满了真实的厚重感，更具有现实意义和吸引力。真实的文学作品能够对现实生活进行一个很好的再现，揭露社会热点问题，重现过去的历史真相，等等。例如，20世纪20年代的文学作品，都是以人为本进行创作的，因此出现了"为人生"的文学学派，他们的文学作品多数是一些问题小说；还有新写实小说派，以评述日常人生来作为写作重点；又如文学革命的先驱鲁迅先生入木三分地对旧社会的各种黑暗现象和对人民所受的压迫进行了深刻的描写，以笔锋作利刃刀刀狠刺社会的黑暗面，勇敢地曝光了国民隐藏的劣根性，如《呐喊》《狂人日记》《阿Q正传》等经典名作，无不让我们感受到社会的黑暗，重新正视我们的生活社会，逼迫人民从自我麻痹的思维中解放出来，重新思考人生的意义。

又如刘震云的小说《温故一九四二》，它向我们直白地重现了战争时期一个有关饥饿、灾难和人性的故事，让我们回顾了那段惨烈的历史，让我们不得不反思自身，感受小说背后想要告诉我们的沉重的内涵。

从另一角度来说，文学的真实性除了指内容的真实性，还指文学感情的真实性。文学作品中反映的是创作者的真情实感，是创作者对待现实生活的感情、领悟和体验，加上创作者的想象。创作者以心相待，创造一个丰富的世界，让读者沉溺其中，并感悟创作者的感悟，感受创作者的感受，并从中获得属于自己的真正的领悟真谛。创作者赋予文学作品的真实的感情，赋予了作品最真实的生命力。如中国新诗的开拓者郭沫若，他豪迈澎湃的激情、惊涛骇浪的气势、极具创意的新颖诗作，引经据典的手法，无不体现着郭沫若先生对理想的追求和高尚的情操，以及富有现代意义的时代精神。像《凤凰涅槃》，其中就包含了诗人对理想中乌托邦般社会的向往和追求，以及奋发向上的创造精神；又如余华的《活着》，虽然情节离奇，却深刻地写出了作者对于生命的呼唤：小说中的福贵身边的亲人都相继死去，他失去了一切，世界留给他的，唯有"活着"……小说写出了生活的艰难，活着多么不容易，余华先生通过小说向我们展示了"生存的意义"，让我们知道了活着的艰难，珍惜自己活着的每一天，同时也被福贵那如老黄牛般坚忍不拔的毅力所感动。

二、"善"——文学的功利性

中国自古有言："人之初，性本善。"中国人以儒家学说为主流思想，因此，中国人从古至今都是以行善、性善为美的。而作为国人审美的一种意识表现形态的文学作品，不可例外地也以弘扬、表彰和追求"善"文化为文学的表达中心。文学中的"善"，指的是艺术的倾向性。创作者习惯在文学作品中创作出善恶分明的人物，作品中由角色演绎大是大非，传达"善"的道理和意义，这对建设和谐、美好社会起到了极大的思想推动作用，具有极为重要的积极的向导作用。

现当代文学中的一些作品，同时充斥着阴阳黑白两面，既有美好生活的一面，也有黑暗丑陋的一面，两者在极端矛盾的冲突下表达了创作者对美好社会和美好生活的向往追求，对黑暗丑陋的现实进行讽刺和抨击。这种"善良论"不仅向社会宣扬了一种积极向上的精神，也有利于人们对于自身的反省和正确认识，学习这种向上的、乐观的正能量，更让人们直面社会中被刻意忽视的一面，正视社会存在的隐患和问题，激发人们积极地整改。这说明文学作品中的"善"不仅仅是一种纸上谈兵的论调，更是一种精神的扩散，能够感染人们，使人们在感受到"善"带来的愉悦的同时，挖掘出自身的善良的本性，激发人们对社会生活伦理价值的正确理解与判断。

中国现当代文学史上也有许多类似的惩恶扬善的作品，如鲁迅先生笔下那淳朴正直的少年闰土，为鲁迅先生带来了极大的童年乐趣；谌容的《人到中年》中，主人公陆文婷在生活和工作两点中忙忙碌碌，生活压力压得她疲惫不堪，但她对待病人极富责任心，对待自己的工作一直兢兢业业，任劳任怨，她的这种美德在作品中得到了讴歌，体现了作者对知识分子的美好赞誉；又如老舍笔下的《骆驼祥子》，主人公祥子从积极向上、正直诚恳，为理想不断奋斗，到被生活压弯了脊骨，成了一个堕落的自私自利的落魄鬼的整个经历，凸显出了善恶之间的激烈斗争，让我们唏嘘不已的同时，坚定了自身积极向上的生活态度；又如大地的歌者——艾青，他的诗歌《大堰河——我的保姆》，高赞了大堰河农妇的美好品行，塑造了她缀满光辉的形象，同时也表达了作者对这位保姆的怀念感激之情。

三、"美"——文学的审美性

文学是一种审美的意识形态，文学的最终目的是使人产生审美感官上的愉悦。文学扎根于"真实"，源源不断对"善"的追求，从而开出"美"的花，结出"美"的果。文学的美包含方方面面，如自然山河的美、人间真情的美、人性善良的美等，它有着统一的内容和形式，宣扬着主流而正确的"三观"取向，使人徜徉在文字的海洋中感受欢愉。文学的本质是审美，对于这个世界的审美、对于道理的审美、对于想象空间的审美等，创作者将这些融入自己的作品当中，刻画出一个个活灵活现的人物形象，跌宕起伏、动人心魄的故事情节，为整个作品注入了灵魂，让文字在创作者的笔下如同他的演员，演绎着创作者想要表达的美好。而人类总是喜欢追求美好的事物，人类也带着审美的眼光去进行文学的阅读，感受着审美的体验，被美所吸引，被美所感动，同时对自己正在生活的现实社会进行重新审视，增强了人们对于美和和谐的追求。

在现当代文学史上，创作者们创造了许多脍炙人口的作品，如沈从文笔下的湘西世界，为我们描绘的正是从古到今都为人们向往的桃源美景，山清水秀，体会国土山水的一片风情万种；民风古朴，邻里之间你来我往，黄发垂髫、怡然自乐，那是我们现在生活的钢铁森林中所被禁锢的人与人之间的真情交往，人际关系之间少了几分金钱的市侩，多了几分真性情的温暖，让人想触摸，亲身体验，又怕触摸，会是海市蜃楼，一触即散。而其中的

《边城》，便是美的代表作。主人公翠翠身上就带着自然赋予的美丽与善良，由她化身成我们所追求的美好，代替我们体验我们所向往的世界。沈从文在故事中寄托了自己对大自然的热爱与对和谐人际关系的向往，他被自己追求的世界感动着，我们被他描绘的世界感动着。而汪曾祺的文化小说，同样表达的是对理想人性与美好和谐世界的追求和向往，乌托邦的美好世界，没有纷争，没有痛苦，人人安居乐业，美哉美哉。在《受戒》中，汪曾祺就是用一种平淡的方式，诉说着不平淡的美好故事。多情的徐志摩一生渴望的，也正是对爱与美还有自由的共同追求。

真善美的统一是现当代文学创作中重要的审美追求，文学创作的最终目的是将真善美三者和谐地融为一体，通过文学作品展现给世人看。创作者用生命、用思想汇聚真善美，编写成章，而我们用最包容的心去审美，体会创作者交付给我们的美好。

第四节 中国现当代文学的发展进程与典型观念

一、文化自信视角下当代中国文学发展进程

增强文化自信，推动当代中国文学的发展，需要在深刻思考传统优秀文化的现代性转化和创新、西方文学发展脉络、准确把握社会主义核心价值观、中国文学如何与世界接轨等问题的过程中，找出中国文学发展的答案。

（一）谋势而动，坚持文学发展的基本方向

社会主义文学，从根本上来说，就是人民的文学。当代中国文学的发展必须坚持为社会主义服务，为人民服务的根本方向。这就要求文学发展必须坚持人民性的根本价值取向，这是文学工作发展的根本出发点和立足点。对此，文学发展必须要坚持"从群众中来，到群众中去"的原则，把人民群众的精神文化需求作为根本抓手，深入到人民群众的火热生活中去，透视人民群众的现实生活，把人民作为文学表现的主体，跟上时代发展，把握人民需求，从人民的伟大实践中吸取文学养分，为人民抒写、为人民抒情、为人民抒怀，这样才能确保文学作品接地气、显底气，让人民精神文化生活不断迈上新台阶。

（二）因势而为，培养一大批大有潜力、德艺双馨的文学名家

马克思指出："人是生产力诸要素中最为重要的要素。"文学的发展关键在人才。文

学发展有规律，人才成长也有规律，培养文学名家，必须要尊重文艺工作者的创作个性和创造性劳动，允许不同观点的存在，形成"百家齐放、百花争鸣"的文学流派；政治上充分信任，创作上热情支持，积极发挥媒体的宣传名家和作品的作用，提高大众的文学品味，营造有利于文艺创作的良好环境。

（三）顺势善为，从灵魂、精神、道德、世界观角度审判"文学怪象"

文学首先是人学，对人性的终极关怀和对人类灵魂的深度挖掘是文学发展的基本指向。针对当代中国文学发展中存在的大量"文学垃圾"，必须要坚持文学的批判性精神，从人类现实生活、社会和世界的真相挖掘的视角来为读者提供精神养分，而非精神垃圾。对此，需要从灵魂、精神、道德和世界观的角度来审判"网络文学"中的垃圾作品，规避文学发展跑步前进的浮夸风，重视和培养一大批严肃公正、海纳百川的文学评论家，通过文学评论营造文学发展的良好环境，进而孕育出一大批照亮人类心灵、挺起民族精神信仰的伟大作品，确保文学作品经得起历史考验、时代考验和人民考验，这样才能确保文学发展合规律化，重塑文学发展追求真善美的永恒价值，让人们发现自然的美、生活的美、心灵的美，坚定人们对美好生活的憧憬和信心。

最关键的觉醒，是文化的觉醒；最深厚的自信，是文化的自信；最壮丽的复兴，是文化的复兴。站在新的历史起点上，中华民族已然前所未有地接近"中国梦"的实现，"中国梦"是"富强梦"也是"文化梦"，文学作为文化发展的"舵手"，必须在文化自信的风帆下，根植于中华传统优秀文化，彰显文学创作的本质，阐述中国发展的历程，坚定为人民创作的立场。

什么是文学形式？自 20 世纪 90 年代以来，一些影响较大的文学理论教材，诸如童庆炳的《文学理论教程》、南帆的《文学理论新读本》、王一川的《文学理论》、陶东风的《文学理论基本问题》等，均没有对这个文艺理论核心范畴下定义，这表征了该范畴言说困难的当代存在境况。面对复杂的形式观念，韦勒克曾发出感慨："如果有谁想从当代的批评家和美学家那里收集上百个有关'形式'（form）和'结构'（structure）的定义，指出它们是如何从根本上相互矛盾，因此最好还是将这两个术语弃置不用，这并不是什么难事。我们很想在绝望中将手一抛，宣布这又是一个巴比伦语言混乱的实例。这种混乱，正是我们文明的一个特征。"与韦勒克的观点不同，塔塔尔凯维奇指出："在美学讨论的领域中，极少有像'形式'（form）这样经久耐用的名词：自古罗马以来，它虽是历经沧桑，但却始终屹立不坠；除此之外，它所具有的国际性，也是其他名词难以望其项背的。"在他看来，形式概念理所当然地处于美学研究中最为重要、最为实用的概念之列。

我们认为，文学形式是文学存在的标志与构型，关于文学的那些深层次的观念与变化总是要反映到文学形式的观念变化中来。此外，一个概念内涵不断增值，正说明了这个概念的生命力和重要性，在某种意义上，是它搭建起了古今中外人们审美经验得以沟通的桥梁，舍弃文学形式研究无异于舍弃文学研究本身。针对我国当代文学形式认识的混乱状况，本书从综合性的视角出发，在系统梳理当代文学形式研究成果和代表性教材对文学形式定义解释的基础上，把当代文学形式认识概括为五种典型观念，即"工具论""载体论""辩证论""中介论""关系论"，并认为它们体现了我国当代文学形式观念内在的深层的演进秩序。本书把"过程"思想引入"关系论"中，认为当代文学形式内涵的基本质素，内含在古今"六种"文艺范式的普遍性精神之中。

二、中国当代文学形式的五种典型观念

（一）"工具论"形式观

"工具论"是我国新时期以前长期占据主导地位的文学形式观念。在这种观念下，形式与内容二分，形式为内容服务。文学形式是打鱼的网、捕兔子的夹、装运货物的舟和车、盛装酒和水而使用的瓶子或罐子、为了取暖和美观而穿在我们身上的衣服，它们是为了一定的目的而被使用的。

以《在延安文艺座谈会上的讲话》为标志，包括文学在内的新文艺，必须在救亡图存的历史条件下，服从于无产阶级的革命政治，这时文学形式注重的是意识形态效果功能，即文学形式必须承担起革命宣传与教育的功能。选择什么样的文学形式已经提升到能不能发挥意识形态效果进而关涉革命前景的问题。《讲话》后不仅确立了文艺为工农兵服务的新方向，而且突出了政治意识形态对文艺界的渗透和控制。在1949年第一次文代会上，周扬指出《讲话》是中华人民共和国文艺的唯一正确的方向，"解放区文艺工作者自觉地坚决地实践了这个方向，并以自己的全部经验证明了这个方向的完全正确，深信除此之外再没有第二个方向了，如果有，那就是错误的方向"。《讲话》是党制定文艺政策的基本蓝本之一，也是马列文论的经典组成部分。从20世纪40年代末到70年代，文学形式同意识形态的关系，总体上体现的是工具性关系，即文学形式直接呈现意识形态，个体的小我被集体的大我占据。1966年5月至1976年10月期间，"文学为政治服务"，"文艺是阶级斗争的工具"的思想达到了极致。新时期"为文艺正名"逐渐克服了传统僵化认识，文学的实用性内涵被重新审视，"工具论"形式观在一定程度上克服了过去的极左认识，其实用性功能得到保留。

"工具论"形式观体现在这个阶段一些影响广泛的文学理论教材之中。早在1964年以群主编的《文学的基本原理》中就有这样的表述："作品的形式，就是为了具体地表现作品的内容，是为内容服务的。文学作品的内部结构和表现手段就是它的形式。"1981年十四院校组编的《文学理论基础》中将其表述为："在文学这个内容与形式的统一体中，

内容是主导的方面，它决定形式的性质与特色，而形式是表现内容的，它为内容服务。"1985年由江西大学中文系编写的《文学概论》对文学形式的定义是："文学作品的形式，就是为表现内容服务的，是作品的内部结构和表现手法的总和。"1986年曹廷华主编的《文学概论》中，强调了文学形式的相对独立性和对内容的能动作用等特点，但在内容从根本上决定形式这一点上，同前者并无差别。教材对文学形式的定义是："文学作品的形式，是指作品的内部结构、表现手段和外部形态。主要由语言、结构、体裁、表现手法等要素构成。"1988年出版的由郑松生等主编的《文学概论讲义》中对文学形式的定义持同样观点："文学作品的形式，是文学作品内容的内部组织结构和外在表现。它是为表现作品的思想内容服务的。"1990年叶凤沅主编的《文学概论》对文学形式的定义是："文学作品的形式是指文学作品内容的外观方式。具体地说，文学作品形式就是为表现内容服务的情节、结构、语言、体裁的结合体。"可见，形式为内容服务，是在我国当代文学理论中存在时间长、影响广、作用深的一种文学形式观念。

"工具论"形式观的实质是一种"教化"文艺思想，审美的自律性尚未被认识和承认，文学形式并非标志了一个独立自治的领域，而只是为了增加意识形态的教化效果，文学形式不是作为审美领域的对象存在，而是作为修辞学对象存在，韵律、情节、结构、体裁、风格等都只是增强效果的手段。

如果去掉狭隘的极左认识偏见，从修辞学角度来认识"工具论"形式观，不难发现其合理性与所蕴含的普遍性精神。亚里士多德早在《修辞学》中说过："只知道应当讲什么是不够的，还须知道怎样讲"，他把修辞术定义为"一种在任何一个问题上找出可能的说服方式的功能。"西塞罗认为，修辞学在教育及文化领域占据中心地位。贺拉斯所强调的古典主义"三原则"即"借鉴原则、理性原则、合式原则"，是从来源、目的、方式三个方面对修辞内涵的具体规定，成为17世纪"实用说"文艺范式的基本规定。在中国传统文论中那些广泛存在的文法、韵法、词法、句法、篇法，究其存在原理，均不乏实用性功能。

总之，文学形式的"工具性"，是同理性和效果联系在一起的，选择了什么样的工具形式，也往往决定了什么样的写作意图和传达效果。文学语言修辞是在写作过程中为追求最佳表达效果的一种言语实践。但是，文学形式毕竟不同于语言学上的修辞技巧，文学之所以是文学，主要在于它独立的审美品质，对文学的政治品质到审美品质的认识转变，促成了文学形式的"工具论"向"载体论"观念转变。

（二）"载体论"形式观

"载体论"形式观的精神实质，是把文学形式看作文学存在的标志与构型。它并非装载内容的容器，而就是内容的形象外观；它不是为内容服务，它就指示内容本身。这种文学形式观的产生，依赖于一种独立的文学观念的形成，这种独立的文学观念以"审美反映论""审美意识形态论"等为代表。

1980年,蒋孔阳在《美与美的创造》中率先提出"美是艺术的基本属性",突破了之前的"形象化"的社会意识形态(其实主要指政治)认识的局限。李泽厚认为,文学的真正特性在于它的"情感性",他说:"我认为要说文学的特性,还不如说是情感性。"童庆炳于1983年在《文学与审美》中对"情感性"做了解释,他认为事物是否具有美的价值,关键在于是否能够与人建立起诗意情感关系,"不能跟人们的诗意情感建立联系,还不具有美的价值"。在1984年出版的《文学概论》中,童庆炳把"文学是社会生活的审美反映"看作文学的本质性要义。1988年,王元骧在《艺术的认识性和审美性》一文中从"反映对象""审美目的"和"情感体验形式"方面,总结了文学审美反映的基本内涵。1984年,钱中文提出文学是一种"审美意识形态"的思想,1987年他在对审美意识形态做了充分解释后认为:"文学作为审美意识形态,以情感为中心,但它是情感和思想的认识的结合;它是一种自由想象的虚构,但又具有特殊形态的多样的真实性;它是有目的的,但又具有不以实利为目的的无目的性;它具有社会性,但又具有广泛的全人类的审美意识到形态。"

无论是审美反映论还是审美意识形态论,它们产生的语和思想宗旨是一致的,主要是针对以往"文学为政治服务"这一极左认识,通过突出文学的审美品性来为文艺正名,从而为文学争得独立位置。因此,该思想一经提出就得到了广泛传播和认同。近些年来关于审美意识形态的论争显得激烈,但是,这是关于该命题更深层次的论争,而就文学存在的根本在其审美属性这一点来说,学者们的观点很少有分歧。

以这种"载体论"形式观为本质特征,新的文学形式定义广泛地存在于当代文学理论教材当中,有的已经成为文学形式的经典定义。早在1981年出版的由吉林大学中文系文艺理论教研室所主编的《文学概论》教材中就突出了文学形式"载体论"的思想:"一定的内容只能通过一定的形式才能表现出来,没有这形式,内容也就不存在了。而一定的形式只有在显示一定的内容的时候才有意义,才能被读者所感知。不表现一定的内容的形式是不存在的。因此,我们只能在内容与形式的统一中去理解文学作品的形式。"1989年童庆炳主编的《文学概论》教材对文学形式给予了"载体论"解释:"作品的内容是作家主体的思想感情同客观现实交融形成的审美意识,形式则是这种审美意识的客观化形态。"在这里,形式与内容就像一枚硬币的两面,谁也离不开谁,这是一种名实一体思想。

此后的文学形式定义,普遍沿用了这种定义方式。1990年,罗建忠主编的《文学概论教程》对文学形式的定义是:"文学作品的形式,是指具体表现作品内容的内部结构和表现手法。"1993年,由国家教委社科司编写的《文学概论教学大纲》对文学形式的定义是:"文学作品的内容是指体现在一定形式中的具体的审美内涵,而形式是指作品内容的内部组织构造和外在表现形态，是内容的现象和存在方式。"直到2000年，刘甫田主编的《文学概论》对文学形式的定义是："文学作品的形式，就是作品内容的内部组织构造和外在物质显现。文学作品的结构、语言、体裁、表现手法等，就是作品形式得以显现的表现手段。"姚文放主编的《文学概论》也突出了文学形式的"载体论"思想，"文学作品的形式是文学作品的内容的载体，文学作品的内容需要靠文学作品的形式来加以组织，加以表现，加以物化。总的说来，文学作品的形式要素包括结构、体裁和语言"。

2000年，《文艺理论研究》重登钱谷融的《形式与内容》一文，体现了理论界对这一基本认识原则的重新强调。钱先生认为，"我们接触到一篇作品的形式，自然也就接触到了它的内容，而我们要知道一篇作品的全盘内容，也非接受它的整个形式不可"。在他看来，文学接受是一种整体性的接受，内容和形式无法分开。

当代中国的"载体论"文学形式思想得到广泛传播，根本上是中西方文论思想碰撞的结果，除了童庆炳、钱中文等人直接吸收了苏联文艺理论家沃罗夫斯基和苏联美学家阿·布洛夫等人的思想提出审美意识形态论外，18世纪德国古典美学的审美自律思想在五四时期传入中国经由王国维、蔡元培等人的传播所形成的历史传统，以及20世纪西方形式主义文论思想传入我国所产生的影响，均是重要的思想来源线索。

载体是将对象呈现出来的那种手段，其性质就是"媒介"。瑞恰兹说："文学只是一种媒介。它只是把作者的经验传给读者的一种输送工具。"虽然瑞恰兹在这里使用了"工具"一词，但是这种"工具"是在本体论意义上使用的，它和作为政治的传声筒意义上的"工具"不是一个意思。"载体论"形式观突出的就是这种作为文学存在的"标志"或者"记号"的思想。

（三）"辩证论"形式观

"辩证论"形式观也就是"辩证统一"的文学形式思想。如果说"载体论"形式观还侧重以文学的审美品性来矫正以往单一的政治品性的话，那么"辩证论"形式观所强调的便是审美与历史的统一关系，它是在审美中看见历史，在历史中确立审美。

新时期"辩证论"形式思想受到克莱夫·贝尔"有意味的形式"思想的直接引导，并在其发展中不断突出审美的历史内涵。张婷婷认为："新时期文艺学形式本体论的本体含义来自贝尔的'有意味的形式'，所谓形式也即蕴含着主体意味的客体。这是中国文论家对西方形式主义众说纷纭所做出的选择。"她在这里使用了"形式本体论"一词，显然，不同于西方形式主义文论的"形式本体论"思想，中国当代的"辩证论"形式思想实际上是一种文学形式与历史内容相统一的思想，而西方形式主义文论的形式思想是以文学领域与历史领域分割开来为前提。李泽厚借鉴贝尔的"有意味的形式"思想，将其运用到对中国传统美的分析中，提出形式的"积淀说"，这对后来形式观念的认识产生了很大的影响。

他说："内容积淀为形式，想象、观念积淀为感受。"那些远古社会产生的抽象几何纹饰并非是某种"形式美"，而是在抽象形式中有内容，在感官感受中有观念。1990年，狄其骢对文学形式的意味形成再次做出解释："文学形式的意味是借助于文字符号的排列组合而构成一种与人类深层文化心理结构相同的形式。它是人类社会实践和文化历史的产物，在它的无限变化的多种样式中，显示了人对客观世界及其规律的创造性把握。"应当说，狄其骢对"辩证论"形式观深刻内涵给予了清晰概括。

以辩证统一思想为指导，对文学形式的定义普遍体现在当代文学理论教材当中。早在1979年蔡仪主编的《文学概论》教材中已经提出："事物的内容和形式是辩证统一的，特定的事物就有特定的内容和形式。"1989年，由樊德三主编的《文学概论》再次强调内容和形式的辩证统一和相互转化的特点："从哲学观点看，所谓内容，是指构成事物的内在诸要素的总和；所谓形式，是指事物内容诸要素的结构方式与表现形态。世界万事万物，都有它特定的内容与形式，都是内容与形式的辩证统一体。没有形式的内容，或是没有内容的形式，是根本不存在的。"1993年，由国家教委社科编写的《文学概论教学大纲》中把审美内涵的表现形态和呈现方式作为文学形式的原则性定义："文学作品的内容是指体现在一定形式中的具体的审美内涵，而形式是指作品内容的内部组织构造和外在表现形态，是内容的现象和存在方式。"1994年，由文学概论考试编写组编的《文学概论考试参考书》中也做了同样的概括："形式是内容的存在方式。文学作品即文学作品的内容与形式的统一体。世界上一切事物的内容，都要凭借一定的形式来体现，而形式也只有在表现一定的内容时，才能成为该事物的形式。在具体事物中，内容与形式是无法分离的。"

但是，"辩证论"形式观认识也存在明显不足，一些教材对文学形式定义的表述虽然以"辩证"名之，但实质上还只是强调形式与内容的不可分离性。而单独从这个意义上来谈"辩证"，就无所谓辩证不辩证。真正的"辩证论"形式观，是以文学与历史二元关系为认识前提的，一旦失去这个前提，认识就会要么向审美领域倾斜，使文学脱离社会走向封闭自律，要么向社会历史领域倾斜，将认识引回老路上去。因此，在杜书瀛主编的《中国二十世纪文艺学学术史》中指出，辩证统一认识思想，"只是对文学'内部'语言形式研究强调的一种极端形态而已。在'语言本体论'中蕴藏着的仍然是走出'外部研究'进入'内部研究'的努力，语言本体论者所做的仍然是以一种独断论取代另外一种独断论"。这说明，辩证统一的形式观虽指出文学与历史这一巨大空间为形式研究的对象，但是，却并没有在接下来的研究中使理论跟进，而是使思想始终处于内容与形式不分的胶着状态。要想使"辩证"形式观走出形而上学的思辨泥沼，有必要引入第三方要素，从而使内容与形式的内在空间得以撑开。沿着"辩证论"形式观进一步发展的是"中介论"形式观。

（四）"中介论"形式观

形式中介论的产生，直接的引导理论是瑞士心理学家皮亚杰的"发生认识论"思想，这一思想在 20 世纪 70 年代后期经介绍引进我国，随后产生了极大的反响。以往机械反映论观点认为，认知模式表现为简单的外部刺激到主体反映的过程。按照皮亚杰的思想原则，在两者之间还存在"中间项"，即主体对刺激的同化和顺应的认知结构，而这"中间项"的产生不是一个单向的过程，而是主体和客体（刺激）深层交融的产物，由于它的存在，主体的认识过程从一开始就是一个积极主动的，富有能动性的过程。

鲁枢元和钱中文所说的"中介论"主要指作家的心灵创造。鲁枢元认为，文学是经过作家心灵化了的"心理的世界"，是同作家的"生命气息"分不开的，"它反映的是经过作家心灵折射的社会生活，是灌注了作家生命气息的社会生活，是一种心灵化了的社会生活"。钱中文进一步对这种心理存在特征做了说明，"审美反映有其自身结构，它是由心理层面、感性认识层面、语言形式层面、实践功能层面组成的统一体"。这种反映具有感情和思想、感性和理性、认识和评价、感受形式和语言形式统一的审美特征。

陶东风所说的中介更多指向的是文本形式。他说："文学中介环节只能是文学形式。"在他看来，社会生活和人类的日常经验须经中介才能转化为文学的内在因素，社会经济、政治文化等因素也须经中介才能对文学活动产生影响，这个中介环节正是文学的形式。他主张与形式相对的是"材料"而不是"内容"，而文学史就是"形式——结构"的替代史。陶东风的中介论形式观一方面把文学形式上升到文学本体来认识，另一方面又认为这种文学形式是从社会生活与日常经验转化而来的。

童庆炳针对"辩证统一"思想中文学形式与内容难以分开的不足，提出"题材中介论"思想。他认为，"艺术作品的内容是经过深度加工的题材，形式是对题材进行深度加工的独特方式。"在作品完成以后，形式和内容就不能再区分开，因此文学作品不可以意译和转述。童庆炳的"题材中介论"思想通过引入"题材"这个中间项，从而保留了内容和形式的各自独立性，而没有走向用形式取消内容。

学者们还发现，文学形式问题并不仅仅存在于文本当中，而且存在于文学活动的各个环节当中，作为文本存在的文学形式蕴含了多种复杂要素，而不单单是某个如意识形态之类的单一来源。周宪认为，艺术构形是主体与世界沟通的桥梁，形式不是凝定了的物化的静态的作品的组织结构，在作品之前、作品之后都存在文学形式的问题，它融会在复杂的思维过程当中，因此是一个动态的范畴。作家在创作之前不单有一定的价值观和政治态度，而且也包含了形式感，这种形式感来自作家的创作经验。艺术形式是实在可能性的探索和发现，"文学作品的形式不是外在的装饰，不是虚空的构架，而是对实在意义的应答"。实在之意义作为一种并非自明的、潜在的和有待发现的东西，是一系列复杂的可能性，形式则是对这种可能性的昭示与探究。他探讨作品结构和实在结构的关系,认为两者的表层结构并不存在同一性,但在深层结构上是同一的,"作品与实在的同构,不是表层结构的简单直接对应,而是两者深层关系的同一"。这等于是说,文学是对社会发展规律的把握和深层反映,而不是片面的表层的反映。

童庆炳从文学创意过程来认识文学形式:"艺术作品形式既然是在深度艺术加工中发生作用的,那么它的起点是对题材的处理,它的终点是内容和形式相统一的整个作品的完成。"他还批判了伊格尔顿把文学形式看成是三种因素的复杂统一体的思想,包括文学形式的历史、占统治地位的意识形态的结晶、一系列作家和读者之间的特殊关系,提出的文学形式的四个理解要素(即形式的历史传统、形式中有意识形态的投影、形式是赋予作品以审美效果的重要手段、形式标示了艺术家与读者的特殊关系),为文学形式获得多维度的理解打开了新的思路。

"中介论"形式观,比起"工具论""载体论""辩证论"形式观,又是一次认识推进,它超越了"工具论"的"一元论"单向思维模式、"载体论"的"二元两立"分离式思维模式和"辩证论"的"二元一体"的胶着思维状态,而走向了"三元统一"的主体思维模式。在这种新的思维模式下,是创造性的主体把审美与历史的胶着状态撑开,从而使新的时空得以确立。因此,无论是"作家中介""形式中介",还是"题材中介",无不是围绕着创造性的主体这个中心展开。也正是这样一个主体性时空的确立,才使文学作为一种活动过程而存在,那么,在活动的各个环节也理应有形式问题。

但是,"中介论"形式观只是极大地推进了我国对文学形式本性的认识,却不是对这一问题的有效解决。因为,在"中介论"形式观中,还受到作家创作这一固定视角的局限,而并没有将更多的不同性质的形式问题纳入分析的视野。实际的文学活动是由存在、社会、作家、文本、读者、历史等要素构成的,文学形式问题普遍地存在于这些基本的认识环节当中。但是,"中介论"形式观毕竟推开了一道真正通向文学形式研究之路的大门,它使更加丰富的文学形式思想被发现、被认识,尽管在众多的形式观念面前,难免陷入一时的"眩惑",但是,更加清晰与完整的认识也许就在前面。

(五)"关系论"形式观

"中介论"形式观使"理论"认识到原有知识的有限,进而向未知的形式领域敞开胸襟和怀抱,这时,理论者们惊奇地发现,古今文论形式观念种类繁多,即使择其要者,数量也足以让人目不暇接。波兰学者英伽登在《内容和形式之本质的一般问题》中区分了9种形式,符·塔达基维奇在其《西方美学概念史》中列举了11种形式含义,我国学者赵宪章等在《西方形式美学》中论及的形式有18种之多,朱立元主编的《西方美学范畴史》所概括的形式达21种,还称只是举其"荦荦大者"。如此之多的形式观念,其深层的联系是什么？应该在什么意义上对它加以概括？在什么层面来总结？满足于人们哪一种认识需要？需要考虑人们的什么认知限度？这些问题在"关系论"形式观中得到了集中思考。

南帆先生以"关系主义"思想为特色，在指出文学形式应该以历史与语言为轴心关系的基础上，提出了文学形式认识的四个层面思想："第一，写作工具、传播工具、符号的类型、语种无不涉及文学形式特征；第二，文学形式具有强大的自我复制能力，这保证了文学部落的稳定以及传统的持久延续；第三，文学形式竭力呼应历史的特征——文学形式体系或急或缓的演变常常由历史负责解释；第四，欲望、无意识与文学形式的关系在精神分析学的视域成为一个重要的问题。"指出这四个层面的意义在于，面对中外古今复杂的形式观念，如何找到其背后存在的基本结构，已经纳入理论的视野。

为什么是这些，而不是另外一些，构成文学形式思想基本结构的是来自天才的预见还是一种深邃的洞察？或者在这些预见和洞察背后，存在某种历史的必然？本书认为所谓的"关系"，其实来自历史"过程"向时代"空间"转化所形成的张力结构，"关系"的实质，根本上是"一种过程性空间话语"，因此，共时性的关系应以历时性的过程作为依据和参照。就如同要想说清楚一个故事就要再现它的情节一样，就像介绍一个民族就要讲述她的历史一样。传统社会作为历史已经过去，但是文化传统却构成了后来民族的文化基因。同理，文学形式认识的空间结构，应该以它的历史过程为基本前提，而那些具有标志性的发展阶段和环节所体现出来的普遍性精神内核，即是今天文学形式认识的基本质素。因为，人类的认识总是来自对过去经验的系统反思和概括总结。

古今文艺范式共有"六种"形式，即："模仿说"、"实用说"、"表现说"、"客体说"、"接受说"、"关系说"。前四种文艺范式在艾布拉姆斯的《镜与灯》中被概括出来。第五种范式，是指20世纪中叶文学理论重心向"读者"转移，从而使那些最有创造性的理论都来到了读者的背后这一被称为"读者中心主义"的认识阶段，这个新的文艺范式已经被中西方学者如姚斯、伊格尔顿、金元浦、周宪等人所指出。第六种范式是在前五种范式产生之后正在形成的一种新的理论趋势，它实际上是前五种范式的必然延伸，它要回答的是以上五种范式之间的关系与过程的问题。以这样六种文艺范式为对象，我们能够从中提取出六种文学形式认识的普遍性因素，而将这六种要素以场域的方式重新结合到一起，就能够得出今天关于文学形式认识的基本方面。

"模仿说"提出的问题，是文艺与存在的关系问题。在这种范式下，文艺是对世界的模仿，也即对存在的反映形式。这指出了文艺本体论的根本认识方面。那种把文学艺术简单地等同于意识形态的做法，是典型的本体论误认，文学形式在其发展过程中可能带有意识形态的性质。

"实用说"提出的问题，是文艺与社会的关系问题。在这种范式下，文艺是母体社会中的一个特殊表述领域,但不是自治领域。文学形式是在修辞学意义上被理解,而不是审美意义上被理解。文学是对真实世界的直接发言,文学形式是直接承担社会权力运作的载体和工具。在这种文艺范式上,文学形式是处于感性和理性之间的表征了社会权力关系运作方式的话语系统。

"表现说"提出的问题,是文艺与主体关系的问题。文艺是一种自由心灵的创造,它具有审美价值,而不是实用价值。审美自由的心灵并非放任的心灵,而是想象力、悟性、精神和鉴赏力等多种心理机能共同游戏,它是一种高级而复杂的精神活动,其目的是建立起自然与理性之间协调而统一的关系。这种"自由"突出的是文艺创造的个体性,但是,这种个体性并非完全不受限制,要在天才和悟性之间做出选择,康德宁愿选择后者,"如果在一作品上两种性质的斗争中要牺牲掉一种的话,那就宁可牺牲掉天才;而这判断力,它在美术事物中从自己的原则有所主张,宁可损及自由和想象力的富饶,而不损及悟性"。这种受到内在约束的自由观念,成为社会精神的新的根基与支柱。

"客观说"提出的问题是,文艺与语言或形式的问题。文学形式是一种特殊的语言,是形式与意义多层次结合并在社会结构中发挥功能作用的存在有机体。形式主义文论提出了"空间"这个概念,因为形式本体论的题中之意就是形式与意义不分,那么,文本结构也就是意义结构,意义结构也就是意义空间。如果摆脱形式主义文论把文艺与语言的关系局限于文学内部解释的话,我们就会发现,文学空间其实是社会空间的一种艺术表达方式,人文精神、历史理性、审美创造就蕴含在复杂的文学语言、修辞、结构与意义之间多层次结合的张力构成当中。

"接受说"提出的问题是文艺与读者的关系问题。早在经验主义美学家托马斯·门罗那里就说:"离开了有意识的机体的审美需要,可知觉的客体的任何特征和类型就都不会被感觉为是美的,或者是具有审美价值的。"离开了现实读者的审美经验和审美需要,对象的审美价值就无从谈起。接受美学把读者的期待视野及其变更作为沟通审美和历史的桥梁,读者阅读就不再是文学形式认识的外在要素,而是文学形式本性构成的内在要素。因此,从接受美学角度来说,文学形式是一种世界、社会、作家、文本、读者等不断发生视域融合的对话交流。

"关系说"提出的问题是文艺与历史的关系问题。它要处理的是文学思想发展的过程问题。在"关系说"看来,以上五种范式不是孤立发生的,也不是彼此割裂的,后一种认识总是基于前一种认识并开启下一种认识,每一种认识都有生成与转化的双重品质。就整个文学观念过程而言,文学思想是人类自由自觉活动的历史过程的艺术再现。

通过对以上六种文艺范式提要式梳理,我们发现,每一种文艺范式都开掘出了文学与文学形式的一个新的认知向度,并奠定下这一认知向度的基本精神。如果我们去除历史性的遮蔽，而提取其普遍性的认识因子，就能够发现当代文学形式认识的基本内涵。我们试用"场域式"方式将本书对文学形式的基本理解概括如下：文学形式是对世界存在的反映形式；它表征了社会权力关系的运作方式；是作家主体心灵的自由创造；是以语言符号为存在标志的，体现为音韵、语言、修辞、结构、风格、体裁等诸要素与意味有机结合的内部充满矛盾与张力的审美空间；是世界、社会、作家、文本、读者等要素不断发生视域融合的对话交流；是对人类有意识的生命活动历史过程进行艺术再现的审美话语。

本书这种"场域式"的定义方式受到古代文明智慧的启发。亚里士多德曾经给悲剧下了这样一个定义："悲剧是对于一个严肃的、完整的、有一定长度的行动的模仿；它的媒介是语言，具有各种悦耳之音，分别在剧的各部分使用；模仿方式是借人物的动作来表达，而不是采用叙述法；借引起怜悯和恐惧来使这种情感得到陶冶。"这是从模仿对象、模仿媒介、模仿方式和悲剧效果四个方面来定义悲剧。这四个方面是一种空间的场域的关系，而不是一种从属性关系，在场域关系中，对象的特征被逐一描述出来，而在从属关系中，它实质上是用一个内核代替一个空间，是对空间和时间的双重压挤，必然导致对象的模糊不清与不可言说，因为，那个本质内核永远处于不断被揭示的未完成状态之中。

综上所述，我国当代关于文学形式的认识，先后形成了五种典型观念，即"工具论""载体论""辩证论""中介论""关系论"。"工具论"主张文学形式服务于文学内容；"载体论"主张文学形式是反映内容的手段；"辩证论"主张内容与形式的辩证统一关系；"中介论"主张从社会生活到文学内容以文学形式为中介；"关系论"主张文学形式的性质在多边关系中确定。本书把"过程"思想引入"关系论"中，认为古今"六种"文艺范式所包含的普遍性精神为当代文学形式思想奠定下了基本质素，它们在文学与存在、文学与社会、文学与主体、文学与形式、文学与读者、文学与历史等基本关系方面，给出了当代文学形式认识的基本内涵。

第五节 现代性理论与中国现当代文学研究转型

一、"现代性"命题的充分展开和相互冲突

20世纪80年代，海外华人李欧梵在考察中国现当代文学中首先使用现代性理论。费正清在主持编写《剑桥中华民国史》的时候，李欧梵也参与其中，撰写的部分是中国现代

文学史,其在标示1895—1927年文学趋势的时候使用的是判断语,那就是"现代性的追求"。在该部分中,李欧梵借用了《现代性的诸副面孔》这一经典著作中作者卡林内斯库的理论加以描述,对审美现代性和启蒙现代性的不同路径进行分析,对现代中国以及现代西方在不同语境中现代性的差异进行描述。李欧梵严格地区分这两种现代性的观点,在国内现代文学研究中给予引入,探讨了中国语境环境下现代性的特殊性。

20世纪90年代,人们逐渐地关注以及接纳"现代性的追求"这一命题以及李欧梵分辨的两种现代性。但是在20世纪80年代的语境中,中国现当代文学研究中已经开始引进现代性理论,以启蒙现代性为文学视角,并与当时的国家目标——四个现代化相呼应。启蒙现代性的文学观针对人性的践踏展开讨论,是对社会现象的揭露。进入90年代后,随着国内市场化的深入,在思想领域中的现代性命题被现实的激荡所激活,内涵愈加丰富,在现当代文学研究中展现的涵盖力比较充足,其多元性、多重性进一步显现,但是其鲜明的内在矛盾也比较突出。或者可以这样理解:正是其丰富性、矛盾性以及混沌性,才让该命题显现出强劲的生机和活力。

二、"中华性"和"西方性":对"现代性"话语的质疑

追溯至康德时期,其阐述的启蒙精神,或者上推至法国启蒙运动年代,张扬的启蒙现代性,已经走过了两百多年。相对启蒙现代性而言,法国诗人波德莱尔的一篇美术评论是西方学界明确界定审美现代性的根源。至此以后,马克斯·韦伯考察了现代资本主义和新教伦理之间的关系,海德格尔及后来者批判现代性,然后到20世纪后半叶兴盛的清算现代性,这些都表明,西方艺术家和思想界一直在思考现代性,表现出明显的阶段性特征。

但是,反观如今国内,却变得紧迫而局促。虽然早在20世纪二三十年代国内就开始使用现代性,然而,却在20世纪90年代才开始引起思想文化界真正的关注。在吉登斯看来,现代性的三大特征之首为时空的分离,而在国内,在思想和社会进程中,却表现出短促的时空分离以及交错缠绕,现代性、前现代、后现代被放置在同一时空内,这道"风景"是前所未有的。

在20世纪90年代的思想进程中,中国出现后现代主义并掀起浪潮。国内大规模推进市场经济进程,社会面临巨大的转型,思想文化和文学不可避免地受到一定的冲击,商品化和物欲不断侵蚀文学和思想文化。面对这从未出现也从未遇到的社会现象,文学界和思想界出现一定的裂隙,各自的选择和批判也不相同;当80年代的精英意识、启蒙情怀以及理想主义被质疑的时候,知识阶层也出现了巨大的分化。坚持启蒙思想的人们,对拜金主义、物欲横流的社会现象,以及文学艺术领域中迎合市场的低俗现象,进行了猛烈的抨击,并且引发了一场全国性的人文科学领域的大争论。一些年轻的学者,坚持理解和认同市场化的合法存在观点,认为世界的繁华自有其存在的道理,应该对自己的评论尺度以及

理论立场进行合适的调整，这是一种文学认可也是一种新的文学态度。

三、在"后现代性"中重写"现代性"

我们应该怎样解释从"中华性"重返"现代性"的缘由呢？或许可以这样讲，如今中国的发展呈现出一定的不平衡态势，互联网、移动通讯、市场全球化的出现，以及人们对新出现建筑的戏称，的确呈现出全球后现代主义的气象，但是，落后生产力、发展的不平衡足以证明我们还处于实现现代性的道路阶段。因此，融合现代性和后代性，是我们适合的选择。

陈晓明被视为国内后现代主义思潮的发言人，在他看来，现代性没有终点，但是他承认危机是后现代性和现代性的共同点，是文学家未来研究的方向。后现代话语经过20世纪90年代的拓展尤其是融合后殖民理论之后，其立场和理论主体出现很大的混乱情况。随着我们强化文化研究，90年代的思想界对文化差异的政治学明显重视，重新以民族本位为出发点，强化中西二元对立，对现代性的基本价值准则加以批判和怀疑。不论是后现代性的描述还是现代性的言论，民族本位和中西对立始终是难题。

四、启蒙现代性论者的自省与追问

反思并追问现代性理论的不仅有后现代主义者，更有推崇启蒙精神的学人。就20世纪中国文学的启蒙现代性立场，时至今日，黄子平在一篇《再论"二十世纪中国文学"》的演讲中进行了深刻的反思。其一，检讨的是具有理想主义以及乐观主义气息，并在启蒙思想大潮中具有宏伟抱负的学人；其二，检讨的是文学史观。他对启蒙的有效性进行质疑，对重塑民族灵魂的可行性加以反思，对启蒙者的身份是否合法进行检讨和反思。这一系列问题均是20世纪我国文学史的核心概念。

就被启蒙和启蒙的关系问题，即启蒙自身存在迷惘需要被启蒙，曾有人持这样的疑问：启蒙者是谁，被启蒙者又是谁。有人这样分析，阿Q临刑时需要画押但是画成了圆和瓜子形，但是为什么会设计为圆而不是直接按手印。这正是叙述者内心矛盾和复杂的最好体现。《阿Q正传》中，第一章的第一人称是作者自己，为阿Q做传，并且是前所未有的"正传"，这也许是叙述者是一种类似于新青年和"茂才"的人，同时又介于二者之间；第二章，第三人称是叙述者自身，但是不跟"传主"走要留在未庄，阿Q去了城市。叙述者始终处于需要被启蒙的位置，因此得出启蒙者也是需被启蒙的结论。20世纪80年代，人们在分析明暗面的时候倾向于把鲁迅的存在主义作为依据，这是非理性的表现。我们称20年代的启蒙为"站在黑暗之口"，而80年代的"门"为旋转门，四周都是光明，但是一旦其开始工作——旋转，我们却不知这种光明在什么方向。

五、现代性理论与中国现当代文学研究的多重范式

（一）世俗现代性或"中产阶级"的现代性

就张爱玲的作品和现代性的关系而言，同样以"轻性"为着眼点，以个人主义的话语为特征，学界却对其有不一样的评价。王茜的《"中产阶级气质"的想象性满足——对"张爱玲热"的另一种解读》，对最近几年的"张爱玲热"现象进行深入的剖析，其中不乏犀利而又敏锐的言语对张爱玲在文学中构筑的"虚假的现代性"以及"中产阶级深化"进行猛烈的攻击。对"张爱玲热"的本质进行批判："中产阶级深化"在中国本土文化披着贵族式华美的外衣以及西方的风情中亮相，让人们的想象空间被进一步激化，并让人们获得满足的主体意识。

随着获得中产阶级生活，在一些知识者文化人身上形成了一种中产阶级的气质；还有这样一部分人，生活水平没有达到中产阶级水平，但是精神上已经感染了中产阶级的气质。在这样的意识形态中，可谓是一场物质和想象的狂欢，"文学视野关注的对象已经不再是张爱玲，而是走向更为可怕的大众文化符号"，张爱玲和其作品紧紧地捆绑在一起，形成社会文化符号，在不同的语境中同时使用。王茜指出，我们不难发现，不管是怀旧的贵族情怀还是精致生活的情调或者个人主义等流行词出现如中产阶级，如果我们细心地剖去媒体炒作的浮华，留下的是一些和中产阶级气质相关的烦琐想象，恰如在充满物欲的城市边缘。我们已经无法分辨究竟是张爱玲这个人还是其作品把这种想象的需要巧妙地传达，无论是平凡的大众还是媒体均在张爱玲的情感中缠绵，从中获得需要的想象性满足。

（二）反现代性的现代性：积极的和否定的

在研究现代性和中国20世纪20年代文学关系的过程中，其中值得我们注意的地方为反现代性的现代性问题。《当代中国的思想状况与现代性问题》的作者汪晖明确地指出"反现代性的现代性"是中国特有的现象，同时阐述了，"反现代性的现代化理论"并不局限于毛泽东思想，而是自清朝末期以来的思想特征。人们所说的传统因素仅仅是"反现代"取向的一个因素，更重要的是内因为帝国主义的侵略以及资本主义社会危机的出现等这些历史情况，这些共同组成了寻求现代性的历史语境。一些对中国现代化运动有利的有识之士、有志之士，需要对中国现代化运动中怎样才能走出资本主义的侵袭进行深入的思考和研究，中国现代性思想中最基本的特征由对现代性的质疑和批判本身构成。所以，以悖论式的方式通过思想努力和社会实践寻求中国现代性是中国现代思想以及重要思想家的主要方式。对现代性的批判和反思是中国现代思想包含的内容。但是，在对现代化进行寻找的过程中，在特定的语境下，这种思想却发生了一系列本不应该具有的变化——反现代社会实践以及乌托邦主义：恐惧官僚制国家、轻视法律法规、推崇平，等等。在国内的历史情

境中，理性化的过程和现代化的努力拒绝同行，由此出现了深刻的历史反思和矛盾。在《关于现代性问题答问——答柯凯军先生问》中，汪晖曾经指出中国现代思想中有一种特有的反现代性的现代性特征。我们从殖民主义时代开始寻求现代性，这种寻求的本质的历史含义为批判资本主义以及反抗殖民主义。从梁启超、孙中山到毛泽东，都坚持现代的立场，他们也清醒地认识到西方现代性的弊端。不仅如此，这种矛盾来源于现代性自身的冲突：现代性的结构并非一成不变，其内部存在一定的冲突，从现代性自身孕育中培育出反思和批判现代性，也可以这样讲，现代性自身也具有反现代性。

在我国现代文学中，现代性以及和此相关的种种已经显现出勃勃的生机。在未来一段时间内，中国当代文学研究中一个重要的理论——现代性理论理应成为研究的新的视角。

第二章

中国现当代文学探究

第一节 中国现当代文学与文学史料

挖掘文学史料对于研究中国现当代文学具有重要的意义，其不仅能够完善现当代文学这门学科，更可以纠正错误观点，带来新的学术增长点，对研究主题的学术人格和学术品格进行完善。然而，当前我国现当代文学研究中存在着不重视文学史料的倾向。本书从当前我国现当代文学研究中不重视文学史料的问题入手，具体分析文学史料对于中国现当代文学研究的重要作用，旨在摆正我国现当代文学研究的方向。

文学史料对于文学研究的重要作用是毋庸置疑的，文学研究必须以文学史料为基础，这样才能正确把握文学研究的方向。然而，当前我国到现当代文学研究对于文学史料达到了忽视的地步，没有充分发挥文学史料的重要作用。本书对文学史料对于中国现当代文学研究的重要作用进行了分析和探讨，希望能够为我国现当代文学研究摆正方向。

一、当前我国现当代文学研究中不重视文学史料的现状

一切历史研究工作都要以史料的搜集、运用、理解和鉴别为基础。只有这样，才能保障学术研究的学理化更加规范。由于受到商业文化气息的影响，我国的学术研究逐渐脱离了学理规范，片面重视主体主观意志的发挥。很多学者在没有对文学史料进行收集与整理的基础上就开始撰写文学研究著作，甚至一些文学研究者认为史料研究是没有价值的。这就导致一些文学研究忽视客观存在的事实，对现有的文学史料进行歪曲。

二、文学史料对于中国现当代文学研究的重要意义

（一）中国现当代文学这门学科的完善需要发掘文学史料

随着我国思想的解禁和文学史料的挖掘，文学研究摆脱了旧有的阐释式的研究模式，开始重视对历史的本来面目进行还原。而发掘史料对于中国现当代文学研究具有重要的意义，是中国现当代文学研究开始逐渐完善与成熟的标志。如华东师范大学陈子善教授发掘张爱玲的史料，对张爱玲在绘画领域和戏剧领域的造诣有了更为深刻的了解，从而能够更全面、系统地对张爱玲进行研究，并对她在中国现代文学史上的地位有了一个正确的认识。由此证明，挖掘史料可以对中国现当代文学研究这门学科进行完善。换言之，如果没有文学史料的发掘，中国现当代文学这门学科就会成为无源之水、无本之木。因此，只有重视

文学史料的发掘，才能使中国现当代文学这门学科不断完善，走向系统化和规范化。

（二）通过发掘文学史料能够纠正过去错误的文学研究观点

在当代文学研究的过程中难免会出现这样或那样的错误，其错误原因主要有两大方面。第一个原因是缺乏足够的文学史料进行研究，造成了一定的研究盲目性。如对巴金文学生涯时间的界定，之前一直认为1929年巴金在《小说月报》上发表《灭亡》是巴金文学生涯的起点，然而在搜集和整理文学史料的过程中却发现巴金早在1922年就已经在《时事新报·文学旬刊》上开始文学创作了，这就将巴金文学生涯的时间向前推至1922年。这对于巴金的文学研究非常重要，也充分说明了资料发掘的重要性。第二个原因是文学研究主体本身存在各种问题，对文学史料的发掘不够严谨和细致，或者由于受到政治环境的影响而不敢将真实的言论发表出来，只能屈从于政治要求。

中国当代文学研究的发展历程正是伴随着文学史料的发掘而不断地修正和完善，走向系统化和专业化的。随着文学史料的不断发掘，我国的现当代文学研究才能取得更令人信服的结论。

（三）改变当前我国现当代文学研究乏力的现状

不可否认的是，我国的现当代文学研究在很长一段时间内都存在着研究乏力的情况。很多研究者认为，经过几代学者的研究，30年的现当代文学史已经不存在研究的空白领域，缺乏继续研究的价值，甚至一些研究者悲观地认为中国现当代文学研究已走入绝境。鉴于此，怎样给中国现当代文学研究提供新的视点和增长点就成为我国现当代文学研究者必须面对的重要问题。但在浙江师范大学召开的中国现当代文学学术生长点研讨会上，与会专家并没有对文学史料予以重视，绝大部分与会专家都认为文学史料无力改变中国现当代文学研究乏力的问题，而将目光更多地集中于文学话语的运用与引入。

值得思考的是，为什么会出现现当代文学研究乏力的问题，一个重要的原因正是缺少文学史料。正是由于很多文学史料被湮没了，才造成了中国现当代文学研究中的很多空白点无法得到填补。研究鲁迅和周作人的专家钱理群先生通过系统地整理沦陷区的文学史料，出版了《沦陷区文学史料选》，极大地拓宽了现当代文学领域的范围，使沦陷区的文学研究水平得到了新的提高。这也充分说明发掘文学史料能推动中国现当代文学研究的进展，从而改变现当代文学研究乏力的现状。

丁景唐和马良春两位先生正是通过对文学史料的整理和搜集，在国内左翼文学研究领域取得了极大的成就。中国现当代文学研究应该学习两位先生严谨的治学态度，通过搜集和整理文学史料来打破我国现当代文学研究乏力的现状，给现当代文学研究带来新的增长点。

（四）通过发掘文学史料来对研究主体的学术人格和学术品格进行完善

发掘文学史料对于研究主体而言具有重要的意义，能对研究主体的学术人格和学术品格进行完善。研究主体的学术人格和学术品格是辩证统一的，研究者对文学史料的态度正是学术人格和学术品格的基础。如文学史料学专家和文学研究家王瑶先生就是一个集中的体现，其《中国新文学史稿》引用了大量的文学史料，具有极高的学术水平。我国在20世纪50年代曾经涌现出大量的文学史专著，出现了一个现代文学史写作的高潮时期。但20世纪50年代遗留下来的有价值的文学史专著却并不多，只有像《中国新文学史稿》这样严谨的文学史专著迄今还对中国现当代文学研究产生着巨大的影响，成为中国现代文学领域必须参考的一本研究专著。王瑶先生的专著之所以能对一代又一代的文学研究者产生巨大的影响，是由于在搜集和整理文学史料的过程中王瑶先生形成和提炼了自己高尚的学术品格和学术风格，从而使文学研究具有了独特的意义。

与王瑶先生相类似的还有现代文学学科的奠基人、现代文学著名作家唐弢先生，其在六十年的工作中勤勤恳恳地进行文学史料的收集和整理工作，正是在这个过程中完善了他的学术素质。由此可见，只有在基础性的文学史料搜集和整理工作中勤恳踏实地工作，才能练就一个学者的学术人格和学术品格。

受到商业化气息的影响，当前中国现当代文学研究的学术环境比较浮躁，很多研究者往往片面追求数量而忽视质量，不重视自己学术人格和学术品格的培养。只有通过文学史料的发掘，不断培养自己的学术人格和学术品格，才能做出真正有价值的文学研究。

鉴于中国现当代文学研究的重要意义以及当前我国文学研究中存在的忽视文学史料的严重问题，建立完善的中国现当代文学史料学已迫在眉睫。只有建立完善的中国现当代文学史料学，对文学史料进行严格的整理、辨别、搜集和发掘，才能在现当代文学研究中做到尊重客观文学史料，推进现当代文学研究。这也是为了确保文学史料的真实性，避免篡改文学史料的事情发生。只有这样，才能够进行科学化、规范化和系统化的史料管理和多渠道的史料交流。

第二节　中国现当代文学作品的英译

在我国的现当代作品的英译历史中，许多汉学家都对其做出了大量的贡献，但是，和英译中相比，中译英不管是从量上还是质上，影响力都是不高的。怎样才能将我国优秀的现当代作品向外译介，使我国的作家走出国门，使我国的文学能够在世界文学中占有一席之地，这将是我国进行国际文化交流的一个非常重要的问题。

一、中国现当代文学作品英译的不足之处

（一）英译作品的国外影响力比较小

长期以来，我国很多翻译家、作家总会翻译大量的外国文学著作，也就是我们通常说的"拿来主义"，但是在这期间，我国翻译家将本国的优秀文学作品进行翻译并将其推出过门的却少之又少，和国外译作相比，不管是从量上还是质上，我国文学作品的影响力都是不高的。对我们来说，很多外国作品、外国作家都是非常熟悉的，但是很多外国读者对中国很多著名的文学作家了解得却不多。

（二）译文的翻译质量良莠不齐

一般而言，很多名著都是在名译的作用下产生的。经过著名翻译家叶君健、朱生豪等对罗曼·罗兰、安徒生、莎士比亚等西方作家作品的翻译，我国读者对这些西方作家都是非常熟悉的。但是，我国很多的中译英翻译者们，因为本身的英语基础比较差，导致翻译水平出现良莠不齐的现象。由于翻译问题的影响，大大降低了我国作品的艺术感染力。如果我国对自身优秀作品的翻译不到位，就会出现很多不良后果，轻则使外国读者在理解上出现偏差，使文学作品远远偏离文学译介的标准，重则损害国家民族的文化形象。对于汉学家来说，因为他们并不是非常熟悉我国各种民俗风情，所以在译文中出现一些错误也是避免不了的。在 *Recollections of West Hunan* 中一共有 11 篇沈从文的作品，由于翻译作者对 20 世纪二三十年代的湘西情况、湘西的方言并不是非常熟悉，导致在翻译过程中出现一些在理解上的错误。例如，在书中有这样一句话，即"原来这小妇人虽生在不能爱好的环境里，却天生有种爱好的性格"，其相应的译文为 Although this girl was born into an environment no one could love, she was also an born en-thusiast. 这句中"爱好"的译文是错误的。

二、中国现当代文学作品英译不足之处的解决对策

对一个国家而言,精神文化是本国的软实力。尽管我国经济的发展越来越好,但是我国文化的发展影响力却相对落后,很多外国读者并不了解我国的优秀作者及作品。而对于外国读者来说,他们对中国的了解渴望还是很浓烈的。文学作品并不像仅仅介绍东方文化的书籍一样,它主要通过真实性的生活来反映社会的变化、人们的精神、心理等,这样能够加深外国读者对我国人民的基本情感、生活细节的理解。因此,我国文学作品汉译市场的情景还是非常好的。怎样翻译出高质量的中国现当代文学作品呢?笔者认为,我们可以采取以下对策。

(一)重视对中译英翻译人才的培养

根据相关资料不难发现,华侨翻译家、华裔翻译家是我国中译英主要力量。由于他们身处的生活环境,使得他们具有特别优越的条件,不断激发着他们对翻译的积极性。西方国家对文学作品的翻译工作一直都是非常重视的,这些国家会给翻译家很高的荣誉。在我国,巴金、叶水夫等翻译家也都获得过来自别国的奖励。因此,我国也应该对翻译工作者制订相应的翻译奖励,给他们提供帮助,这样才能不断提高翻译工作者的翻译积极性。

(二)政府应加大鼓励扶持政策

很多国家对本国文学的对外翻译都是十分重视的。例如,英国为了使本国的文学作品能够走进我国市场,在1995年制订了相关推进计划,为中国出版社购买英国作品图书的版权。在2006年,我国为了能够使本国文学作品出现在世界文学的平台上,也制定了相应的推广计划,即国外出版机构只要获得国内出版机构版权,就会获得免费的翻译资助。在2007年,我国作家协会为将我国100部左右的现当代优秀作品出版版权出售给国外出版机构,建立了现当代文学作品译介工程。对该工程,很多出版商都表示赞同。不过,考虑到国外读者的阅读喜好、阅读需求、审美习惯等,还有外国文学作品的消费市场,我国最好选择一些最能体现我们中国人情感、中国文化魅力的文学作品,避免选择意识形态的文学作品,这样才能更有利于我国作家向国外的不断发展,才能更有助于我国文学作品能够真正走入外国读者的心中。

尽管我国的经济实力越来越强,经济的国际影响力越来越大,但是,我国文化软实力的发展速度却比较慢。目前,我国的现当代作品有很多,在这种背景下,我们不仅要时刻坚持文学的民族特性,还要不断提高文学译介的工作强度,使我国的文学作品真正走出国门,向全世界展示我国的文学形象。因此,我们应该从选题着手进行,制订适合于我国现当代作家作品英译汉的发展计划,建立一支由国内翻译家、汉学家组合的中译英队伍;与此同时,我国政府还应对翻译给予大力的经费资助,加强国内翻译家、作者、汉学家之间

的沟通，不断提高翻译的质量，坚信我国现当代作家作品的英译汉事业会发展得越来越好。

第三节 中国现当代文学的语言品格

改革开放以来，由于受社会多种因素的冲击，中国文学已经不复当年的盛况，走向暗淡。笔者对产生中国文学没落的原因进行分析，并且在此分析的基础上，提出中国现当代文学的知识品格定位、审美品格定位和开放品格定位。

从1917年至今，中国现当代文学经历了近百年的风云变幻，不断地探索和拓宽中国的文学道路。然而，这些道路也并非是一帆风顺的，仍然存在一些问题，这些问题尤其在20世纪90年代以来表现得更加明显和突出，其中之一便是中国现当代文学的品格定位问题。

自改革开放以来，中国进入市场经济时代，对经济的追求和注重以及多元社会的冲击使得中国的文学氛围日渐稀薄，不论是文学作品还是文学理论研究都不复当年的盛况，它们开始渐渐淡出人们的视野。伴随这种状况而产生的，便是文学地位的尴尬和其品格定位的日渐模糊不清。昨日的辉煌与今日的暗淡迫使我们急切需要考虑和研究这样一些问题：中国文学的尴尬来自何处？怎样进行中国文学的品格定位？

一、中国文学走向暗淡的原因分析

只有"对症"，方可"下药"，分析和研究当前中国文学走向暗淡的原因是对文学进行品格定位的第一步。作者将从社会变迁、文学研究、文学创作和文学教育这四个方面对当前中国文学的"尴尬"地位和暗淡原因进行分析。

（一）多样化的审美方式削弱了文学的地位

改革开放带来了40年间中国经济的飞速发展，随之而来的便是人民生活的日益改善和休闲娱乐方式的多样化。在此之前，中国社会的落后使得文学成为人们休闲娱乐和审美的主要方式和途径。相对地，中国文学呈现出一派昌盛繁荣的局面，其在社会地位和功能是其他方式所不能相比的。而经济的发展，使得电视机、电脑等数码产品开始走进千家万户。并且与文学相比，这些产品更给人民带来审美和娱乐上的全方位的享受。此外，各级政府也更注重影院、歌舞剧院等社会公共休闲娱乐场所的构建，使得人们的休闲活动更加多样。这些都大大地分流了文学的功能，从而也使得文学的地位被大大地削弱，不比从前。

（二）文学研究走向自闭

20世纪80年代初，中国社会摆脱动乱，整个社会思潮开始启蒙，而文学便是此"启蒙时期"的"第一干将"。这一时期的文学研究和文学作品极为丰富且精彩，留下了很多经典作品，并且这一时期的文学非常注重也做到了与民众和读者的沟通。然而，这种良好状况并未持续太久，自90年代开始，文学开始受到经济社会冷落，文学研究者渐渐地放弃了与读者的自觉连接和沟通，开始致力于文学领域内的各种研究并取得了丰富的成果。但在这种闭合研究中，中国现当代文学学科由此发展成为闭合的学科，中国文学也走向了"自闭"，没有了与受众的沟通，从而使得文学发展受到局限，也使得文学丧失了引领社会思潮的作用。

（三）文学内容和形式的多样化极大地冲击了传统文学

由于社会的发展、科技的进步以及文学创作者及读者群体自身因素的影响，当今文学不论是在内容上还是形式上都日益丰富多样，而网络文学便是其中的代表，也是目前为止影响最为深远、在文学领域内崭露头角的新兴文学形式。不可否认，网络文学能够兴起必然有其过人之处，但是从整体状况来看，这种文学形式以及其他新兴文学形式都大大地冲击了传统文学。其不论是在严肃性、创作方法、表达的思想还是在作用功能上都与传统文学相差甚远。这些文学最注重的是休闲娱乐，反而没有了自己的内涵和深度。由于受众群体的庞大和影响的扩大，其极大地冲击了传统文学的各个方面。这正是造成目前中国文学界新老文学之争的重要原因，同时也是我们对文学进行品格定位必须要注意的问题。

（四）文学教育不能满足广大受众需要

文学地位的削弱以及中国目前的教育现状使得我国当前的文学教育现状也不尽如人意。具体来说，在教育对象上，进入本科教育以来，多样化的选择分流了文学教育受众，使得其教育对象和范围缩小，而且越高层次的文学教育其教育对象就越少，这样就极大地忽略了文学的普遍性教育。在教育方式和教育内容上，文学教育还存在众多不足，其中最主要的一点是创新不够，仍拘泥于传统的教学方式和既有的文学知识的学习，而不能主动去发现和创新。这些因素使得我国当前的文学教育并不能满足广大受众的需要，进而也影响了我国文学的发展。

二、中国现当代文学的品格定位

在对中国当代文学尤其是进入21世纪以来的文学走向衰落的原因进行分析之后，结合我国现当代文学整个百年间的发展状况以及其相关品格定位，笔者从促进中国文学发展的目标出发，对中国现当代文学的品格定位提出自己的认识和间接。具体来说，笔者认为，中国现当代文学应当构架和完善其知识品格、审美品格、开放品格。

（一）知识品格

从文学的功能和中国现当代文学课程教育来看，中国现当代文学应当具备知识品格。文学本来便是普及知识教育的一种重要手段，而且也是影响社会思潮的重要途径。当前的文学创作仍然要继续保持和加强其知识性色彩，巩固其知识传播功能。而从文学教育上来说，中国现当代文学的知识品格就更加明显和重要。当下中国现当代文学课最基本的品格定位是以文学史为架构，以作家作品的思想内容、艺术特色为支撑的文学课程。因此，对文学教育来说，知识品格是其最基本的品格。

此外，从社会发展角度上来看，当今的时代正步入"知识经济"时代。在这一时代，知识的重要性更是不言而喻，"知识就是资本"的口号便是最好的证明，知识成为人们创造和收获物质和精神财富的重要手段。因此，从这点上来看，中国现当代文学更加要注重其知识品位定位，以适应和促进"知识经济"时代下的个人和社会发展。

在实现和巩固文学的"知识品格"定位上，我们要求保持文学的严肃性和知识导向性，反对和抵制一切低俗文学，为文学的发展营造良好的、浓厚的氛围。在中国现当代文学教育上，要加快文学的与社会对接步伐；构建科学、合理的文学教育体系；通过多种途径来加强文学研究,在传承前人优秀的研究成果的基础上,不断推陈出新,促进文学的全面发展。

（二）审美品格

除了知识品格之外，文学还具有审美品格。

文学是我们获得审美的主要途径。文学本身便既是一门科学，又是一门艺术，带有鲜明的艺术气息。如果说自然中的美是直观的，那么文学里的美便是需要人去用心灵仔细品读和发现的。文学的美主要体现在其对社会生活以及人类心灵的美的精华浓缩。相比于自然美，它更能抵达人心灵深处，因此，古往今来，人类历史上才会遗留下众多经典的文学作品。例如，《被缚的普罗米修斯》表现了一种不屈服于权势、追求正义的美；《狂人日记》表现出了一种思考和对思想自由的不懈追求之美。

文学的知识品格和审美品格是极其重要的，也是文学发展的两大支撑，但现存的问题却是，中国文学对知识品格的重视和对审美品格的忽视，这种状况在文学教育中表现得尤为明显。而今的文学教育只注重科学层面上的文学知识与文学技巧的教育，而忽略了人文层面上的对文学作品"审美"品格的注意以及对文学的"审美"思考，这种局面值得我们深思和改正。尤其是在物欲横流、国际形势日益复杂、社会日益多元化的形势下，我们更要注意的是用文学这一表现形式来进行思考和交流，启发人类的心灵。

（三）开放品格

开放品格是新形势下我国现当代文学的发展要求和发展方向。改革开放以来，中国加快了融入世界的步伐，中外文化之间的交流方式和交流内容趋于多样，并形成了开放、兼容的文化结构和文化体系，从而也使得现代中国文学越来越具有开放性，这是一种良好的局面。

从文学本身来看，开放性也是其固有的特性。文学是面向全人类的，没有国别和地域限制。从文学的发展上来看，建立一种种开放性的发生、发展机制，营造中国开放的、多元的文学艺术气息，加强中国文学与世界文学的交流与合作，是发展我国现当代文学的必由之路。因此，我们应当坚持和强化文学的开放品格。

第四节　寻根文学与中国当代文学观念

从为数众多的代表性作家作品以及产生的影响来看，寻根文学在中国当代文学中无疑占据着举足轻重的地位。它涉及面极广，甚至可以说涵盖了整个中国当代文学，对中国当代文学的发展有着巨大的影响。从某种程度上来说，弄清楚寻根文学的来龙去脉，在很大程度上，就弄清了整个中国当代文学的发展脉络和方向。

20世纪80年代，中国当代文学迎来了发展的黄金时期，各种文学思潮风起云涌，形成了新时期文学的繁荣景象。从伤痕文学到反思文学，从改革文学到关于现代派的讨论，中国当代文学一直在寻找一条适合自身发展的道路：中国文学如何自立于世界文学之林？中国作家们为此进行着各种尝试，直到等来了寻根文学。

寻根文学第一次比较明确地提出了一些观念，为摸索中前进的中国当代文学带来了各种各样的启示，并通过理论和创作上的一系列实践，为中国当代文学的发展提供了一些方向，对中国当代文学产生了不容忽视的影响。

一、寻根文学的理论倡导及创作实践

寻根文学主将韩少功说："文学有'根'，文学之'根'应深植于民族传统文化的土壤里，根不深，则叶难茂……""寻根……其要点是在政治视角之外再展开一个文化视角，在西方文化坐标之外再设置一个本土文化坐标。"

郑万隆说："我的根是东方。东方有东方的文化……要不断开凿自己脚下的'文化岩

层'。"李杭育也说,"笼罩在实用主义阴影"之下的中原规范文化,是一种"远离生存和信仰,肉体和灵魂","我以为我们民族文化的精华,更多地保留在中原规范之外。规范的传统的'根',大都枯死了","规范之外的才是我们需要的'根',因为它们分布在广阔的大地,深植于民间的沃土"。

蔡翔在描述寻根文学的重要会议——杭州会议时也提到:"但有一点是肯定的,把'文化'引进文学的关心范畴,并拒绝对西方的简单模仿,正是这次会议的主题之一。面对'文化'的关注,则开始把人的存在更加具体化和深刻化,同时更加关注'中国问题'。"

此外,寻根文学的理论文章《寻找东方文化的思维和审美优势》《文化制约着人类》《现代小说中的历史意识》《跨越文化断裂带》《在文化背景上找语言》等等,虽说论述的侧重点各有不同,但无一例外都有很多共通之处,有着诸多相同的文学创作理念。

寻根作家们在寻根文学理论的指导之下,创作出了大量的寻根文学作品,无论是韩少功的《爸爸爸》《女女女》,还是阿城的《棋王》《树王》《孩子王》等小说,抑或是李杭育的葛川江系列小说和郑万隆的异乡异闻系列小说,以及张承志的《黑骏马》《北方的河》和莫言的红高粱系列小说等等,都是从创作实践的角度,践行着寻根文学的理论,力求通过自身的努力来改变伤痕、反思等小说中的创作理念,使中国当代文学能够更好地融合到世界文学的潮流中去。而寻根文学的创作实践,也和寻根文学的理念一起,相得益彰,互为补充,共同推动着中国当代文学朝着多元化方向发展。

二、寻根文学的特征

(一)地域文化特色

寻根作家的创作,在自觉不自觉中都形成了自己鲜明而独特的地域文化特色,几乎所有的寻根作家,都有一片属于他自己的文学"故乡":韩少功的湘楚,张承志的草原,李杭育的吴越,扎西达娃的西藏,贾平凹的商州,李锐的吕梁,等等。这些寻根作家在自己这片文学土地上,孜孜不倦地耕耘,把地域文化和自己的文学创作结合得异常紧密,让地域文化大放光彩。

(二)传统文化氛围

在韩少功等寻根作家的寻根理论中,他们所寻之"根",都有一个共同的指向——民族传统文化。寻根作家们往往把自己的创作放置于我们自己的传统民族文化土壤之中,深掘国民的民族文化深层次积淀,有的作品揭露民族传统文化中的劣根一面,有的作品又赞扬民族传统文化中的积极优秀一面,而有的又抱着极其复杂的批评态度来审视民族传统文化。但不论从哪一方面来说,寻根作家们的创作都是在民族传统文化的背景下,来努力创作出具有自己的民族风格和中国品格的文学,如阿城对道家文化的态度,韩少功对巫楚文化的态度，张承志对草原及宗教的态度，等等。

（三）关注个体生命

寻根作家的创作，很重视对生命个体的关注，他们试图寻找人作为一个生命个体的生命之"根"，关注物质生存和精神生存的双重世界，以此来探寻生命的真谛。比如阿城的《棋王》中，王一生能够在物质极度贫乏的世界中，通过精神世界来升华自己的个体生命；《树王》中的肖疙瘩肉身虽死，但精神却以另一种方式获得重生；莫言的《红高粱》，展示出最为原始顽强的生命力，把人置身于最为原初的状态，探寻人类的生命之根；张承志《北方的河》中，生命的缺陷，却从黄河父亲般的气势中去寻找，体现出从大自然中去寻找生生不息的生命力量的隐喻。无论从哪个角度来说，寻根文学都是把一个个生命个体置于很高的地位，以此来追寻民族的和生命的"根"。

丁帆对寻根文学的总结，可谓道出了寻根文学的大致特征："首先，描写中国传统文化笼罩下人的精神生活……其次，所有的'寻根小说'都充分地表现出风俗画的特征，作家们非常重视'异域情调'和'地方色彩'的发掘……"

三、寻根文学影响下中国当代文学观念的转变

从以上的论述中，我们可以很轻易地衍生出一些和寻根文学密切相关的关键词：民族、民间、地域、文化、历史、现代、东方，等等。可以看出，这些关键词，几乎涵盖了中国当代文学的大部分努力方向，体现了中国当代文学观念的转变。有的学者指出："在整个中国当代文学史上，还没有哪一个文学思潮像寻根文学一样，能够如此深刻地影响到中国当代文学的发展格局和走向。"

中国当代文学经过十七年文学和文学的磨砺，再经过新时期伤痕文学及反思文学等的试验，到了寻根文学这里，作家们开始有意识地注意到了中国当代文学的发展道路问题，注意到了中国当代文学同世界文学的关系问题，并具有历史开创意义地提出了很多创作观念，让中国当代文学逐渐找到了自己的发展方向，中国作家们开始思考，中国文学在与世界文学接轨的同时，如何走出一条有自己特色并适合自己的道路？可以说，正是在寻根文学理论和创作的启示下，中国当代文学开始走向世界，走向繁荣，朝着多元化方向发展。

（一）文化意识的复苏

从寻根文学的理论倡导及创作实践来看，寻根文学的所有努力，都集中在对"民族传统文化"这一文学之"根"的寻找上，他们这种对待民族传统文化的态度，"促成了当代文学中文化意识的全面复归"，而"文化意识的复苏，为中国当代文学打开了世界文学的大门"。从寻根文学开始，由于文学观念的转变，中国当代文学似乎一夜之间开了窍，走上了同世界文学接轨的全球化道路。在中国当代文学历史进程中，"最早叩开西方大门的

是那些带有文化寻根倾向的作品……越来越多的中国当代文学走向了世界……"

继寻根文学以后,关照和开掘以及反思批判中国民族传统文化的小说不胜枚举,20世纪90年代以来的很多作品,仍然继续着文化思考及文化批判,"20年来一些作家还在持续着这种努力,他们继续审视中国文化之根,做出了更为深刻的思考"。正是在这种思考下,中国当代作家创作出了大量的优秀作品,如张承志的《心灵史》、陈忠实的《白鹿原》、周大新的《湖光山色》《第二十幕》、迟子建的《额尔古纳河右岸》、莫言的《生死疲劳》《檀香刑》,以及苏童和叶兆言等作家的小说……单从这一串长长的作家作品名单来看,我们就知道,这其实已经包含了中国当代文学中的很大一部分优秀作家作品了。由此可见,寻根文学以来的观念转变对中国当代文学有着怎样巨大的影响了。

(二)文学对政治的疏离

现在返回去看,中国当代文学从新时期以来,总体上呈现出一条多元化的发展轨迹。而且,这种多元化是经历了各种风风雨雨和艰难险阻才得以实现的,尤其是在处理文学和政治的关系上,中国当代文学确实走过了不少曲折的道路。

曾几何时,中国当代文学被革命政治话语统治得几无容身之所,这种影响甚至延伸到了新时期初期的文学思潮那里。我们从新时期文学开始复兴的伤痕和反思乃至改革文学身上,仍然依稀可见文学的政治化创作思路,虽然他们的革命色彩没有当代文学早期的小说那么浓,但其政治化的元素仍然十分明显。这种现象,直到寻根文学出现,才有所缓解。

从寻根文学开始,中国当代文学才有意去疏离文学同政治的关系,文学创作逐渐向我们的日常生活靠拢。可以说,寻根文学"使当代文学的叙事话语实现了从当前社会政治的层面向历史文化领域的位移",并出现整体的变革,"成为弥散在中国当代文学中的一种力量和重要的酵素,它导致了中国当代文学的精神转向和中国当代文学审美空间的大量释放,也导致了中国当代文学表现领域的转移和疆界的拓展"。

文学和政治的关系极其复杂,永远缠绕在一起,想要完全分离,基本不可能。但文学想要朝着健康正确的方向发展,就必须得处理好同政治的关系。总体来说,文学疏离政治,是从主观上减少政治对文学的干涉,这样有利于文学的发展。寻根文学在处理文学和政治的关系上,对中国当代文学的繁荣和发展,产生了积极的影响,有力地推动了中国当代文学的历史进程。

(三)地域文学与地域作家群

前面提到,寻根文学的特征之一,就是其独特而鲜明的地域文化特色,而吹响寻根文学集结号的"杭州会议",更是其有力的佐证。据参加"杭州会议"的蔡翔说:"这次会议不约而同的话题之一,即是'文化',我记得北京作家谈得最兴起的是京城文化乃至北方文化,韩少功则谈楚文化,看得出他对文化和文学的思考由来已久并胸有成竹,李杭育则谈他的吴越文化,而由地域文化则引申至文化和文学的关系。"

寻根作家们的创作,都带有很强的地域文化特色,而且还形成了各自不同且相对固定的"地域"领地。这一创作特征,对中国当代文学中的地域文学产生了极其重要的影响,纵观当代文学中,成名的甚至不成名的作家,几乎每个人都有一块属于自己的地域:莫言的高密,刘庆邦的煤矿,贾平凹的商州,陈忠实的三秦,刘震云的中原,李锐的吕梁山区,韩少功的汨罗,周大新的南阳,阎连科的耙耧山脉,迟子建的北极村,苏童的枫杨树故乡,毕飞宇的王家庄等等,更不要说大量的少数民族作家了。

当代文学中的这些地域文学作品,沿着寻根文学的创作观念,在传统文化和地域文化中去寻找创作素材,实现了寻根文学观念的拓展和演变。同时,在这些地域文学的创作中,中国当代文学形成了大量的作家群,如以贾平凹和陈忠实等为代表的西北作家群,以莫言和张炜等为代表的山东作家群,以韩少功和何立伟为代表的湖南作家群,以刘震云和李佩甫等为代表的河南作家群,以阿来为代表的藏族作家群,以罗伟章等为代表的底层作家群,等等。中国还有近年来异军突起的少数民族作家群,如四川的康巴作家群,云南的昭通作家群,渝东南及湘西等地的武陵山区作家群,等等。

当代文学中大量地域文学和地域作家群的涌现,正是寻根文学在中国当代文学发展中影响的延续,同时也从另一个角度说明了,寻根文学对中国当代文学观念的转变,起着极其重大的作用。

(四)民间精神立场

民间立场是和官方立场以及知识分子立场相对的一种写作立场及姿态,文学走向民间,从某种程度上来说,更贴近了文学本身。从诞生之日起,中国现当代文学就在各种各样的变革中前进,从"启蒙"到"救亡",从"精英"到"大众",从"知识分子"到"国家意识形态",中国文学一直都在走着一条并不平整的路。中华人民共和国成立后多年,中国当代文学都处于一种国家话语和政治意识形态的控制之中,难有突破。但说到底,文学毕竟不是官方意识形态的影子,而是一种个人化色彩较浓的行为,更多的则是倾向于民间。所以,文学创作的民间精神立场很重要,它甚至决定了文学的走向,以及文学创作所能达到的广度和深度。

这里所说的民间精神立场是一个宽泛的概念,包含着丰富的内容。"民间立场是指作家自觉地站在社会底层及广大平民的立场上,对民间生活做出自己的审视与评估","坚持独立精神和自由创造的品质","是中国文学创作中的一种文学形态和价值取向,是一种非权力形态也非知识分子精英文化形态的文化视界和空间"。

从以上论断可知,民间精神立场其实是一种文学创作的理念,也是一种美学形态,采取这样一种创作方式，作家是"采取尊重的平等对话而不是霸权态度"，所以"能较为深刻地进入当下变动的现实中人们的灵魂世界"。

在寻根文学之前，中国当代文学的叙事，更多是官方意识形态的和知识分子的，很少触及民间。自寻根文学兴起以来，中国当代文学的格局就发生了变化，文学变得不再只是知识分子和官方意识形态的精神载体了，而是开辟出了一条表现民族和民间生存意识的新路。我们考查寻根文学的代表作家作品，从韩少功到阿城，从贾平凹到莫言，不管是《爸爸爸》，还是《棋王》《树王》，抑或是《红高粱》，无一不充满着浓浓的民间精神立场。

20世纪90年代以来的作家作品中的民间立场就更多了，他们关注城市的小市民，关注乡村的农民，关注底层的知识分子，关注底层务工一族，等等。从毕飞宇到刘庆邦，从刘震云到罗伟章，无数的当代作家都在其创作中，深深打下了民间立场的烙印，而这些，自然少不了寻根文学所带来的当代文学观念转变的功劳。

（五）寻根文学与当代文学流派

中国当代文学中有很多文学流派，我们细读其文本，会发现一个有趣的现象，他们与寻根文学都有着某种或多或少的联系，他们说不上究竟是谁影响了谁，也可以说是"我中有你、你中有我"的一种复杂形态，但无论怎么说，我们从这些文学流派身上，都能够看到某些寻根文学观念的影子。从这个角度来说，也可算作是寻根文学为中国当代文学观念的转变所带来的影响。

新写实小说产生于20世纪80年代中期，从时间上来说，大致和寻根文学同步，只是稍晚于寻根文学热潮，被看作是文学创作中现实传统的延续，其十分注重现实生活的原生态还原，以一种未经打磨的风格呈现琐碎的日常生活景观。新写实小说的这种风格实际上是对文学传统的某种接续，这与寻根文学的某些基本观念是一致的，尤其是新写实小说中对于民间小人物的关注，对于某些被遮蔽了的历史的关注，更是和寻根文学有着极大的渊源，体现了寻根文学民间精神立场的创作姿态。

陈思和教授把新写实小说看作是当代文学中的"后寻根"现象，说其是"延续着'寻根文学'的真正的精神内核"。可见，新写实小说与寻根文学其实是有着某种内在的联系。

先锋小说算得上是中国当代文学中一个独特的存在。受西方文学创作观念影响极深，他们对于西方小说创作技巧的借鉴，对于中国传统文学观念的冲击，无疑具有颠覆的作用。但对于西方现代派小说的借鉴，寻根文学无疑走在了先锋小说的前面。寻根文学作家大多曾受到过西方现代文学的影响，有些更是西方现代派的积极鼓吹者和倡导者。他们早在先锋小说兴起之前，就在自己的作品中大量运用某些西方现代小说的观念和技法来进行创作，如韩少功和贾平凹等作家的作品，就有不少隐含着先锋小说常用的神秘手法，而某些寻根小说作家，如莫言等，其本身就是先锋小说的代表。

同时，先锋小说中，也有很多体现了文化寻根的意味，如马原对于西藏文化的追寻，苏童对于传统文化的态度等。可以说，寻根文学和先锋小说之间，呈现出一种相互缠绕的复杂关系，寻根中有先锋，先锋中也有寻根，他们交织在一起，共同推进了中国当代文学的繁荣。

新历史小说，则更与寻根文学脱不了干系。新历史小说的最大特点，就是其小说中所呈现出来的新的历史观。这不是一种官方主流意识形态所提倡的历史观，而是一种民间的历史观，强调的是民间立场。而这正是寻根文学的理论精髓所在，新历史小说与寻根文学实际上是一脉相承的。在论及寻根文学和新历史小说的关系时，张清华肯定地说，"没有寻根小说的崛起和延展，就不可能有在80年代后期风骚独领的'新历史主义'小说的问世"。这或许可以看作是寻根文学对于中国当代文学某种特殊的贡献。

寻根文学作为中国当代文学历史进程中一个重要的文学思潮，是一个不容忽视的存在。虽然它有一种理论大于实践的历史局限，但它却用自己的理论和创作实践为中国当代文学的繁荣和发展做出了巨大贡献。寻根文学所倡导的文学创作观念，从多个角度影响到了中国当代文学观念的转变，并通过各种或隐或显的方式影响着中国当代文学的发展。在寻根文学的影响下，中国当代文学在不断修正完善和探索弥补中，一步一步走向了繁荣。

正是寻根文学崛起所带来的文学观念的转变，才使中国当代文学在历史的拐点中找到了一条正确的道路：中国当代文学只有在不断吸收西方先进理念的同时坚持自己本民族的东西，才能自立于世界文学之林。越是民族的，也越是世界的。从某个角度来说，寻根文学在推动整个中国当代文学走向繁荣的路上，起到了举足轻重的作用。

第五节　中国现当代文学电影改编的文化学

　　文学作品对于影视作品的影响是非常深远的，两者之间有着极为密切的关联。20世纪80年代，我国部分影视作品在国内甚至国外都引起巨大反响，就当前来说，国内影视作品中大部分都是改编自小说或者是其他体裁的文学作品，而在国内电影市场中引起巨大反响的影视作品，大都是改编自文学作品，特别是以小说作为体裁的文学作品。改编自文学作品的影视作品之所以能够电影市场上获得很大成就，与中国影视行业的迅速发展和文学作品是分不开的。

一、影视作品推动非经典文学作品的快速发展

我国文学作品经历了漫长的发展历程，在发展期间出现了许多经典的文学作品，而国内电影制片人在创作电影过程中通常会结合已有的文学作品或者是以文学作品作为素材展开创作，这是影视作品创作的一种全新形式。就当前来说，国内许多经典的影视作品都是由优秀文学作品改编而来的；同时，国外许多经典电影也多是以文学作品作为创作源泉。对国内影视作品市场和影视作品创作模式进行分析得知，国内许多制片人在创作影视作品时通常会在文学作品中选取创作主题和素材，尤其是当代小说更是引发狂热的影视改编热潮，相对于现代文学和古代文学来说，电影制片人更加热衷于当代文学作品。此外，在电影市场中，大部分经典的影视作品都是改编自当代影响力甚小的以小说为体裁的文学作品，这种现象在国内影视作品中也非常普遍。譬如国内知名导演陈凯歌的经典电影《霸王别姬》，该部影片在语言应用和人物塑造以及时代背景刻画等方面上都可以称得上是大师之作，上映多年后仍然是观众心目中的经典电影。《霸王别姬》在创作过程中亦是改编自文学作品，该部文学作品的作者是李碧华，实际上该部文学作品在影视创作前并没有受到大量读者的热爱，而在电影上映后该部小说便受到了中国读者的热切追捧。此外，国内许多经典的影视作品在创作过程中都是改编自较为普通的文学作品，甚至部分原著作品并没有广为人知，而少部分文学作品更是依托于影视作品才受到观众的重视。也就是说，许多较为普通的文学作品都是借助于影视作品不断拓宽传播范围和受众群体，许多观众还没有观看电影之前对于原著作品的作者和小说内容并不是特别了解，在观看影视作品后才会有兴趣去阅读原著作品，部分小说作品是在影视作品的推动下才不断拓宽传播范围和受众群体。

就我国电影创作来说，大部分是改编自非经典的文学作品，并在电影上映后获得了巨大成就，同时还促进了文学作品的迅速发展，文学作品和影视作品两者之间有着极为密切的联系。

二、改编经典文学作品应注重保留原著艺术价值

（一）影视作品可以在经典文学作品中汲取创作题材

相对于非经典文学作品来说，经典文学作品更能促进影视作品和影视市场的发展，能够给予影视作品创作更多的创作素材。我国获得成功的影视作品大多数是以非经典文学作品作为创作题材，但是在对经典文学作品进行改编成影视作品时，极大地促进着影视作品和影视市场甚至是经典文学的发展。在长期发展过程中，经典文学的影响势必会长久永存，而影视创作在改编经典文学作品过程中不但能够传扬经典文学作品，而且经典文学作品还能够推进影视作品的迅速发展，并能招徕更多的观众。在电影发展中经典文学作品也占据着较为重要的地位，在对文学作品进行改编时不仅要对非经典文学作品进行改造，还可以

对经典文学作品进行改编，以促进文学作品和影视作品双赢。

（二）应充分遵循原著思想内涵以及艺术价值

我国影视作品改编自经典文学作品的相对较少，并且改编的经典文学作品思想内涵和质量都相对较低，这不仅是因为改编者在改编过程中没有给予"经典"足够的重视，导致改编游离于原著的"经典"之外，从而导致改编自经典文学作品的影视作品普遍质量较低。部分改编者认为只有以原著作品作家的视觉上来看待作品，完全照搬着原著作品的内容才是尊重原著和原著作者，其实不然，尊重原作品和原著作者指的是在改编过程中保留着原著的精神内涵以及艺术价值，始终保留着原著作品中的精华内容，摒弃原著作品中的糟粕内容，从而对原著作品进行视觉化改造。文学作品体裁和影视作品体裁有着较大差异，如果完全照搬着原著作品的内容和模式，不仅会损害原著作品，而且还会使得影视作品丧失独特的艺术特色。正如语言翻译，直译是无法表现出原著的价值和精髓，而意译则更能表现出原著思想内涵。

三、分析文学改编成电影对当代文学产生的各种影响

影视作品和文学作品两者有着极为密切的关联，文学作品是影视作品创作的母体，而文学精神与品格则是衡量影视作品的主要标准。影视作品在创作过程中可以充分汲取文学作品中的精髓部分和思想内涵，影视作品则能够大力传播原著作品中的文学精神。

现阶段，国内影视领域中的影视作品多以文学作品作为创作题材而改造的，结合我国电影改编文学作品热潮的发展历程可以得知。1956年，时任文化部副部长夏衍执导的影视作品《祝福》就是在我国著名作家鲁迅所著的同名小说《祝福》的基础上进行改编的，此后影视作品在创作过程中逐渐开始以文学作品作为创作素材和创作源泉，这些文学作品反过来又推进着影视作品的迅猛发展。美国著名理论家普洛斯东论证由文学作品改编成的影视作品大多数都能够获得很大成就，在获得金像奖十部影片中便已经有五部是直接改编自文学作品。同时那些影响力深远的经典文学巨作也相继被影视创作者加以改造。知名文学家列夫·托尔斯泰的《安娜·卡列尼娜》广泛被影视作品用作改编素材，其改编次数高达13次，而著名文学家普希金和莎士比亚等所创作的作品更是被不少影视制作者搬上荧幕。现阶段来说，国内稍有影响力的文学作品都相继被改编成为电影，制片人也充分结合文学作品的精髓展开全新创作。需要注意的是，文学作品和影视作品是两种不同的艺术形式，因此在改编的过程中应当要发挥出影视作品的舞台艺术特色对文学作品进行改造。

四、文学作品改编为影视作品的意义

伴随着消费语境逐渐形成和消费时代的到来，影视作品在对文学作品进行改编过程

中,要充分结合影视市场发展需求和社会大众的娱乐需求。在创作电影时可以采用娱乐化叙事方式来展开创作并满足快节奏时代的基本需求,娱乐主要是指对于现实生活中不会产生影响并且能够释放自身情感的方式。在当今这样一个忙碌而快节奏的时代,人们渴望通过娱乐来释放出自身的压力和情感,并渴望能够在这种娱乐消遣中获得享受的快感。消费语境的形成和消费时代的到来促使着影视作品在创作过程中更倾向于娱乐性,而电影创作也逐渐由原来的政治意识形态叙事转变为娱乐性叙事。

（一）娱乐化

在消费语境逐渐形成和消费时代里,我国电影在发展过程中逐渐显现出娱乐性的特色。而部分叙事文艺的文学作品在改编成影视作品时情感基调发生了很大的变化,譬如《梁山伯与祝英台》《唐伯虎点秋香》,这两部本来是属于戏曲作品,但是电影在改编文学作品过程中变换了作品中的基调,并将其主题换为爱情主题,而原著中原本儒雅的人物形象也被改编成为武林高手,影视作品改编得十分荒诞。影视作品《三毛从军记》是改编自漫画电影《三毛流浪记》,并充分体现出"三毛"的人物形象特征。影视作品是站在孩子角度上来对战争进行刻画,而电影中冲锋杀敌与战场阵亡等都是由三毛演化而形成的,从娱乐中获得战争的另外一种感受。

（二）流行化和感性化

在对文学作品改编成影视作品过程中,应当要充分结合消费时代大众市场的普遍需求,应要使得改编后的影视作品充满着娱乐化的特点,将文学作品中的人物形象或者故事内容创作得更加诙谐和娱乐,从而创作出创新且符合大众要求的影视作品。当前社会正处于消费社会,其中消费社会具有娱乐化、流行化以及感性化等特征,能够促使影视作品生产出更多符合现代发展要求的作品。通过喜剧化的方式来阐述历史,从而满足着现代社会发展的需求。例如,周晓文所创作的《秦颂》,向世人呈现了娱乐化的历史,极大地满足着时代发展的基本要求。该部作品在创作的过程中主要是以我国经典文学巨作《史记》作为题材,而实际上该部作品在创作的过程中重新构造了历史人物形象和故事内容,并增添了许多情欲描写,比如高渐离和栎阳公主在影视作品中奇妙的生死关系并不是原著作品中所有的。影视作品营造着离奇事件和古朴氛围都是对历史进行娱乐化与传奇化的处理。同时还有陈凯歌所创作的《荆轲刺秦王》和张艺谋所创作的《英雄》都改编自文学巨作《史记》,其都对历史中的人物形象和故事进行了娱乐化处理,使得影视作品更具备观赏性。陈凯歌和张艺谋两人在制作影视作品过程中都是以电影导演视觉来看待文学作品,并在不违背原著思想主题和精神内涵的基础上来进行虚构性的创作,并想通过虚构的影视作品来表达自身对于历史发展的观点。这样不仅让影视作品保留了文学作品的思想内涵和艺术价值,还对文学作品进行了全新创新,这不得不说其在电影领域中取得的成就是巨大的。就当前来说,以历史主题为创作思路而展开的虚构故事不仅为社会观众提供了娱乐看点,戏说历史已经逐渐成为当前时代社会人们的娱乐品。

（三）平民化

国内知名导演冯小刚所制作的贺岁大片非常贴近社会民众生活,具有平民化的特点,成为当前社会普通大众所热衷的消遣娱乐产品。而他所制作的影视作品中也大部分都是对文学作品的改编,譬如《夜宴》则是对莎士比亚名剧《哈姆雷特》的改编。导演冯小刚所制作的贺岁大片都是使用喜剧方式和策略展开电影创作,并始终将电影类型定位于喜剧作品。1997年,冯小刚制作了贺岁电影《甲方乙方》,该部作品是其在中国所创作的第一部贺岁电影,该部贺岁电影在上映后票房便一直高居影院榜首,在其1999年所创作的《不见不散》和2000年所创作的《没完没了》都受到了观众的喜爱。其中,导演冯小刚在创造贺岁电影的过程中受到王朔的小说《你不是一个俗人》的影响相对较大。日常生活中普通的语言和行为在王朔的描述下显得尤其生动和迷人。王朔在细致观察生活上对冯小刚的影响较为深远,因此也促使着他所创作的贺岁片都具有平民化的特点。冯小刚在创作作品过程中通常在夸张故事中添加包袱,这使得电影故事情节更具有游戏性和娱乐性。在其创作的贺岁影片中,普通人通过不懈努力最终也能获得成就,这满足着当前社会普通民众的心理,普通民众也渴望获得成功,他所制作的电影在一定程度上让社会普通民众找到了情感寄托,因此其制作的电影受到了广泛民众的大力支持。

影视作品和文学作品两者有着极为密切的联系,影视作品在创作的过程中,可以以文学作品作为创作题材和创作思路,但是因为电影和文学两者在艺术形式和艺术本质上有着很大的不同,因此想要使影视作品更富有感染力,就需要改变文学作品创作形式,并以影视作品舞台艺术特点来对文学作品进行改编,这样才能够保持着影视作品和文学作品各自的艺术魅力。同时,在对文学作品进行改编的过程中应当要充分保留着文学作品内在思想精髓和艺术价值,并对其故事内容进行全新创作,从而制作出独具特色的影视作品,这样不仅能推动着影视行业的迅速发展,还能够大力宣传文学作品,两者相辅相成,实现双赢。

第三章

中国现当代文学教学

第一节　中国现当代文学史"三段法"教学

中国现当代文学史教学在高等院校中国语言文学专业大学本科生培养方案中,占据着举足轻重的地位。本学科内容综合性强,知识面覆盖广泛,教学难度较大,以往的教学在诸多方面都面临着严峻的挑战。随着我国高等院校教育思想和教学观念的改变,中国现当代文学史教学凸显的问题引起了研究界的广泛重视,而任课教师要求对本课程的教学改革也逐渐转化为强烈的内在要求。为了适应时代的要求,为了保持本学科的生命力,为社会培养复合型人才,探索切实有效的教学模式,已经成为当下一项重要而紧迫的任务。

一、中国文学史教学的现状和困惑

中国文学史是高等院校汉语言文学专业的基础核心课程,是学生必备的文学知识和能力的重要组成部分,其承载着传承文化、传授专业知识、培养专业能力综合性和多样性的使命。

改革开放40年来,中国现当代文学从各高等院校文学院最受欢迎的课程之一,沦落到如今门庭冷落,它走过了一段从辉煌到落寞的艰难历程。特别是进入新世纪,中国现当代文学史教学更面临诸多的挑战和困惑:为什么要开设这门课程?中国现当代文学对教师和学生有什么意义?作为本学科的教学者能传导给学生怎样的思想观念?"就中国现当代文学教学而言,对其困惑的终极体现是对其意义和价值的追问,这在'教'与'学'的双方都共同存在着。"作为担任中国现当代文学课程的教师,北京大学教授王晓明的话很具有代表性:"我们是大学教师,几乎每周都要在课堂上教授20世纪中国文学史,倘若不仅是出于谋生的需要,我们为什么有兴趣讲这门课?又为什么每周孜孜、费心劳神去做这方面研究?对今天的社会来说,20世纪中国文学的教学和研究到底有什么意义?"作为受教育的学生也同样存在这样的疑问:"我们学这门课到底有什么用?"虽然两者提问的角度不尽相同,但都共同反映出中国现当代文学史教学在当下定位的困境和困惑。

在当前的中国现当代文学史教学中,存在许多不尽人意的地方,主要表现在:课堂上以教师和教材为中心,从教学手段到教学模式基本沿袭传统的教学方式,教师凭借一块黑板、一支粉笔、一本书、一张嘴,滔滔不绝地唱着"独角戏";学生被动听得多,主动阅读少;教师在分析具体作品时,往往结论较多,分析较少;在教学中过分依赖课件,丧失教学个性；蔑视传统教学手法，缺乏师生沟通；重知识传播，轻能力培养和个性发展，忽视学生的创新精神；课堂上一味向学生传授或灌输所谓"新理念"和"新观念"，而忽略甚至放弃有关学术史和学术规范意识的培养等等。诸多的问题表明，目前高等学校中国现当代文学史教学改革势在必行。

二、中国现当代文学史"三段法"教学法

现代教育理论认为，"教育的功能将更多地从传授现存知识和培养现有技能转向培养学生不断学习的能力，以使学生获得自身可持续发展的途径与方法。教会学生学习，将是现时代教育的主旋律"。中国现当代文学史课程的教学应该"由以往以教师为中心转向以学生为中心，由以往以向学生传授理论知识为主转向以提高学生专业素养为主，由以培养专业化人才为主转向以培养复合型人才为主"。要实现中国现当代文学史教学改革，就要克服现存的问题，采用"三段法"教学模式。

（一）课前准备

1. 诵读识记法

注重学生对作品的诵读和识记，有利于学生想象力和感悟能力的培养，让他们加深对文学意象的感悟，进而加深对作品情感内涵的理解，弥补课堂教学中的原典缺失。诵读使人在不经意之间，对朗读时产生的抑扬顿挫的语音、错落有致的节奏与独特严谨的结构拥有深切的体验，进一步感悟文章的真谛。每个学期开学初期，教师在课堂上规定一些学生本学期必须阅读和识记的篇目，在以后的教学中随时进行课堂测验，并将其作为平时成绩考核的内容之一，可在期末考试题中体现这些内容（如默写题、填空，或者在论述题中引用经典原句的多少及其恰当程度，也可作为判分的重要依据）。同时，结合汉语言文学专业的特色建设，还可以定期举办诗歌诵读大赛，以便让更多的同学能充分领略古今中外文学经典的永久魅力，完善知识结构，挑战自我，从中获得多方面的启迪和教益。

2. 原著导读法

当下因为受到中学应试教育体制的束缚和语文考试模式的影响，学生很少阅读或几乎不读文学作品，从而造成他们知识面狭窄，文化底蕴薄弱的局面。因此应加大课前作品原著的研读，让学生认真品读和体味文本，深刻体悟作品的魅力和内在价值。教师在开学初开列本课程必读的书目以此明确阅读目标，同时为培养学生阅读文学作品的兴趣，可适当介绍一些基本的阅读方法，引导学生把自己的人生观、价值观和生命体验融入到作品中，触摸作家思想感情的脉搏和对文化现象的思索，从整体上感受文学作品的思想内蕴、艺术风格、语言特色和结构特色。同时，教师还可以通过与导读相关作品的比较，引导学生进一步阅读与必读作品题材、风格相同或相异的作品，这样既能扩大学生的阅读视野，又能

培养学生主动阅读和学习探究的积极性。这样的知识获取,已经带上了学生自己的生命体温和思想肤色,他们自主学习的能力自然而然就形成了。

(二)课内训练

1. 提问法

教师在讲授过程中,适时提出问题,指导学生通过独立阅读、思考和谈论等途径,创造性地解决问题。同时教师也要重视学生的发问,可在课前布置相关的自学内容,并督促学生提问题,然后教师再通过引导、提示和明了问题,以此让学生获取知识、形成技能和发展能力。北京大学中文系洪子诚教授在谈文学史教学体会时指出:"'当代文学'是个什么样的概念,为什么把1949年作为'当代文学'的起点,这跟政治、跟整个的社会状况,跟20世纪中国文学是什么关系。也就是说,'当代文学'是怎样建构起来的。这种提问题的方式,也就是在对所谓'客观事实'的平面描述中,'揭发'事物原本存在的'裂隙',对学生思考问题,可能会有一点帮助。"这样的提问,教师既可以检查和了解学生对已经学过的知识和技能掌握的情况,帮助他们掌握学习重点,并突破难点,启发学生思维,又能够发挥教师课堂的主导作用,起到最佳的教学效果。

2. 讨论法

讨论法是学生在教师指导下为解决某个问题而进行探讨、辨明是非真伪以获取知识、形成技能和发展能力的方法。恰当地运用讨论法,能充分调动学生的学习积极性、主动性和创造性,增强他们的学习兴趣,让学生真正参与到教学中来。广西民族大学教授陆卓宁认为:"只有当教师主体和学生主体的和谐共存,把教学过程看作是主体间的共同活动,教学内容是主体间共同进行意义追问的文化载体,才有可能很好地避免文学教学滑入教条说教的窠臼,才有可能是教师与学生共同获得'自由'与精神升华。"在教学中,教师多方位地追求师生互动,要围绕着教学中的重点、难点和疑点,精心设计若干个能激发学生思维的"问题"。比如在讲授曹禺的作品时,可以这样提问:"《雷雨》为什么是中国话剧成熟的标志?它的民族性特点具体表现在哪些地方?"这样的问题不仅可以很好地将阅读文学作品落到实处,又给学生留出较大的思维空间进行讨论。讨论法教学可以有效促进教师与学生之间的对话和沟通,让学生以主体姿态参与到课堂教学中来,并展开积极主动的学习与创新的活动。

3. 比较法

《基础教育课程改革纲要(试行)》指出,教师在教学过程中应与学生积极互动、共同发展,要处理好传授知识与培养能力的关系,注重培养学生的独立性和自主性,引导学生质疑、调查、探究,在实践中学习,促使学生在教师指导下主动地富有个性地学习。比较是对文学作品理解、分析、综合和下定论的基础,比较分析是否充分,甚至会影响得出结论的客观性和和公正性。在教学过程中，运用比较的方法具有省时、高效、令学生印象深刻等优点。在教学中，教师通过一个问题的不同答案和不同思路，组织学生对多种答案及多种思路进行比较选择，或者将类似的作品放在一起进行比较，从而激活学生的思维，培养他们的创新精神。譬如可以将曹禺的《日出》、张爱玲的《沉香屑·第一炉香》和张恨水的《啼笑因缘》放在一起教学，这三部作品都描写了年轻的女性沉沦的故事，她们沉沦的原因不同，导致最后的结局也不尽相同。《日出》的故事采用略前详后的叙述方法，开场就交代陈白露是有名的交际花，虽然她也曾有过活泼、纯真的时代，但最终沉沦了。她的堕落有社会的因素也有自己复杂的性格因素，她的悲剧也是对"损不足以奉有余"的社会控诉；《沉香屑·第一炉香》采用详前略后的叙述方法，描写了葛薇龙如何从一个纯真朴实的少女，受到上流社会的变态物欲情欲的腐化，一步步走向荒唐堕落的深渊；《啼笑因缘》的故事则采用详前详后的叙述方法，给我们展示了爱慕虚荣的沈凤喜是如何堕落，又如何受到"应有"的惩罚的过程。通过横向和纵向的比较阅读，既能增强学生对原著的阅读兴趣，又能加深其对作品的理解和认识，从而取得极佳的教学效果。

4. 情景法

情景法是根据文本所描绘的情景，通过鲜明的图画、生动的语言和音乐的感染力，再现文本所描绘的情景表象的教学方法，使人如临其境，如闻其声，如见其人。在教学中，教师将文学史的授课内容按照章节分成若干个相对独立的部分，与此相应地将学生分为若干个小组，每一个小组对应一个授课内容，而小组成员作为一个集体，大家共同准备这一节的授课内容和授课形式。小组成员之间必须做好职责的分工，并提前做好授课内容的资料收集、研读材料和归档整理工作，最后形成讲稿，并制作成PPT。上课可由一个人主讲，也可以采用多人接力讲的形式，时间一般限定在15分钟以内。然后根据所讲的内容，小组成员通过表演的方式，生动、直观地把本次授课内容中的重点和亮点展示出来。最后，由授课教师根据本节课的情况，做查缺补漏和因势利导的工作，深化、拓展本节课的内容。这样的教学模式，既提高了学生学习的积极性，也培养了学生的动手能力，同时还锻炼了学生的口头表达能力，而且教师在听课过程中也可以反观自己的教学，并不断改进教学方法，确实取得了"一石三鸟"的教学效果。

（三）课后强化

1. 专题报告法

教学中既要注重学生在课堂教学中的习得，也要重视学生在课外阅读的习得，指导学生将课内习得与课外习得有效地融为一体，提高学生综合学习的能力，而采用"专题报告法"可以取得最佳的效果。教师可将下一单元的教学内容进行分解，通过师生双方的共同协商，学生以个人或小组的形式申报发言主题内容；学生在课余时间进行广泛阅读和收集资料，并就此写出发言提纲和报告，以便在课堂上发言；课堂上以学生发言和讨论为主，教师适时进行指导和点评。这样的训练能让学生成为课堂的主角，教师则扮演引导者的角色，学生不再被动地从教师那里接受僵化固定的知识和思想，而是在自我感受和思考的基础上，通过相互争鸣获得知识，从而由被动的接受性学习变成了主动的探究式学习。

2. 鉴赏写作法

文学作品鉴赏能力，是文学专业学生的看家本领和基本功。在没有任何可参照评论资料的情况下阅读一部作品，如何综合个人、时代和文体等因素，对这部作品价值和审美价值做出恰当和准确的判断，无疑是对文学专业学生的基本功和专业素养的极大挑战。教师在进行课外辅导时，可通过讲解中国文学鉴赏的基本要点、写作的基本范围和基本路数，使学生充分感受到，即使是最能体现作者个性的赏析文章也都是有章可循，并具有操作性和写作规范的。教师可在开学初布置作业，要求学生根据自己的喜好选择作品和拟定题目，而选择的对象以标志性作家和标志性作品为主，或选择非热点的作家作品，要求撰写不少于1 500字的赏析文章，期末交稿，并计入平时成绩。

3. 论文规范法

只有切实重视写作训练，并采用合理的训练手段，学生所学的写作知识才能转化为写作能力。教师可通过学年论文和毕业论文的写作，让学生完整地经历课题研究的各个环节，在强调遵守学术规范的前提下，激发学生参与课题研究和创新实践活动的热情。为了达到这一目的，教师可采用切实可行的训练方法：在专题研究的基础上，引导学生课下自主选题，独立撰写开题报告，并在课上讨论交流；教师提供文章，要求学生为其拟定标题或者根据正文内容撰写写作提纲；要求学生进行构段练习，撰写若干个不同类型的论文；引导学生在认真阅读文章之后，写出评析性短文；适当指导学生撰写篇幅较为短小的学术文章。这样的训练，能够培养学生独立发现问题、提出问题、研究问题、解决问题并形成研究成果的能力。

中国现当代文学史"三段法"教学，是密切而有机联系的整体。课前准备是教学的基础，课内训练是教学的关键，课后强化是教学的保证，只有三者完美地结合，才能促进学生的认识能力、表达能力和研究能力的发展。只有勤于思考，勇于探索，善于比较研究，才能探索出一套既符合中国文学史教学精神，又切合教师自身实际和学生实际的教学方法，才能推动高校教学改革的持续、深入发展。只有在充分调动学生学习积极性的基础上，教师的教学投入才能真正收到实效，教学质量才能不断提升，中国文学史的精髓才能内化为学生的创新思维和创造能力。

第二节　中国现当代文学课程与教学改革

中国现代文学是指从 1919 年到 1949 年新民主主义革命到中华人民共和国成立以来的中国文学，中国当代文学是指 1949 年中华人民共和国建立以来的中国文学。它们同为教育部规定的二级学科课程，一直是高等院校中文汉语言文学专业的必修课程，也是人文社科类专业的基础课程，同时也是大学生人文素质教育的重要课程之一，其重要性可见一斑。但随着当今经济型社会的飞速发展，在由经济主宰一切的今天，人们对文学的认识也出现了质的改变。在经济型、网络型社会中，信息被无限扩大推广，随着人们的精神文化生活日趋丰富，人们的精神营养不再仅仅依赖于文学。现在人们谈论文学，过多的是文学的边缘化、文学的死亡化。在这个急功近利的年代，传统的文学性阅读已经鲜见，而各类成功秘籍、官场厚黑学和网络文学作品则被大家津津乐道。那么，近现代文学的意义究竟在哪里？在这个以物质为主的年代里，似乎从文学作品中找寻不到自己所需要的精神安慰。但正是在世俗化的社会，在内心的浮躁和喧嚣中，文学是心灵深处的那唯一一片净土。它最可贵之处在于不论身处什么环境、处于何种境况下，总能让人懂得生活并不是茫无头绪的存在，而是一个充满着可能性和选择性的生机勃勃的过程，给予给我们生存的勇气、信心和方向。基于此，如何激发当代大学生对当现代文学的学习热情，如何通过现当代文学的学习，加强大学生实际应用能力的提高和培训，是高等院校的教学中所面临的严峻课题，因此，当现代文学课程的教学改革就显得尤为重要。本书就如何解决中国现当代文学这门专业基础课程面临的亟待解决的诸多难题做一些探究。

一、中国现当代文学课程教学存在的问题

（一）课时减少，难以完成教学任务

中国现当代文学是中文、汉语言文学专业的基础课，也涉及人文社科类多个专业，并且都作为专业必修课。在实际教学过程中，当现代文学课程的学时偏少，这就导致了教师在课堂上只能对大纲所要求的必讲作品做一个简单的讲解，而不能做深入的比较分析教学，学生也只能对教学内容做表相的了解，实现不了大纲要求的教学目标，以致影响高校的教学质量。

（二）教育对象即学生的学习主观能动性不强

（1）传统的教学模式，注重知识的科学性、理论性和系统性。这门课程的教学又常常注重对"史"的描述，侧重于对思潮论争的梳理与讲解以及对作家作品的理论知识学习，课堂内容相对来说比较枯燥、泛泛，不能激发学生的学习兴趣和热情。

（2）当今社会是一个讲求物质化、便捷化、信息化的时代。随着经济社会的发展，大学生所追求的目标也逐渐趋于现实化、功利化。许多地方性高校纷纷向应用型本科院校转型，迫于强大的就业压力，大学生他们往往对计算机、英语、法律、金融等热门专业趋之若鹜，而认为当代文学对就业没有直接帮助，不能顺应人才市场的需求导向。有的甚至认为多读几部当代文学名著不如多考取几个资格证书更能获取就业机会。

（3）教学内容陈旧、滞后，不能顺应时代要求。由于当下高等院校的教育对象已经是90年代后出生的一代，这一代学生对当代文学的兴趣不大；80后作家及流行网络的"青春作家"普遍受到"90后"学生的欢迎；在市场的推动下，通俗文学颇受学生的喜爱。当然，从中我们还可以发现，现在中文专业的学生阅读面较为狭窄，阅读徘徊在较低的层次。而中国现当代文学课程的教学内容又较为陈旧，过多关注文学史的阐述，其对于当今学生所关注的文学作品较少涉及，因此无法使学生形成良好的阅读分析感受审美能力，也就谈不上对文学的真正热爱。

二、中国现当代文学课程教学改革的措施

（一）课程内容的调整与课程体系的构建

课程体系建设应秉承创新意识和社会需求的原则，设置多元化的教学课程，充分体现课程的应用性和针对性，应根据当代学生的个性发展需求和社会需要来设置适当的选修课，培养学生的实践能力，为学生将来所从事的实际工作提供帮助。在中国当现代教学大纲对课时一再压缩的形势下，应对课时比例的设置和课程内容进行适当的调整。但课程内容的调整不是简单地随着课时减少而删减内容，而是在教学目的、要求的指导下对全部内容进行有侧重点的统筹考虑，做到课堂教学内容重点突出并具有启发性，同时还要针对教学对象激发他们的学习兴趣。

（二）适当改进教学方法和手段

传统的教学模式中，教师以传授知识为主，学生以听课为主，而现当代文学又多以文学史的理论为教学内容，这样很容易使学生的学习兴趣游离于课堂之外，这就要求教师思考如何对教学方法和教学内容进行改进。无论采取何种教学方法，都应以培养和训练"听、说、读、写"的能力为主。

（1）"听"的方面：可以抓住学生的个性特点，以丰富有趣的多媒体授课方式，来保持学生课堂上活跃的思维。

（2）"说"的方面：教师应主动让出课堂，让学生做课堂的主人，采用分组讨论、学生演讲展示或者表演式阅读等丰富的课堂教学形式，引导学生将阅读能力转化为语言能力。

（3）"读"的方面：教师应选取适合教学目标和学生特点的文学作品指导学生阅读，让学生在阅读中领略作品的精髓、领略作品的思想内涵，提高学生的文学审美能力，使学生能做到研究性阅读。

（4）"写"的方面：学生阅读、分析的能力最终要通过写作来检验。平时各个教学环节也穿插着对学生的写作能力进行训练，如课堂笔记、阅读笔记、课堂讨论的发言稿，等等。教师可以对学生选择独特视角、寻找写作切入点做出相应的指导，从而提高学生的文字表达能力。

第三节 中国现当代文学作品中的教师形象

对现当代文学作品中教师形象流变的审视，实际上就是对中国知识分子在现当代命运和地位的探究。教师由中国传统文化中"圣人"的地位，慢慢走下神坛，最终变成一个普通平凡的职业。在这当中，究竟经历了怎样的变化？我们通过梳理中国现当代文学史中教师形象的嬗变来一起寻求答案。

一、中国现代文学作品中教师形象的转变

（一）中国传统文化的守卫者和布道者

在中国漫长的封建社会中，教师一直恪守着封建的儒家文化，他们迂腐古板，除了会读书一无是处，心里想着的是走读书做官的路，并将这种文化灌输给他的学生。在现代作家的作品中，也可以看到这方面形形色色的代表人物。

鲁迅的小说作品《白光》，讲述了主人公陈士成在十六次科举考试落第后终于发疯的故事，塑造的是一个在封建思想和科举制度束缚下，苦苦挣扎的私塾先生形象。陈士成是一位带着"七个学童"的私塾先生，他向学生传播的是与封建科举制度相适应的内容，学生们念书也是"拖了小辫子在眼前幌，幌得满房……"封建科举制度被贫困的读书人看成

挤入上流社会的唯一途径,在陈士成眼里"隽了秀才,上省去乡试,一径联捷上去……屋宇全新了,门口是旗竿和扁额……要清高可以做京官,否则不如谋外放",这是他美好的愿望,但是当他终于意识到"这回又完了"的时候,幻觉中的"白光"将他引入了深深的湖底……

除此之外,鲁迅作品《高老夫子》中的高老夫子、宋晓村作品《一个私塾先生》中的李百祥、叶圣陶作品《倪焕之》中的刘慰亭、鲁彦作品《陈老夫子》的陈老夫子等等,都是这个形象的代表。

(二)新文化的启蒙者

在经历了清末的屈辱与战乱,中国掀起了轰轰烈烈的五四新文化运动,开启了一场伟大的变革。在这场变革中,个性解放、"人"的意识觉醒,"如果没有中介者的帮助,人性的巨大潜能就不可能被认识到。这些中介者解释理性法则,据之而行动,建立条件,使个人或者自愿地或者被迫地按照人的天职来行动。"在这场启蒙运动中,教师成为现实与逻辑层面上最自然的诠释者。教师形象被赋予新的含义,他们意识到要遵循"立人"的启蒙观念,把国民改造成现代意义上的"新人",他们把让国民走上个性解放的道路作为一项崇高的事业。西方文化的引入对海外留学教师的精神层面产生了非常大的影响,他们开始对传统文化进行批判。在文学作品中也出现了众多响应时代号召,怀着远大抱负,以启蒙者身份立足于课堂的教师形象。

叶圣陶作品《倪焕之》中的倪焕之就是这种形象的代表人物。他是一个富有理想、勤奋进取的知识青年,他怀着"立人"的信念来到了陶村的这所学校,一心想着"人"应该怎样培养、培养成什么样子。倪焕之在与蒋冰如的接触和交往中,有了对教育的新认识,他认为"养成正当的人,除了教育还有什么事业能担当?一切希望在教育。"在这里,他开始对"理想学校"和"理想教育"大胆实践。他想把学校改造成为"学习同实践合一""游戏同功课合一"的场所。他还提出了在学校开设工场、农场,让儿童在读书的同时可以种地、做工、演戏……教师不过只是从旁帮助等不少先进的主张,这些主张都与启蒙运动中把"人"的解放、个体能力的发展放在重要位置的理念相吻合。

(三)民族意识觉醒的抗争者

20世纪30年代,国共两党冲突激烈升级,日本大举侵略我国领土,民族矛盾不断加剧。此时,"地不分南北东西,人不论贫富贤愚,几乎所有人群或主动或被迫地卷入战争的狂涛巨浪之中",知识分子在这场动荡中挣扎,同时也被激起了强烈的民族意识和抗争精神。

叶圣陶作品《一篇宣言》的主人公王咏沂是一所学校的语文教员,受到众位教师的委托,起草一份意在"维护领土的完整""保持主权的独立"的抗日宣言,其间经历了重重的阻碍。当时,教育厅对他进行调查和质询,反动当局对他进行政治迫害。但是,他丝毫不畏惧,在回答校长对他关于起草宣言一事的质问时,他冷静地回答道:"这确是我起草的,请校长回复教育厅就是了。我想,这里头并没有什么大逆不道的话。要维护领土的完整,要保持主权的独立,无非这一类意思",表现出了大无畏的救亡意识。在当时内忧外患交迫、民族生死存亡的时代主题下,教师传承了士大夫忧国忧民、以天下兴亡为己任的传统,义不容辞地担当起了历史赋予的责任。叶圣陶作品《城中》的丁雨生也是这一类型的代表。

(四)压抑痛苦、明哲保身的挣扎者

叶圣陶作品《潘先生在难中》的潘先生便是此类人的典型代表。潘先生在一个小学当校长,是处于社会底层的知识分子,小说通过讲述潘先生在逃避战乱的过程中一系列的心理和行动,展现了一个没有政治地位的平民在特定环境中苟延残喘的窘境。为了逃避战乱,他举家逃往上海,进入帝国主义保护的租借地之后,他便马上松了口气,又感到"乐哉乐哉"了。但在收到顾局长开学的通知后,又害怕丢掉这份工作,不得不独自跑回去。与现实中的他狼狈逃难的举动形成鲜明对比的是,他还起拟了一份"要以非常的精神在战火中坚持上课"的通告,显得很有骨气。为了保全性命,"聪明"的潘先生加入了当地的红十字会,只是为了得到几个红十字的旗子和徽章作为自己和妻儿的"护身符"。

潘先生窝窝囊囊、事事小心、处处讨好,内心又处处充满了恐惧,他们没有什么政治地位,经济力量又很薄弱,是当时社会底层的知识分子代表。叶圣陶的小说《饭》中,在偏僻的乡村小学任教的吴先生,本来薪金就只能满足温饱,却被学校处处克扣,明明只拿到了6元,却还要签10元的收据。吴先生为了生存却只能选择忍辱屈从,逆来顺受。处于乱世中的他们,没有反抗的能力,作为社会的弱势群体,为了存活,只能够选择隐忍、明哲保身的处世哲学。

(五)被讽刺、被挖苦、被调侃、被嘲弄的对象

到了20世纪40年代,因为战争引发社会动荡,国家面临着重大的危机,这打破了知识分子原有的安逸平稳的生活。他们失去了原有在社会结构中的位置,不断被"边缘化",生活也逐渐困顿。由于知识分子本身是比较软弱的群体,对于来自外界的巨大诱惑,很多人是经受不住的,并最终放弃了应有的精神道德立场。因此,文学作品中的教师形象已经从觉醒者、启蒙者变成了被讽刺和挖苦的对象。

张恨水《魍魉世界》里的西门德是一位辛勤工作的心理学教授,之前还发表过一篇慷慨激昂的演讲:"主张抗战时候,各人紧守自己的岗位,尤其是知识分子,站在领导民众的地位,不可离开岗位。自然,现在知识分子的生活,都是很苦的。虽然很苦,还不肯离开,这才可以表示知识分子的坚韧卓绝,才不愧是受了教育的人,才不愧是国民中的优秀分子。"

但是，不久后他就变成了投机分子，他利用自己的心理学知识去研究怎样发财，还觉得自己是个会变通的人。他以开设工读学校为幌子，欺骗了儿子主管汽车买卖的虞老先生，通过走私赚取了一大笔钱，一夜暴富。他与亚英谈论经商："如今是个致富的社会，我只图找得着钱，就不问所干得是什么事了。""不要又谈什么博士硕士，博士硕士并不值半文钱！如今要谈什么老板，什么经理，才让人心里受用！"这样自相矛盾的言行暴露出了西门德虚伪的本性，也由此看出在那样的年代，一些知识分子的价值取向和道德立场已经发生了根本性的转变。

二、中国当代文学作品中教师形象的转变

（一）需要被改造的落后分子

中华人民共和国成立后的17年，因为特殊的政治环境，政治凌驾于文学之上，政治运动造成了文学的盲从，文学作品被强行要求放进一个形势认可的政治思想和流行的政治倾向。一方面是因为毛泽东所领导的工农兵革命取得胜利，工人、农民、士兵理所当然成为中华人民共和国文学歌颂和描写的主要对象；另一方面，延安时期所提出的知识分子的改造问题在中华人民共和国成立之初得到了政策性的落实，这使得知识分子已经没有了启蒙者这样优越的身份地位。在阶级的划定中，他们被规划为"小资产阶级"。在要"努力建设一支纯粹、干净的无产阶级队伍"的号召下，文学作品中的知识分子要剔除"小资产阶级"的本性，经过批斗、改造后，才能成为一名合格的"革命者"。知识分子的身份造成了其已经无法在文学作品中成为主角，而教师形象在这样的政治环境下就更加显得暗淡无光。

刘绍棠作品《西苑草》中的萧鱼眠教授，思想僵化，内心保守，"看到一些年轻人取得些微成绩就沾沾自喜，非常为他们担心"。在看到主人公蒲塞风勇敢捍卫自己的写作观点的时候，萧鱼眠非常严厉地训斥道："做学问要谦逊！可是目前许多年轻人，在这一点上却非常令人惋惜，他们只读过几本一般性的文艺理论书籍，缺乏足够的美学修养，就大写特写文章，而且态度盛气凌人，这不能不使人感到志大才疏，这非常危险，非常可怕！"如果说蒲塞风是一个追求个性独立、头脑清醒、秉承着批判意识的青年学者形象，那么萧鱼眠教授就是那些僵化的"集体生活"和学术权威对个性、思想压制和扭曲的代表。

（二）无私奉献的红烛形象

经过了1966年5月至1976年10月的十年浩劫，知识分子们重新获得了话语权，他们创作了一批对此期间所遭受的委屈和痛苦进行细致描绘的作品，塑造出了一批遭受迫害，被人排挤、折磨，得不到公正对待，却还依旧对自己所从事的事业忠心耿耿、兢兢业业、无私奉献的教师形象。

随后的1978年,卢新华在《文汇报》发表了小说《伤痕》,女儿因为有一个"叛徒妈妈",处处受人歧视,只好与家庭决裂,来到农村"上山下乡"。但是"叛徒的女儿"这样的身份却使得她在入团、工作时,甚至连爱情都受到了牵连。"从此,她只是把自己残存的女性的感情奉献给学校的孩子们。她平时省吃俭用,却拿出自己津贴费很大的一部分为孩子们买学习用具。晚上,还经常到孩子们家中帮助温课。"她把自己所有的爱和精力都投入到了学生身上,结局却是母亲虽然得到了平反,却早已被"四人帮"摧残得不行,在女儿赶到病床之前离开了人世……

(三)走下神坛的平凡人

改革开放之后,社会转型,人们的思想和观念也开始转变,在文学作品中,教师形象也由70年代的无私奉献的"红烛"形象,转变成为一个个普通人。他们头顶上的神圣光环开始消失,特别是80年代中后期,教师的形象开始走向世俗化,文学作品开始触及教师作为一个平凡人的缺点和不足,有时候甚至把这些缺点用放大或夸张的手法表现出来,对教师传统的教学方式以及他们的价值观念提出质疑。

1985年刘索拉的作品《你别无选择》,是一部教师形象由圣人走向平凡人的分水岭小说。故事讲述的是在一个狂躁的年代里,一所音乐学院的学生和老师的故事,这实际上是中国20世纪80年代社会现实的真实写照。人们开始抵触遵从了多年不变的陈规陋习,也反映了在改革开放大潮下,人们的内心开始骚动。小说中的学生疯狂而开放,但是老师却沉闷而死板。贾老师否定创新、食古不化,他平时不苟言笑,唯一做的事情就是讲课。"他从不作曲,就像他从不穿新衣服,偶尔做出来的曲调也平庸无奇,就像他即使穿上件新衣服也还是深蓝涤卡中山装一样。但所有人都得承认他的教学能力,循序渐进,严谨有条,无一人可比"。他苦心钻研古典音乐,却从无创新之作。他痛恨对古典音乐知之甚少却老想创新的家伙,对学生的管理也是严格而刻板。"他呼吁全体作曲系教员要开展对学生从生活到学习的一切正统教育,不仅作品分析课绝不能沾20世纪作品的边儿,连文学作品讲座也取消了卡夫卡"。

与贾老师形成强烈反差和鲜明对比的,是他全力以赴攻击的金老师。金老师"太不注意'风纪',一把年纪的人总爱穿灯芯绒猎装,劳动布的工裤,有时甚至还散发出一股法国香水的味道。以前他在上大课时总爱放一把花生米在讲台上,说几句就往嘴里扔一颗……"他讲课的风格与贾老师正好相反,懒散而随意,"在讲课时,几乎不会慷慨陈词,老是懒洋洋地弹着钢琴。如果你体会不到他手下的暗示,你就永远也不明白他讲的是什么。随便几个音符的动机他都能随意弹成各种风格的作品,但他懒得讲,有时自己一弹起来,就谁也不理了"。

这个时期的教师形象已经被褪去了那层神圣而崇高的外衣,以一个平凡人的形象展示在读者的面前。在面对改革开放，尤其是 80 年代中后期社会经济快速发展和多元价值观念的猛烈冲击，他们也会表现出迷茫和无所适从。

（四）丰富多彩、矛盾多元的教师形象

90 年代以来，随着知识经济的不断增长以及经济、政治、教育体制改革不断进步，人们的价值观念也产生了巨大变化，开始用全新的视角关注教师的形象和教育发展。而现实生活中教师群体也因商品经济大潮的冲击出现了分化，这些都为作家创造教师形象提供了新的材料。在这一时期，教师的形象更加的丰富多彩。

在面对商品经济大潮的冲击下，有部分教师抵制不住各种诱惑产生了"变异"，于是就有了《桃李》中把主要时间和精力都投入到商业活动，但是上课又能理论联系实际的教授邵景文，他既是高级知识分子，又拥有商品社会人人梦寐以求的名誉、金钱、香车、美女。还出现了《老师本是老实人》中因为帮人填报高考志愿收取高额酬金而丧失了教师原有的良知的于立凡，何顿作品《恸哭》中被老婆逼着辞职下海，却因贪恋金钱与美色不愿收手，最终丧命的民办教师立根，毕飞宇作品《家里乱了》中为追求物质享受步入娱乐场所而蜕变为一个娼妓的乐果等迷失型教师。

在教师们受多元化文化冲击的情况下，小说中的教师形象出现了多元性、丰富性以及复杂性，这些类型之间又不是完全割裂的，一位教师他可能大致属于一种类型，却也可能同时具备其他类型的某些属性。

纵观整个中国现当代文学史，由于时代经历了一次又一次深层次的变革，教师作为知识分子的一个代表群体，其在作家笔下的形象也发生了深刻的变化。这些变化是时代社会发展变化和主流意识形态的折射，也是一个变动时代下人性真实流露的写照。

第四章

现当代西方文学研究

第一节　时间观流变与当代西方文学发展

时间一直以来都是自然科学和哲学等不同领域的研究对象，它无处不在却又缥缈虚无，看不见，摸不着。因此，时间常常被人们比喻成沙漏、落花流水、环形监狱、迷宫等，这些比喻形象地描绘了时间的特性。时间同时也是文学中永恒的主题，每当哲学界、科学界等不同领域对时间做出新诠释时，文学界便会吸纳新定义使其融入文学创作中，文学作品往往利用不同的时间观和时间意象来传达作家的真实创作意图，20世纪西方文学中出现了与"时间"密切相关的新的文学叙事手法。

在早期乃至中世纪的西方文学作品中，反映时间主题时突出的是神与人的对立关系，通过时间的传统意象传播了"神"的强大意志，时间的妖魔化加强了人们对生命与自然的赞美以及对青春的消逝与无常死亡的恐惧和悲伤。欧洲文艺复兴运动时期的文学则体现了时间可以延长及轮回的唯心主义时间概念，这一时期的文学作品一方面反映了时间"线性"发展的特性，同时又反映了时间"循环往复"的特征。进入20世纪，受爱因斯坦"时间膨胀"论等观点影响，人们最终认识到时间本质上不过是一种抽象的自然存在物。时间这个无所不能的"神"一旦被否定，更多的作家认识到时间能够魔幻般地创造合成，文学的线性时间流可以被随意切断，时间主体与周围世界有无限可能的关系。

20世纪中后期，西方文学作品里出现了大量常规逻辑不可能出现的时间构架和意象。其发展趋势具体表现为灵活改变客观时间长度和顺序，通过时间发展直线与圆的统一，时间感受主体与客观的统一，死亡与永恒的统一，把时间的悖论性特质呈现出来。

一、时间发展直线与圆的统一

文学创作中时常出现将时间表征为流水的意象，暗指时间流逝一去不返的直线式发展。正如古希腊哲学家赫拉克利特的名言：人不能两次踏进同一条河流。这种考虑社会变迁问题的思维方式让历史直线论者认为每件发生的事情均由一条必然的因果链所决定。时间的直线式发展意味着时间是一种永不停息的线性的单向运动，时间往往被认为有始有终，不断流逝，一旦消逝便无法挽回。就如同人的一生，从婴孩呱呱落地，青春和美丽转瞬即逝，很快就要面对死亡的必然。中世纪意大利诗人但丁的《神曲》、17世纪英国诗人约翰·弥尔顿的《失乐园》就汲取了这种生老病死万物枯荣始末分明的时间表达方式。

时间的表征又可以体现为圆弧式循环运动。古埃及人用衔尾蛇的图像来表达宇宙中不可捉摸的时间之谜，他们将时间画成一条羽蛇，蛇嘴衔着蛇尾，周而复始永不停滞地流转着。无独有偶，在中国传统的时间观念中，时间也是循环往复的，比如古时候人们用天干、地支相配组成历法以显示阴阳五行大地五气的变化，每60年为一个循环周期。轮回式的时间观念将时间看作是迂回的和可重复的，时间始终沿着自身运动的永恒周期做圆弧式运动。时间的变化协调于自然状态，如昼夜交替，四季变化，农时更替，都是时间的圆周式发展。倘若我们回顾历史，就不难发现，人类的过去、现在和将来就是一个又一个循环往复以至无穷的圈。正如柏拉图的"人世轮回"思想，人类一次又一次被洪水和其他灾害所毁灭，只有一小部分人存活下来，但是随着时间的流逝，人类一次又一次从灭亡中恢复，人种数量不断地增加，文明得以不断的延续和发展。历史周而复始，不断循环，这就是典型的历史循环论。古希腊诗人荷马在《伊里亚特》第六卷描写了人类与绿叶等植物一代出生一代凋谢的相似性，人生如同树叶的萌芽和枯亡，新的一代崛起，老的一代死去。

循环轮回式时间观对文学创作的影响更为久远。早在公元前8世纪，古希腊诗人、历史学家赫西俄德就曾阐述过历史循环往复于五个阶段：社会平等、安逸、人与自然和谐共处的"黄金时代"到人性堕落、战争不息的"铁器时代"等。其后，古希腊哲学家毕达哥拉斯也将人类世界描绘成了一个世间万物在某一天回归伊始重头来过这样的轮回。19世纪爱尔兰文学家威廉·巴特勒·叶芝在他的多部诗作中描绘了特洛伊古城一再燃烧的轮回场景。20世纪，英国诗人托马斯·斯特恩斯·艾略特的《小老头》等通过一个老头子的独白描绘一种空幻的感受，体现了齐始终、等生死的时间轮回的定义。

进入20世纪后，西方文学开始呈现出时间观上纷纭复杂的直线与圆的纠缠态势。20世纪西方最杰出的文学批评家诺斯洛普·弗莱就在其理论著作《批评的剖析》中提出"文学循环发展论"。他从自然界的循环往复中派生出四种文学叙事类型：喜剧、浪漫故事、悲剧和讽刺，并将每一种叙事类型与春夏秋冬相对应。正如冬去春来一般，讽刺文学发展到极端之后又将出现喜剧文学。文学意象的循环和文学叙述结构的循环是弗莱"文学循环发展理论"的基础，但是弗莱也曾强调他所说的循环不是简单的周而复始，而是螺旋式上升，是后者对前者的继承与发展。阿根廷当代杰出小说家博尔赫斯大胆尝试循环叙事手法，创造了一种新的写作流派——宇宙主义，也被称之为"卡夫卡式幻想主义"。在博尔赫斯关于时间命题最直白的小说《交叉小径的花园》里，空间上小径分叉交错的花园隐喻着时间这个无形的迷宫，道路错综复杂，出路扑朔迷离，但是多种可能性并存。小说《交叉路径的花园》才是一座真正的迷宫，其谜底就是时间。博尔赫斯强调时间的非线性，而好比一张结构复杂的关联之网，其中每一个结点既是一条路径的结束又是另一条路径的起点，过去、现在与未来交织重叠、循环往复、永无止境。

体现这一时间观流变发展趋势的文学作品还包括美国作家阿兰·莱特曼于1992年发表的小说《爱因斯坦的梦》。在该部小说中，作者借助爱因斯坦的名字发表了一系列有关时间问题的玄思，他利用物理学上的一些说法，搭起三十个时间世界——比如在某个世界里，因果错乱，将来和过去纠缠不清；而在另一个世界里，时间则完全倒流，人们度过老年之后再回到童年；再或者不同的时间和不同的地方相连，人停留在生活的某个时刻动弹不得……整部小说以时间为主人公，以时间的流淌为主要情节，展示了时间的无限可能性。在这个关于时间的多维世界里，莱特曼以一位哲人的眼光，对时间反复地品尝回味。

直线式和轮回式的不同时间观念深刻地影响着人们对过去、现在和将来的看法。其实，就人的一生来说，没有纯粹的过去、现在和未来，过去、现在和将来总是"你中有我，我中有你"，相互依托、相互转化。过去发生的事情不会完全消逝，而会延绵伸展到现在甚至是将来。人作为个体短暂的一生虽然表现为直线发展，有出生就会有死亡；但另一方面，人类生命之潮犹如浪涛般，潮起潮落，后浪推前浪。生命代代相沿，生生不息，这又揭示了时间呈圆周式循环往复的特质。现实生活与文学作品中个体生命的变化与整个人类生命的繁衍都体现了时间发展直线与圆的统一。

二、时间感受主体与客体的统一

人们所说的客观时间其实就是地球时间或自然时间，也称为物理学时间。该时间观的典型代表——牛顿认为时间是绝对的，时间可以用来测量和计算地球上普遍的物质运动，包括人的生产、生活和人的生命。古希腊人是时间测量概念的创造者，他们以天体的空间位移作为时间的存在形式。毕达哥拉斯学派说"时间就是天球"，柏拉图说"时间是天球的运动"，人类依据地球绕太阳公转的周期和自转的周期来计量客观时间，显示时间的自然推移和变化。客观时间具有纯粹的自然性、无存贮性和无替代性。客观时间的顺序和延续过程不受人的影响，完全是按固定的节奏机械地、必然地进行，永不停息。

主观时间则不然，它关注时间内的具体经过，强调人们在过程中所体验到的情感和直接经验。因此，主观时间由于人的认知和体验不同，存在很大的个体差异。德国哲学家康德的时空观把人类的先天感官形式作为时空感觉的生理基础。他认为时间是人类先天内感官的形式，内感官是内心借以直观自身或者他者内部状态的。法国现代非理性主义哲学家亨利·柏格森也在此理论基础之上，提出直觉主义和心理时间学说。他认为客观时间忽视了时间的流动性，用钟表和日历上的标准单位将过去、现在和未来牢牢锁定。事实上，时间川流不息，过去、现在和将来相互交错，互相渗透，彼此没有绝对的界限。柏格森提出时间的本质特性是"绵延"，在我们的意识深处，"绵延"才是真正的时间。

对"心理时间"的探讨正好迎合了西方文学发展的"内转"倾向，为当代意识流小说创作提供了极好的理论依据。随着工业文明的持续冲击，异化程度加剧，资产阶级理性主义逐渐为非理性主义思潮所取代。当代人试图通过突破传统现实主义描写方式和客观物理时间的规约，来表达人类的复杂心理状态和内心世界。深受柏格森直觉主义心理时间影响，20世纪意识流创作大师弗吉尼亚·伍尔芙和爱尔兰作家詹姆斯·乔伊斯，还有法国的普鲁斯特等创作意识流文学作品的作家，他们着力描写人的内心世界，从此意识流小说走向世界，形成了传统文学和现代文学的一个分水岭。伍尔芙以此成功创作了《墙上的斑点》《达洛威夫人》《到灯塔去》等意识流代表作品。普鲁斯特创作的小说《追忆似水年华》，没有激动人心的情节设置，没有时间叙事连贯性，在故事中经常插入各种议论、感想和人物内心世界剖析。詹姆斯·乔伊斯创作的《尤利西斯》也被认为是意识流小说的经典作品。小说描述了一位苦闷彷徨的都柏林小市民、广告推销员利奥波德·布卢姆于一昼夜之内在都柏林的经历，乔伊斯采用意识流手法在小说中构建了一个凌乱交错的时空。其他重要的意识流作家如美国作家威廉·福克纳也深受柏格森的"心理时间"学说影响，福克纳的代表作《喧哗与骚动》表现的就是人被困在时间里面的那种不幸。

之后当代西方作家们纷纷将意识流写作手法作为小说创作的基本手法，把笔触转向对人物内心世界的描写，采用幻觉、梦境、自由联想等手段来体现人物复杂的内心世界和心理活动。在意识流小说中，过去、现在和未来不断流动，互相渗透，不可分割。过去渗透在现在之中，现在又蕴涵了将来，每一个片段都可以成为一个完整的世界。法国新小说派作家米歇尔·布陶在其小说《变化》里描写了主人公从巴黎乘火车去罗马时在车厢中所度过的20多个小时所发生的事，故事并没有按照客观事件的线性推移进行讲述，而是通过短短20多个小时内主人公内心意识活动，展现了他过去20余年的私人、家庭生活过往以及他对未来美好生活的憧憬和设想。

后现代主义作家继承了这种反传统的文学实验，其创作更趋于人本主义描写。他们更是将文本描写的任意性和不连贯性发挥到了极致，以期展现人类理性沦为科技理性，人们的生活状态更加混乱、矛盾加剧、社会极端化、片面化和畸形化等社会现实生活困境。因此，后现代主义西方文学创作强调其写作和阅读行为的随意性，如约翰逊写的活页小说，就可以让读者去任意安排拼凑阅读的次序，无论读者从哪一页读起都可以，小说以简短的片段和章节组成，而各个片段之间相互独立，互不衔接。

然而，意识流创作和后现代主义写作手法的大量运用，并不是说明"主观心理时间"可以完全取代客观物理时间。20世纪现象学学派创始人胡塞尔在他的《描述现象学》一文（或一书）中阐明非本真的客观时间是如何受到本真主观时间决定的，或如何因此而得以可能的；因而得以首次在现象学领域完成了对主客观时间关系的确立。他提出的一些分析方法，对20世纪初以来的西方哲学与人文科学产生了较大影响。即便如此，胡塞尔因其在现象学中的先验唯心主义与彻底主观主义的立场、观点而不断受到批评与质疑。意识流小说旨在告诫世人单调、线性推进的钟表和时间观念，使人与直接的生活经验相剥离，因人而铸就的矢量时间的格局使人与自然走向岔路，最终导致主体与客体相分离，主体不断地异化。意识流作家超越了客观时间和主观时间的简单二分，实现了理性的外部客观时间与感性的内部主观时间和谐统一，呼吁处在客观时间异化状态下的人类需要意识到自身的不完整性，在时间坐标网中紧紧攥住意识的碎片，并令其折射出智性的灵光。

三、死亡与永恒的统一

美国作家阿兰·莱特曼曾在其小说《爱因斯坦的梦》中设想了一个人类长生不死的世界。岁月悠悠，什么都能完成，什么都可以等待。但是这样的生命无穷无尽，每个人也会有无数的亲戚，一个人无论要干件什么事，先得征询父母、祖父母、列祖列宗的意见。长生不老是如此代价，谁都不能独立自主，谁也不自在。到后来，人们想通了，要想活，唯有死。就这样，有限战胜了无限。

这种对于时间生命的思索体现了西方存在主义的核心思想，在死亡中认识生、在身处绝境之时体悟绝对自由的生命哲学。存在主义者特别重视时间之于人的存在的意义，保罗·蒂利希认为时间是人类存在无法摆脱的焦虑："焦虑就是有限，它被体验为人自己的有限。这是人之为人的自然焦虑，在某种意义上，也是所有有生命的存在物的自然焦虑。"克洛诺斯·萨图恩就曾经使用食子的神话来表示时间，意喻时间会吞噬自己生出来的东西。而古希腊人将希腊神话中的克罗诺斯当作时间老人，因为这个巨神用一把镰刀阉割了自己的父亲。罗马人的时间之神，他手握一把用以收割的长柄大镰刀，象征着死亡。所以，镰刀作为时间的意象，经常出现在各种诗歌和小说之中。时间慷慨地给予人类最美好的东西，同时又显示了巨大的破坏力，世上所有美好的事物都会被时间吞噬，被时间无情地破坏和摧毁，它能让一张青春的脸渐渐布满皱纹，让健硕的躯体逐渐萎缩而丧失活力，最终悄无声息地消灭人的生命。对生存状态的焦虑来自人类感受到自身存在的有限性。时间无时无刻地向人们昭示着死亡的在场，生命的有限性给个人生成赋予了绝对的意义。

纵观西方文学发展史，我们不难发现死亡叙事的特质。探寻死亡与存在间的紧密联系是文学无可回避的主题，亦是文学审美的要津。人生是五彩缤纷的，死亡因其方式的不同，也呈现出多种多样的形式，诸如献身性死亡、灾难性死亡、预感性死亡、偶然性死亡、新生性死亡、保护性死亡、抗拒性死亡到生存性死亡。哥伦比亚当代作家加西亚·马尔克斯在其代表作《百年孤独》中就采用了大量的死亡叙事，霍·阿·布恩蒂亚在杀死嘲笑自己的人后，为了免遭被害人的鬼魂困扰，不得不远走他乡，最后被绑在栗树上孤独地死去。阿玛兰塔整天为自己织着尸衣，孤独地等待着死神的召唤。在一场香蕉工人罢工运动中，政府下令机枪向罢工人群扫射，霍·阿卡蒂奥倒在了血泊中。他醒来时发现自己躺在一堆尸体上。透过些许微弱的光线，他看见了男人、女人和孩子的尸体塞满了一节节火车车厢，之后像废弃了的香蕉被扔进了大海。加西亚·马尔克斯不仅用这些纷繁复杂的死亡方式呈现了死亡叙事的多样性，还对死亡叙事进行了"陌生化"处理，如霍·阿卡蒂奥被枪杀后，他的鲜血从门下溢出，淌过客厅，流到街上，最后竟然奔流起来。吉普赛人梅尔加德斯病死后，尸体被抛入了大海。不久，因无法忍受死亡的孤独，他回到人间，却又再一次淹死在河里。

正因为有了对死亡的恐惧，才使得人们更强烈地追问生命的意义。因此，只有在死亡中，当每一个时刻奔向死亡，才意味着此在通过自我，这才能绝对地说"我在"。所以，文学作品借由死亡叙事警示我们：没有死亡的生命本质上不是生命，死亡才是个体生命和生活的最终确认，只有死亡才能证明活的价值和意义。没有死亡，我们便不会为生命的短暂而忧虑，不会意识到生命的可贵和脆弱，不会为自己的努力付出而得到的收获而喜悦。文学对时间、生命和死亡的犀利反思，强烈地震撼着读者的心灵。

自古以来，死亡与永生一直是世人思索的命题，是文学永恒的主题。时间是宇宙的重要构建，也是衡量生命长短的尺度。人生是如此的短暂和脆弱，这种生命危机感又进一步转化为对死亡的焦虑和感伤。人类生命的有限和无限实质上就是对限制与超越问题的探讨，死亡与永恒的矛盾二重性，让我们从有限中找到无限，从死亡中悟出永恒。死亡与永恒的悖论辩证地统一存在，死亡是一座必须跨越的桥梁，只有通过它，才能达到永生的彼岸。

"时间"本身就包含了无数的"悖论"特征：比如"循环——直线""主观——客观""有限——无限""死亡——永恒"等，当它们同时以某种形式呈现于文本中时，揭示的正是时间最深刻的本质。每一次矛盾着的双方冲突较量、迸发出的火星都是一个关于时间的永恒命题。时间观念的相悖，使文学具有了对立统一的审美张力，借此不同的方式分割和组合时间成为当代西方文学中普遍实践的艺术。有限与无限、死亡与永恒之间的冲突，造成"陌生化"效果，引领读者不断地思索时间和生存问题。

第二节　当代西方文学研究中的美学回归态势

一、当代西方文学研究的转型

在一篇名为《审美在文学研究中的消逝》的论文中，美国布兰代斯大学的尤金·古德哈特教授讲述了自己的个人经历：有一次，他代表所在的系参加一个招聘面试会。来求职的是一位女博士，博士论文写的是英国维多利亚时代的诗歌。这位女博士胸有成竹、口若悬河地用女性主义、新历史主义、解构主义等后现代的批评方法分析一首诗。她谈完后，委员会的一位成员突然冒出一个问题："但是，这是一首好诗吗？"听到这样的问题，这位求职者张口结舌，不知道该怎么回答，说了一些不着边际、苍白无力的话。古德哈特认为，若以这个问题问别的年轻的求职者，也同样会被难住。多年来，在美国的许多大学里，教师已不再教学生回答这样的问题了。研究者要做的，是对文学作品以新历史主义、女性主义、后结构、后殖民等话语作阐释或分析，这已经形成了当代西方文学研究的行业习惯和标准。没有人再谈审美标准！为何会这样？

　　文学研究的这种范式转换，常被归因于20世纪后期开始的文化论转向。20世纪50年代，威廉姆斯、霍加特、霍尔、汤普森等一批英国文化学家，开始致力于批判19世纪的阿诺德、柯勒律治以及20世纪上半叶利维斯主义的精英主义文化观，确立了一种全新的文化研究方法，使文化研究渐渐成为一个"合法的"学术研究领域。由于文化研究将"文化"看作是一种"特定的生活方式"，而不仅是完美的精神成就，其研究的关注点就不再单纯停留在一般文献或精英文化的范围之内。20世纪80年代以后，诸如沙滩、摩天大楼、游戏厅、二手服装、广告、牛仔装等，都成为文化学者的研究文本。于是，审美活动逸出了博物馆、剧院等高雅艺术场所，而更多发生在城市广场、购物中心、超级市场、街心花园等与其他社会活动没有严格界限的社会空间与生活场所，艺术与实用、审美与日常生活、艺术与商业、艺术与政治之间的界限被打破了。这种"日常生活的审美化"，直接导致了文学性的扩散，以及文学艺术的"祛魅"和"去精英化"。

　　总体上看，文化研究将马克思主义（阿尔都塞，葛兰西）、女性主义、符号学和后结构主义、后现代和后殖民理论作为其主要理论来源，解构了文学作品作为自足的有机整体的观念。举例而言，德里达提出"延异"（Différance）、播撒（Dissemination）、痕迹（Trace）、去中心化（Decentering）等概念。在他看来，不存在言语与意义的同一性、同质性。所有的意指活动，无论是言语，还是文字的书写，都起源于"痕迹"。"痕迹"就是差异、疏离、间隔，它意味着意义的缺席和主体的不在场，即写作所形成的文本总是渗入他者之手，回不到作者主体的手中。因此，所有文本都违背作者的意图，具有了"播撒"的能力。换言之，一个文本始终存在于一个复杂的文本网络之中，其意义是动态的，不可能被某一个权威所占有。对文本的考察，就是要通过揭示文本显现其特定权力形态的方式，去揭示文本为何偏爱于某些术语、隐喻和修辞而压制其他对于文本意义同样重要的术语、隐喻和修辞。这就是说，研究者要揭露文本历史的、偶然的和任意的谱系，由此揭穿其妄称客观真理的虚假面目，并在颠覆"深层结构"的同时，为读者提供自由选择的可能。

　　在后结构主义等思潮的影响下，文化研究学界普遍认为，依据何种观念看待文本和分析文本，较之观照和分析方式本身更为重要。这样一来，文本的阐释蕴含了直接或间接的政治意图："从文化研究的观点来看，关键之处是能指与所指之间的关系是人为的，是惯例，或者依据文化研究所突出的，是政治问题。对于符号，不同的群体可以在不同的语境中加以解释。"这种政治学转向，决定了文化研究关注的重点不再是传统文本的美学特质，而是文本的外部生产、传播、接受过程、文化要素和文本环境。其分析方式，不单单是针对文本构成性要素，而是融入了社会学和政治学的视角，将文本与文本环境、生产体制以及意识形态的支撑作为一种动态的关联方式，将平面的、静态的文本（以纸质、文字符号为主）和立体的、动态的文本（以视觉、社会事件与现象为主）结合起来，由此颠覆了传统文本的中心地位，其着力点是透过对文化表征的分析，见出文化、知识与权力之间的关系。在这种思潮的影响下，不难理解文学研究为何越来越背离审美化的研究模式。

文化研究对文学领域的入侵，引发了一个无法回避的问题：既然文本分析不再是目的，而是变成了手段，或者说，既然文学研究的目的不再是为了揭示文本的"审美特质"或"文学性"，而是为了揭示文本的意识形态性以及文本所隐藏的文化——权力关系，那么，文学研究是否正在远离文学？对此，众多欧美大学的文学教授都给出了肯定的回答。举例而言，马乔利·帕洛夫发出了"文学研究领域目前已被文化研究所主导"的控诉，而呼吁文学回到文学研究中来。理查德·罗蒂也明确指出，文化研究正在全面攻占美国大学的英语系，使得文学研究沦为沉闷枯燥的社会科学，令学生望而止步，敬而远之。在他看来，文化研究使得人们不再欣赏伟大的文学作品，而仅仅是用一些无味的术语来表达自己的政治情感。显然，对于批评者而言，文化研究基本上成了意识形态批判的代名词，文化研究以其强烈的政治旨意，满怀狐疑地审视着文学作品，将其谴责为政治压迫的工具，于是文学作品变成了意识形态批量生产的文本机器，变成了语境，变成了宣传。批评者甚至认为，文化研究不单单反对关于作品的美和快感、风格与形式的讨论，而且还试图把这种反美学的立场确立为文学研究的新规范，从而形成了一种新霸权。

针对于此，欧美大学的文学系出现了一轮又一轮的要求回归美学的呼声。在美国著名的高等教育报刊《The Chronicle of Higher Education》上，不断有作者撰文抨击文化研究对美学的贬损和忽视。作者们表示，已厌倦当代文学研究中泛滥的社会政治学批评，并试图重新讨论风格、韵律、形式、美等纯文学性的话题。而詹姆斯·索德霍尔姆（James Soderholm）、迈克尔·克拉克（Michael Clark）、伊莱恩·斯卡利（Elaine Scarry）、温迪·斯坦纳（Wendy Steiner）、丹尼斯·多诺霍（Denis Donoghue）、阿尔文·柯南（Alvin Kernan）、约翰·埃利斯（John Ellis）等众多文学教授遥相呼应，纷纷撰书对文化研究的霸权提出了质疑和批判。他们明确提出，文化研究的主导，意味着文学的死亡。为了拯救文学，必须回归文学美学。那么，应如何看待当代西方文学中的这种新走向呢？

二、基于学科焦虑上的美学回归之思

毋庸置疑,文化研究对文学研究的发展有着积极的影响。文学本是一种极其复杂的现象,需要多学科的研究。在文学艺术研究长期与美学合一,只有审美与哲学的解读而缺乏社会和文化的解读之时,文化研究确实为文学研究带来了全新的研究方法,大大拓展了文学研究的空间,使研究者有了更为广阔的视野。但另一方面,自从文化研究兴起后,文学研究确实是从跨界到越界,进而出界,远离了文学的家园。正如古德哈特教授所注意到的那样,当代的文学研究仅仅满足于女性主义、新历史主义、解构主义等各种后现代的批评视角,而从根本上放弃了对作品本身的审美判断。研究者走出文学研究,几乎研究社会上的一切,各种问题无所不包,偏偏就是不研究文学。或者说,他们越来越强调读者介入叙事的重要性,而将阅读本身变成了鲜明的意识形态化过程。诚如美国著名文论家林德赛·沃特斯所概括的,这使得文学沦为观念、作者或读者的意图或意识形态等一些不属于艺术自身的东西。如此一来,问题也就出现了:其一,文学还是文学吗?其二,文学的观念化和理论化,能否成为文学教育的存在依据?对于很多批评理论家而言,第一个问题并不构成问题。很明显,当代西方文学理论界与当代国际美学界,有着一些明显的交合点:二者都否认"文学""艺术"定义的可能性。在国际美学界,尤其是在20世纪后期占据了西方美学论坛霸主地位的英美分析美学,将维特根斯坦的"游戏"和"家族相似"等理论奉为圭臬,从根本上否认了艺术的共性。他们将艺术视为一个"开放的"概念,因而是不可定义的。当代西方文学理论界,同样如此。特里·伊格尔顿详细地讨论过西方文论史上各种关于"文学"的定义,最后的结论是:"文学"本身就是一个历史与文化的建构,不存在一成不变的"文学",也没有永恒的文学"本质"。他甚至认为,或许有一天,莎士比亚的作品会被排挤出"文学"的大门。卡勒则更极端地认为:"文学就是一个特定的社会认为是文学的任何作品,也就是由文化来裁决,认为可以算作文学的任何文本。"

诚然,"艺术"和"文学"不是封闭性的概念,随着新作品和新形式的出现,其概念势必不断扩展。这意味着,对艺术和文学进行定义,势必导致各种争议。但问题是,即使艺术和文学难以界定,人们是否就应该完全取消文学与非文学、艺术与非艺术之间的界限?其实,在维特根斯坦否认艺术具有本质时,他也不得不承认,艺术与非艺术的界限实际上是存在的,正如一个国家的边界虽然纷争不断,但我们仍然能够确定自己是否置身其国。因此,文学的界定固然有着种种困难,但这并不妨碍我们对这一概念的使用。从常理上讲,经受了时间考验的文学精品,如《荷马史诗》《哈姆雷特》之类,被挤出"文学"大门的可能性微乎其微。退一步讲,即使它们在遥远的将来会变成非文学,也不妨碍我们现在将它们作为文学来欣赏。比如我们可以从《哈姆雷特》中获得关于抑扬五音步韵律的知识,从哈姆雷特的命运中,欣赏其睿智、敏感,也洞察其个性的软弱。我们品味着弥漫于这部悲剧的各种具体的、强烈的情感，并有可能从中获得某种关于人性的体悟。

因此，我们不妨做出两个经验性假设：其一，文学与非文学的界限也许是存在的，将文学当作文学来欣赏也是可能的；其二，我们欣赏作品的过程中所形成的审美经验，也许远非社会政治学批评所能概括。早在20世纪80年代，英美新批评的重要代表门罗·比厄斯利，就对艺术的审美经验进行了详尽的考察，发现审美经验具有"对象的导向性""感觉到的自由""超脱的效果""积极的发现"，以及"整一性"等本质特征。进而言之，这种现象学意义上的审美经验，可以：①缓解紧张，消弭破坏冲动，从而提供宣泄情感的工具和暴力的道德替代物；②消除自我内部的冲突，有助于实现人格的整合或和谐，从而达到心灵的澄明和愉快；③磨锐知觉力和辨别力，使得人与人之间的情感关系趋于和谐；④培育想象力和同情力；⑤促进精神健康；⑥培育人际间、文化间的同情和理解；⑦提供一个手段和目的完满结合的人类生活理想，等等。不难发现，从古希腊的亚里士多德到近代的席勒和雪莱，再到当代的 I. A. 瑞恰兹和杜威，都持类似观点。也许，这些裨益只是经验性的假设，尚待心理学研究的确证，但它们却能解释文学艺术对于人类社会的独特意义，也比较合理地解释了人们修习文学艺术课程的原因。既然艺术的审美经验可以启思激趣，可以培养感知者对艺术的敏感力、知觉力和想象力，可以通过意象和价值观促使感知者理解人类生活的可能性，可以最终提升生活经验的层次和质量，那么，又何必拒绝这种艺术经验？

然而，当代的文学研究往往只试图说明和阐释意义是如何构建的，而忽略了对意义的体验。他们大多热衷于讨论文学是如何在与历史、权力、性别、文化等诸种意识形态变体的互动联系中形成和存在的。这种研究方法在很大程度上把文学变成了理论。但是，诚如沃特斯所言，文学的理论化，理论的体制化，似乎正在变成一种压迫、一种霸权，使得当代文学批评不再是为了欣赏美学，不再是为了研究人们对艺术的审美反应和审美情感，不再是为了提升灵魂，从而取消了文学与生活之间的连续性。长此以往，文学必变得抽象枯燥，了无生气，魅力全失。也许是出于对这一后果的忧虑，比厄斯利耄耋之年撰文呼吁，要保护和拓展艺术在提升社会生活质量的过程中所扮演的"决然异样的、不可或缺的"诸功能，使其免受强势的政治和经济力量的控制、歪曲和压制。确实，时过境迁，文学研究的理论氛围，与西德尼和雪莱所在的将艺术作为艺术、寓教于乐的年代，已有了根本的不同。但无论如何，文学不应过度理论化，理论不应过度体制化。如果为文学教育辩解，却不将文学当作文学，而仅仅考虑文学的政治文化语境，这是否就是一个悖论？再说，文学变成理论，又能否作为文学教育的存在依据？即使它能作为文学教育的依据，又是否充分？等等。这些问题，无疑值得反思。

因此，对于欧美学者回归美学的呼声，应持理解的态度。他们对于美学回归的诉求，可以理解为对文学研究从越界到出界的质疑,理解为一种基于学科焦虑上的反思。正如作者在另一篇文章所指出的,各种后现代主义思潮的泛滥,使得艺术彻底沦为他律性的存在,艺术无处不在,却又无处可寻;艺术什么都是,但又什么都不是。要解决当代美学的这一悖论,艺术相对的自律性和特殊性应予以承认和尊重,让其在人类社会中发挥某种独特的人文功能。也就是说,文学艺术除了其意识形态作用之外,还应有属于其自身的东西。在社会学、新历史主义、女性主义、解构主义等各种理论的批评之外,还应有一种把文学当作文学,把艺术当艺术进行批评的可能性。

三、基于美育缺失上的美学回归之思

应该说,文学的审美、道德、历史、社会等价值是可以共生共存的。由此决定,美学与文化研究未必相互排斥,非此即彼,反而可以相互汲取和补充。众所周知,威廉姆斯的文化观,深受浪漫主义美学的影响。霍加特也同样关注大众文化特定的形式属性,他说:"除非你知道这些事物是如何成其为艺术……否则你对于它们的谈论不会切中肯綮"。20世纪七八十年代,文化研究甚至接受了俄国形式主义、欧洲先锋派艺术理论以及布莱希特(Bertolt Brecht)的美学思想,对能指而不是对所指表现出了浓厚的兴趣。在《亚文化:风格的意义》这部文化研究的经典著作中,迪克·赫伯迪格(Dick Hebdige)不但以社会学家的眼光,而且以美学家的眼光,透过"拼贴""合成"等先锋派技术,以及用狗套脖、别针、垃圾袋等什物做成的各种匪夷所思的艺术品,详细解读亚文化风格的多重意义,其对内容、快感的关注,不亚于对意识形态的关注。因此,正如丽斯塔·费尔基所言,文化研究和美学的关系,应予以更全面、更客观的评估。无论如何,美学的回归,并不意味着文学拒绝文化研究的视角。文学研究所拒绝的,是存在于文化研究中的独断论,即将文学的社会、文化、政治学解读视为唯一合法化的批评视角,而排除作品的审美批评。

文化研究不愿对文本下价值判断,也不愿讨论审美经验,很大程度上源于他们对现代美学的敌意。在他们看来,现代美学所提倡的审美无利害原则,实际上是资产阶级进行意识形态控制的工具。通过美育或趣味教育,现代美学将少数精英的趣味确立为唯一合法的审美趣味,由此对缺乏必要的预备教育、闲暇、社会文化条件,因而实际上无法接近和欣赏高级文化作品的普通大众,设置了粗暴的阻碍,使得他们不得不勉强承认自己低人一等。正是由于看到了审美教育是一种新的统治形式,伊格尔顿等后现代主义学者将其称为"霸权"。随着大众消费社会在更大更广范围内的形成和迅速蔓延,文化研究渐渐超越了传统的精英主义,甚至出现了约翰·费斯克所代表的民粹主义文化观。众所周知,费斯克把大众鉴识力标举为对美学霸权的拒绝和反抗,不加批判地颂扬大众文化的娱乐性和反抗性,甚至不遗余力地为大众文本的浅白性和贫瘠性辩解。但是,文化研究的这种政治工具主义难以通达人的灵魂深处,也难以解答文学艺术的共性和普世价值等问题。他们抛弃趣味的争

辩，同样缺乏依据。如果文学确实存在某种"审美价值"，或者说，如果存在一种将文学当作文学来看待的可能性，那么，文学的审美批评就是必要的。毕竟，没有人能够心安理得地说，一部特定的艺术作品既是优秀的，又是糟糕的。拒绝作品的审美判断，势必导致"坏"艺术的泛滥，甚至使得大众趣味日益低俗，丧失审美能力，分不清美丑，无法体会真正的生活之美。要培养和提高社会成员的艺术欣赏和批评的能力，必须要求他们体验大量具有高度审美价值的艺术作品，以获得关于文学艺术的知识，比如文体、诗歌韵律、小说叙事、戏剧结构，等等。同样，它要求人们探寻艺术之善美的标准。因此，我们必须询问：作品具有哪些典型的审美特性？我们能否说明这些特性有何特殊之处？其情感氛围是悲伤的、幽默的、欢乐的，还是愤怒的？我们何以得知？我们为何对某些作品情有独钟？我们为何对低俗的、乏味的、拙劣的、刺耳的、无病呻吟的作品心生厌恶，敬而远之？对于一些标新立异的作品，我们是喜爱还是厌恶？作品整体上是好是坏？我们的判断有何依据？等等。在找到这些问题的答案之前，我们不能夸口对文学有了充分的理解。

然而，审美批评并不是一个强迫他人接受判断的过程。比厄斯利说得好："作为一个知识领域，美学由批评陈述的澄清和确证所需要的诸原则构成。"这就是说，作品的批评仅仅是批评家根据自己的经验和理解对作品某些性质或要素做出描述、阐释或评价，以促使读者看到这些性质和要素，由此引导读者关注和区分作品的模式、事件和意义，促成感官层面的交流，形成相同的视野和经验内容。用伊森伯格的话来说，一个批评家宛如一位教师，其提供"新的感悟和新的价值观"。人们不必遵循批评家的判断或评价，这不是批评的目的。批评的目的是揭露、展现，为学生的"看"提供更多的可能性，由此帮助其培养深层次的审美体验，意识到生活的新维度，体会真正的生活之美。

总而言之，文化研究为文学研究提供了发展的机遇。文学研究不能抱残守缺，闭门造车，否则路会越走越窄，最终走进死胡同。但另一方面，文化研究思潮的泛滥，却破坏了文学艺术相对的自律性和特殊性，这也许就是要回归美学的原因吧。文学研究的未来趋势，现在尚难定论。但可以说，只要"这是一首好诗吗？"之类的问题成立，美学的回归是迟早的事。

第五章
中国现当代文学与西方文化的结合

第一节 中国当代生态文学创作中的西方生态文化因素

历史作为人类本体存在的时间维度是任何哲学思考和文学研究都难以回避的问题。人类总是在思考自身生存意义的过程中通过一种总体叙事的方法,去营构文化或文学的整体意义和历史连续性,从这个意义上讲,历史是文学批评家不可逾越的视界,也是文学批评得以形成与展开的一个基本维度。

一、"历史维度"的重新发现

对于历史这一文学批评的重要维度,早在古希腊,柏拉图、亚里士多德等人的诗学就对此相当重视。18世纪英国著名文学批评家缪尔·约翰逊在《莎士比亚戏剧集》的序言中曾这样说道:"一些作品,它们的价值不是绝对的和确切的,而是逐渐被人发现的和经过比较后才能认识的;这些作品不是遵循一些论证的和推理的原则,而是完全通过观察和体验来感动读者;对这样的作品,除了看它们是否能够经久和不断地受到重视外,不可能采用任何其他标准。"到19世纪,马克思还曾极为精彩地说:"历史什么事情也没有做……创造这一切,拥有这一切并为这一切而斗争的,不是历史,而正是人,现实的、活生生的人,历史不过是追求着自己目的人的活动而已。"马克思主义的文学批评策略也正是把历史当作重要的出发点来理解文学生产、文学批评概念、文学的意识形态运作的。在H·A·泰纳的文学"三要素"说(种族、环境、时代)中,"时代"实际上也与历史这一概念极为相关。但在20世纪上半叶,随着俄国形式主义、英美新批评、法国结构主义、符号学等文艺思潮的兴起,历史这一重要的文学批评维度逐渐为人们所遗忘,文学批评活动中的共时性研究占据了主流地位。对于这种反历史倾向,不少现代文学批评家曾提出他们的抗议。美国学者表述是否准确就曾指出:"一部文学作品完全可能表达的不是其作者意图通过它表达的意思,每个时代的人们都以自己时代的方式、观点理解伟大的文学作品,一部作品的意义将随着历史的推移而不断增加,或者一部作品所表达的意义总比其作者意图表达的多。"从20世纪20年代以来,形式主义、结构主义、符号学等文化思潮注重形式和结构而脱离社会历史语境所形成的偏颇越来越感受到人是缺乏生命力的。历史在文学批评中的重要作用之所以被重新发现,不仅仅在于文学本身具有一种内部的因果关系和不断自我超越、自我批判的内在历史,从而使模仿与摒弃、作用与反作用、因循与独创等构成了文学向前运动的基本情状,它还"可以把我们的审美感从我们身上分离开来,或者至少使我们的审美感接受我们心中的历史概念的约束",使文学批评达到对非文学文本的包容以及对包括历史背景在内的社会制度和实践活动的包容,从而成为文学批评的一个基本维度。从这个意义上讲,历史维度的重新发现有其内在的必然性。

二、历史维度在当代西方文学批评中的多向展开

20世纪下半叶以来,虽然形式、结构等概念在西方文学批评中仍然相当活跃,但历史维度在文学批评中越来越得到重视,并呈现出多向展开的特征。这可以从文学解释学、解构主义文学批评、对话诗学、新历史主义文学批评以及话语理论的理论阐述与批评实践中得到明显的印证。

(一) 理解的历史性

在文学解释学看来,理解从本质上讲,是历史发生作用的活动。对文学的理解或阐释从来都是依据一定历史条件下的范式规定性、方法论要求或者不相同话语的游戏规则来进行的,理解的历史性是文学解释活动的首要特征。所有语言、历史、理解都是在某一特定历史时间中展开的,超越历史这一基本维度的理解都是不完全的或不完善的。理解的历史性表现为过去、现在和未来三个时间同时在理解中展开,因为"人类此在的历史运动在于:它不具有任何绝对的立足点限制,因而它也从不会具有一种真正封闭的视域"。正基于此,文学解释学认为时间间距(Zeitabstand,即文本在某个给定了的时间段内所具有的意义同解释者所处的时间段之间存在的间距)并非是一个为了达到正确理解而必须克服的障碍;相反,它正是理解的、积极的、建设性的可能性,意义发现的无穷过程就是通过它来实现的,而文学解释的历史则是一种效果史,即理解本质上是一种效果史的关系。这种效果史表明,置身于历史之中且无法脱离历史进程而生存的解释主体们的质疑,因为脱离历史维度的纯粹共时性研究本身就包含了对历史的理解,它对历史的理解与历史本身同样是真实的,而效果史就是这两种真实的结合,是历史与历史的解释者的结合,也就是历史的效果与对这种效果的理解的结合。因此,那种意识到生存的历史事实与传统的不可超越的效果史意识应当成为解释活动的主导意识。接受美学的主要理论代表姚斯曾把效果史的概念直接引进了他的"接受美学"中,将之理解为解释与历史事件之间相互作用的历史,认为这一概念可以为文学史(接受史)的研究提供指南。这种对时间意识与历史维度的强调在意大利符号学家艾柯那里也可以看到,虽然"在最近几十年文学研究的发展进程中,诠释者的权利被强调得有点过了火",但艾柯认为,"一定存在着某种对诠释进行限定的标准"。艾柯解释说,文学本书"不只是一个用以判断诠释合法性的工具,而是诠释在论证自己合法性的过程中逐渐建立起来的一个客体。这是一个循环的过程:被证明的东西已经成为证

明的前提"。这实际上也是将文学阐释活动纳入历史维度上加以审视的。

(二)互文的历史性

"互文性"这一概念首先由法国符号学家、解构主义批评家朱丽娅·克里斯蒂娃在其《符号学》一书中提出。她认为:"任何作品的本书都是像许多行文的镶嵌品那样构成的,任何本书都是其他本书的吸收和转化。"这就是说,每一个文本都是其他文本的镜子,每一文本都是对其他文本的吸收与转化,它们相互参照,彼此牵连,形成一个潜力无限的开放网络,以此构成文本过去、现在、将来的巨大开放体系和文学符号学的演变过程。如果说克里斯蒂娃的"互文性"还侧重于对其共时性特征的阐释的话,那么在罗兰·巴特等人那里,"互文性"中的历时性内涵也被揭示了出来,从而使解构主义文学批评中的这一重要概念的历史内涵得到了敞现。在《文本理论》一文中,罗兰·巴特强调:"在一个文本之中,不同程度地以各种多少能够辨认的形式存在着其他的文本,譬如,先时文化的文本和周围文化的文本。"在他看来,"任何文本都是一种互文,互文的概念是给文本理论带来社会性内容的东西,是来到文本之中的先时的和当时的整个言语","任何文本都是过去引文的重新组织"。解构主义文学批评的重要代表哈罗德·布鲁姆在其著名的"影响即误读"理论中还曾就误读的历史性作了深刻的阐述。他认为,文学创作中不同时代的影响关系取决于一种批评行为,即取决于误读或误解,也就是一位诗人对另一位诗人所做的批评、误读或误解。在他看来,"一部诗的历史就是诗人中的强者为了廓清自己的想象空间而相互'误读'对方的诗的历史"。如果进一步考察的话,新历史主义的"文化间性"(Cultural Intertextuality, 又译为"文化文本间性"或"文化文本相互关系")这一概念实际上也阐述了文本与历史之间的"互文"关系。在他们看来,作为文本的文学和作为文本的历史,这两者之间的互文性影响是一种相互开放、相互吸收的关系,它们在互相联系和互相解释中衍生出众多的意义,因而,在进行文学批评时,认识文学文本在分析、解释现实时如何起作用,应当将它置于一个带有相当程度的具体历史性的互文系统中去加以认识。

(三)对话的历史性

对话是话语主体之原初自足属性的解构,是解释学空间的重新拓展和自我封闭之栅栏的拆除,也是处理文化交往中自身与"异域"(或"他者")关系(或矛盾)的基本手段。通过对话,"我之为'我'的那个主体本源在并不中止其活动的情况下发生了变化,变得严格地说我无权再将其视为我的我了。我被借给另一个人,这另一个人在我的内心中思想、感觉、痛苦和骚动"。文学批评中的对话关系,实际上表明,文本间性的研究是要探寻不同话语之间在历史语境中的约定性、相关性和相互理解性,找出联系和认同的可能性与合法性(客观性),从而建立起新的知识共同体与知识平台,就此而言,文本间性所秉持的建构姿态也是在历史维度中展开的。例如，在法国学者茨维坦·托多洛夫所倡导的对话诗学中，对话的历史性也得到了充分的重视。他曾坦承道："我发现作品的历史构想和结构构想并不如我想象的那样容易分辨。我过去一直以为是中性及（我的）纯描述概念的东西现在却成了某种明确的历史选择的结果。"

（四）文学文本与历史文本

对新历史主义者而言，文学绝非是对稳定与统一的历史事实这个"背景"的冷静的反映。它既是这个"事实"本身的一部分，也在规定着被我们所认为是事实的东西。正是从这一主张出发，它直接反对所谓"旧历史主义"的学术研究。在传统的文学批评中，评论家谈及的某一文学作品的"语境"总是假定这个语境（实际上就是指历史背景）具有文学作品本身无法达到的真实性和具体性，因而，复现作者原意或世界观以及当时的文化背景成为旧历史主义文学批评的一个基本出发点，而文学版本的订正与文学史料的校勘以及社会时代背景的探讨成为这一批评的中心任务。新历史主义文学批评则倡导摒弃那种假定过去和现在之间的关系是由因果定数和因循渐进的连贯性而决定的思维惯性，主张把文学作品置于文学文本与历史文本相联系而产生的"互文"系统中去思考或研究。在这一系统中，文学作品不仅与别的话语模式和类型相联系，而且也与同时代的社会制度和其他非话语性实践相关联，而文学批评实践在对不同文类的作品、文件以及史料的重新解读，以及对规范文学最初产生时的社会和文化的重新估价中，也得到了进一步的恢复，作为文化研究和文学批评的重要方法论原则。强调在历史意识情境中去解读文化文本或文化语码的现实意义，这种历史视野和文化审视使这一流派成为一种新的历史——文化诗学。格林布拉特在《文艺复兴的自我塑造：从莫尔到莎士比亚》中通过对莫尔、延德尔、魏阿特、斯宾塞、马洛、莎士比亚等六位文艺复兴作家的个人化研究，揭示了这些作家在表达观念、感情以及自我欲求时所涉及的社会约束、文化成规、自我的塑造过程及其表达方式，并剖析了"历史中的文本"和"文本中的历史"里权力运作的复杂机制。英国新历史主义代表人物乔纳森·多利莫尔在《政治的莎士比亚》中强调莎士比亚的研究并不是纯文学的研究，也不是纯历史的戏剧研究，他想通过剧作发现一种深邃的历史视角和理论介入的方法，以及一种政治话语的参与意识，并呼吁学者结合历史背景、作品分析与政治参与去解释文化文本与社会相互作用的过程。对典范的文化（或文学）文本得以形成的社会历史和文化环境的重新思考，对特定历史时空中占优势的社会、政治、文化、心理及其他符号码进行破除、修正和削弱，使得新历史主义对历史记载中零散插曲、轶闻趣事和偶然事件表现出异乎寻常的兴趣，也使得新历史主义的研究呈现出明显的边缘性特征。

（五）话语的历史性

将真理看作一种隐喻的思想在尼采那里就已出现，但对作为隐喻的真理的历史性的分析最为全面的则是米歇尔·福柯。在他看来，真理在历史漫长的烘烤过程中才硬化成某种不可改变的形式。在这种烘烤过程中，真理变成了用以驳斥错误、将自己与外在现象对立起来的权利，并被赋予慰藉（对真理拥有者自身而言）和专断（对他人而言）的双重角色，换言之，真理之作为一种隐喻是在"历史"中建构并完成的。米歇尔·福柯将这一思想转入到对人文科学话语的研究时，就形成了他自己独特的话语理论。米歇尔·福柯眼中的话语，虽然有时指所有陈述的一般领域；有时指个体化的一组陈述；有时指一种有序的包括一定数量的陈述的实践，但它们都具有特定的社会环境和历史时间的规定性。就像英国学者斯温伍德所指出的那样："话语本质上是社会的和历史的：词语是通过在具体的社会背景中的充实而具有意义的。话语假定了与实体化和物化力量相对立的积极主体之间开放性交往模式。就像主体自身一样，话语是尚未完成的。"话语的展开总有其历史维度作为凭依。

第二节 西方现代文化之现代派文学

现代派文学起源于 19 世纪初期，在德国的霍夫曼、美国的爱伦·坡的消极浪漫主义文学中就已经出现了。从法国的波德莱尔开始，经过巴纳斯诗派，到魏尔伦、兰波、马拉尔美，象征主义渐渐成了一个颇大的文学流派。而且，现代派文学还包括唯美主义、印象主义、自然主义与新浪漫主义等。

20 世纪现代派文学的发展主要可以分成三个阶段和两次高潮：第一阶段是第一次世界大战前，现代派文学萌芽阶段；第二阶段是 20 世纪 20 至 50 年代，现代派文学的鼎盛时期；第三阶段是六七十年代以后，现代派文学没落时期。其中，第一次世界大战前后至 20 世纪 20 年代，是现代派文艺发展的第一个高潮，现代派文学就是在此阶段得到了明确的确立。20 世纪四五十年代是现代派文学发展的第二个高潮阶段。20 世纪 70 年代以后，西方文学与当时社会的多元化趋势相一致，呈现出多元、创新和具有活力的趋势。

一、第一次世界大战前后的现代派文学主要是后期象征主义，它是 19 世纪象征主义文学的继续

象征主义的作家认为，艺术是表现事物本质或最高真实的一种形式，而这种最高真实

不存于与现实世界只存在于主观世界之中的；外界事物与人的内心世界是息息相通的，彼此之间有着对应的联系。所以，作家不应该直接描写事物，而应该寻找"客观对应物"，以象征的手法来间接表现内心世界的隐秘情绪。后期象征主义的诗人主要有美国的艾略特、英国的叶芝、比利时的维尔哈伦、奥地利的里尔克、法国的瓦莱里等。后期象征主义戏剧的代表人物是比利时的梅特林克、法国的克洛岱尔等。

二、20世纪30年代的现代派文学包括表现主义、超现实主义、意识流小说

（一）表现主义

表现主义是20世纪二三十年代流行于德语国家、北欧、美国等地的文艺流派，同时在绘画与戏剧上取得了突出的成就。瑞典的斯特林堡是表现主义的先驱人物。虽然二三十年代的表现主义作家立场不尽相同，但都提倡在艺术上表现个人主观直觉。这一派的代表诗人有德国的贝希尔、奥地利的威弗尔；戏剧作家主要有捷克的恰佩克、美国的奥尼尔。表现主义小说的杰出代表则是奥地利的卡夫卡，著有《乡村轶事》《判决》《变形记》《地洞》等。

（二）超现实主义

超现实主义产生于法国，它是后期欧美各种艺术的主要影响者。其创始人布勒东提出自动记录法，描写梦幻，随意拼凑想象。法国的超现实主义文学家主要有：路易·阿拉贡、保尔·艾吕雅等。他们声称自己反映梦幻与理性这两个并列的世界，不取决于逻辑，而取决于心理，即无意识的观念过程。出于对下意识的崇拜，他们企图从"梦"与"疯"中获得灵感。所以，超现实主义者的写作采用纯粹无意识的文字拼接方法，这虽然可以得到一些新奇的意象，但大部分都是莫名其妙的东西。

（三）意识流小说

意识流小说虽在19世纪的现实主义文学中已出现，但作为现代文学流派，意识流文字形成于第一次世界大战前后，风行于20世纪二三十年代。意识流小说家主张将主观世界表达得淋漓尽致，尤其是人物的下意识活动，他们认为下意识活动最能表现真正的"自我"。意识流文学的代表作家有：英国女作家维吉尼·沃尔芙、詹姆斯·乔伊斯，法国作家马塞尔·普鲁斯特，美国作家威廉·福克纳等。

三、20世纪四五十年代的现代派文学包括了后现代主义、新先锋派等。其中，存在主义文学是战后影响最大的现代流派

（一）存在主义文学

存在主义文学的诞生受到了存在主义哲学的深刻影响。20世纪30年代末，法国的保尔·萨特首先树立起了存在主义文学的大旗。他们的作品大多是从人道主义出发，探讨人的价值问题，揭露社会的丑恶，同时也宣扬了悲观绝望的情调，美化了个人主义思想。其代表作有长篇小说《恶心》《自由之路》（第3卷）《死无葬身之地》《可尊敬的妓女》等剧作。1964年，萨特获得诺贝尔文学奖。

（二）荒诞派戏剧和新小说派

荒诞派戏剧和新小说派的小说都产生在20世纪50年代的法国。他们用荒诞的形式和夸张的手法展示描述生活，但对生活的描写通常缺乏连贯、完整的情节，而且语言混乱空洞。荒诞派戏剧的代表作家主要是法国的尤奈斯库，他的主要作品有《秃头歌女》《椅子》《犀牛》。

第三节 中国文学文本空间中"西方文本"的寓意

身体作为空间景观的一种形式和空间批评紧密相连，如空间批评的奠基人列斐伏尔所认为的，需要"把身体提升到元哲学的中心位置"。在他看来，"哲学背叛了身体，它积极参与了舍弃身体的伟大的隐喻化进程之中，并且否定了身体本身"，其实，"整个（社会）空间都从身体开始，不管它是如何将身体变形以至于彻底忘记了身体，也不管它是如何与身体彻底决裂以至于要消灭身体"。伊格尔顿也指出："如果关于国家、阶级、生产方式、经济正义等更抽象的问题已被证明是此时此刻难以解决的，那么人们总是会将自己的注意力转向某些更私人、更接近、更感性、更个别的事物。人们可以预料一种新身体学的崛起，在这个学说中，身体现在是首要的理论主角。"身体景观和都市景观是文学空间景观的最重要的组成部分，曾被学界所忽视的身体研究和都市研究如今逐渐进入学人的视野，甚至成为研究的热点。

在"空间转向"的视阈里，时间和空间有四个层面的区别，而与身体景观相关联的区

别是：时间是历史发展的线性过程，具有理性深度和文化内涵，时间结构不是一个点，它具有历史向度，充满回忆和期待，包含理想和理性的意蕴，因而时间意象是具有纵深感的、有文化积淀的意象；空间是时间的碎片化，是历史发展的停滞，因而空间意象是琐细的、无深度的意象。男性和女性的身体作为一种文学意象都是历史文化的沉淀物。不过文学作品中的"身体"所描写的往往是男性视角下女性的身体，这种躯体修辞学往往体现为男性中心的立场。在文化研究中，人们更侧重于研究女性的身体。本书观察的对象主要是男性所期待和想象的女性身体，分析具有时间维度的女性身体在空间化后浪漫感和历史感消失及其所包含的文学和社会变化的信息。

当我们回眸中国当代文学，关于身体的言说，自然要将眼光锁定在张贤亮身上。毋庸置疑，在20世纪80年代的作家中，张贤亮不仅是最具代表的作家之一，而且是最重视女性身体书写的作家。张贤亮的《绿化树》《男人的一半是女人》是新时期最重要的描写女性身体的文本，而他的小说创作的变化又和中国文坛的变化紧密联系在一起。张贤亮的前期小说与后期小说，以及与朱文、韩东等新生代作家的小说对女性身体的描写有什么区别？这些区别又体现了怎样的社会风貌？这些嬗变也引发了我们对东方和西方之间的文本、引用文本、身体、文化位置等关系的思考，其间也透视出当代文学转型的特征。

一、男性想象期待中的女性身体：文化记忆和审美规范

（一）具有时间维度的女性身体：充满历史感的浪漫想象

张贤亮写于1983年的《绿化树》在当代文坛留下了深刻的烙印，其中对马缨花身体的描写意味深远。章永璘刚认识马缨花时被饥饿纠缠，无暇关注其他，他第一次真正意义上关注到马缨花的身体特征是在马缨花给他的"四年没有吃过"的白面馍馍上发现了她的指印：

它就印在白面馍馍的表皮上，非常地清晰，从它的大小，我甚至能辨认出来它是个中指的指印。从纹路来看，它是一个"箩"，而不是"箕"……如同春日湖塘上小鱼喋起的波纹。波纹又渐渐荡漾开去，荡漾开去……

等他吃完了馍馍，"才有心情看清楚她"："首先让我惊奇的是她面庞上那南国女儿的特色：眼睛秀丽，眸子亮而灵活，睫毛很长……"如《绿化树》中所写的，"我阅世不深，年纪又轻，总是根据自己所读的书本来推测别人，想象爱情"。在这种虚构的文学空间影响和浪漫情愫的催化下，甚至于马缨花在油灯下的爽朗的"哈哈笑"也有了"蒙娜丽莎"的妩媚：

她被自己学的口音逗得哈哈笑了。油灯照着她紧密细小的牙齿，她下齿中的一颗，稍微被挤出了一点。然而这并不损坏她的美，就和蒙娜丽莎的斜视一样，构成了她美的一个

特点。

虽然"她也没有什么披肩",但"有不少于玛甘泪或达姬娅娜的柔情"。而章永璘走到她家的路上,"脑海中会跳出不知是哪一部诗剧里的台词":"……当我迈着轻捷的步子走到她窗前,/透过绿纱窗帘,我看到她窈窕的身影,/和覆盖着柔情的披肩"。而马缨花的温柔更让他浮想联翩:"当她颤抖的手指轻柔得像一阵微风掠过我鞭伤的时候,我觉得全世界的抚慰都在这里面了,同时心头响起了勃拉姆斯为法柏夫人作的那支《摇篮曲》"。在"推测""想象"等这些飘逸的词语中跃动着西方浪漫的情节和优美的形象,它们所建构的想象世界对章永璘的现实生活世界带来深刻影响,于是,当他又一次看到她的指纹时,想起了第一次吃馍馍时中指的指印,他的"心头一颤,理性的激情即刻化成了一股爱的柔情,脑海里蓦然响起了拜伦诗歌中颂扬女性的诗句":

我要凭那松开的卷发,/每阵爱琴海的风都追逐它,/我要凭那长睫毛的眼睛,/睫毛直吻着你桃红的面颊,/我要凭那野鹿似的眼睛誓语,/你是我的生命,我爱你。

拜伦诗歌中美丽的"松开的卷发",遥远的"爱琴海的风"通过主观的想象穿越时空竟和乡村妇女马缨花发生联系。所以,在张贤亮的笔下,"农妇"身份的马缨花的形象和一般的劳动妇女不同,她带有"贵妇"的色彩,是淳朴的劳动者形象和淑雅的知识分子形象的叠合,这和章永璘的知识结构所赋予他的浪漫想象有很大的关系,同时章永璘想象中国女性身体的方式深受西方女性形象的影响。虽然,章永璘也时常提醒自己要区分现实和虚构的不同,然而沉浸于文学想象世界尤其是西方文学世界里的章永璘——或者也可以说张贤亮等知青以及许多受启蒙现代性熏陶的中国知识分子,在他们的脑海里深深烙上了深刻的文化印记。在《男人的一半是女人》里,章永璘在没有看清楚女囚之前,把《复活》等"所见过的艺术形象"和现实的女囚模糊的形象进行对比,且对现实中的女囚缺乏托尔斯泰笔下那位女囚的美丽高贵而备感失望:

《复活》里描绘踏上去西伯利亚的弗拉基米尔大道的玛丝洛娃,仿佛穿的还是裙子;我记不清那是白色的还是灰色的,总之是裙子,头上还扎着头巾……而这里的女犯穿的却是和男犯式样完全相同的黑色囚服……她们会败坏我对女性的向往……我曾经欣赏过的女性的艺术形象被抓到这里来也会成为这副模样,那么这个世界还有什么可值得留恋?

可见,诸如《复活》中的玛丝洛娃这些他所"欣赏过的女性的艺术形象"群体构建起来的关于女性身体的文化想象,规范了男性的审美期待,也成为男性审视现实生活中女性优劣的标准。因此,女性的身体既是一种实体,也是文化的承载物。身体描写所展现的还有身体的时间维度——文人对于时间,对于历史的追忆、想象,这使身体有文化意蕴、时间意蕴和历史意蕴。女性身体在男性与女性的"看"与"被看"的关系中,既是一个男人在"看",同时也是男人们在"看"。作家所描述的女性身体的特点体现了男权社会集体无意识对女性身体的期待和规范。现代性是指向和传统相区别的"现代",它和进化论紧密联系,关注的是线性的时间维度,启蒙现代性对时间关注,对理性崇拜,因而此时的女性身体作为具有浪漫理想和历史深度的文化记忆和时间结构而存在,它与崇拜理性与时间的现代性息息相关。

(二)心仪传统:西方经典名著中的身体成为女性身体的典范

时间维度和空间维度是辩证性地相互转化的,无数的空间瞬间存在构成了时间的历史。如前文所析,身体作为文化积淀物是时间化的,但时间长河由无数空间片段构成,而在空间片段里,西方的虚构文本,成为中国男性想象女性身体的导向性文本。列斐伏尔在《空间的生产》中指出,空间作为一种产物,并不是指某种特定的产品——某事物或某物体——而是一束关系。中西方文本想象空间也构成了一种关系。小说中直接"引用文本"大大拓展了小说内部文本的叙事空间,它对小说人物的塑造、情节的发展起很大的作用。在对身体的描写和想象中,中国文本所塑造的身体的审美空间和西方名著所塑造的身体的审美空间进行交融和对话,包含了种种复杂的权力关系,这种关系证明了文学的"互文"特征。但是文本中的直接"引用文本"的问题,尤其一部文学作品所直接引用的另一个文学作品对这部文学作品的意义,并没有引起理论界应有的注意。从前面的例子可以看到,马缨花等"文学身体"由于缀满文学的想象而富有了深厚的历史感,然而这种想象不是天马行空的凭空虚构,而是包孕了深厚的文化意蕴,这些中国文本中所穿梭的西方文本又有自己独特的个性:

第一,在中国现当代小说中,"西方文本"中的"身体"明镜高悬,成为"中国文本"中的"身体"的重要参照物。《绿化树》中章永璘"根据自己所读的书本来推测别人,想象爱情"。然而"所读的书本",所想象的爱情,是以西方为理想模式的。小说中引用的西方各类名著、绘画、舞蹈、歌曲之多是中国小说少有的:安徒生、普希金、莱蒙托夫;浮士德、玛甘泪、达姬娅娜、蒙娜丽莎;普希金的诗歌、拜伦的诗歌、惠特曼的诗歌;苏联影片《红帆》、苏联红军的《马刀舞》、但丁的《神曲》、马克思的《资本论》、卓别林的《淘金记》、威尔第的《安魂曲》、亚里士多德的《诗学》、路易斯·阿姆斯特朗的《令人头晕的舞会》《叶甫根尼·奥涅金》的诗句以及《丑小鸭》《灰姑娘》《海的女儿》《脖子上的安娜》,等等。这些诗意盎然的"引用文本"对于小说浪漫风格的形成产生了重要的作用。《男人的一半是女人》的浪漫感主要存在于章永璘的想象之中,他认为:"没有神秘事物却是平淡乏味的事物……朦胧的状态可以使我展开想象,还可以就此编出富有浪漫气息的故事……"可见,文学的想象时常制造出生活的激情和浪漫,影响了人们对周遭事物的认知。然而此时男性心中的经典爱情不再是《牡丹亭》《西厢记》《桃花扇》《红楼梦》等中国传统式爱情故事,他们心中的理想的女性也不再是中国古代小说中的西施、杜丽娘、崔莺莺、李香君、林黛玉等女性形象，而是西方的玛丝洛娃、玛甘泪、达姬娅娜、蒙娜丽莎。西方文本中的"身体"成为评判东方文本中的"身体"的标准，西方的名著、西方的爱情、西方的女性成为中国知识青年在困境中坚强生活下去的慰藉和动力。文学空间把真实的生活空间和虚构的西方世界结合在一起，让现实的生活和理想的想象世界混杂在一起。

同时，我们还要注意到，在新时期的当代文学中，中国男作家以"西方文本"为指向想象女性，这和中国现代文学，尤其是具有五四传统的启蒙文学中男性想象女性形象的方式是相似的，因为这两个阶段的文学都是具有现代性特征的文学。于是，西方经典名著中的女性身体形象不约而同地成为中国女性身体形象的典范。西方虚构的文学空间深深介入中国文本的想象空间。比如，鲁迅在《伤逝》中这样描写涓生向子君表达爱意的场面："我只记得那十几天，曾经很仔细地研究过表示的态度，排列过措辞的先后，以及倘或遭到了拒绝以后的情形。可是临时似乎都无用，在慌张中，身不由己地竟用了在电影上见过的方法了。"电影本是西方文明传输到东方的产物，在求爱时学习电影故事中所用过的各种方法，其实就是在温习自己已有的文化资源。"西方身体"作为一个理想在远方召唤。如在梁晓声的《这是一片神奇的土地》里，对"我"之所以喜欢副指导员李晓燕的原因进行思考：

我瞧着她，心中不禁又一次暗问自己：我为什么会爱她？她身上究竟具有什么吸引我的魅力……她太自然地使我联想到了意大利画家包尔第尼的杰作《玛尔波公爵夫人肖像》。我甚至不能判断究竟是那幅肖像更酷似她，还是她更酷似那幅肖像。

通过叙述者想象、记忆、阅读，《玛尔波公爵夫人肖像》中的公爵夫人的身体形象和眼前的女主人公的身体形象成为"互文"，以至于"甚至不能判断究竟是那幅肖像更酷似她，还是她更酷似那幅肖像"。叙述者在看"她"的舞步时，也浮想联翩，"由于她怕卵石硌脚，因此她的脚抬得高，放得轻，步子很碎，使她小心翼翼走的那几步路，很像芭蕾舞《天鹅湖》里的一段小天鹅舞"。又如《青春之歌》中余永泽向林道静背诵海涅的诗歌：

暮色朦胧地走近，/潮水变得更狂暴，/我坐在岸旁观看/波浪的雪白的舞蹈。/我的心像大海一样膨胀，/一种深沉的乡愁使我想望你，/你美好的肖像/到处萦绕着我，/到处呼唤着我，/它无处不在，/在风声里、在海的呼啸里、/在我的胸怀的叹息里。

小说中描写到，"余永泽背不下去了，仿佛他不是在念别人的诗，而是在低低地倾诉着自己的爱情"。"念别人的诗"和"倾诉着自己的爱情"是一回事，"真实"和"虚构"在上演"庄生"和"蝴蝶"的故事。"西方身体"作为一个理想而存在，牵引着"中国身体"不断地发展变化。在现代性的发展过程中，"中国"对于"西方"的想象不断发生变化，西方由带有进步神圣的色彩到带有妖魔化的色彩，而后来又恢复为进步的象征。中国人心中的西方形象的变化过程也体现了中国社会的变化，如今小说中所描写的各种男女相爱的

第五章 中国现当代文学与西方文化的结合

场面,很少再有"学习"经典爱情故事里的角色的浪漫行为,也很少有诗意化的场景。

在这复杂的演变过程中,在中国现当代文学的女性身体描述里,"娜拉"这个人物形象成为中国女性身体的典范,从中我们可以看到西方女性形象深深影响男性作家对中国女性形象的塑造。娜拉是五四的风云人物,也是西方现代性向东方传输的象征,她象征着个性解放、女性觉醒、自由平等……她成为诸多中国摩登女性的原型,她和《伤逝》的子君、《家》的琴、《青春之歌》的林道静构成镜与像的"互文"关系,娜拉的形象对她们的身体塑造影响深远。在鲁迅的《伤逝》中,涓生和子君曾"谈男女平等,谈(即易卜生,笔者注),谈泰戈尔,谈雪莱"。在爱恋褪色后,涓生和子君闲谈,"故意地引起我们的往事,提到文艺,于是涉及外国的文人,文人的作品:《诺拉》(即《娜拉》,笔者注),《海的女人》。称扬诺拉的果决"。"称扬诺拉的果决"和子君的"我是我自己的,谁也没有干涉我的权力"之间其实有着镜像般的勾连。娜拉作为五四时期的流行而美丽的形象,是受启蒙思想感染的男性对于女性形象进行想象的最佳范本,自然也影响了子君身体形象的塑造。娜拉兼具美丽、活泼、真诚、勇敢、善良,有"一双可爱的眼睛",是海尔茂眼中的"小松鼠""一只可爱的小鸟儿"。而子君是"脸上带着微笑的酒窝",也是可爱活泼而"果决"。子君和涓生的故事和娜拉与海尔茂的故事形成"互文"的效果。同样,在巴金的《家》里,多次出现《娜拉》一剧,琴因想上大学被拒后十分沮丧,这时她看到《新青年》上娜拉所说的话后信心大振:"我想最要紧的,我是一个人,同你一样的人……或者至少我要努力做一个人……"在杨沫的饱含五四激情的革命小说《青春之歌》中,也出现了这样的情节:余永泽不慌不忙地谈起了文学艺术,谈托尔斯泰的《战争与和平》,谈雨果的《悲惨世界》,谈小仲马的《茶花女》和海涅、拜伦的诗……林道静睁大眼睛专注地倾听着从他嘴里慢慢流出的美丽动人的词句和那些富有浪漫气息的人物和故事。渐渐地,她被感动了,脸上不觉流露出欢欣的神色。说到最后,他把话题一转,又转到了林道静的身上:

林,你一定读过易卜生的《娜拉》;冯沅君写过一本《隔绝》你读过没有?这些作品的主题全是反抗传统的道德,提倡女性的独立的。可是我觉得你比她们还更勇敢、更坚决。

虽然,这些男性也向女性讲述曹雪芹、杜甫等人的中国古典文学作品,但在当时男性主要向女性讲述西方文本的女性形象。诸如娜拉这样的西方身体形象介入中国身体形象塑造的突出模式是余永泽之类的知识男性向女性讲述西方文本中的女性身体形象和故事,以身体作为中介物,男性/女性、东方/西方、文本/引用文本的位置都得到了确认。与娜拉相比,张贤亮所引用的蒙娜丽莎、玛丝洛娃等形象更富有男性所期待的女性的妩媚,但是,它们所折射的中西文本的权力关系和娜拉的在本质上是一致的。

第二,无论男性对于女性的想象期待,还是女性对于男性的想象期待,都离不开主体对于主体自身以及客体的想象。"想象"在文本内部空间和外部真实生活间搭建起一座桥梁，是文本内部空间和外部空间的辩证统一，同时也赋予了文本浪漫的色彩。想象是现实和理想的连接点，也是文明的沉淀物，它给枯燥琐碎的现实生活添加了些许浪漫的色彩。虚拟的身体景观甚至成为人们生存的真实空间的一部分，并影响了人们的生活体验。虚构的文学空间介入了知识分子章永璘的现实生活空间，成为他生命的组成部分，对他的身份认同产生重要作用。章永璘生活在"如此贫穷、如此粗野、如此落后，仿佛被世界所遗忘、被文明所抛弃，为任何报纸书刊都不屑于挂齿的荒村"里，穿梭于文学中的"想象的共同体"给他力量，他通过虚构的空间来抵制压抑无聊的实际生存空间。当挑灯夜读被人批评时，他想到"我的心从我借以寄托的躯体中游离了出来。好像外界对我施加的侮辱、嘲笑、蔑视……与'我'无关"。在章永璘劳动时，抚摸自己的胸膛的"两排琴键"，让"我联想起到苏联红军歌舞团访华演出时演奏过的《马刀舞》。这两排琴键正奏着一曲带有哥萨克风格的凯歌"。又如在张贤亮于1999年创作的《青春期》这部带有散文性的小说里，他回忆道："那时我毕竟到了生理阶段的'青春期'，我'发情'了却找不到'发情'的对象，只好到一些还没有被禁阅读的中外古典小说中去寻找。一位位佳人淑女在发黄的书页上风情万种，通过我的眼睛抚慰我渴望女性的心灵。"章永璘们作为远离原来"文明世界"的知识分子，在物质和精神都很贫瘠的乡村生活中，却把虚构而遥远的"文明世界"内化为生活的真实。马缨花们的爱情也许会受挫，但由于对男性和爱情的美好想象，她们依然对未来充满乐观的期待。时间和历史如影随形，时间维度富有历史感，历史感的背后是文化底蕴，文化又给人带来联想，有了联想就有了浪漫感。因此，在当时男性笔下的女性身体景观由于富含想象力而充满浪漫的瑰丽色彩。

二、女性身体的空间化：祛除传统和商品展示

（一）不再有浪漫的想象：身体历史感的消失

20世纪90年代商业社会到来后，中国社会和文化发生巨大的变化，其症候之一是身体的历史感消失，身体从"时间"转向了"空间"。如福柯所说："从各方面看，我确信：我们时代的焦虑与空间有着根本的关系，比之与时间的关系更甚。时间对我们而言，可能只是许多个元素散布在空间中的不同分配运作之一。"如上文所析，时间意象包含理想和理性的意蕴，是有深度有历史感的意象，而空间意象是琐细的、缀满生活细节的意象。时间维度可以追溯历史，展望未来，充满回忆和期待，时间化的身体成为理想和理性的存在，而空间化的身体则是现实的展现。新时期以来小说里身体时间维度消失，一方面表现为以身体为中介的浪漫情景的消失，另一方面也表现为身体细节的空间展示，这两方面又常常结合在一起。

第一，以身体为中介的浪漫情景消失了。张贤亮关于身体书写的时间维度逐步消失，主要表现为与身体相关的诗意场景逐步消亡。如果说《绿化树》中的马缨花是知识青年在温饱满足后对纯情渴望的对象物，那么黄香久更多是欲望的对象物。《男人的一半是女人》也有浪漫想象的情景，但是与《绿化树》相比，其诗情画意明显减少，更多的是现实需求，"纯洁的如白色百合花似的爱情，战战怯怯的初恋，玫瑰色的晚霞映红的小脸……等等法国式的罗曼蒂克的幻想，以及柏拉图式的爱情理想主义，全部被黑衣、排队、出工、报数、点名、苦战、大干磨损殆尽，所剩下来的，只是动物的生理性要求"。于是就出现了偷窥的场面，小说用很多笔墨描写黄香久具有肉感的身体细节："我好奇地拨开芦苇秆，向排水沟对面偷窥"：

她整个身躯丰满圆润，每一个部位都显示了有韧性、有力度的柔软。阳光从两堵绿色的高墙中间直射下来，她的肌肤像绷紧的绸缎似地给人一种舒适的滑爽感和半透明的丝质感……

很明显，在《男人的一半是女人》中，浪漫的气氛减少了，更多的是关于"过日子"的日常生活的描写和生理欲求的描写。张贤亮的后期小说如写于20世纪八九十年代之交的《习惯死亡》里，诗意的历史记忆的身体荡然无存，主体的存在需要两性间的情爱来证明。文本虽然充斥着大量男性对女性身体幻想的细节，但不再像《绿化树》那样四处点缀着古今中外名著所描写的浪漫爱情的场景。具有讽刺意味的是，在小说中唯一出现的"引用文本""空间"竟是《红楼梦》中贾瑞的"风月宝鉴"。而张贤亮写于九十年代的《我的菩提树》的主人公的生活经历，和《绿化树》《男人的一半是女人》是相似的，虽然也写和马缨花、黄香久一样丰腴美丽的女囚犯，也写犯人的妻子的婀娜多姿，但再也没有浪漫的引经据典的遐想了，浪漫的激情已经被镶嵌在相框里成为记忆，相框是时间转向空间的中介物，纯情浪漫已被残酷现实轻轻抹去——张贤亮本人在1993年创立西部影视城，任董事长，成为"富豪作家""文化资本家"，物质诱惑取代了诗意纯情；同时，一种成年化乃至于老年化的心态也使他失去了想象这种浪漫故事情节的激情。20世纪末出版的张贤亮的《青春期》虽然也写了类似章永璘和马缨花、黄香久交往模式的故事，但不再有浪漫的基调。比如写主人公在"橱柜"里与一个年轻的姐姐的接触让他对男女之间的情感仪式有了新的认识；也写一个女同学"耳朵后沿着发际而下那一曲弧形的脖子，由于发辫被紧束着而好像故意要显露出来一样分外清明"；他还描写了一个和马缨花、黄香久相似的女子即"麻雀"的老婆，她也是和"我"这个右派一起干活，她也哼好听的歌，然而，小说再也没有富有浪漫的想象虚构景象的描写。该小说在具体的两性关系描写上依然沿袭章永璘和黄香久的故事中女性以身体拯救男性的模式，"麻雀"的老婆虽也和"我"有男女情爱的交往，和马缨花尤其黄香久的角色相似，同样有满足男性欲求的功能，但"麻雀"

的老婆不再是马缨花那样的知识分子和农民杂糅的形象，也没有黄香久的性感柔情，而是一个地道的农村妇女，常常满口粗话，骂她的丈夫"麻雀"，"说他跟马圈里栓的牲口差不了多少"。

可见，作家对于身体书写的浪漫情怀消失了。一面是一种青春激情的逝去，另一面是受到市场隐形机制的制约。也许这不是一个作家的变化，而是一代人的蜕变。如格非1996年出版的《欲望的旗帜》第四章的题记里所言，"欲望的旗帜升起来了"，20世纪90年代的许多小说如一面面欲望的旗帜在飘扬。格非的《欲望的旗帜》中知识分子曾山、子矜、贾兰坡、慧能再也没有章永璘那样的浪漫的情怀，比如子矜和女资料员交往时联想到关于《红楼梦》的女子体形的"优美"和"俊美"，可分别由"秦可卿与王熙凤、迎春与探春、尤氏姐妹"来代表，男性不再充满激情地对女性身体形象进行浪漫而缥缈的想象，他们对女性只有赤裸裸的欲望。小说中也不再飘摇着男女之间充满诗情画意的场面，具有理性意蕴和文化内涵的时间性身体消失了，这正是20世纪90年代以来描写两性情爱小说的基本风格。韩东的《障碍》里两性之间的交往仅是无聊生活的消遣，朱文的《我爱美元》里女性对那位作家的意义也仅剩下满足欲求的需要，在卫慧的《欲望手枪》里，米妮同时和四个男人交往，而原本是浪漫符码的"先锋诗人"左轮同时也是猎艳高手。如波德里亚所认为的，"在消费的全套装备中，有一种比其他一切都更美丽、更珍贵、更光彩夺目的物品——它比负载了全部内涵的汽车还要负载了更沉重的内涵。这便是身体"。身体是"美丽的逻辑，同样也是时尚的逻辑"，从"实用价值"到"交换价值"的蜕变，通过抽象的符号，将完整的身体观念、享乐观念和欲望，转换为功用主义的工业美学。随着商业力量的壮大，身体的时尚逻辑愈演愈烈，身体的工业美学功能进一步加强。身体旋风愈演愈烈，在2000年前后，《下半身》诗歌刊物创刊，卫慧、棉棉的作品广泛流行。20世纪90年代以来的"私人写作""美女写作""身体写作""下半身写作""胸口写作"中的女性身体依然以男性期待的角色出现，但更是以欲望本能的面目出现——身体的诗意感消失了，身体所承担的苦难、饥饿、病痛等思想深度消失了，它只剩下快感的功能。

第二，身体的细节描写无限膨胀了。文坛充斥着"胸口写作""下半身写作"等暧昧的口号，一些小说对身体细节的描写也不断夸大化、重复化和猎奇化。描写注重场景细节的刻画，所以它打断了叙述故事的时间进程，是一种空间化的叙事策略。这些小说无限度夸大身体的视觉展示，无限度把一些普通的场景牵强为一种隐喻，可"隐喻被膨胀成为现实"，于是出现"真实细节的肥大症"。这使身体原有的文化象征寓意消失，成为一种视觉文化，"新的视觉文化的最显著特点之一是把本身非视觉性的东西视像化"。视觉和空间密切相关，展现了男性和女性之间看与被看的关系："女人作为影像，是为了男人——观看的主动控制者的视线和享受而展示的，它始终威胁着要引起它原来所指称的焦虑。"

而男性和女性之间看与被看的规则被身体的工业美学和商业规则所操纵。卫慧的《上海宝贝》等一系列的欲望书写中,身体无限度铺展,却丧失诗意的韵味。贾平凹的《废都》里女性身体的欲望细节肆无忌惮地四处膨胀,在当时引起轩然大波,该小说甚至使用删除号来勾引暧昧的想象——但是仅仅是关于欲望的想象。

身体成为享乐的工具,成为暧昧的商业推销手段。身体所具有的历史感被挤压为平面化的状态。"历史性"是"个人对人类时间一种存在的意识","对过去和历史上的兴衰变革的更一般的意识"。在历史时间维度断裂后,作家既没有回忆过去文化沉淀的女性形象的忧伤和怀旧,也没有展望未来、构想纯美女性形象的兴奋和憧憬。历史性的消失使人成为"只有纯粹的、孤立的现在"的精神分裂患者,"过去和未来的时间观念已经失踪了,只剩下永久的现在或纯的现在和纯的指符的连续"。在身体从文化记忆到商品展示的过程中,身体的深度模式消失了,它的细节不断被展现,被出售。在身体细节描写不断膨胀的空间化过程中,身体成为橱窗里陈列着和摆设着的炫目的五颜六色的商品。

(二)祛除传统:西方影视明星的身体形象成为"中国身体"的典范

如果说,在20世纪七八十年代西方经典名著中的身体在中国身体里不断布展,它成为中国文本中身体描写的重要点缀品,也成为女性身体的典范,那么,有意味的是,在20世纪90年代以后,作家们描写身体所参照的"范本"也发生了重要的变化。

20世纪90年代以后,全球资本不仅渗透到经济政治领域,也游荡于整个文化和生活领域,对中国女性身体形象塑造带来巨大影响的不再是传统的西方文本中的身体形象,取而代之的是另一种形象。例如,各种国际品牌塑造出卫慧的《上海宝贝》的女性身体,体现出西方空间和男性空间对女性的双重压抑,蕴含着主体和他者的辩证关系。虽然在卫慧们的小说里穿插着大量的西方文学歌曲,然而,传统的文学名著中的女性身体已是明日黄花,悄然退席,后现代风格的作家、画家,尤其是歌星和影星的时尚形象则异军突起,对"中国身体"的塑造产生巨大的影响。比如安妮宝贝的《彼岸花》里所引用的各种西方文本,不再是《绿化树》中那些传统的经典文学名著的文本,而是时尚的影视和音乐:JEREMY IRONS导演的各种片子:《卡夫卡》《蝴蝶君》《洛丽塔》《爱情重伤》《命运的逆转》《中国匣子》;王家卫的《春光乍泄》;法国片《THE BIG BLUE》;电影"《破浪》《吸血迷情》《惊情四百年》《三轮车夫》《午夜守门人》《鬼妻》……";流行影音资讯如《看电影作品》《通俗歌曲》《极端音乐》,香港的《音乐殖民地》,黄耀明的《光天化日》;歌手"PJ HARVEY, TORI AMOS, CANBERRIES, COCTEAU TWINS, BJORK, SADE, 五轮真弓, 玉置浩二, 暴暴蓝";恐怖海峡、THE CURE, U2和BON JOVI;日本的KIRORO;杜拉斯的《情人》;卡拉斯的歌剧《蝴蝶夫人》;爱尔兰的曲子《FAREWELL TO GOVAN》等。影视娱乐文化工业的身体形象是消费社会最重要的象征,必然成为消费文化的主导。在卫慧的《上海宝贝》中，倪可的表姐朱砂"看上去神采奕奕，穿着淡红的细肩带裙子，有点像本届奥斯卡上最佳女主角《莎翁情史》中的格温尼斯·帕尔特罗"，他们向往的是这种文化："西方六十年代的那种狂欢的诗歌沙龙，艾伦金斯堡依靠一连参加四十多场这种分享大麻和语言的沙龙走红，《嚎叫》征服无数毁于疯狂的头脑。"在卫慧的《梦无痕》里的琼和伦听猫王的《RETURN TO ME》，琼开始找来全套的米兰·昆德拉的书："我深深爱着《生命中不可承受之轻》中的萨宾娜，她的自由不羁和她的失落让我动心。"在同属于"70后"的女作家魏微的小说《乔治和一本书》里，昆德拉小说《生命中不能承受之轻》的托马斯、特丽莎、萨宾娜的爱情故事对乔治和佳妮的故事起到重要作用，当乔治对佳妮说"脱"时，他从佳妮的眼里看到了特丽莎式崇拜的神情。而更有意味的是，西方女性身体形象还成为东方女性身体形象的摹本。例如在陈丹燕的《慢船去中国》中，即将去美国的范妮最喜欢这件行李：

是按照《罗马假日》里奥黛丽身上大蓬蓬裙的样子，特地用塔夫绸做的，范妮特地为这裙子配了低跟的白皮鞋，她怎么能不带到纽约去！从美国领事馆的签证处出来……她想到的就是自己像奥黛丽演的那个公主一样，穿着大蓬蓬裙，在纽约的大街上奔向格里高利·派克。满街满身，都是明亮的阳光，鸽子在飞。

显而易见，范妮把对未来光明生活的想象和美国的过往影片《罗马假日》联系在一起。可以看出，这些中国作品中的西方偶像已经从玛丝洛娃、玛甘泪、娜拉转变成为萨宾娜、特丽莎、奥黛丽之类的人物。文学中的英雄、革命者和诗人已不敌时尚小资作家或影视明星——西方对于中国的影响发生翻天覆地的变化，这恰恰源自中国社会自身所发生的巨大变化。

作为文学空间景观最重要的构成部分，无论是身体景观还是都市景观，西方文本都同样渗透到中国文本中，这是当代中国文学乃至中国文化的重要特点。首先，西方"神话"依然是中国身体描写的参照物，只是神话的具体内容有所改变。有一个经典的例子是，罗兰·巴特曾以《巴黎竞赛》的封面"黑人士兵向法国国旗敬礼"为例对神话进行剖析，这种表象背后挺立着强大的神话体系，"法兰西帝国性迫使行军礼的黑人只作为一种工具性能指……但同时，黑人的敬礼又钝化、玻璃化，最后凝聚为旨在建立法兰西帝国性的一种永久的动机"。同样的，"中国文本"和它所引用的"西方文本"在文本空间内部不断冲突、激荡、对话，这种冲突和对话所形成的张力使中国文本带有杂交的性质，西方神话成了永远的在场者，而中国文化与向"法国国旗"敬礼的黑人士兵一样，其实是在场的不在场。

其次，中西方之间的主体和他者的位置和中西方现代性程度不同而产生的"时空滞差"有着重要的关系。"时间的滞差使想象过去保持在活生生的状态。""时间的滞差"带来了"空间的滞差"，形成了"时空的滞差"。在中国对西方的想象过程中，中国现代性进程滞后于西方,这才使娜拉等这些受现代性熏陶的西方人物成为先行者,在远方对中国女性发出召唤,也使中国知识分子在想象西方"过去"的文化和女性身体时,潜藏着描绘中国"未来"世界的渴望。霍米·芭芭"把这种现象称之为一种'想象'的过去,称之为一种未来的前面","如果没有后殖民的时间滞差,现代性话语就不可能被书写"。所以,中国文本的"未来"空间穿插着西方的"过去"空间,它既是"在现代被想象的共同体之文化历史中,在既是王朝的、等级序列的、预想的……种种传统(过去)之文化历史中,又是世俗的、同质的、同步的现代性跨时代(当下)之文化历史中"。可见,在追求现代性的过程中,西方身体景观介入中国文学身体景观的描写之中,"西方身体"成为"中国身体"的范本,起引领作用,中国文化以西方文化这个"他者"为"主体",进行自我的删除、修改和塑造。

再次,"想象"是连接主体和他者、现实与虚构、引用文本和文本、镜与像的重要方式。女性身体的文化韵味离不开男性的文化想象,"中国身体"的塑造离不开对"西方身体"的想象。人们在文学想象中创造出自己的精神归宿,在想象中确认各自的身份和位置。同样,在空间批评中,"想象"一词十分重要。"想象"表达了文学具有的主客辩证统一的特质。文学以语言为主要媒介,它所虚构的时空的深广度甚至超过了影视等视觉文本。不可否认,文学虚构的世界介入到人们的现实生活,建构了人们对于这个世界的认同:吊诡的是,在想象的维度中,认同空间和景观空间得到合一。当代"空间化转向"思潮以列斐伏尔和福柯为代表,他们反思以康德为代表的固有的理论知识传统把空间当成静止的场所,意识到空间不是一个静止的容器,而是资本、阶级、权力、意识形态的力量相互渗透和作用的处所,体现了人与人之间的关系,从而将观察空间的视角从认知转向社会关系,趋向于外向性的维度。但是,笔者更要追问的是,是否还有另一个维度被忽视——内向性的创造想象虚构维度。这是人和世界的另一种对话。因而,也许需要对人的另一种内向性想象空间予以观照,而在本书关于身体的阐释中,这种想象性空间又与文本和直接引用文本、中国文本和西方引用文本的关系结合在一起。

总之,随着时代的变化、作家社会体验的变化,他们笔下的虚构的身体空间具有不同以往的虚构空间的特点。一方面,身体描写丧失了历史感,缺乏想象,缺少纯情的浪漫,缺少时间的展望。身体景观的历史感和浪漫感消失,身体描写成为琐细的日常生活无处遁逃的出口,成为无价值的感官消费的借口。另一方面,身体历史感的变化和形成这种历史感的文化沉淀物的性质所发生的变化息息相关。"中国文本"中所引用的"西方文本"已是日异月更,具有古典意味的西方经典名著的身体,让位给消费社会中的西方影视明星的身体,这犹如惊鸿一瞥,从一个视角显示出消费社会对文学文本想象空间的深度腐蚀。

第六章

汉语言文学概述

第一节　学习汉语言文学的重要性及其特征

汉语言作为语言文学的一个重要内容，也是中华文化的重要组成部分之一，其广博的内容、博大的精神，都非常值得我们这一辈学习和借鉴。大学生是高素质人群，是为社会创造价值的人群，他们的人生观、价值观和人文素养决定了我国人才未来发展的方向。

一、学习汉语言文学的现状

（一）国外的汉语言学习掀起热潮

当今世界已经掀起了学习汉语言文学的热潮，孔子学院在世界各地广泛建立，并广纳人才，将汉语言文学在世界范围内广泛传播。汉语作为第二外语在欧美国家广泛流行，日本学习汉语言文学的热情也非常高，日本很多大企业家爱读《老子》《论语》《周易》《孙子兵法》《三国演义》《西游记》等，这些我国的经典名著在外国大行其道。据不完全统计，全世界已有60多个国家，1 000多所各类学校开设汉语课，不少大学设置了中文系。汉语言文化正是因为其千百年来的文化积淀，才具有如此强大的魅力，传承和影响了一代又一代人的精神世界，它值得人们潜心学习。

（二）大学的汉语言学习重视程度不够

相比小学、初中和高中的汉语言学习，大学汉语言学习课程逐渐减少，甚至有的工科类院校并未设置汉语言文学课程。很多大学生也认为汉语言学习在未来的就业中并不重要，对汉语言学习的重视程度远远不如小学生和初中生。其实，汉语言的学习非常重要，它对人产生潜移默化的影响，从一个人的谈吐礼节就看得出他的文化素养，一个人的文化素养也决定着其未来的发展空间。对新时期中国的每一个大学生来说，大力提高思想道德、科学文化素质，应当责无旁贷。

二、学习汉语言文学的重要性

（一）有利于提高人文素养

人文素养就是一个人的基本素质，其价值观及行为准则。汉语言的内容有《论语》《老子》《孟子》以及唐诗宋词等优秀的文学著作，其中不乏古人的人生经验和哲学智慧。学习这些古典文化有利于提高阅读者自身的文学素养,从古典文化中体会到真正的人生智慧,古为今用,用先人的智慧来解决人生中的困惑。汉语言文学学习具有培养学生文学修养、写作能力、语言表达能力、文学鉴赏能力的作用。汉语言文学教育的目的在于使学生具备坚实的汉语言文学知识基础,并具有语言文字分析、解读能力。大学生要将优秀的汉语言文学知识转化为自身气质,正所谓"腹有诗书气自华",一个人的素质、文化底蕴是否深厚,不在于其是否满口的之乎者也,而是他的一举一动、一言一行都有着中华优秀文化的影子。

（二）有利于提高道德品质

文学作品,其语言文化本身就具备许多优越的文化元素,是中华民族优秀文化的集中体现,如此优秀的文化能够起到文化熏陶、文学感染、道德规范的作用。汉语言文学中的英雄人物都具有优秀的品质,《史记》作为司马迁的传世之作,其中记录了许多的人物传记,鲁迅先生评价其为"史家之绝唱,无韵之离骚"。读《史记》,是对人道德品质的洗礼,其中的无论是崇高的理想,还是普世的价值观,都是汉语言文学的巅峰之作。正是从小在汉语言文学的熏陶之下,才让我们形成了初步的价值观和人生观,法律是约束人们行为的最低标准,而道德使我们建立一个更好的社会。

（三）有利于规范人们的行为

孔子的儒家思想主要告诉我们要"以和为贵",要懂得"礼义廉耻""君君臣臣,父父子子"上下有序,这些来自春秋战国时期的思想影响了一代又一代的中华儿女。正是要通过汉语言文学的学习,才使社会发展井然有序,才有了规范人们行为的准则。这正是汉语言文学的作用,让中国社会千百年来遵循着"百善孝为先"的价值观和社会观。正所谓,法律可以规范人们的行为,而道德规范着人们的思想,汉语言文学就具备规范人们思想的强大力量。无论是汉语言文学的内容还是汉语言文学的潜在规范,学习它们都有利于规范人们的行为,修正人的思想,保证社会健康有序地向前发展。

三、汉语言文学的特征

文化是国家、民族、社会有序可持续发展的根本动力,脱离文化规范的任何发展形式都是危险的。汉语言文学作为中华传统文化的重要载体,承担着重要的历史使命。纵观汉语言文学的发展历程,其主要特征为以下三点:

（一）丰富的体裁

汉语言文学历经千年的发展,涌现出丰富多样的体裁。古代的汉语言文学主要包含诗歌、楚辞、乐府、词、赋、散文。近代出现了更多的文学体裁,其与古代文学体裁相比更加多样化、内涵化以及贴近社会,主要包括新型诗歌、小说、戏剧、散文诗、电影文学。

中国出现最早的诗歌集为《诗经》，其内容丰富，反映了周朝初期至周朝晚期之间的社会生活风貌。《诗经》的句式主要为四言，其修辞方法主要为重叠反复，反映了周朝诗歌的特色。在《诗经》之后兴起的诗体为楚辞和乐府。楚辞是在楚地民歌的基础上发展而起的，它反映了楚地的风土人情，其典型代表人物为屈原。乐府作为叙事诗歌具有强烈的现实感，通过描述社会现实展现了当时的社会生活。随着朝代的更迭，诗歌的体裁也在不断丰富。唐朝的诗、宋朝的词、元朝的曲都丰富着汉语言文学的体裁。

（二）显著的阶段性

中国历史悠久，朝代更迭纷繁复杂。汉语言文学随着朝代变换也经历了兴衰。不同的朝代发展出不同的文学内容，突出反映了当时社会风貌和文风。古代诗歌的发展具有两个最兴盛的阶段，分别是周朝和唐朝。《诗经》主要成书于西周初年至春秋中叶，共收录了311篇诗歌，反映了爱情、战争、生活习俗等内容。唐诗的表现形式比《诗经》更加多样化，主要为五言和七言。唐诗作为中华民族的富贵遗产，对世人研究唐代的经济、生活具有重要的参考价值。唐诗在发展中也涌现出多种派别，主要为山水田园诗派、边塞诗派、浪漫诗派、现实诗派。每种诗派侧重描写不同的内容表达了作者的思想感情。随着唐朝的衰败，汉语言文学的体裁逐渐变化。到宋朝时，宋词开始兴起，其是宋代文学的最高成就。宋词是汉语言文学中璀璨的明珠，其代表人物有苏轼、辛弃疾、柳永、李清照等。宋词之后，汉语言文学中相继出现了元朝的戏曲以及明清时代的小说。无论是唐诗、宋词、元曲，还是明清小说，它们均与朝代的更迭具有莫大的关联，同时也反映了汉语言文学发展的阶段性。随着朝代的起起落落，汉语言文学的体裁也逐渐在改变。

（三）独特的文学流派

文学作品寄托了作者丰富的思想感情，反映了作者内心的思绪。在唐诗兴盛的年代，王维、孟浩然的诗作主要描写绿水青山隐士，风格恬静淡雅，其向往田园诗意般的生活，被称为"山水田园诗派"；高适、岑参、王昌龄等主要描写边塞生活、风景、战争，被称为"边塞诗派"。在宋朝，柳永、李清照等描写的词主要侧重儿女情长，表现诗人的柔婉之美，被称为"婉约派"；苏轼、辛弃疾的作品用词宏博，气势恢宏，被称为"豪放派"。在古代文学的发展中，文学流派引领了时代的潮流，进一步推动了汉语言文学的发展。特别是到了近代，随着社会发展的需求，中国近代文学社团在社会的变革中起到重要的作用，其中最具有代表性的文学社团为——"南社"。"南社"以其激进的革命立场和囿于传统的文学观念被文学史定位，从而也将它在社团流派发展演化乃至文学现代性转化过程中的重要意义发掘出来。每个时代的文学流派，均对当时的汉语言文学发展起到了极大的推动，为汉语言文学的繁荣做出了巨大贡献。

第二节 汉语言文学的发展

随着时代的发展以及科技的进步,我们的社会高度发达,全球化、信息化时代已经到来。全球化背景下,中西方文化的相互交流与碰撞,对我国汉语言文学的发展产生了很多不利影响,经济发展的全球化使得英语的重要地位日益突出,这对我国汉语言文学的教育也产生了一定影响。另外,信息化时代的到来,使得网络与人民的生活息息相关,诸多的网络语言纷纷出现在人们的日常生活当中,众多不合规范、不合逻辑的网络语言也对汉语言文学的发展构成一定的威胁。在全球化、信息化时代背景下,把握时代特征,应对汉语言文学发展困境已经成为有关工作人员的重要任务。

一、汉语言文学发展面临的困惑与难题

新的时代的到来是历史不断进步的产物,但是新的时代在推动历史进步,特别是文化进步的同时,也会对文化带来一定的困惑。我国汉语言文学在信息化、全球化时代背景下便面临着诸多的困境,具体如下:

(一)我国教育体系忽略汉语言文学的发展

在经济全球化时代背景下,中西方文化的交流与碰撞是必然的结果。语言以及文学作为文化交流的重要载体必然是首当其冲。受全球化的影响,英语作为一门国际语言的重要性日益凸显,英语一直以来都是我国教育体系中的重要科目。

我国从小学、初中等基础教育到高中的中级教育,再到大学高等教育,都十分注重英语的教育与学习。初、高中面临着升学的压力,大学面临着英语四、六级、考研英语等的压力,大家都将过多的精力放在了英语的教育与学习上,这就导致了汉语言文学教育的缺失。

(二)网络语言对汉语言文学产生一定冲击

信息化时代的到来,使得互联网走入了寻常百姓家,网络在给人们的生活带来方便的同时,也对汉语言文学的发展产生了一定的冲击。随着网络的普及,人们的日常交流越来越多地依赖网络,致使各种各样的网络语言的产生。网络语言充满着诸多的随意性、肤浅性、不合逻辑性等不规范之处,特别是部分网络语言对汉语言当中的词语等进行曲解,使得原本的意思得以掩盖,这严重影响了我国汉语言文学的进步与发展。

(三)我国古代汉语言文学的处境略显尴尬

在新的时代背景下,不得不说在利益与实用的驱动下,我国古代汉语言文学正在被越来越多的人所抛弃。如《诗经》《楚辞》《古文观止》等诸多的文学古籍或许都不会被人正眼所瞧,人们关注更多的是那些与利益相关的计算机、医学、外语等,其实这本无可厚非,也正是计算机等科技的进步推动了我们社会的发展,但是我们也不应该忽略我们的汉语言文学,要知道,正是汉语言文学承载了我们中华文明历史的厚重与传承。

二、汉语言文学发展的道路与途径

诚然,信息化、全球化时代的发展为我国汉语言文学发展带来了众多的挑战,但是这其中也存在着诸多的机遇,新的时代的发展总是机遇与挑战并存,如何把握机遇,应对挑战是汉语言文学工作者所要思考的问题。汉语言文学的发展可以从以下几点着手:

(一)完善汉语言文学教育体系,强化汉语言基础教育

汉语言文学的发展关键在于教育,所以我们首先要完善汉语言文学教育体系,强化汉语言基础教育。一方面,我们要不断增加汉语言文学在小学、初中九年义务教育中的比重,特别是小学教育,小学教育是汉语言文学教育的基础,也是强化汉语言教育的重要阶段,要在基础教育中融入更多的古汉语言文学内容;另一方面,在高等教育中也要强化汉语言文学教学,无论是什么专业都应该增设汉语言文学课程,以此强化学生的汉语言文学素养。

(二)规范汉语言文学教学,适当引导网络语言发展

面对网络语言对于汉语言文学发展的冲击,我们一定要规范汉语言文学教学,适当地引导网络语言的发展。在网络时代背景下,我们一定要牢牢把握好网络教育的重要阵地,做好汉语言文学发展的引导。我们可以借助网络新媒体,如微博、微信等交流平台,来强化汉语言文学的规范化,对于不当的网络语言要做到合理引导,积极宣传我国汉语言文学之魅力。另外,我们也可以借助汉语言文学网站、贴吧等来强化汉语言文学规范化的推广。

(三)注重经典,强化我国古代汉语言文学教育

古代汉语言文学作为我国文学的经典,其中所蕴含的道理以及人生哲理等内容,即便是在信息化、全球化发展的今天也具有重要的启示意义。古典文学是我国文化的根基,是我们灿烂中华文明发展的源泉,没有古典汉语言文学的厚重与积淀,我们文化传承就会出现断层。所以,我们一定要重拾国学经典,强化我国古代汉语言文学的宣传与教育,使古代汉语言文学之美在新的时代大放异彩,使古典文学蕴藏的深深哲理为我们现代生活的指引方向。

第三节 网络环境下汉语言文学的传播

汉语言文学属于我国高校教学中基础性的知识课程，汉语言文化专业课程的开展使高校学生对古代诗词歌有了浅显的认知，相当程度上也了解了我国文化中其他形式的文学作品。汉语言的使用与我们的生活休戚相关，对社会的高质量发展起到了重要作用，具有相当大的文化价值和科学研究价值。1973年，汉语成为联合国六种工作语言之一。由此可见，汉语已从文化底蕴上获得了世界的肯定。但网络在如今生活中占据越来越重要的地位，也在潜移默化地影响着语言的学习。

一、汉语言文学专业学习内容及就业方向

汉语言文学专业的学习，可分为必修公共课程、必修专业课程以及各个学校的必修课三大类。汉语言文学是每个高校学生都需要学习的一门必修课。但专业课程的学习目前只对汉语言文学专业的学生开展。在这之外，高校还会组织有教学经验的教师或教授根据所长，设立选修课供学生们进行学习。汉语言文学专业的分布，主要可分为师范类和非师范类。教育方法虽然有所不同，但专业课程上的选择大抵还是基本一致的。与众不同的是，在师范类汉语言文学的学习上，职业素质的培养和授课能力的训练会更受到关注。

汉语言文学专业毕业的学生因具有文艺理论素养和系统的汉语言文学知识，可从事杂志社编辑、新闻主编、记者或者企业文案的策划等文字类工作，发挥专业所长。

二、汉语言文学在网络中发展遇到的问题

网络发展速度究竟有多快是我们永远无法想象的，网络对我们的影响也是全方位的。当时下大学生们把大量时间都用来泡在网络中沉迷游戏时，汉语言文学要做好正确的引导，才能在网络这张大网内获得一丝生机。下面给读者指出几点其中存在的问题：

（一）快餐式阅读

很大程度上，网络给阅读带来了便利，也实现了书籍资源的实时共享，然而利用网络来进行长时间阅读的人数少之又少。网络展示给人们的是众多的图像新闻，况且网络的新闻基本都是"标题党"，很多人只是简单浏览一下之后就关闭了网页。对于需要具象理解的文学作品，在网络环境中，不容易得到深刻的吸收。

（二）年龄心性不成熟

网络是 20 世纪末产生的新型事物。在此环境中长大的青少年，能很快地接受网络带给他们的知识，但大多都缺乏稳重的心性，很难仔细研读文学作品中的精华所在。有些名家经典由于年代久远，使习惯网络的青少年无法接受其创作的时代背景，这就给青少年阅读文学作品竖起了一道无形的屏障。

（三）汉语言文学在网络中得不到准确传输

网络平台对信息没有集中性的条例规定，在不伤害任何生命和生活的情况下，允许信息是可以被随意传递的，但对于汉语言文学而言，它讲究的是精准，无论是哪个字改变了其原本的意义都会给读者带来困惑。这主要是因为汉语言文学的语句几乎都是从古代汉语而来，与当下的语言文化有着千差万别的联系。这就说明了汉语文学理解度要求高的原因。

三、如何在网络中发展传播汉语言文学

（一）利用音乐图像吸引学生兴趣

网络的发展无不在很多方面影响着人们的生活，也为当今教育领域提供了多种便利。同学们通过网络浏览网页获取所需资料的同时，授课教师也可将枯燥乏味的文字转化为音乐或图像，吸引同学们的兴趣，使汉语言文学的发展更为顺利。

（二）举办相关活动

学校可定时举办读书会，同学们需准备课件来讲解自己喜欢的文学著作。在准备之前，同学们必须要了解所喜欢这本书的故事、创作背景、自身的感受，并内化然后为他人讲解、加深文化之间的交流等。这在一定程度上促使了青少年阅读的开展，也从另一个层面激发了青少年们对文学著作的研讨。结合网络和文学，让网络成为文学的载体和传播的平台。学校也应大力开展文学演出活动，可组织校团委、校社团进行课本剧、话剧的演出。在网络的作用下，青少年们可以有更多对文学深层次的交流。

（三）教师不再霸权

在网络背景下，教师在其当中充当的作用也从传统教学模式下的教师演变成了导师。学生也应及时在网络中反馈自己在学习过程中遇到的问题，再在教师的指导下做到完美。教师在教学过程中不能以自我为中心，要成为学生的合作者，组织开展更多的针对活动。

（四）教材电子化

传统书本教材已不能满足时下网络的发展，使教材电子化无疑是最好的方式。网络教材具有容量大、数字化、互动性强等优势，可对学习层次不同的学生进行不同程度的练习。

汉语言文学教学领域应充沛利用网络的便利,给学生带来更多的乐趣。

(五)与网络相合作,让汉语言文学的传播得到创新。

要提升汉语言文学在网络时代的快速发展,就必须与网络相合作,共同促使汉语言文学传播得到创新化发展。总地来说,就是需要通过创新性的方法,来处理目前汉语言文学在传播过程中需要面对的问题,从而让汉语言文学得到有效传播。分别有以下几点建议:

1. 通过网络平台宣传汉语言文学

网络的快速发展带给我们的不仅是生活上的便利,也为汉语言文学传播带来新方向。微博、微信公众号的出现给汉语言文学的网络传播提供了方式,汉语言文学可以通过这两方面的渠道进行网络宣传,发布有关于汉语言文学方面学术性的研讨文章以及涵盖汉语言文学知识的文章,读者们处于网络环境下又可吸取汉语言文学的知识。

2. 利用网络课堂

现在兴起的网络课堂给汉语言文学的传播同样也提供了便利。例如"网易公开课""腾讯课堂"等多方面形式的开展,使汉语言文学的传播与网络有机结合,使汉语言文学的发展得到创新,在传播过程中减少障碍。

综上所述,只有在网络快速发展的同时,加强汉语言文学传播的创新发展,才能使汉语言文学达到有效发展。

在网络的作用下,汉语言文学应紧跟时代发展的脚步,改善教学方式,培育出综合性的人才,在不断教学实践过程中汲取经验,取长补短。正视网络时代下给汉语言文学教学带来的问题,集思广益,给汉语言文学的发展与传播添砖加瓦,向全世界弘扬我国文化知识,让未来的汉语言文学教育更上一层楼。

第四节　汉语言文学的应用

汉语言文学教学是我国高等院校中一门重要的课程,为了确保高等教育教学能够与当前社会的用人需求相适应,需要促进汉语言文学教学改革,使其教学内容更具应用性,加大对实用型人才的培养力度,为社会培养出更多高质量的综合素质人才,为学生更快地适应市场的发展变化奠定良好的基础。

一、汉语言文学应用性教学现状

汉语言文学应用性教学强调要提高学生的学习应用能力,要求学生要具备较强的职业能力和知识运用能力,更加注重知识的传输,需要确保知识传输的完整性和系统性。但是目前各大高校在进行汉语言文学教学时,主要是运用传统的学科理论进行教学,教学内容比较全面化,使学生认为所学的知识都是重点教学内容,从而不能明确教学中的重点。制订出来的人才培养方案主要是按照文化基础课、专业基础课和专业课的顺序进行安排,学生在学习过程中,先是学习枯燥性较强的理论,后开展具体的实践教学,该种教学模式与现代职业活动的开展要求不符,无法激发学生的学习兴趣,导致学生的实践能力不强,与职业活动的开展过程相脱离,不符合现阶段汉语言文学应用性教学的发展要求。近年来,随着教育体制改革的实施,人们对高等教育行业的重视程度不断加强,高校采取扩招政策,学生生源不断增加,学生面临着严峻的就业压力。传统的汉语言文学应用性教学模式与现阶段的社会人才聘用标准不相适应。因此,改变传统的汉语言文学应用性教学模式,确保新的教学理念能够与目前的教学环境相适应,成为当前需要迫切解决的问题。

二、汉语言文学应用性教学方式探索

(一)强化汉语言文学教学内容

汉语言文学作为高等教育中的一门重要教学课程,其教学涉及面较广,主要包括现代汉语、古代汉语、中国古代文学和中国当代文学等课程,并且各个课程之间相互重叠和相互交叉,导致知识结构框架系统性不强,学生不能理清学习思路,导致教学效果较差。需要对汉语言文学教学内容进行改革,重新梳理教学知识框架,优化和精简课程教学内容,考虑该学科的未来发展,设计出符合学生全面发展的课程内容教学体系。

(二)创新汉语言文学教学方式

要求教师需要转变传统死记硬背的教学模式,促进汉语言文学知识体系的完善,提升汉语言文学教学的实效性,结合学生的知识掌握情况,合理设置教学目标。教育行业应该加大对多媒体教学方法的利用,将多媒体技术作为汉语言教学的辅助教学工具,将其与课程教学相结合,做成PPT的形式,以图片、视频资料、文化宣传片和记录宣传片的形式,将汉语言文学教学内容与多媒体教学有机地结合起来,增强学生的学习兴趣,使学生积极主动地投入汉语言文学教学中来。

(三)活跃汉语言文学教学课堂

高校肩负着培养社会人才的重任,培养出综合型的人才是高校重点教学内容。要求高校教师需要结合汉语言文学课程特点,合理设置课程教学方式,改变传统的教学方式,赋予课程教学新的思路和创新的理念，展现出时代的特色，与当前的时代发展需求相结合。一味地进行理论内容讲解，不符合当前教育教学的发展要求，需要加大对优秀教师的培养力度，转变教学观念。在课堂教学中，教师需要积极的引导学生进行观点的表述，搜集和整理具有讨论意义主题的课程资料，将学生分为几个小组，要求学生针对某一问题进行讨论，待学生发表完自己的观点后，教师针对学生的观点进行总结，对学生进行鼓励，有助于学生的成长和长才。

（四）提升学生汉语言文学综合实践能力

提高学生的汉语言文学综合实践能力，符合当前社会对人才的需求，教师可以通过模拟情境教学等形式，将理论教学与实践教学有机地结合起来，满足当前社会对人才的发展需求。可以定期地组织演讲比赛、组织辩论赛、商务交流等形式，提高学生的口语表达能力和临场应变能力。另外，还可以组织模拟招聘会，给学生提供笔试和面试的机会，让学生尽早地明确自己的职业规划，为就业做好充足的准备。将理论教学与实践教学有机地结合起来，使教学方式更具多样化，给汉语言文学应用性教学提供更多的实践机会。

（五）通过师生互动活跃课堂

构建合理的教学课堂，有助于培养出符合社会发展要求的人才。汉语言文学应用性教学的发展需要建立在传统教学理念的基础上，不断地促进教学理念和教学思路的创新，并赋予新时代的含义。传统课堂教学中教师在课堂中处于主导性地位，教师从上课一直讲解到下课的教学形式已经不能适应新时期教育事业对人才的培养需求，教师在课堂上应该与学生进行积极的互动，给学生提供表明自己想法的机会。教师可以通过建立微信和QQ群的形式，与学生及时进行问题的探讨和交流，随时掌握学生的学习动态，强化学生汉语言文学的应用性能，促进学生的成长成才。

要想展现出汉语言文学的应用性，需要将理论知识与实践知识有机地结合起来，结合学生的实际学习情况，建立完善的汉语言文学知识理论体系，提高学生的汉语言知识应用能力，解决学生在汉语言学习中存在的问题，不断地深化教育体制改革，创新汉语言教学方法，使汉语言文学教学更具实践性意义。

第五节 汉语言文学与中华文化的弘扬

文化的继承是发展的基础。文化是民族的"根"。传统文化博大精深,包括道德、伦理甚至社会责任等等,让学生接触传统文化,不仅可以继承我国优秀传统文化,而且还能让学生孕育在优秀文化之中以便形成良好的素养。传统文化与教育密不可分,在人类历史中,文化、文明正是通过教育这种社会遗传方式延续下去,又借助人们的不断创新而造成变化,由量变的积累和积淀,而导致质的飞跃、从而形成在质上明显不同地进化着的文化、文明的历史。正因如此,我们才应当重视教育中对传统文化的学习和弘扬,重视汉语言文学专业对于中华传统文化传承的作用。

一、汉语言文学与中华传统文化的关系

(一)汉语言文学在内容上是中华传统文化的组成部分

中华传统文化就是文明演化而汇集成的一种反映民族特质和风貌的民族文化,是民族历史上各种思想文化、观念形态的总体表征。中华传统文化包括文学、语言、曲艺等各种表现形式。中华文化中的传统文学主要包括诗词歌赋,如《诗经》《汉乐府》及四大名著等。而汉语言文学包含汉语与文学两部分,汉语属中华传统文化中的语言部分,而文学则属中华传统文化中的传统文学。由此可知,汉语言文学在内容上讲是中华传统文化的一个组成部分。

(二)汉语言文学同中华传统文化是传承关系

汉语言文学专业同中国传统文化是一种传承的关系,如果没有中国传统文化,汉语言文学专业就是无根之木,就是无水涸泽。汉语言文学专业是在古汉语及古代文学作品的基础上总结出来的,而古代汉语和古代文学作品是中国传统文化的重要组成部分,汉语言文学的很多文学理论、字义字形释义等方面内容都脱胎于此,因此汉语言文学专业传承于中国传统文化,同时也是一种继承和发扬。

二、汉语言文学专业对中华文化传承的具体意义

（一）汉语言文学专业对中华传统文化进行分析与研究

汉语言文学作为一门古老的学科，肩负着弘扬与继承中国传统文化的使命，其涉及的领域范围广时间长，包含多种思想意识，如儒家的"仁义礼智信"、道家的"无为而治"、墨家的"兼爱非攻"等；包含多种艺术形态，如音乐、各种棋类、舞蹈等；包含多个历史朝代，从先秦到两汉魏晋隋唐经宋明再到清代以及民国等整个历史长河。汉语言文学专业对于传统文化中各个艺术形态的历史与现实、名家经典等进行了详尽的学习研究，为传承中华文化提供了学术支撑。

（二）汉语言文学专业为中华传统文化传承提供新型人才

高等教育大众化时代的到来，对汉语言文学专业人才培养目标提出了新的要求。正确认识和客观分析本专业的历史与现状，积极探索有效途径，制订新的人才培养方案，构建合理的专业课程体系，从而为传统的汉语言文学专业注入新的活力，以培养出能够满足时代需求的创新型、应用型人才，这是当前汉语言文学专业改革的重要内容。汉语言文学专业培养新型应用型人才，有利于在中华传统文化的传承上创造出更具时代特色、更符合大众需求的形式。

三、汉语言文学专业传承中华传统文化的具体方式

（一）创新传统文化的表现形式

汉语是一门博大精深的语言，随着社会向新媒体时代发展，汉语言文学也在这种发展中产生了变化。要保证汉语言文学教育的有效性，就要将其与新媒体结合，通过对困境的分析，提出发展策略。在当今网络飞速发展的时代，传统文化的传承不应仅仅局限于书本，而应当扩展到更易获取的信息媒体渠道，如中国诗词大会将诗词搬上银幕，其现场氛围轻松有趣，内容丰富，吸引大众。这种宣传形式生动鲜活，以寓教于乐的形式使观众更多地了解诗词，同时也引起了对传统文化的重新深入思考和研究。应当结合汉语言文学的专业知识，借助新型传播媒介，创新其表现形式，以使其受众推广到更需要宣传教育的年轻一代人身上。

（二）取其精华，去其糟粕

中华传统文化的传承不是一味地继承，而是有选择地传承传统文化中的精华部分。十七大报告指出："要全面认识祖国传统文化，取其精华，去其糟粕，使之于当代社会相适应，与现代文明相协调，保持民族性，体现时代性。"我们继承发展祖国传统文化，绝

对不能全部照搬。保持民族性，体现时代性，是全面认识祖国传统文化，取其精华，去其糟粕的标准。汉语言专业学生要运用专业知识，汲取传统文化中的精华部分，摒弃其中落后的部分，如"三从四德""摆摊算命"等。

（三）将传统文化推向国际舞台

目前国内的很多地区已经形成了具有当地传统文化特色的产业链，然而很多文化产业的结构不够完整，只能局限于在某个地区或者国内发展，向外延展能力不强，这样不利于文化产业的创新和可持续发展。那么一种"走出去"的新型中国文化发展模式将会给中国传统文化产业注入新的生命力。

中华传统文化的传承需要多方努力。汉语言文学专业以传统文化作为主要学习方向，以本专业对传统文化的分析研究，能够为传统文化的传承提供重要的动力。

第六节 语文教育与汉语言文学教育

汉语言的教学应该在语文教学中得以体现，从这个方面来说，汉语言和语文教育是相互包容的。然而，我国的现状是语文教育没有得到应有的地位，由于应试教育，语文显然已成为考试工具，因此而忽略了对这门语言的学习。当然，语文教育目前存在的问题还和以下因素有关：第一，师资力量的差距，由于地域的不同，我国的师资力量差距较大；第二，各地区对语文教学的要求不一样。我国的语文教育应该加强多方面的交流，我国的经济发展为教育的发展提供了很好的物质条件，一方面可以将计算机应用到语文教育中，另一方面加强对语文的应用，从而促进语文教育的发展，使得我国的汉语教育质量得到一个质的飞跃，达到一个新的台阶。而要做到以上的几点，则需要我们以不断更新的理念以及科学包容的态度来面对语文教学；另外，要重视语文教学和汉语言文学相辅相成、互相促进的作用。

一、汉语言文学的教育特色

汉语言文学不仅能反映我国的历史和文化语言传统，而且可以展现一个民族的气质风貌，它是传播民族文化的载体，其在民族文化中拥有不可替代的作用。语言文学是人类的财富，是人类生存的价值所在，更是人类文明的体现，汉语言作为一门学科，我们应该对其加以传承与发扬。汉语言作为一门特有的专业，对于这门专业而言，它以培养人文素质为目标,其主要的专业生从事人事相关的工作。而当下,为适应社会的需求,实用性已成为教育的合格标准,但是,汉语教育的实用性并不能得到直接的体现,它对社会的效应是完善人文观念以及指明文化的发展方向,而并不能以实际的经济效益来反映。在教育理念的不断更新和发展的潮流下,我们应该坚持传统和社会需求协调的方针,促进我国汉语教育的发展,使得我国的汉语教育能够做到与时代同步。

二、语文教育与汉语言文学教育的应用与发展

(一)找到能结合教学与实践的新的教学模式

社会型的人才才是我们办教育的目标,而语文教育在其中的作用就是培养具有综合素质能力和实践能力的高素质人才。对于语言的学习,语文教育和汉语言文学教育虽然有着区别,但两者均是汉语教育,在总体上是统一的,当然在某些方面也是一致的,如教学的目的,以及一些教学理念和方法等,这些方面能够完善学生,对学生的人生观、价值观具有较为重要的影响。另外对汉语言和语文教学的实践有很好的契合点,我们应该抓住这些共同的地方,寻找理论与实践能够很好结合的综合性的教学的模式。此外,语文教学和汉语言教学在培养学生实践的共同目标上是具有一致性的,这主要可以从学生的对作品的分析与运用上面看出,这两个方面体现在对培养学生的写作以及对于汉语言文学作品的赏析和学习上。介于此点,我们应该在平时的语言教学中注重实践课程,多开设此类课程,形式可以做到多样化,多样化的课程能够让学生参与其中,激发他们的兴趣,锻炼他们的能力,使他们能够适应社会的需求;另外,充分结合语文教学和汉语言文化教学,使他们能够相辅相成,共同发展,探索两者共同发展的新模式,使学生拥有实践能力,另外,汉语言文学作为一门特有的专业,应该推动其专业的发展,推动专业应用能力的提升。汉语言文学专业的就业方向主要集中在教师、文秘以及各种和编辑相关的工作。而现在,汉语言文学专业的学生就业面有所拓展,也涉及一些现在的新兴领域,如律师和房地产,金融方面。就这一层面而言,汉语言文学专业的就业面相对来说还是很广泛的,社会对于此专业的要求相对较高,因此要求学生应当具有相当的专业的应用性,需要学生在各个方面能够拥有很好的阅读应用能力,信息的筛选能力,以及调研能力。高校只有做到以上几点,开设科学的培养课程,将课程与实践结合,培养具有专业强项的人才方能满足社会就业人数的需要。

(二)培养学生创新思维能力

将科学技术应用到教学中已然成为一种必然的趋势,而且,现今我国很多地方在这方面做得很好,远程教育能萌生各种各样的教学方式,使得各种新颖的教学模式能够得到实现,而这种做法将对汉语言文学和语文教育的协调融合起到了至关重要的作用。我们应该

在计算机上实现资源的丰富化,在互联网上收集更多的教学内容,使教学内容更加丰富。汉语言文学专业涉及较多的专业知识,所以,汉语言文学主要是在高校中存在,而在相对较低的教学中,关于汉语言教学的内容较少。在计算机融入教学的浪潮下,我国中小学语文教学以已经实现多媒体覆盖,对于汉语言教学而言,由高中到大学会有一个突然的接触,会有一个突然的拔高。而计算机技术的应用将使得汉语言文学能更好地在语文教学中得到展现,技术为这种想法提供了很好的支持。多媒体技术将成为汉语言学习和语文学习融合的纽带,汉语言知识将会在语文教学中拥有更多的体现,能够使得学生在语文教学中更多地接触汉语言文学,了解汉语言文学,不至于到大学后零基础接触汉语言文学。汉语言文学专业的学生,不仅要有相关的知识储备,还要有相当不错的文学底蕴和对汉语的情感。从这方面来讲,我们的教师在平时的教学中应该不断更新自己的教学理念,使自己能跟上时代的步伐,拥有先进的教学手段和适合自己的教学方式;在课程中,注重培养学生的思维,结合计算机技术,以及各种与时俱进的方式,和学生充分交流,同时在网络上搜集能够作为教材辅导的材料,摆脱从前以教材为绝对中心的做法。

(三)注重汉语言教学与语文教学中的人文关怀教育

汉语言文学教育和语文教育在许多方面具有契合点,汉语言文学教育和语文教育一向注重人文素养的教育,此两者均属于文学教育模块,而对于文学教育,学生的生活与心灵是文学教育的重点,所以,汉语言文学教育和语文教育均应重视这种对人文素养的培养,加强这种对学生人文素养的教育,使得专业的学生身上能够具有人文色彩。一方面,老师对学生的关怀与关心,学生的情感以及情操应该是汉语言文学教育的一大重点,要注重培养学生的素养和人格。另一方面,师生关系则是教育的另一个体现,方法得当能够使得教师的课堂充满着乐趣,学生能在这种课堂上学到更多的东西,获得更多的能力,老师和学生的沟通将会很顺畅,从而使得教师的教学质量能够大幅地提高,学生能够学到更多的知识;同时,汉语言的体系能够得到很大的完善,文化能够得到更好的传承。

三、语文教育与汉语言文学教育的对接性思考

(一)教学内容方面的对接

在教学内容方面,语文教育和汉语言文学教育的对接首先要求教师全方位研究与分析教材内容,对教学重点予以明确,然后将思路与内容理清,基于此按照相同方法,分析汉语言文学教育教材,对教学内容进行确定,并将其罗列出来进行对比,将二者重复内容以及关联内容予以明确,并标注出重点。在处理二者知识内容的重复部分时,需要在语文教育中合理删选汉语言文学教育中具体的知识内容,在语文教育中这部分内容只需要粗略带过,然后重点分析二者内容相关联的部分,从教学时间上使二者趋于同步,进而实现教学

整体性的提升，如此就使语文教育与汉语言文学教育的教学内容对接得以实现。

选择这种对接方法，可以使教学实践中的资源利用率得到全面提升，使二者教学效率与质量得到可靠保障，并且能够帮助学生将语文教育与汉语言文学教育结合到一起，为学生更加深入、全面地学习汉语言文学知识提供有力支撑，进而缓解他们的学习压力，激发他们的学习积极性。

（二）教学方法的对接

在教学方法方面，语文教育与汉语言文学教育的对接需要深入分析现阶段语文教育与汉语言文学教育的教学方法，然后与当代教育的标准与要求相结合，找出语文教育与汉语言文学教育中存在的问题，并围绕此进行探究。这一过程需要注重二者的关联，采取正确的对接方法，使语文教育与汉语言文学教育在教学方法上的对接得以实现。

基于此研究，可以使语文教育与汉语言文学教育教学方法的形式得以明确，通过具体处理知识内容，可以使学生的知识转化能力与实际应用能力得到有效提升。当然，需要教师给予学生正确的引导与帮助，对教学方式进行深化与巩固，通过实例以及知识扩展，使学生的知识结构得到补充与完善。此外，语言教育与汉语言文学教育教学方法的对接还要求对先进的教学技术加以运用。只有如此，才能够为教学内容之间保持紧密联系提供可靠保障。

（三）教学理念方面

在教学理念上，为了使语文教育与汉语言文学教育得到有效对接，首先就需要使二者的理念得到统一并形成一致思路。在教育实践中，我们必须对当代教育现状及实际需求进行深入分析，找出其中存在的不足，如此才能够选择正确方法。基于科学的教育理念，使教学方向与教育内容得到确定，这样才能够使语文教育与汉语言文学教育的教学理念对接得以真正实现。

通过这种方式对这种教学理念进行确定，需要坚持以人为本的原则，在教育中将学生的主体地位充分凸现出来，为学生自主学习能力、环境适应能力的全面提升提供强有力的支持。在教学过程中，教师也应将自身的辅助作用充分发挥出来，在学生接受知识内容的过程中给予他们支持与引导，促使他们朝着正确的方向发展，提高学习效率。与此同时，教师还需要给予学生更多机会与平台使其进行独立思考，使语文教育与汉语言文学教育的教学理念发展趋于学生主体化，进而为二者的有效对接奠定扎实基础。

（四）教学目标方面

就教学目标而言，语文教育与汉语言文学教育的对接要求汉语言文学教育应致力于学生语文具体能力的培养与提升，应对学生语文素养的强化予以高度重视，这样才能够在保障二者教学目标实现的基础上保持紧密的联系,进而有效对接,做到相互影响,相互促进,同步发展。

总而言之,基于语文教育与汉语言文学教育的有效对接,在教学质量得到提升的同时,还可以帮助学生巩固语文基础,推动他们语文综合素质得到发展,这对于语文领域人才教育的进步与发展而言无疑起到了十分关键的作用。

第七章

汉语言文学探究

第一节　汉语言文学与人的修养

一个人的修养不但影响着人类个体外在表露的气质，同时还支撑着人的内在涵养，个人修养对于人的发展至关重要。人们在生活和学习过程中，会基于多种因素的影响逐渐地形成自己本身独具的一种精神，这就是个人修养。然而，当前随着我们生活的步伐愈来愈快，很多人放松了对内在修养的重视程度，仅仅想要用一些外在的物质来装饰自身，这显然是本末倒置，舍本逐末。本书探讨了汉语言文学与修养之间的联系，希望能够唤起人们对于自我修养的重视程度，使他们通过学习我国汉语言文化来不断提升自身修养。

相关机构的调查表明，当前我国汉语言文学的发展并不是特别顺利，由于升学、社会应用等方面因素的影响，我国很多学校对于汉语言文学的重视程度逐年下滑，同时学生们由于对其不甚了解，因此对于汉语言文学的学习兴趣也并不大。另外，还有部分学校虽然也开设了汉语言文学课程，但是仅仅是为了单纯的传授相关的文学知识，对于汉语言文学中包含的历史与精神传承并没有很好地传递给学生，这就导致学生即便学会了汉语言文学知识，但是并不能有效地进行运用，长此以往，汉语言文学的地位岌岌可危。

一、汉语言文学专业的性质

列宁曾说："语言是人类最重要的交际工具。"由此可见，语言是一种人们相识和熟悉的工具、手段，我们可以利用它来交流思想，达到互相了解的目的。如果没有语言，我们的生活就失去了媒介和桥梁，人和人之间就会缺乏信任和合作，其重要性可见一斑。这就要求我们在日常汉语言学习中要掌握基本的语言技能和基本知识，以便更好地在日常生活中去使用。我们从刚刚上幼儿园就开始接触汉语，并随着学习时间的延长，学习更加地深入，在日常生活中进一步感受到了它的生动性、鲜明性和准确性，这也是我们学习汉语言文学不变的原则，即用词准确、立意鲜明、句式生动。具体而言，汉语言的性质如下：第一，汉语言文学本身具备语言性。这就要求我们对所有的讲话和文章要有一个准确性的要求，这是我们做一些逻辑推理、概念和判断问题的基本要求，语言性即要求我们学习汉语言文学时要概念明确、判断周密、推理合乎逻辑，并在学习的过程中能够进行准确的应用。就专业设置来说，汉语言文学专业关于单独的语言类课程还是比较全面的，如《古代汉语》《现代汉语》《语言学概论》等，其所覆盖的语言层面也是极其广泛的。第二，汉语言文学本身具备文学性。汉语言文学在其本质的语言特性之外最为重要的延伸就在其文学性上，尤其比较侧重中国文学。就专业课程设置来说，与汉语言文学性相关的专业的课程占到总课程的一半以上，如现代文学和现代文学史等，其所涉及的课程繁多，且涉及的内容深浅不一，要求相关专业学生的掌握程度也大不相同。第三，汉语言文学的文学教育性。文学教育性与语言性和文学性在专业设置上相比不仅其专业课的应用性强，而且也具备很强的指导教育性。文学教育性的研究性、理论性以及深刻性是我们学习和研究的主要方面，文学教育性在其本质上显示了汉语言文学专业的内在规律性，是我们研究的一个非常重要的层面。

二、汉语言文学与修养之间的关系

在当代社会，人类个体的素质体现在非常多的方面，但是一个人内在的素质就是修养的体现，较好的修养可以显著提升人的内在素质。汉语言文学中蕴含着我国古人的智慧和文化精髓，学习并深入了解它，就能够提升自我修养，进而提升我们的综合素养。

一个人的修养是通过他的日常行为表现出来的，故不同的人拥有不同的气质和修养。修养有高低和好坏之分。例如有的人勤劳勇敢，有的人则好逸恶劳；针对同一件事，有的人见义勇为，有的人则袖手旁观。这就充分证明了修养有着不同的性质和不同的表现。我们所希望和要求的是修养要向真善美的方向发展，这和我们汉语言文学的文学追求在本质上是一致的。具体的汉语言文学与修养的关系表现在以下几个方面：一方面，汉语言文学可以提高人的修养。俗话说：书中自有黄金屋，书中自有颜如玉。文学天地是一个至善至美的天地，只要进入到文学这片乐园中就会被很多单纯美好的事物所包围，可以帮助我们净化心灵。文学可以教会我们辨识生活中的是非真假，可以帮助我们树立正确的世界观和价值观。另一方面，汉语言文学能够有效地对我们的内在修养进行指导。我们都知道，一个人的修养是后天逐渐形成的，在其养成的过程中我们不可避免地要对"榜样"力量实施模仿，而文学就是一种非常好的模仿对象。修养的模仿，可以是现实的行为方式，也可以是虚拟的行为方式。对于现实的行为方式，其总是存在着一定的瑕疵，世上没有圣人，"圣人"这个名词只是给圣人取的客观名字而已，其实也是意识形态的一种表现。在此基础上，人模仿的行为方式，总是或多或少地存在着偏差。通过语言规律的运用，可以让所学者知道语言规律的来源以及正确状态，提高对语言的运用能力。汉语言文学专业的应用性与其学科自身的特点相关联，其运用性大多是其学科的基本要求。汉语言文学是世界文学的代表，是中国长达五千多年的人类文明的结晶，也是中国人修养形态的客观沉淀，对国人的修养起着很大的作用。

三、汉语言文学能够提升人们的精神追求

（一）"真"

"真"，是文学内在品质的重要组成成分之一。它所代表的是一种精神上最淳朴、最真挚的部分。文字能够对作者的内心世界进行非常精准的描述，从而使得读者在进行阅读时引发共鸣，实现作者写作精神的传递，也就使得作品拥有了自己的灵魂。文学的"真"可以分两个层面来讲：一个层面是指客观存在的。这是以实际生活为基础，从一个非常客观的角度来进行表达和叙述。作品所描绘的内容只有来源于生活，才可以最终融入生活；另一个层面是指内在部分。大部分优秀作品的，作者，其语言文字运用能力非常强，他们不但能够运用优美的词汇来对环境进行描写和叙述，同时还能够完成对作品中人物内心的刻画。内心刻画所要求的就是真实的表达，这样才能让人物活过来，让作品充满人性化。

（二）"善"

"善"，是对人品质的定位。人有好坏之分，作品也有优劣之分。大多数的优良作品，作者都是内心存善的人。经久不衰的作品，大多有一个特点，那就是文章里流露着对善的继承、赞美、渴望等。并且善与恶是并存的，虽然善是在恶的衬托下才显现的，但善与恶之间也是可以互换的。汉语言文学里的精神，有时就是恶过渡为善，并且获得读者内心的认可，并引导人们树立向善之心。

（三）"美"

"美"，是文学的基本。这里的美，也有两方面的含义：一是指文学的表面，语言的文字表达具有阅读美。汉语言文学的表面美，是它有着成千上万的词语、修辞方式、语法组合等，那些在文字的表面所描述的精确度、排序法等也是一种格调的美；二是指文字的内在美。只有精神上高度到达，才能让作品有高度。

第二节 汉语言文学的审美教育

汉语言文学教学是目前高校教育课程设置的重要组成部分，是对学生人文素养进行教育和培养的重要学科。作为我国文化的一个重要组成部分和文化内涵的精华，在新的发展时期，汉语言文学承担着更加重要的教育教学任务。在汉语言文学教学中开展审美教育，

既是新时期高校学科素质教育改革和创新的一个重要内容，也是对学生的审美情趣、人文素养和精神文化素质进行培养的重要手段；面对着越来越复杂的经济社会发展趋势，通过汉语言文学审美教育对学生进行全面的培养，是新时期汉语言文学教育发展的一个重要趋势。

一、审美教育相关内容简述

（一）审美教育的内涵

审美教育主要是指审美能力的培养和提升，而审美能力则是对审美感受能力、鉴赏能力、想象能力以及创造能力等相关能力的总称。其中，审美感受能力是开展其他能力的重要基础，是整个审美过程的出发点。作为审美教育的最基本内容，审美感受能力主要是指对审美主体的感官美感获得方式和方法进行培养的教育。鉴赏能力则是在感受基础上产生的对"美"进行辨别、理解和评价的能力，辨别能力则是审美教育的重要和关键环节。想象能力是指通过对将外部感知的"美"与自身的知识、能力、经验等要素结合起来产生的精神美感受。审美创造能力则是在以上能力的基础上通过实践创造和创新的"美"，审美创造能力是审美能力的最高层次，同时也是审美教育最终要达到的目的。

（二）审美教育活动

从上述审美教育的内涵可以看出，审美教育活动主要是指审美能力的培养活动。而审美能力的培养活动主要包括以下几个方面的内容。首先，要对学生的审美欲望、审美理想进行培养，审美欲望是刺激学生开展审美活动的重要推动力，而审美理想则是激发学生审美创造能力的主要动力，这两者是审美教育活动的重要环节。其次，要对学生的审美心理进行培养，优秀的审美心理素质能够指导学生对"美"进行科学的感性认知、理性认识，并且能够在审美想象和审美情感教育方面发挥重要作用。最后，审美教育作为教育教学的一个重要模式和内容，要尊重学生的主体地位和个性化特点，要发挥学生在审美教育中的个体差异性，创造出新意美，在审美教育活动中对学生的个性特征和优势进行充分的发挥。

（三）审美教育开展的重要意义

审美教育活动的重要意义和作用主要集中体现在以下几个方面。首先，审美教育能够提升学生的个体竞争力。审美教育从本质上来说是情感教育的一种，从某种程度上来说，开展审美教育就是对学生的情商进行培养的教育活动，而情商则是指导学生获得更好发展的关键要素，通过审美教育能够对学生的精神世界进行充实和完善，在学生良好心态培养和个体综合竞争力提升方面能够发挥十分重要的作用。其次，审美教育能够帮助学生更好地塑造和健全人格。审美教育活动能够对学生的心理功能产生积极影响，通过审美能力培养、道德意志力培养以及逻辑思维能力构建等活动促使学生形成正确、系统的审美心理结构，促使学生道德水平的提升、健全人格的形成和塑造。另外，审美教育还能够帮助学生摆正心态，正确面对困境。现代社会的发展在学生群体中产生了较为严重的功利主义和投机主义，社会发展氛围比较浮躁，在这种发展背环境背景下，审美教育能够还原教育教学活动的本质，帮助学生更好地摆脱物质、功利的影响，有利于学生摒弃功利之心，更加纯粹、自然地参与到教育教学活动和自我发展过程中，通过对真、善、美的鉴赏、想象和创造，实现理性思维的构建和伦理认知结构的完善，促使学生能够更好地面对困境，坦然生活。最后，审美教育活动的开展还能够帮助学生更好地培养自身的独立人格，在高尚情操培养方面也能够发挥十分积极的作用。

二、汉语言文学教学开展审美教育的方式和方法

针对汉语言文学教学的特点以及审美教育的要求，在新的发展时期，为了提高汉语言文学审美教育的效果和质量，对学生进行全面的培养，需要从以下几个方面采取措施，开展汉语言文学审美教育活动。

（一）充分挖掘汉语言文学教学中的审美教育素材

在汉语言文学教学中开展审美教育，最首要的就是要对汉语言文学教学中的审美教育素材进行挖掘和分析，这既是开展审美教育的重要基础和条件，也是审美教育能够成功开展的重要前提。首先，汉语言文学学科本身就是一种"美"，汉语言文学是我国传统文化的精髓，收纳了大量的经典文化，蕴含着丰富的人文情感教育素材，教师要引导学生对汉语言文学学科教育的本质、特点、内涵和目的等进行充分的认知，让学生对汉语言文学教学有正确的认识。其次，就汉语言文学教学内容来说，教师要在教学过程中引导学生对课文进行全方位的赏析、分析、掌握作者在课文中所应用的创作艺术手法，拆分、认知文章的逻辑结构，了解、体会作者通过字词、结构传递出来的思想和情感。这些都需要学生进行深入的思考，通过了解、认知、思考、内化的过程逐步提高学生的审美能力，引领学生对文章的形式美、表现美、意境美和情感美进行体会和学习。另外，在汉语言文学教学过程中，要对文章中的艺术境界进行挖掘和分析。文学本身是一种很重要的艺术形式，汉语博大精深，字词的运用、排列和组合以及词句的逻辑结构排列都是作者思想、情感和意识的表达，教师在教学过程中要引导学生学会体会文章的魅力，感悟文学艺术的美感和内涵，进而对学生的审美感受、审美品位和审美意向进行培养。

（二）刺激学生的学习兴趣和学习积极性

针对学生对汉语言文学学习认同度不高的问题，教师要在汉语言文学教学过程中采取措施对学生的学习兴趣进行培养，通过兴趣推动学生更好地参与到汉语言审美教育当中来。

新时期大学生的独立性、自主性很强,并且视野相对比较开阔,新事物和新知识的接受能力也较强,对很多知识具有强烈的学习欲望,教师要紧紧把握当代大学生的群体特点,通过汉语言文学本身的魅力对学生的学习探究欲望进行刺激,引导学生对汉语言文学的"美"进行分析和探究。刺激学生的学习兴趣,首先,就是要了解学生的兴趣点和爱好点,这是审美教学活动开展的重要环节,只有对学生的兴趣爱好进行了解,才能够在审美教育中采取针对性强的措施。例如有的学生偏爱汉语言的字词结构,有的学生偏爱文章整体呈现的逻辑美感,有的学生则对作者的创作背景和要抒发的情感有着浓厚的兴趣,教师要对此进行掌握。其次,在兴趣刺激方面,要注重"理论联系实际",也就是要将汉语文文学审美教育活动与学生的实际生活联系起来,通过联系实际加深学生对文学作品的探究欲望,提高文学作品的感染力,进而对学生的审美能力进行培养。

(三)创新和改革汉语言文学审美教育的方式方法

创新和改革汉语言文学审美教育的方式方法主要从以下几个方面采取措施。首先,要对汉语言文学教学课程进行科学合理的安排。在课时设计方面,要适当地加大审美教育的时间,改进过分注重知识点记忆、古诗词讲解的做法,将大量的审美内容加入、融合到课堂教学过程中,在教学过程中充分体现审美教育的重要地位,引导学生观察美、欣赏美、感受美、评鉴美、想象美;在教学内容设置方面,要尽量地选择符合学生审美实际和审美观念的、具有较高审美教育价值的文学作品。其次,要对汉语言文学审美教育教学方法进行创新。文学作品从本质上来说是作者内心情感和思想的一种表达,不同的人对作品"美感"的体会是不同的,因此在审美教育过程中,讨论教学方法的应用能够起到十分重要的作用。通过讨论教学,学生能够充分地表达自身的想法并交换意见,激发学生对作品美感研究产生浓厚的兴趣,并且通过讨论,还能够对作品的"美感"进行全面的认识。另外,在审美教育过程中,还应当充分发挥单篇作品教学的系统性、整体性和综合性优势,对个别风格突出的单篇作品进行综合审美教育分析,帮助学生构建审美心理结构,单篇重点审美教育方法的应用还能够帮助学生树立正确的审美观念,通过多篇文章的审美教学逐渐提高学生的审美品位,健全学生的审美能力。

审美教育在汉语言文学教学中的应用和开展,既是汉语言文学学科教学本身的要求,也是提升汉语言文学教学效果、对学生进行全面素质教育的重要措施。教师要重视审美教育的重要意义,在教学过程中充分挖掘汉语言文学审美教育的素材、刺激学生的学习兴趣、创新教育教学方法和模式,对学生开展全方位、多层面的审美教育,不断提高学生的审美情趣和审美能力,为学生完美人格、独立品质以及个体竞争力的培养和提升奠定良好的基础。

第三节 汉语言文学的语言意境

汉语言文学包括两个主要部分，即汉语言学以及文学，作为研究我国语言的最基础学科之一，其包含内容包括民族文学、世界文学、中国文学等等，包容性非常之强。汉语言学习的过程中，应当加强语言意境学习。意境来源于生活，同时又可以高于生活，能够更加深入地刻画作者的内心世界。提升语言意境分析能力能够帮助理解作者内心，同时提升自身的文学素养。

一、汉语言文学语言意境概述

（一）语言意境的特点

就大学阶段语文课程的学习而言，汉语言的语言意境一般来自学生的情感，对学生进行情感教育让大学生可以在生活化场景中感受文本中、人物角色中所表达的丰富的感情。大学汉语言教师在开展教学的时候，要扮演好引导者的角色，指引学生们把文本中人物的神态、情感、动作及语言分辨清楚，让学生体会文本中人物的情感变化。学生通过丰富的情感体验来学习文本，才可以真正地、有效地领会汉语言中所蕴含的深意。

（二）汉语言文学专业的特点

汉语言文学专业是中国大学史上最早开设的专业之一，出现于19世纪末。20世纪80年代以后，汉语言文学专业得到了很大的发展，其特点主要有：专业性强，从源头来阐述文字的形态和形成。例如现代汉语和古代汉语专业，分析字形、字音、发音的由来以及甲骨文的原意，让学生对文字有更加透彻深入的了解。将文学作为一种体系来研究，文学有什么特点，文学有什么规律，而且基本的表达方式有哪些还有发展规律，系统地理清历史脉络，逐一讲述历朝历代的文人诗作和背景环境，以此来丰富学生的知识面。语言专业培养具备汉语及语言学、中国文学等方面的系统知识和专业技能，能在高校、科研机构和机关企事业相关部门从事汉语言文字的教学科研、对外汉语教学、语言文字管理及语言应用方面实际工作的语言学高级专门人才。该专业侧重于在汉语和对外汉语方面的教学和研究，要求学生有较强的文字运用能力，以及广博的文、史、哲的知识基础。

二、汉语言文学语言意境的研究意义

（一）提升语言素养

学习汉语言文学的重要基础就是对语言的了解，汉语言文学是由这种了解的需要组成的。它的组合是自由的，正是它的这些由作者的自由组合还形成了各种意境，想要深刻体会文学作品的意境，必须熟练掌握语言技巧。提高语言素养，对汉语言文学的研究和应用具有很重要意义。

（二）提升鉴赏能力

我国的文学典籍中，往往都蕴含着一些深远的意境，文学作者通常是将自己想要表达的思想感情通过意境来承载，而这种意境都是以语言为载体呈现出来的。只有体会到文学作品中意境的表达，才能真正地感受到作者想要表达的感情、作品蕴含的意义。因此，想要对文学作品的意境有所体会，必须要提高自身对语言和意境的赏析水平；然后结合作品写作的时代背景，进行分析和研究。

（三）提升写作能力

学生通过专业的汉语言文学学习，不但可以丰富语文知识，打下良好的理论基础，而且可以培养分析问题和解决问题的能力，提高写作水平。语言和意境是一个作品的重要组成部分，熟练掌握语言和意境的分析掌握，能有效提高写作水平。

（四）了解传统文化

汉语言文学专业主要培养掌握汉语、中国历史、中国文学方面的知识。在学习过程中，可以了解不同时期的不同历史，可以体会不同作家的不同作品风格，感受当时的历史背景，体会作者表达的含义，更加具体地了解我国的深远文化，并且将中国文化传承下去。

三、语言意境在汉语言文学中的应用

（一）创作富有内涵的文学作品

创作来源于生活，一些文学作品的意境所表达的内容都来源于生活。古人，壮志未酬，生活艰苦可以写诗；游山玩水，饮酒叙旧时可以写诗，都是源于对生活的体验。加上自己的思想，创作出来的作品，往往给人带来极大的精神震撼。热爱生活，感受生活，通过自己的思想，加上情感，使所创作品具有情感灵性。

（二）总结语言规律

我国是人口大国，存在一定的地域文化差异，并不是所有地区都说普通话，一些地区的方言充满它们独特的魅力,但是普通话还是大多数地区所使用的。汉语言文学的学习,就是为了很好地应用语言,还可以了解我国各族语言文化历史,总结出语言规律,将其带到生活中去,以便更加深入地对我国各族历史文化深入研究。

(三)抒发情感,积极创新

据有关教育部门明确提出,在阅读教学方面要确保学习要求的多元性,让大学生得以自由适应各类文字类型;在阅读中,要学会提取信息、求解问题和进行思维的加工;从文本的情感中实现对社会与自然的责任感的培养,保证大学生拥有完善的价值观、健全的态度与情感;有效地提升学生们的人文素质和科学素养。据此可见,教授大学语文课程时,不能只是单一地进行信息的加工,还要根据文本内容特点完成教学方法的制订,确保学生们在学习语文时实现意志、情感和整体认知方面的提升。

在大学阶段,语文课程往往有着非常明确的内容和主题思想,这便要求开展教学时力求更多地运用和课程关心密切的素材作为导入该课程的手段,此种导入手段可以确保在愉悦的氛围下很快进入正式的课程教学,保证学生尽快进入高效学习状态。将这些作为教学的基础,教师还要让大学生对文本中的情感以及自己的感悟进行表述。此方式可以让学生根据内心感觉的指引对情感进行认知,接着与教师产生共鸣,进而导致大学生能够真正按照情感体会来学习正课。

善于针对文本内涵进行挖掘的教师在开展教学时可以按照教学内容安排与其对应的问题,并以设定好的问题为根据与学生们展开相应的情感交流。因此在展开教学时,学生们针对课程的体悟与认知就不需要受到段落、词句等语言表达形式约束,更需要在情感感受的前提下对文本内容进行理解。

教师与学生之间可以通过对文本情感的体会、对文本内容的学习来领悟文本深刻的内涵。如果师生在开展大学语文的学习活动时没有将情感教育进行重视,那么很容易导致课文的解读走向歧途。大学语文教材无论是文本内容还是文本结构上均为编撰成员的心血,对他们的工作成果,我们需要充分尊重,只有做到这样,才可以将普遍价值和文本的丰富性、多元化间的关系进行妥善处理。当学生与教师都尊重文本的情感、热爱文本的内容,才能对文本有更加深入的理解。

详细了解语文教材能够发现,无论是形式、内容,还是生活方面,都非常贴近生活艺术,表现形式多元化、内容丰富。这些课程内容在情感、思想、文化和道德等很多方面都与实际生活紧密联系。这能够有效保证语文课程往往将教学认知作为开展教学的核心以及主线。所以,在学校开展教学活动时,教师也需要深入且全面地对文本意蕴展开研究,确保学生们在价值观念观以及感受能力等方面有更高的情感领悟境界。由于大学生主动性较强、感受较丰富,所以通过此种方式展开教学会比单纯的知识讲授有更强的说服力。例如,语文教师可以在解释某个词语含义的时候，鼓励同学们来讲述他们生活中经历过的与这个词语的含义相关的或者是通过这个词语想起来的事情，再从内心出发去感受这些事情记忆深刻、感动人心的地方，通过语言将其表达出来。

四、提升汉语言文学中语言学习和意境分析能力的方法策略

（一）强化基础能力，加强朗读训练

经常进行朗诵有很多好处，它可以提高同学们对文字的理解能力，还可以提高语言表达能力。同时，由于通过朗诵能接触到许多文学作品，还能提高鉴赏能力和艺术修养。默读、浏览只是学习语文的一种方法，但这种方法只是学习过程中的一种低级阶段，真正要达到高效率的学习语文是必须要经过朗诵的。朗读可以使我们的耳膜受到较强的刺激，再加上视觉的高度集中，就可以在大脑中留下深刻的印象。同时，还可以培养清晰的口头表达能力。此外在朗读时还得注意：语调要自然，通过对语调的把握，可以准确表达出作品的思想内容。朗诵是一门言语艺术，它对提高汉语言文学的分析具有帮助意义。

（二）着重能力培养，增加背诵练习

背诵是中国传统教育的一种优良方法。人们常说，"熟读唐诗三百首，不会作诗也会吟"。可见，背诵不但能体会其中所蕴含的思想感情，还能促进写作。我国从古至今流传下来好多经典文学，可以按阶段地挑选进行背诵。书读百遍，其义自见，这样不仅能够强化对汉语言的掌握理解，还可以在日后的写作中将经典的加以引用，使文章充满特色，同时对弘扬中国文化也会产生积极影响。

（三）综合利用多媒体，深入领会语言意境

多媒体技术是一个涵盖多学科多行业的概念，是应用文字、数据、图形、图像、动画、声音等多种媒体形式对信息进行综合处理，使用户能够应用多种感官完成信息交互的技术。现代媒体技术除了传统的电视电影、录音、投影之外，基于计算机的多媒体技术的应用也越来越广泛，它极大地改变了人们生产生活和信息交互的方式，使信息的沟通更加便捷顺畅。

多媒体技术应用计算机、投影仪、声音、电视、计算机等设备，对文字、声音、动画、图形、视频等多种信息进行处理，实现信息传递，多媒体可以同时作为信息传播的载体和信息储存的载体，是人们获取信息方法的有效扩展，其在工业生产、教育、公共信息咨询、商业乃至家庭生活和娱乐行业都有着大规模的应用。

就目前现状而言，多媒体技术已经进入了网络时代，宽带网络进入千家万户，为人类提供了极为丰富的信息资源。教师应该重视对网络资源的利用，引导学生自主学习；教师

也可以应用网络为自身提供的便利条件，还可以根据自身的教学经验筛选高质量的教学资料，进行编辑剪辑，进而加工再呈现给学生，以有效解决网络资源质量良莠不齐的问题，作为课堂知识的补充，提高汉语言文学教学的实效性与有效性。

传统的汉语言文学教学往往过分关注文章写作技巧与词汇的应用，却对于作者平生、时代背景等内容一带而过。然而一个人的思想是不能和其所处的时代割裂开来的，这样的教学方式不利于学生对教学内容的理解。而应用多媒体技术，教师则可以将作者平生、时代背景等以及各家观点等内容整理成为媒体资料，交给学生由学生自主学习吸收，面对更加丰富的资源，学生将形成更加开阔的视野，打破局限性，引导学生辩证地看待问题；与此同时，教师还应该鼓励学生自主应用媒体技术尤其是应用网络，查询其他相关资料，锻炼学生自主学习的能力，提高学生思维的独立性和学习行为的自主性。

（四）写作能力培养

汉语言文学属于基础性专业，要想提高学生的写作专业能力，必须经过长期的训练以及积累，相对比其他专业而言，这种长期培养过程也属于汉语言文学的专业特色。正因此，要想提高汉语言文学学生的写作能力，必须对其进行长期培养与训练。对于汉语言文学专业而言，写作能力属于基础专业素养，学生只有在理论知识认知达到一定程度后，经过长期无间断性的训练，才能促使自身的写作能力在循序渐进中实现质的飞跃。现阶段，高等院校汉语言文学学生在写作方面的训练，并不具备良好的连续性，往往是在教师要求写作后，才会进行创作，一旦教师没有明确要求，便不会主动创作。这种训练是一种被动性训练，在很大程度上制约了写作能力的培养效果。教师可采取以下方法对学生的写作能力进行培养：

其一，教师可以对学生进行基础写作培养。该学期培养的主要目的是通过向学生传授基础写作理论，如语言驾驭、表达方式选择、结构构建、主旨生成、思维运行以及材料摄取等，奠定学生的写作基础，提高其基础写作能力，为学生的其他课程学习铺筑良好的"会写"基础。

其二，可以对学生进行应用文写作培养，帮助学生掌握应用文写作的文种常识以及基本理论，进而帮助学生了解不同文种写作的格式以及具体要求，提高学生公文写作能力，为学生进入社会打下扎实的写作基础。

其三，还可以对学生进行新闻写作培养，以课堂教授的方式，来帮助学生准确掌握新闻写作的基本知识，并与实践训练结合，提高学生对新闻体裁的认知度，进而提高学生新闻报道的写作能力。

其四，教师可以对学生进行文学写作培养，并且帮助学生了解基础性文学文体的写作个性以及规律，如戏剧、散文、文学评论、诗歌以及小说等等，在提高学生的文学鉴赏能力以及写作能力的同时,培养学生形成良好的审美人格、文学素质。

其五,教师在教学过程中可以对学生进行学术论文写作培养,帮助学生准确把握学术论文的写作特点、选题以及终稿等步骤的具体写作要求,培养学生形成通过正确方法、观点和立场,对问题进行分析并提高其有效解决的能力,为学生完成学业论文、顺利毕业奠定写作基础。

伴随着我国经济、文化的飞速发展,全世界都在逐渐普及汉语文化,作为学习语言必不可少的文化背景,语言的底蕴不言而喻,其概括性包含了几乎所有的文化信息,但与此同时也加大了学习的难度。因此,作为汉语言文学专业学习过程中较为重要的语言意境部分,相关教育人士应当对其加强关注,投入更多的精力对其进行深入研究。

第四节 互联网与汉语言文学的融合

我国有着悠久的文化历史,自从有文字记载以来,产生了数量众多的汉语言文学精品。这些文学作品的审美价值和文化底蕴都是不可估量的。当今网络阅读已经日益常见,大多数人都在借助网络开展汉语言文学学习。这就使得和联网和汉语言文学之间存在了融合的可能,借助两者的结合,人们对汉语言文学的学习和领悟就可以与时俱进,拥有了崭新的手段。

一、互联网对汉语言文学的影响

(一)互联网对汉语言文学的积极影响

互联网是一个取之不竭的资源信息库,借助这一平台,可以最大程度地拓展汉语言文学的内容,并通过最方便快捷的方式得以实现。根据中国互联网络信息中心提供的数据,2016年底,我国上网人数已经高居世界首位,突破了7.31亿人,互联网普及率创下了53.1%的最高纪录,每天网上阅读量达几十亿人次,这充分表明人类生活中已经离不开网络信息的获取。互联网的普及和全球资源共享,使得通过网络阅读和了解汉语言文学作品更加方便快捷,这不仅可以帮助读者节省大量的时间和购书成本,也革命性地改变了人们的阅读理念,使人们可以随时随地阅读自己想要的作品。

（二）互联网对汉语言文学的消极影响

互联网是一把双刃剑，它对汉语言文学的消极影响也是不容忽视的。互联网是一个开放的空间，其形式纷繁复杂，内容包罗万象，这会使阅读和学习的质量和效果受到影响，难以体验纸质书籍带来的文化底蕴。网络上诸多视频、游戏等多种信息同时出现，很容易分散读者的注意力，从而影响到学习和阅读的效果。互联网的虚拟环境容易造成人心浮躁，喧嚣的网络环境与厚重的历史文化也可能产生冲突，不利于学习者进行阅读和感悟。

二、互联网与汉语言文学融合的意义

（一）推动社会的发展和进步

当今时代，汉语言文学的内容是极为宽泛的，它不仅包括文学创作、欣赏和编辑，还连带涉及了文化管理和文化产业等方方面面。所以，互联网与汉语言文学之间的有机融合，有助于汉语言文学充分发挥在当今社会中的积极作用，形成网络汉语言结构体系，充分发挥汉语言文学的优势，推动社会不断进步和发展。

（二）有助于社会价值观构建

汉语言文学能够提高国民的人文素质，对人们社会价值观的形成能起到重要的影响，从某种意义上说，对人们的精神取向起到了决定性的作用。互联网与汉语言文学的结合与应用，从更深层次和更加广泛地影响着人们的人生观和价值观，有利于构建充满正能量的社会价值观体系。

三、互联网与汉语言文学有机融合对策

（一）规范网络环境，消除负面影响

网络环境的纷繁复杂，其中不乏一些负面的东西，这就要求我们通过网络进行汉语言文学阅读和学习时，要做到正确识别网络资源。网络上一些不利的、不健康信息以及低级趣味的东西随时都可能出现，在学习过程中要培养自身的自制力，通过甄别并且拒绝这些"垃圾"的干扰，才能专注于汉语言文学学习。另外，政府和网络监管部门也要注重净化网络学习环境，剔除影响读者学习和阅读的不利因素，让互联网在汉语言文学学习中的积极作用充分发挥出来。

（二）应用多媒体技术

传统的汉语言文学采用板书教学，存在容量小、效率低的弊端，教学与互联网的结合，就是对陈旧教学方式的突破和创新。多媒体技术在互联网资源中极为常见，如果与汉语言文学相结合，发挥多媒体技术的优势，通过将视频文字资料、图片、PPT、纪录片等各种

网络资源融入汉语言文学教学,不仅能使得学习更加直观和生动,也给汉语言文学学习增添了更多的趣味性。例如,在学习《唐诗三百首》的时候,可以使用网络技术制作出文字和图片相结合的生动视觉效果,另一方面可以用音频配乐朗诵唐诗,同时配合语音手段对每一首唐诗背景、内涵与主题进行介绍,这样,学习起来更加直观深刻。在学习的过程中,还可以通过电脑的操作手段,对播放速度和画面进行控制,随心所欲地进行学习和阅读。

(三)网络视频的运用

目前,人们对于文字媒介的兴趣明显低于声像结合的作品,网络视频资源是人们获取信息的重要途径。因此,在汉语言文学学习和阅读过程中,可以将文本书字通过视频格式播放出来,组织和发动学生观看,并通过教育机构和社会团体的大力支持,调动起广大学生和读者强烈的兴趣,客观上营造汉语言文学作品解读的良好环境,实现网络与作者思想的共鸣,这样才能取得更好的学习效果。例如,在学习当代文学经典《茶馆》的时候,为了更深刻体会作品的主题思想,我们可以借助网络资源,搜索下载并播放介绍晚清到民国的影像资料,旧中国军阀混战、社会黑暗腐败的现实通过视频的声音和图像得到了逼真的呈现,可以让人了解作品所讲述故事发生的社会环境和氛围,能对作品的感悟起到很大的帮助作用。

(四)纸质文字向互联网媒介的转化

单纯的纸质媒介存在方式单一、容量小、传播慢等弊端,互联网上电子阅读方式的出现,使得传统文字的这些弊端得以克服,文字作品转化电子版在网络上的传播,是互联网与汉语言文学结合的最佳切入点。通过网络手段,可以最大程度地存储和共享汉语言文学资源,人们阅读和学习积极性会更高,阅读兴趣会不断增强,这就让网络汉语言文学资源更加受到推崇。

总之,互联网对汉语言文学的学习和阅读产生了一定冲击,面对这样的冲击,只有充分利用互联网的优势,实现互联网与汉语言文学的有机融合,将传统汉语言文学承载到最先进和高端的平台上,通过网络手段进行学习阅读和体验,最大范围和深度地推广汉语言文学的文化价值,实现汉语言文学传承的现代化。

第八章

汉语言文学教学

第一节　汉语言文学专业教学

在全国上下倡导"国学教育"的社会大环境下，汉语言文学专业虽然不是应用型较强的专业，但是为了适应当前的就业形式，可以根据社会对该专业的需求，在先进理念的指导下进行重新定位，在新定位的指导下对人才培养方案以及教育教学的各个要素做全面的调整。

根据社会需求对汉语言文学专业重新进行应用性定位，是应用性中文专业改造的首要任务。在原来专业学习的基础上，拓展专业方向，寻求专业教学与市场需求的契合点，是中文专业实现应用性的基本导向，更是其在竞争中谋生存、求发展，适应社会需要的途径。这样有利于提高学生的专业素质，丰富他们的知识结构，增强其在社会立足的本领。

一、根据汉语言文学专业特点进行准确定位

虽然汉语言文学专业应用性较弱，很难获得准确的职业定位，但是作为传统的人文学科，是体现人文精神的最直接的载体，担当着传承与提升全民族语言与文化素质的重任。作为汉语言文学专业的主干和核心内容，是对自身、他人、集体、民族、国家，乃至对人类的一种认识与社会责任感。为此，汉语言文学专业的教学特点在于：所培养的学生主要是从事人的工作的，注重培养学生的人文素养；教学不体现在应用性，而是体现在对社会观念与精神取向的影响上；不注意直接创造可以计量的经济效益，而在于创造无法用数字统计出来的社会效益等。由于社会的进步和当前就业压力的增大，教学实用主义成为教学的主要目标，对于汉语言文学专业教学而言，也必须进行一些必要的改革，在保持传统的基础之上，积极和社会接轨。

二、在实用性理念前提条件下进行专业教学

一般来讲，汉语言文学专业的就业方向为语文教师、编辑、文秘、文案策划人员等。实际生活中，这个专业的毕业生比较集中在政府机关、教育部门、新闻出版、企业公司等单位的工作岗位，还有少数人进入一些新兴行业。由此可见，汉语言文学专业具有较宽的职业适应性，但同时我们发现，由于相关行业存在文秘、新闻、广告、公共管理专业的毕业生，因此对他们造成了较大的冲击力。从现实意义来看，教学时应注意以下问题：

（一）全面优化课程，强化专业知识结构

汉语言文学专业课程包含现代汉语、古代汉语、中国现当代文学、中国古代文学等十余门课程，有必要从以下三个角度对课程进行优化：精简课程内容，每门课都要根据对本领域最新知识结构的分析来设计教学内容，强化核心内容；优化课程结构，按照学科发展的当下高度来考虑学科基础，设计课程内容体系；整合各课程之间的内容，避免内容交叉重复，如写作学和文学概论中的文体学知识。

（二）强化应用性，提高专业应用能力

在教学中倡导以就业的观点指导教学改革，就必须讲求专业的实用性，只有这样，学生才能在社会上立足。结合该专业学生的就业方向，对汉语言文学专业学生的核心竞争力，即现代"读""写""说"这三个方面的能力，必须加以强化。该专业的实用性教学应体现在五个方面：古今各种文体的阅读能力、现代各类文体的写作能力、口头表达能力、语文教学能力、信息调研能力等。学校和教师必须精心设置课程体系，安排教学内容，形成本专业课程的应用模块，通过系统的应用技能课程的设置，以保证学生在学校能够提高这五个方面的能力，获得将来从事语言文字工作的应用能力，成为汉语言文学专业的应用型人才。

三、用创新的理念指导专业教学

创新包括教学内容创新、教学方法创新、教学思维创新等。

（一）大胆进行教学内容创新

该专业的学生就业范围较广，但往往不精，竞争力上不如其他专业学生。鉴于该专业的特殊性，教学过程中不必过分拘泥于语言与文学本身，而可以结合汉语言文学的历史发展与就业现状，对学生进行相关职业技能的培养。事实上，很多新专业如新闻、广告、文秘，甚至公共管理基本上都是从汉语言文学这个专业发展而来的。因此，在保证专业根基扎实的前提下，应打破人为设定的专业界限，以便更大限度地发挥汉语言文学的专业优势。如教育与教学、新闻传播、文秘与公关、社区文化管理、广告文案等都可以设计成汉语言文学专业的应用模块，学生通过这些模块的学习获得动手能力和从业能力。

（二）构建学生创新思维

汉语言文学专业本身要求学生具备丰厚的东方文化底蕴。该专业有极强的文化特征，其教学直接影响学生对汉语的感情，对东方文化的亲和及从中汲取创新精神动力，并影响学生创新素质的形成。因此，汉语言教学中必须重视对学生创新思维的构建。首先，教师应有强烈的创新教育意识，思想上要勇于开拓，力求提出独特的、新的教育活动思路，行为上善于探索，潜心实验，不断总结和不断进取。在教学中不能满足做文化的传声筒，要适当地通过文化评论等多种方式激发学生的思维，并对社会文化现象进行思考，如博客、新媒体等多种文化传播方式都可以成为学生思考的问题。其次，要勤于思敏于行，发展创新思维能力。教师应以其丰富的知识做背景，在教学中不断抛出新观点，给学生以震撼，激励他们也去发现、思考、创新。可以说，汉语言文学专业教师必须在不讷于言的同时，还要敏于行。沉默寡言不是该专业的个性，只有言行结合，才能让学生、让自己更自信，更有思考的动力。

随着我国教育制度的不断完善，汉语言文学专业作为我国传统的人文学科，其不仅承载着我国传统文化与民族意识，同时还是我国传统精神文明的根本体现。学习汉语言文学各科知识，除了体会其中的理论知识外，还应学习其中的精神知识。只有这样，才能健全自己的人格体系，才能在今后的学习生活中，陶冶自己的道德情操。

第二节　汉语言文学教学方式的创新

在科学教育取得显著教学成果的今天，汉语言文学发挥了不可忽视的作用。一直以来，汉语言文学这门学科以它自身的魅力，承载着提升民族语言和文化素养的重任。其教学的目的就是培养学生形成一个高尚的人文素养，树立自己正确的人生观和价值观。在汉语言文学课堂教学中，教师要采用多种形式的教学方法对学生进行开放式、发散式的思维教学；汉语教师本身也要具备丰厚的汉语言文学知识，通过挖掘教材中丰富的人文内涵，让他们增长汉语知识，丰富汉语文化；同时教师也要给学生创设独立思考的空间，让学生不断地积累语言，让其在理解与体会中达到自我提升、自我升华的目的。当今，随着素质教育理念的不断推行，汉语言文学在教学方式上必须创新，汉语教师必须转变教学方式和教学理念，只有这样，才能满足当今社会对人才培养的需求。目前的汉语言文学教学虽取得了显著的教学成果并呈现了一片欣欣向荣的景象，但也有一些弊端，严重地制约着汉语言文学教育的发展。汉语教师教学模式落后、教学观念不先进等问题依然存在，从而导致学生在汉语课堂上不愿思考、不愿学习。为了能够让学生接受更好的汉语言文学教育，把中国汉语言文学教育推向国际化，提升教学质量，必须要有创新的汉语言文学教学方式。

一、制约汉语言文学教学质量提高的因素

在汉语言文学教学中,很多汉语教师采用的教学方法比较落后、老套,根本就没有激发学生学习汉语的积极性和热情。在课堂上,教师一直采用独角戏、满堂灌的教学方式,导致学生被动地接受汉语学习。久而久之,整个课堂教学氛围死气沉沉,没有一点生机。这样的教学方式根本就没有让学生感受到学习汉语的乐趣,所以教学质量一直没有较大提升。有的教师缺少语言魅力,就是按照教材上内容按部就班地给学生讲解,学生的思维受到了制约,大脑想象力没有得到很好的开发利用,导致汉语言文学教学效果不尽如人意。

在汉语言文学教学中,很多学生对这门学科不感兴趣,只有三分钟热度,喜欢就学,不喜欢就不学,有的只是为了拿到证书。有的学生打心眼里不爱这门学科,对汉语言文学教育认识得不够深刻,缺少承载中国悠久文化历史的使命感,缺少人文素养。

二、提升汉语言文学教学质量创新的教学方法

(一) 互动式教学方式

在汉语言文学课堂教学中,教师可以在原有教学模式上,与学生进行互动教学。课间与学生进行交流,让学生阐述自己的观点和想法。例如,在教学中把学生分成若干小组,根据学生学习汉语的实际情况来安排小组成员,然后在小组中选出一个代表,把学生互动交流中的结果在所有学生面前公布出来。在学生互动交流的过程中,教师只是起到引导作用,通过师生之间的互动交流,不仅令学生产生了学习兴趣,还改善了学习氛围,从而让学生在轻松愉悦的环境中接受汉语教学。这样的教学方式一定会提升学生的学习兴趣和学习热情,同时也能激发他们的求知欲望,并能让很多学生克服汉语学习的恐惧心理。学生在愉快的语言环境中学习汉语,会大大增加他们的词汇量。

(二) 情景角色扮演法

这种教学方法很简单,可以理解成为一种游戏,也可以理解为一种剧情扮演。汉语教师可以按照教材内容,把整个过程编成一段剧情,让学生根据教材中的人物进行扮演。教师要为学生创设表演的氛围,让学生扮演教材中某个人物,然后进入角色。在整个表演过程中,教材中的人物已不再是书本上描述的那样,而是班级里的某个学生。学生自然而然地投入到了角色中去,会演绎得淋漓尽致,也会很自然。在这样的表演教学方式中,学生会不自觉地投入到汉语言文学学习中来。在整个扮演角色过程中,学生的思维得到了开发和利用,同时也有利于他们的身心健康发展。教师要以公平的态度对待每个学生,和学生建立良好的师生关系,这样学生才会成为课堂教学的主体。

(三)多媒体教学方法

传统的教学方法比较单一、落后,学生的学习兴趣没有得到很好的激发。多媒体教学形式丰富、趣味性强、形象直观生动,能为教学创设一个生动有趣的教学情境,使学生感官接受刺激,拓展学生的空间概念,加深对所学课程内容的理解,有利于提高教学效果。

汉语言文学是中国民族精神与智慧的结晶,承载着弘扬中华民族的人文内涵和传统美德的任务。汉语言文学教学方式的创新,可以让学生接受更好的汉语教育,从而正确树立自己的人生观和价值观。作为汉语言文学的教育教学工作者,要不断创新教学方式,在教学中要不断提升教学理念。本书只是对汉语言文学教学方式的创新做了几点研究分析,希望在今后的汉语言文学教学中,有更多的教师参与到此话题的分析研究中,让我们大家共同努力,把我们的汉语言文学教育推向国际化。

第三节 汉语言文学的学习和应用

汉语言文学是文学类别中一个非常重要的学科,它在我国高等院校的语言类专业中有着很高的地位。汉语言文学可以培养学生的综合素质,帮助学生树立良好的价值观,引导学生的传统文化价值观念;可以丰富学生的语文知识,培养其分析问题和解决问题的能力,提高学生的写作水平;可以提升学生的修养和涵养,使学生感受到传统文化的魅力,成为一个具有良好人生观、世界观、价值观的优秀高素质人才。我国拥有五千多年绚丽多彩的历史文化,在这几千年中,语言一直是精髓。从甲骨文到今天的汉字,我国的语言文化一直在发展。汉语言文学承载着传播我国人文精神风貌的历史重任,一直是我国传统的人文类学科。汉语言文学的主要内容是对古今中外优秀的文学作品的学习研究,更深层次的是对汉语词语、句法的研究。通过研究文学作品,可以极大地提高语言功底和写作表达能力、道德推理能力以及批判性思维能力,强化口头表达、理性批判等能力。

一、汉语言文学的学习方法

汉语是绝大多数中国学生最先接触的语言,从幼儿园起的各个学习阶段都在进行着不同程度的汉语言文学教育,各个阶段选择的学习方法以及学习内容都有不同的地方。在高等教育阶段,汉语言文学专业的学生有责任也有义务去学好相关的知识,加强对文学作品的理解程度,提升自己的阅读水平,丰富自己的专业知识。如果要想把汉语言文学学习好,那么也一定要掌握好学习方法，探索出一套适合自己而且高效的学习方法，养成良好的学习习惯。

（一）注重系统性学习

汉语言文学在学习的时候一定要注重系统性，把每个模块系统化，找出相关联的地方和有区别的地方，形成一套自己的学习系统。系统性学习可以从这几个方面着手：首先，要注重基础知识的学习和积累，像是字音、字形、词语等，尽量把基础打牢，不遗漏任何一个基础知识点。其次，课上认真听讲，课下及时阅读。上课的时候要跟着老师的步伐，遇到不懂的问题一定要弄清楚，可以自己去检索相关的资料，也可以直接去问老师。做好笔记，课下及时复习。老师在上课过程中提到的一些文学作品，课下有条件阅读的尽量去看一看，如果实在是没有条件就把这个作品的简介看一看，了解一下作品的内容。再次，自己及时梳理相关的知识结构，把自己积累的以及老师讲的都整合在一起，构建自己的学习体系，保证各个部分之间的良好衔接。最后，及时复习老师课上讲过的知识点，提升自己的知识水平，拓宽自己的知识面，逐步提升自己。

（二）结合实际

在学习中，把自己所学习到的知识结合实际。在每一个阶段的学习中都要认真学习相关的知识点，借鉴一些好的文学作品中的写作手法和表现方法，尝试去自己创作文学作品。例如在写作过程中，从不同作家的作品中借鉴他们对于场景和结构的描述，模仿他们的写作手法，自己创造出一套别具一格的写作手法。

（三）多阅读文学作品

汉语言文学的主要研究对象是中国语言文字和多种体裁、类别文学作品。汉语言文学专业的学生需要具备比较扎实的语言功底以及较好的写作能力，还要具备很好的人文修养和艺术修养。如果想要提高自己的知识水平，只有多阅读各种文学作品，吸收他们优秀的观点和写作手法，并且灵活运用到自己的文章中，形成自己独特的写作风格。在阅读的时候要注意挑选阅读对象：一是教材和老师要求的文学作品尽量去读，这类作品一般都很有特点，可以选择精读，为自己的学习奠定良好的基础。二是课外推荐读物，这类作品可以根据自己的兴趣爱好来选择，吸收作品中好的写作和表现手法，确保能从中获取到有用的知识点。

（四）拒绝机械化学习

在步入大学之前的学习阶段，都是"机械化"学习。在进入大学之后，尤其是深入了解了汉语言文学专业之后，应该改变自己以往的学习模式。建议采用分层次的方法学习汉语言文学，把知识点按照从难到易的方式排序，先学习简单的基础，逐步提高自己的文学鉴赏能力和写作表达能力，把基础打牢了再去学习困难的知识点，分好层次，由易到难。

二、汉语言文学专业的应用性

汉语言文学专业的教学离不开对文学作品的研读，在作品中不仅仅要学写作手法和表达方法，更要从中体会作者所表达的深层意思。如果能够把学习到的知识运用到生活中，这就是应用。在文学作品中学习和体会到的社会人生百态和历史人文景观运用到现实生活中就是在社会中交流思考的能力，具体就是批判性思维能力和写作表达能力。

（一）批判性思维

批判性思维是一种独立自主的用科学的眼光去分析和思考问题的能力，其目的是为了做出了更好的决策、判断事情的对错。批判性思维不是为了批判而批判，而是通过分析和评估做出更好的判断。各个行业都需要这种思维能力去思考问题。具有批判性思维，就可以从问题的出发点思考，纵览全局去考虑问题。学习汉语言文学专业就是培养批判性思维能力的一个较好的方式，政治、历史、社会、艺术等领域的文学作品就是批判性思维的好教材。

（二）写作和表达能力

不论何种专业，都需要表达，都需要阐述问题，进行交流。良好的书面表达能力和口语能力是一个人值得骄傲的资本。汉语言文学专业的基础就是中文和文学，培养写作和表达能力是重要的培养目标之一。

三、古代文学学习及案例

古代文学是中国传统文化的精髓，是中华五千多年历史的智慧结晶。作为中国文化的传承者，我们应该继承和发扬古代文学。通过学习古代文学，可以理解中国古代传统文化和古代汉语中的一些修辞、字音字形、语法、词汇等。在学习古代文学的时候要注重比较和分析，在朗读和背诵的基础上深刻体会作者想要表达的意境。

案例：以柳宗元《江雪》为例，分析古代文学作品中的修辞方法。

这首诗描绘了一幅幽静寒冷的画面。在下着大雪的江面上，一叶小舟，一个老渔翁，独自在寒冷的江中垂钓。通过夸张的修辞手法，使读者仿佛就在江边看着老渔翁，甚至能够感受到那咄咄逼人的寒气。这首诗的结构也非常巧妙，以"江雪"为题，但是直到最后才点题，开始的时候作者先写千山中的静谧，没有一个行人，随后笔锋一转，顺势推出在江中独自垂钓的渔翁，直到结尾才点题，给人一种豁然开朗的感觉。

古代文学作品中包含了非常多的修辞手法，古人常常把这种手法和意境结合起来，使作品生动形象，饱含感情。在学习的过程中，要多留意这种手法，分析一下作者用了什么修辞手法，怎么引出的修辞。比较相同作者的不同作品，深刻体会这个作者的写作手法，考虑自己能不能借鉴这种修辞手法，将其运用到自己的作品中。

四、现代文学学习及案例

在学习现代文学的过程中，往往都是学生阅读相关的文学作品，听老师讲解相关内容，老师教会学生鉴赏和评论文学作品，养成审美的能力。这种方式有一个弊端，就是学生缺乏自己的思考。老师的讲解很重要，但当老师和自己的见解不一致时一定要提出来，和老师进行探讨。

案例：以鲁迅小说《阿Q正传》为例，分析现代文学作品中的创新思想。

鲁迅先生的《阿Q正传》有着重要的创新思想。小说名字就体现出了一种创新，因为《阿Q正传》这个名字不符合中国传记文学体例。传统的传记文学都是先从主人公的姓名、籍贯、家庭情况写起，而鲁迅先生则从一个不知道姓名的人开始写，这就是一种创新。从传主的身份来看，阿Q不是达官显贵，也不是英雄豪杰，更不是王侯将相，而是一位打工的人，为这种人写传记在文学史上也是一种创新。还有一个特别的地方就是，古代为某个人写人物传记的时候，里面描述的都是主人公平生获得的荣誉和功德，一般都是美好的事物，而鲁迅笔下的阿Q却是一个欺负弱小者，赌博、酗酒，还会干一些偷鸡摸狗的事情。鲁迅先生把难登大雅之堂的阿Q搬到了现代文学作品中，留下了深远的一笔。在自己写作的时候，也可以进行一些不同以往的创新，不要囿于以往的写作思路，大胆创新，勇敢写作。

学习的方法有很多种，关键是找准适合自己的学习方法，在学习中不断总结经验，争取能够达到最大化的学习效果。在学习中要勤加思考和总结经验，优化学习方法。

第四节　汉语言文学课程改革

随着社会的不断进步和发展，特别是高等教育从科研型人才培养向实用型人才培养的转变，汉语言文学专业课程内容存在与社会人才需求不适应的地方。例如，知识信息量小，内容与社会有所脱节，学科与实际工作关联不大等问题，这些直接导致了毕业生就业竞争力下降，出现一定的社会负面影响，招生生源呈现下降现象。

课程是按照人才培养方案、教学目的，在教学部门有计划、有组织地指导下，学生和教育教学环境相互作用而获得的有益于身心发展的全部教学内容。课程设置是一个动态过程，应随着社会进步和人才需求与时俱进。近年来，随着改革开放的深入、高等院校的扩招、大学生的自主择业，汉语言文学专业毕业生的就业前景越来越严峻，专业与社会对人才的需求存在一定差距。传统的人文学科面临着新挑战，高校适时调整汉语言文学专业本科阶段的课程设置成为该专业可持续发展的新出路。

一、大学教育理念的变化对汉语言文学专业课程设置以及教学改革的影响

当今时代，知识经济初出雏形，互联网和全球化经济越来越明显，新时期社会对人才的需要，政府对高等教育政策的调整，高等教育的大众化进程，就业渠道多样化，给大学教育理念和专业课程设置提出了新的挑战。当今高校教育理念和社会对人才需求的转变，无疑给汉语言文学专业课程内容和人才培养改革提出新课题。汉语言文学专业的课程教育已无法满足实用型人才的需要，其主要表现为"繁琐""陈旧""偏"。传统课程知识条理不清晰，重点不突出，偏离人才培养目标、社会对专业和实用型人才的需要以及学生个性发展需求，缺乏科学求真精神和实际操作意义。传统课程局限教师的视野，禁锢学生的思想，信息和社会需求脱节。如何"去繁就简""与时俱进"就成为汉语言文学专业课程改革和专业发展面临的新课题。

二、汉语言文学专业课程改革之设想

随着社会的转型和高校扩招，市场对人才需求的变化，汉语言这个人文学科遭遇了前所未有的冲击，本科毕业生的就业前景面临新的挑战。因此，汉语言文学专业重新设置课程，既是该专业自身发展的需要，更是培养实用型人才、提高毕业生就业竞争力的需要。

（一）创新课程设置，指导教学工作

1. 突破专业限制，创新教学内容

汉语言文学专业虽就业面广，但专业核心竞争力不足。教学过程中，教师不能拘泥于文学和语言本身，要结合文学专业的发展历史与就业现状，对本科生进行专业知识和就业技能等方面的培养，保证他们专业知识的培养上，打破人为设定的专业界限，以便发挥更大的汉语言文学专业优势。

2. 加强学生创新思维的培养、

汉语言文学专业具有很强的文化特色和人文色彩。因此，我们在教学中要重视对学生创新思维的培养，课程设置除毕业设计外，再增加大学生就业创业等项目，以培养学生创新思维。

（二）提炼核心课程的理论精髓，培养学生健全的人格和人文素养

改革课程内容，主要可从两方面着手：一是整合优化课程内容，科学取舍。塑造学生的健全人格、提升人文素养是核心课程和经典著作所带来的文化精髓。因此，我们重点要抓好中国古代文学、中国现当代文学、文学概论、美学等核心课程的建设，增开一些行政管理学、演讲与口才、礼仪文化等实用性课程，去掉一些无关紧要的课程。二是提炼核心课程，提炼文学理念精髓。课程内容改革中，教师要着力打造核心课程的核心价值和实践课程的实用价值。

（三）改革课程内容，培养学生的应用能力，提升学生的实践能力

（1）课程内容强化名作的学理归纳，关注人文学科的叙事逻辑，培养学生的思考能力。首先对课程内容进行改革，突显学理归纳，如从古现代文学的课程语法、词汇的讲授中归纳汉语言发展规律，从写作学的本源、主客体等讲述中归纳写作学的基本原理。这些要体现在教学大纲中。其次，培养大学生的思考能力，课程内容突显人文的叙事逻辑，教会学生思考的方法，帮助学生寻找创作灵感。

（2）推动实践课程的实验化，强化学生讲课、写作等实践操作能力，培养学生的动手能力。对实践课程和实践内容进行合理地调整修改，培养学生的动手能力，让学生充分参与实践。

（3）课程内容突显方法论。引导学生"学会学习"的能力。汉语言文学专业培养学生的学习能力尤为重要。因此，我们在课程内容设计中要重视对学生学习能力的培养，如文学概论等，引导学生学习名家文学评论技巧、掌握文学规律等方法。

（四）突出课程的时代性，培养实用型人才

改变传统人才培养方案的缺陷，一种是单纯从就业角度，一种是单独从教学角度。这两种偏差都缺乏传统文化和学术的现代转化，缺乏对实用型人才的培养知识和理念，缺乏创造力。汉语言文学专业课程体系改革中，要注重对中国传统文化进行创造性的现实性转化，以汉语言文学创造的文学智慧开辟该专业新的就业方向，以此挑战时代变革、知识变化、就业变化，挑战社会对人才的需求变化带来的问题和挑战。

第五节　汉语言文学应用型人才的培养

一、汉语言文学专业应用型人才培养的主要问题

（一）只注重专业教育，忽视培养学生综合素质

从师范学院汉语言文学专业的状况来看，它在专业课设置及教学内容方面，更注重汉语言文学知识与理论，对其他相关学科的专业知识涉及较少。如此易导致学生知识面狭窄、太过于重视书本理论知识，忽视了实践能力和综合素质培养等问题。这种培养方式已经无法满足社会对汉语言专业人才培养的需求。

（二）教育理念导致课程结构不合理

因过于注重专业知识，忽视学生综合素质培养，导致课程结构设置不合理。这种不合理体现在：一是课程范围不合理，学生知识结构单一；二是教材内容跟不上时代发展，更新换代速度较慢。

（三）轻视文化底蕴培养

师范类汉语言文学过于强调培养学生"如何教"，往往忽视了学生文化底蕴的培养。没有深厚的文化底蕴，就少了独特的东方气质、个性、激情。

（四）注重理论轻实践

传统汉语言文学师范专业课程偏重基础理论、学科知识，应用性课程较少，导致实践教学环节薄弱。这就导致了学生实践能力不强，很难把书本上的理论应用到实际之中，独立分析问题和解决问题能力有所欠缺，难以适应社会经济发展的需要。

二、高校汉语言文学专业如何培养应用型人才

（一）人才培养理念创新

人才培养创新是在人才培养目标以及培养过程和方式的总体设计的创新，是组织教学、安排教学任务方面的创新。创新人才培养应遵循以下原则：第一，强化应用性素质。提高学生实践能力，是应用性人才培养的基本要求。第二，多样性与统一性相结合。坚持

统一培养与个性发展结合，根据学科发展目标、专业特色优势、社会需求确定培养目标制订多样化人才培养之路。第三，促进学生提高综合素质。坚持知识、能力、素质协调发展原则，使学生在各方面得到全面发展。坚持知识传承、应用和创新并重，基础教育与专业教育、理论与实践相结合的教学体系。第四，优化课程设置与内容。立足培养应用型设置课程与内容，与时俱进，常省常新。调整课程结构，实现课程结构与内容的整体优化。同时扩大学生的选择空间，为有不同需求的学生提供扩展、提高选修课的选择。第五，强化创新实践能力培养。积极培养学生创新能力，倡导学生主动思考，提高学生综合实践能力。

（二）课程与教材改革

课程与教材改革应符合人才培养理念，以创新实践为导向进行合理设置，致力于培养应用型人才。

1. 课程优化更有利于学生综合素质的培养

课程体系可分为专业基础课、专业方向课、专业素质拓展课三大模块，每个模块均设置必修课和选修课两种；实践性课程学分比例有所提高，根据需要开设实践性强的选修课程，如应用写作、现代信息技术、演讲与口才、运筹学等等，加强实践教学的实用性。

2. 根据社会需求积极改革教学内容

淘汰一些陈旧的、不符合时代发展的教学内容，关注该领域最新研究，吸收新的研究成果和信息。鼓励教师将科研成果转化为教学内容，使学生能够及时获取前沿信息，了解最新的研究动态；在教学中增强实践活动内容，注重学生主体思维、写作能力的培养，破除教学单一、知识传授型的旧模式。

3. 因地制宜，开发地域文化课程

为增强学生应用能力，发展不同学生的个性特长，根据地方丰富的文化旅游资源，设计地方文化课程，彰显与众不同的地方特色，在感受地方文化资源的魅力的同时，了解整合开发地域文化资源的策略。

（三）拓展实践教学体系

在建立科学系统的同时，注重把实践教学贯穿到教学始终，有机地结合课堂实践教学与课外实践、课程实践与毕业实习、专业实践与社会实践，并整合为一个统一的、贯穿学习始终的、科学的实践体系。

1. 增加实践类课程的比例

增加实践类课程让课程体系更合理、更科学，更符合培养基础扎实、能力强的应用型人才。

2. 注重实践性内容

各课程要重视课程实践性内容，增加教学过程中的实践部分和活动，增进师生互动，使实践环节整合成一个有机整体，改变讲授为主的教学方法、知识单向输出的学习方式。

3. 积极开展课外实践活动

组织学生参与汉语言文学专业特色与优势的实践活动，引导学生参与各种实践活动，如校内新闻采编、文学评论、征文比赛、文体竞赛、文艺表演等，提高理论与实践能力。

（四）培养、引进应用型师资

提高汉语言文学专业教师自身的实践应用能力和综合素养，是地方高校进行汉语言文学学科的应用性转型、提高应用型人才培养的关键。汉语言文学学科的应用性更在于以知识理论、情感思想解决现实问题，尤其是在文化建设、社会建设方面的现实问题。而学科应用能力主要体现在说和写两方面。有相当多地方的汉语言文学专业把师范技能、写作能力作为培养应用型人才的关键，以着重培养这两项能力为出发点来调整课程体系，修订培养方案。然而真正实施应用性教育，最直接的关键还在于教师。要求汉语言文学专业的教师应熟练掌握一种以上的文体写作，至少有一方面的应用能力；具有应用型人才所需的相关职业资质；具备参与地域文化建设的学术素养和实践能力。

汉语言文学专业高素质应用型人才培养是一项长远、需不断修订的系统工程，不仅需要与时俱进，更要发展出自己的特色和特点来。改革之路仍然任重而道远，应用型人才不只是在培养未来工作能力，更是培养理论与实践结合的能力。怎样培养汉语言文学专业的应用型人才，汉语言文学专业的培养方向和目标，都是需要在教学实践中不断探索的课题。

只要在培养目标体系、应用型课程设置、应用型实践教学体系及转型师资队伍等各个方面坚持探索、不断改革，地方高校汉语言文学专业应用型人才培养会走出符合现实要求、可行的路。

第九章

汉语言文学教学的创新性研究

第一节　网络时代汉语言文学的经典阅读及体验

随着时代的发展和科技的进步，网络信息技术得以广泛地普及、推广，极大地改变了人们的工作、生活方式。网络时代的到来，使汉语言文学的经典阅读受到很大影响。如何在网络时代做好汉语言文学经典阅读教学，保证阅读体验，逐渐成为诸多汉语言文学专业教师思考关注的问题。基于此，本书围绕着网络时代汉语言文学的经典阅读及体验这一中心论点，先浅析了网络时代与汉语言文学经典阅读之间的关系，并从两个方面详细阐述了具体的改进完善策略。

经典文化作品阅读是汉语言文学的重要内容，同时经典文化作品中蕴含深厚的传统文化和经过历史沉淀而留下的精粹。学生在阅读中，能够感悟经典作品的博大精深和魅力多姿，还能在经典阅读中得以熏陶，从而陶冶情操，提高学生的文学素养。当前社会节奏加快，尤其是在网络时代背景下，很多人变得心理浮躁，更倾向于从网络中获取快餐文化，而不愿意去认真阅读经典文学作品。客观地来讲，虽然前者让人们的阅读更加便利，但是却无法保证阅读质量。在此背景下，笔者对网络时代汉语言文学的经典阅读及体验进行思考，并提出了一些观点和构思，以期让汉语言文学的经典阅读跟上时代步伐，充分挖掘其文化价值和阅读价值，优化阅读体验。

一、网络时代与汉语言文学的经典阅读之间的关系

（一）网络时代与汉语言文学的经典阅读的区别

首先，两者最为明显的区别是其表现形式的不同。网络时代下，学生可以通过互联网去搜索、阅读数字化信息，虽然获取途径更加快捷、便利，但是网络上信息众多，极易转移学生注意力，使学生无法平心静气地认真品读。而汉语言文学的经典阅读在以往是通过纸质媒介传播的，一方面纸质书籍成本较高，书籍内容相对就会比较凝练，作品质量也较好；另一方面，学生阅读纸质书籍，不易受外界事物干扰，能够安静从容地阅读欣赏经典作品，品味作品艺术，感悟作者思想。再者，两者的时代背景不同，经典作品是在当时的社会背景下诞生的具有历史时代特色的文化。比如，《红楼梦》反映的是封建社会的历史文化，而《四世同堂》《围城》等作品则是对近代社会现象进行的描述。学生必须对这些历史背景有所了解，将自己融入作品的历史环境中，才能真正品味出其精华。而由于网络

的独特优势，网络阅读内容具有产生及时、传播速度快、信息碎片化等特点，学生通过网络通常了解的都是新鲜事，并且都是泛泛阅读，没有过多思考。

（二）网络时代与汉语言文学的经典阅读的联系

两者之间的联系主要体现在两个方面：一是网络给经典阅读提供了更多资源和途径。比如，当前学生可以通过数字化图书馆、智能化移动终端来获取经典文学作品，甚至是平时难以找到的国外经典作品和小众作品，阅读时间、阅读地点、阅读方式更为灵活。二是经典阅读在一定程度上也净化了网络环境。从一个方面来讲，网络环境中的经典文学作品，能够引领大的阅读方向，让学生在选择阅读时不会过度偏离，营造一个整体良好的阅读氛围；从另一个方面来讲，优秀的经典文学作品体现的是真、善、美，凸显的是正确的价值观念，这些都会在潜移默化中净化学生心灵，提高人们的综合素养，从而使他们在网络环境中抵制各种不良信息，自发地传承弘扬正能量。

二、网络时代汉语言文学的经典阅读策略

（一）利用网络环境，创新阅读教学模式

网络时代下，实现汉语言文学的经典阅读模式的转化是大势所趋，利用网络环境创新阅读教学模式，不仅是适应时代发展的必然要求，而且也是推动汉语言文学的经典阅读继续发展前行的必经之路。汉语言文学教师可以充分利用网络优势，将其融入经典阅读课堂教学中，增强课堂教学的趣味性和多样性，提高学生的学习兴趣。比如，教师可以在课前通过网络教学平台准备一些课件资料，在课堂上利用投影仪等多媒体教学设备，以 PPT 展示、图片展示、音视频展示等方式开展教学，将经典阅读内容转化为网络化数字资源，这样既能节省板书时间，提高课堂效率，也能丰富教学内容，拓宽学生的阅读视野，促使学生接触更多的阅读内容和阅读途径。

（二）丰富阅读形式，感悟经典作品内涵

汉语言文学的经典阅读不能局限于教师课堂讲解，更多的是需要循序渐进地引导学生去主动阅读。在当前的网络环境下，教师可以丰富汉语言文学的经典阅读形式，让学生通过多种途径来感悟经典作品内涵。例如，教师可以给学生布置阅读主题，比如"品读明清时代讽刺小说""走进莎士比亚"等，给学生推荐一些作品，同时鼓励学生自主查阅相关经典作品，阅读后写一篇阅读分析或阅读思考。再如还可以组织学生开展经典作品话剧表演，将学生分为几个小组，让学生合作编创话剧剧本，并编排话剧。学生在创作过程中，需要对作品进行反复品读体会，这能让学生深层次地把握作品内涵，达到良好的阅读效果。另外，教师还可以开展经典文学作品诵读比赛，鼓励学生踊跃报名，选择一篇自己喜爱的

经典作品，揣摩其语言风格，增强学生的阅读体验。

综上所述，汉语言文学的经典阅读要顺应当前网络时代的大环境，相关教学工作者应当认真分析网络时代与汉语言文学经典阅读之间的关系，积极采取有效的教学改进策略，提高经典阅读教学质量，推动汉语言文学的经典阅读继续发展。

第二节　汉语言文学教育创新

汉语言文学教育是实用性较强的一项教育项目，与学生的学习生活密切相关，然而，汉语言文学教育工作还存在一定的问题，例如：课程教育存在理念不清，课程结构安排不合理，专业教师教学技能水平还有待提高等。我们要切实分析汉语言文学教育发展中的问题，将汉语言文学教育创新工作作为教育工作的首要任务，不断研究探索，实现汉语言文学教育的新发展。

一、汉语言文学教育创新的发展目标与现实意义

（一）发展目标

汉语言文学的研究发展需要以教育的创新作为发展基石，发展汉语言文学教育创新最重要的目标是培养创新人才，建立创新性管理体系，加强汉语言文学教育创新实践。发展汉语言文学教育创新一方面是为了树立教师与学生的创新意识，培养大量的创新性人才作为教育创新的人才支撑，另一方面，有利于培养师生的创新思维，创新思维是培养创新意识的前提，学校管理者要打破传统的思维模式，转变陈旧的管理模式。

（二）现实意义

目前，我国经济发展突飞猛进，利益驱使社会对人才的需求量越来越大，因而应用性较强的专业学科备受学生的追捧，选择汉语言文学的学生越来越少；除此之外，英语作为世界通用语言被高度重视，各跨国公司对员工英语的要求逐步提高，而对汉语言水平并没有要求，大部分人未在汉语言学习方面投入更多的精力，这使得越来越多的人忽视汉语言文学教育的重要性，而汉语言文学教育创新的工作更未引起人们的关注。

除此之外，发展汉语言文学教育创新的意义还在于巩固汉语言文学在国际教育上的地位，作为四大文明古国之一的中国，其历史与文化博大精深，源远流长，汉语言文学作为

我国历史文化的载体文化之一，具有重要的发展意义。我们应抓住经济全球化为汉语言文学的发展提供的契机，将创新作为汉语言文学发展的重心进行改革和实践，大力发展汉语言文学教育创新工作，开阔汉语言文学教育的发展空间，将我国汉语言文学教育推向国际。

二、汉语言文学教育发展中存在的问题

与其他专业相比，汉语言文学教育发展存在不少问题，尤其是创新性人才的缺失的问题为汉语言文学教育创新工作发展带来一定难度。汉语言文学教育发展中存在的问题不仅影响汉语言文学教育的基础发展，还阻碍了汉语言文学教育创新工作的进行，急需整改。以下对存在的问题进行概述。

（一）课程教育存在理念理解不清的问题

教师对汉语言教育创新理念缺乏深刻理解和体会，对创新型的课程教育还存在理念理解不清的现象，有相当大的一部分老师不能准确把握汉语言文学教育创新的方向与核心，因此对汉语言文学教育创新工作执行力并不是很高。我国各高校应不断深入课程改革，深化教育理念，促进汉语言文学教育创新工作有实质性的进展。

（二）课程结构安排不合理的问题

课程结构安排不合理使得汉语言文学教育创新工作难以展开，所以，想要发展汉语言文学教育创新工作首先要科学合理地安排课程结构，建立健全汉语言文学教育的课程安排管理体系，实现课程优化安排，全面把握课程结构安排与创新工作的关系，提高课程安排为整体发展带来的效益，为开展汉语言文学教育创新工作奠定基础。

（三）专业教师教学技能水平还有待提高

汉语言文学教育创新工作的执行者与实施者便是教师，教师的教学技能水平的高低直接影响汉语言文学教育创新工作的效率。不少教师受传统的教育思维模式的束缚，教育思想较为落后，教学模式较为陈旧，教学策略较为单一，影响学生自主能动性的发挥，从一定程度上遏制了学生的创新思维的发展，所以，教师的教学技能水平的提高十分关键。

三、汉语言文学教育发展的创新策略

（一）营造汉语言文学教育创新的氛围

在汉语言文学教育创新工作的过程中，一个良好的汉语言文学教育创新的氛围十分重要。营造汉语言文学教育创新的氛围，便于将汉语言文学与创新融合在一起，有助于激发教师与学生的创新思维，提高师生的创新能力。

(二)构建汉语言文学教育创新工作的平台

构建汉语言文学教育创新工作的平台是发展汉语言文学教育创新工作的一项重要内容,该平台的建立,方便了老师与老师之间、老师与学生之间、学生与学生之间的交流,促使独特新颖的想法的传播,大大调动了师生创新的参与性与积极性。

(三)加强汉语言文学教育创新的实践

加强汉语言文学教育创新的实践是推进汉语言文学教育创新工作的有力措施之一。创新的意识与思维都需要通过实践来体现,我们要重视师生的创新实践,将理论与实践结合起来,增强汉语言文学教育创新工作的执行力。

(四)完善汉语言文学教育创新的基础建设

汉语言文学教育创新的基础建设为汉语言文学教育创新工作提供条件,科技与经济的发展为汉语言文学教育创新工作的开展注入新的力量,我们要加强汉语言文学教育创新的基础建设,加大硬件教学设施设备的投入,发展多媒体教学方式,提高课程的质量,为汉语言文学教育创新工作发展奠定物质基础。

创新,不仅是经济全球化对我国汉语言文学教育提出的更高要求,更是经济全球化为汉语言文学教育提供了新的思路方法。创新,一方面是教育行业发展的方式,另一方面则体现了一个国家一个民族的智慧与精神,从这个层面来说,发展汉语言文学教育创新工作又有了更为深刻的意义。通过本书对汉语言文学教育创新的分析研究,其重要性跃然纸上,我们要抓住经济全球化的机遇,将创新作为汉语言文学发展的重心进行改革和实践,大力开展汉语言文学教育创新实践,建立健全汉语言文学教育创新体系,实现汉语言文学教育传统性与创新性的结合,将汉语言文学的文化魅力推向世界。

第三节 汉语言文学应用性教学

一、汉语言文学教学改革方向——应用性教学

汉语言文学包括古代汉语、现代汉语、中国现当代文学等多门课程。从教学的角度分析,有必要将课程内容进行细化分解,整合课程内容,避免课程之间内容交叉重复,并对教学内容进行科学设计,精简课程内容,根据课程内容体系合理安排教学。学校和各科专

业课教师应该依据科学的课程体系进行教学设计,安排教学内容,通过应用技能课程的系统设置,保证学生应用技能的提高。

从应用性的角度分析,要以就业观念指导教学改革,提高学生专业应用能力,必须讲求专业教学的实用性。只有所培养出的学生能满足用人单位的需求,才能让学生在社会上立足。汉语言文学专业学生的就业方向要求学生有过硬的"写""说""读"等专业能力,所以在教学中形成相应的应用模块很关键。在实用性教学中应重点做到着重培养学生的信息调研能力、各类文体,特别是应用文的写作能力、各种文体的阅读理解能力、口头表达能力以及教学能力,强化汉语言文学教育的应用性,保证学生能够胜任文字工作,成为适应社会需要的应用型人才。

二、汉语言文学的应用型教学策略

(一)优化汉语言文学教学内容

教学内容不仅是教学活动的重要基础,也是不可忽视的教学目标载体。汉语言文学专业具有较强的专业特殊性,其涉及范围相对较广,一般都包括十多门课程,且经常会遇到不同学科间知识存在重叠、交叉等现象,不利于学生系统专业知识框架的构建。因此,在日常教学中,怎样将多种文学知识巧妙整合到一起,是增强汉语言文学应用性教学效果的重要路径,也是广大教师应给予首要考虑的问题。为此,应重视汉语言文学教学内容的优化创新,加强学生专业职业技能的培养,以此来将汉语言文学专业优势充分发挥出来,以此来帮助学生积累更多从业技能,为其未来的就业发展奠定良好基础。在实际授课中,教师要始终以学生就业发展为导向,对每一门课程内容都给予认真分析,基于对学生专业技能的考虑,对教学内容给予适当精减,准确定位教学内容侧重点,尽可能设计出能够全面适应每位学生专业发展的课程内容体系。

(二)创新汉语言应用性教学方式

为了进一步提升应用性汉语言文学教学水平,教师应注重教学方式的科学选用与革新发展,积极突破传统授课模式的种种局限,尽可能摆脱让学生死记硬背的教学方式,以此来促进汉语言文学教学实效性的持续提升,为预期教学目标的实现提供有力支持。尤其是在信息时代高速发展,新课改强调增加与学生互动交流的背景下,在日常教学中,教师应积极运用现代多媒体技术来设计、组织各项教学活动,比如,将人物传记视频、文化宣传片,以及一系列图片等素材融入课堂教学中。这样不仅能够活跃课堂教学氛围,也能够大幅度提升授课效果与效率,吸引更多学生全身心投入到课堂学习探究中,也以此来体现汉语言文学教学的应用性。

（三）创设应用性教学情境

在实际教学中，通过创设恰当的汉语言文学教学情境，可以引导学生真正做到理论与实践的有机整合，促进学生实践探究、应用能力的全面提升。在实践教学环境中，教师可以针对当前社会发展对人才提出的各项要求，对辩论赛、商务交流，以及演讲比赛等形式进行模拟组织，以此来进一步锻炼、拓展学生的应变能力与口语表达能力。比如，可以为学生模拟招聘会，让其进行笔试、面试等环节的锻炼，让其在此过程中，能够逐渐对自己今后的职业生涯做出合理规划，也懂得提前为今后的工作方向、职业发展目标做准备，避免在迷茫中不断虚度光阴。此外，有机结合日常教学活动与学生职业生涯规划，能够获得更多样化的教学方式，也有助于新颖应用性教学方式的探索与实践。

（四）增加师生课堂互动交流

在高等教育中，培养出可以全面适应社会变化需求的高素质综合性人才是其最终目的，为此，汉语言文学应积极突破传授授课模式的种种局限，积极拓展出更新颖的教学思路，在其中恰当融入现代特色元素。在传统授课中，教师经常是从上课一直讲到下课，主动权一直都在教师手中，未体现出对学生主体地位的尊重，也不利于学生各方面学习潜能的挖掘与发挥。因此，在应用性教学中，教师应积极引导学生主动表达自己独特的观点与内心想法。可以在备课环节搜集有讨论价值的主题，在课堂上组织学生以小组形式开展深入讨论，在鼓励与评价之外，还可以通过微信等手段来组建网络交流平台，这样学生若在日常学习中若遇到各类问题，就可以及时与教师进行交流、探讨，而通过这种课下交流互动，教师也能够对学生当前的思想、状态有更深层次的了解，在此基础上给予恰当启发与引导，进而获得更理想的授课效果。

（五）积极为学生构建实践平台

为了让学生接受到更好的教育培养与锻炼，除了教师要及时更新、优化教育理念和与模式外，学校也要在实践平台构建上给予大力支持。尤其是对于汉语言文学教学来讲，由于课程存在很大的局限性，学生很难获得实践锻炼的平台，对此，为了可以让学生将自己所学莅临知识引用到实践探究当中，学校应积极为其搭建实践工作平台。比如，可以在校内开展应用文写作、汉语言知识竞赛等活动，或者是小型的招聘会模拟，以此来让学生在时间中不断反思、总结，为今后的就业发展奠定良好基础。

综上所述，广大汉语言文学教师在日常教学中应充分认识到，加强应用性教学活动的科学设计与组织，对拓展学生综合学习、应用与实践能力，优化教学效果等方面的重要性。针对当前汉语言文学教学存在的各种局限，努力寻找新颖、有效的革新措施，进而促进汉语言文学教学应用性的提升，为学生未来的就业、发展奠定良好基础，使其可以将自己的社会价值更好地展示出来。

第十章

各阶段汉语言文学教学

第一节 小学汉语言文学教学

随着教学不断地改革，教育制度不断地完善，汉语言文学课程也日益受到重视。小学是学生学习的重要阶段，小学汉语言文学的教学逐步进入了状态。通过汉语言文学的应用，可以培养学生良好的人格素养，陶冶学生的道德情操。汉语言文学这门课程重点在文学的理论上，小学生对此不是很感兴趣，为了更好地提高学生的学习状态，要求教师实施汉语言文学应用性教学，教师对这一问题进行认真地研讨，通过在原有的教学基础上增加学生实践的内容，培养学生运用汉语言文学知识的能力。

随着社会的发展，人才的竞争越来越激烈，学生要想在未来的生活与工作中得到更好的发展，就必须具有较强的才能与较好的人格素养。提高学生对汉语言文学知识的运用能力，可以使学生更好地展示自己。为了使学生更好地掌握汉语言的知识内容，对汉语言文学进行了改革，培养学生热爱祖国，具有良好的道德品质，能够保留我国良好的传统美德，具有正确的人生观、世界观和价值观，培养学生用正确的思维进行分析，具有一定的文学素养，更好地理解汉语言的内涵，养成欣赏文学作品的好习惯。

一、应用汉语言文学培养学生具有良好的道德品质

汉语言文学是一门理论很强的学科，在教学的过程中，不仅要引导学生进行实践，还要培养学生具有创新能力和道德品质。例如，教师给学生讲授《弟子规》中的词句的时候，可以在讲解后，给学生翻译每一个字词的含义，并且以故事的形式讲述给学生一定的道理，或是以儿歌的形式教授给学生，让学生在快乐的气氛下进行学习，并增加学生的记忆力，给学生留下美好的印象；还可以用多媒体的教学设备让学生欣赏动画的效果，扩大小学生的视野，让学生理解汉语言文学的知识内容，感受汉语言的博大精深，珍惜学习的机会，努力学习；教师及时对学生提出的问题和意义进行分析，将传统美德与精神灌输给学生，让学生从小学就认知礼仪并具有高尚的人格。通过这样的教学策略，灌输给学生良好的道德思想，使学生从小就懂得孝顺长辈，了解助人为乐、拾金不昧、坚忍不拔、勇敢、正直等精神。

汉语言文学的学习，需要学生通过听、说、读、写等方法来实行。通过这些方法学习汉语言能提高学生的沟通能力、理解能力和写作能力。例如，每一次授课结束以后，都可

以让学生用这次学过的内容进行文章创作,或者上台演讲。这些作业可以让学生组成小组去完成,增强学生的团队意识。在完成这些作业的过程中提高他们的沟通能力,锻炼和增强他们的心理素质,并让他们找到自己的人生价值。

总之,在小学汉语言文学教学当中,能够综合地提高学生的素质,让学生感受到中华文化的博大精深,并且正确地对待我们中华民族传承下来的知识。通过老师对教学方式的改进,让学生更加地热爱汉语言文学,热爱中国文学,提高学生的认知能力、想象能力、观察能力和创新能力,从而达到教育的真正目的。

二、应用汉语言文学提高学生运用汉语知识的能力

汉语言文学知识主要通过听、说、读、写等几个方面提高学生对汉语言基础知识的运用,从而提高学生的整体素质与能力。例如,教师可以先讲述有相关的知识内容,然后让学生用教师教授的知识内容进行自我介绍或是情景表演,让学生在表演中用到刚刚教授过的词语,并结合自己的动作和表情,把汉语言的知识体现得淋漓尽致,从而培养学生独立思考、勤于思考的精神。或者教师可以将学生分成几组,让学生进行接龙游戏,让学生对之前所学习的知识进行运用和巩固,教师对学生的学习情况认真地关注,及时地进行纠正和指导,使学生更好地认识自己存在的误区,正视问题所在。通过这样的教学策略,使学生进行思考问题,并具有善于运用语言的能力,增强学生的语言表达能力,使学生在未来的生活中更好地进行交流,在反复的锻炼中,使学生具有良好的心理素质,在未来的生活中更好地展示自己。

总之,在小学的汉语言文学教学中,通过学生对汉语言知识的学习与运用,提高了学生的综合素质及其能力,使学生感受汉语知识至关重要,并且千变万化,能够用正确的态度去接受新的知识内容。总而言之,通过教师不断地努力与探索,在汉语言文学教学中,不断地灌输学生具有良好的道德品质,用合适的教学方法激励学生热爱文学作品,提高学生的认知能力、想象能力、观察能力以及创新能力,培养学生成为新世纪的高素质人才,不仅满足教学大纲的要求,更有效地提高了教学质量,达到教学的真正目的。

三、应用汉语言文学能让学生学会自主学习

汉语言文学表现出中华文化的博大精深。但是由于文学理论性的知识较多,导致学生理解困难,更会使学生对其产生厌倦。因此,在教学过程中,就需要我们将这些枯燥的理论知识变为有趣易懂的故事。同时,还要注重培养学生自主性研究的能力。例如,我们在讲《蜀相》这首诗的时候,就可以先讲一些跟诸葛亮、孔明灯有关的一些传统习俗故事来吸引学生的兴趣,当学生对这首诗的主人公产生浓厚兴趣以后再开始讲解这首诗。利用多媒体、音频、视频、图片等手段让学生了解诸葛亮,然后再开始一句一句地讲解诗文,使

诗文的解释变得有趣生动，尝试让学生念完诗以后自己去理解诗文，然后再开始逐字逐句地细讲。培养学生自主的思考能力，在思考中获得知识的同时，也能提高学生对诗文的记忆力。

第二节 初中汉语言文学教学

初中汉语言文化教学一直都是初中语文教学中的主要内容，它已经成为中考语文的考试内容之一，越来越引人注目。随着新课改的不断深入，初中汉语言文学教学在初中教学体系中的地位越来越高，相应的教学工作也成为绝大多数初中语文老师的主要任务。所以，很多初中语文老师都在不断完善和创新自己的汉语言文学教学方法及模式，以提高初中汉语言文学教学工作效率，进而提高汉语言文学教学质量，最终培养学生的汉语言文学素养，推动初中教学事业发展。对此，本书作者根据自己的初中汉语言文化教学工作经验，分析了提高初中汉语言文学教学工作效率的措施。

我们都知道，中国汉语言文化有着悠久的历史，其不仅对我国各大领域的文化产生了重大影响，还对国外很多国家的文化产生了影响，足以见得我国汉语文化的博大精深。它已经成为东方最具有影响力的发明之一，所以被纳入各教育教学领域中。初中教育教学领域也不例外，同样将汉语文化纳入教学内容，形成汉语言文学教学科目，在初中语文教学体系中占据重要地位。故如何进行好初中的汉语言文学教学工作成为很多汉语言老师或语文老师的教学目标。

一、要对初中汉语言文学的重要意义给予明确

从古至今，我国很多学者都深刻了解到汉语言文学对我国文化领域发展的重要性，更是将它作为东方文化的代表，现在已经形成系统的载体，其不仅包括了文字，还包括了汉语与文学等，承载着我国几千年的文明，是我国几千年历史的主要载体，所以成为我国社会发展的关键，在各大教育领域中都得到了重视，尤其是初中教育领域。所以作为初中老师的我们首先要明确"初中汉语言文学教学"是非常重要的，它对我国整体的汉语言文学发展有着重大意义。此外，老师还要不断提高自己的汉语言文学素养及思想道德素质，在传授学生汉语言文学知识的同时，帮助学生树立正确的人生观、世界观及价值观，进而促进学生健康及全面发展。

二、提高学生的汉语言文学学习兴趣

（1）老师可以根据初中阶段学生处于青春期的特殊情况，积极调动学生学习汉语言文学的动力，因为该阶段的学生大都具有很强的好动性，并且还存在很强的好奇心，利用这一点就可以轻而易举地激发学生对汉语言文学的学习兴趣。

（2）老师要不断完善和创新自己的汉语言文学教学方法，如将现时代比较先进的情景教学、多媒体教学及问题教学等方法应用到实际教学过程中，以提高学生的学习兴趣。

（3）老师还可以利用探索式、实验式和比赛式教学方法来激发学生对汉语言文学的求知欲望，因为这三种教学方法在实施过程中有90%的时间都是交给学生的，即学生在教学中的主体地位得到了实现，并且其主体地位的作用还得得到了充分发挥，故学生能够在教学的第一时间就能够直接接触到汉语言文学，激发了他们的探索、分析好解决汉语言文学问题的欲望，以及对汉语言文学的浓厚学习情趣。这样不但提高了初中汉语言文学教学工作质量及效率，还培养了学生们的汉语言文学问题探索、分析及解决能力，使他们的汉语言文学应用能力及综合能力均得到有效提高。

三、加强对汉语言文学教学工作中其他相关问题的注意，并采取相应的对策

（一）问题

（1）因受到传统教学模式——"灌输式"与"满堂式"的影响，很多老师的教学模式及方法在完善和创新方面的进程很慢，难以适应新时代对初中汉语言文学教学发展的要求，从而影响初中汉语言文学教学工作质量提高。

（2）汉语言文学教学"硬件"不完善，即教学设备（如多媒体、计算机等）、教学材料（多数都是20世纪初的教材，并且古汉语言方面的教学知识不齐全等）等不完善和不先进，导致初中汉语言文学教学工作施展难度增加，影响其工作效率的提高。

（3）汉语言文学老师的专业素质及综合素质有待提高，因为很多老师在实际教学中还在使用传统的教学模式、教学方法及教学理念，使学生在教学过程中的应用能力、实践能力及创新能力难以提高，进而降低了汉语言文学的教学工作质量。

（二）对策

（1）要采取积极的措施来改观这样的现象，如采取措施提高中学生汉语言文学学习兴趣；

（2）帮助学生建立对于汉语言文学学习的积极性、主动性及喜好，从而提高学生的汉语言文学主动学习意识；

（3）应重视学生主体地位，我们要让学生能够在学习过程中更加积极主动地参与到

学习中来，以充分发挥出学习主体的重要作用；

（4）保证课堂的良好的氛围，这样长此以往地坚持下去对于教学质量的提高一定是有着积极的重要作用。

总而言之，汉语言文学在初中教育教学中占据重要地位，并对我国社会主义文化发展产生了积极作用，它不但是我国几千年的文化传承，更是世界文明古国的主要象征。通过上文的分析了解到对于做好初中汉语言文学教学工作的途径包括以下三点：

（1）要对初中汉语言文学的重要意义给予明确；

（2）提高学生的汉语言文学学习兴趣；

（3）加强对汉语言文学教学工作中相关问题的注意，并采取相应的对策。

在传统汉语言文学的教学过程中存在着这样或那样的问题，其主要的问题是现在实际的教学过程中教学模式守旧，教学方法单调以及教师的专业的素质有待提高。针对这样的问题，我们应该采取一些积极有效的措施来提高中学汉语言文学的教学质量。

对于教学模式守旧的现象，在实际的教学规程中具体表现为教师在教学中上课方式的单一，往往只是教师成为课堂的主角，教师自己一个人在课堂上讲，学生在下面听，缺乏师生之间互动的过程，学生的节奏完全由教师来掌控。这样的情况产生的问题就是随着课堂的继续，学生往往会产生比较厌烦的心态，他们对学习过程中掌握新知识的乐趣也逐渐丧失，自主的学习意识不能得到激发，其最终导致的结果就是学习效率低下，难以使自己更加符合社会的要求。针对这样的现象，我们应该采取积极的措施，正如前面所提到的采取相应的措施提高中学生的学习兴趣，帮助学生建立对于汉语言文学学习的兴趣，这样学生的主动学习意识才能得到提升，学生愿意学，愿意主动学，学习的效果就有了保证。同时还应该重视学生的主体地位。新课改的教学理念下学生是学习的主体，教师是来帮助学生学习的辅助者，所以我们应该更加重视这一问题，让学生能够在学习过程中更加积极主动地参与到学习中来，发挥出其学习主体的重要作用，保证课堂的良好氛围，这样长此以往地坚持下去，对于教学质量的提高一定是有着积极的重要作用的。

教学方式的单一问题一直是影响教学成果的一个关键，能否采取好积极的措施来改变就决定着能否有效地提高教学质量。传统的教学中对于课文的讲解多是逐句进行讲解，这样不免显得冗长耗费时间，所以我们应该改变这样的状况。新课程的改革理念在不断地渗透到我们的教学过程中来，在结合自身的教学资源的前提下，我们可以采取一些合适的措施来改观这样的现状，汉语的博大精深更加适合于各种各样的教学，我们可以采取各样的方法来进行教学。比如尝试让学生自行讲课，学生讲教师进行相应补充，甚至于采用各种各样的故事来生动教学工作。随着科技的发展，多媒体技术也进入现代化的教学过程。多媒体的运用能够在课堂上起到积极的效果，它有着自己的独特的优势，可以将课本上文字性的描述以一种直观的视频或者图片的形式来展示出来,通过这种直观的展示往往可以让学生留下更加深刻的印象,从而使他们能够将知识理解得更加透彻。所以,我们可以通过改观教学方式来促进教学质量的提高。

汉语言文学的博大精深对于我们的社会的发展是有着积极的作用的,作为中学的教师,我们应该履行好自身的职责,教好学生,传承好五千多年的中华文化,这是我们每个教师所义不容辞的责任。在今后的教学过程中,我们应该尽可能地跟随着新的教学思想,不断改变更新自己的教学方式,做好自己的本职工作,教好汉语言文学,为我们的民族的复兴做出自己应有的贡献,要想实现这样的目标好需要我们每个教师不断研究和探索,孜孜不断地努力。

四、转变汉语言文学的教学观念的措施

在新时代背景下,每天都有新的技术与观念产生。生活在这个日新月异的时代里,我们需要不断地学习和努力,跟上时代发展的要求,做新时代中的主人。汉语言文学教育者的教学观念影响着教学的质量和学生的学习态度。在新时代下,教育者应该转变教学的观念,具体措施有以下几个方面:

(一)建立"以学生为本"的教学观念

学生是学习的主体,教育者在进行汉语言文学教学时应该注重学生的情感体验。传统教学中的教学模式是学生单方面的听讲,教育者在讲台上单方面的传授教学知识。教育者与学生之间缺少沟通,教育者在制订教学内容时忽略了学生的学习能力与兴趣爱好。教学目标影响着教学质量,教学目标太高,学生一直达不到会丧失学习的信心;教学目标太低,又会使学生没有学生的动力和激情。教育者在开展汉语言文学教学时应该根据学生的身心发展规律制定符合学生的教学方案,利用多媒体技术开展有趣的教学活动,将教学内容与图片、视频、音频等结合在一起,提高学生的学习兴趣。

(二)改变教学模式

教育者可以使用情景教学的模式,对学生进行教育教学。为了适用时代的发展,学生需要具有人际交往的能力。新课改提倡教育者培养学生合作学习的能力。在汉语言文学的教学中组织小组学习,将学习能力好的学生与学习能力稍差的学生分到一个组,对学生的力量进行均匀分配,保证学生在学习的过程中能够相互扶持,起到一个互补的作用。通过开展汉语言教学活动,培养学生的团队意识以及对汉语言的理解能力。学生的创造性思维与独立思考的能力是学好汉语言文学课程的关键内容。

(三)提高教育者的专业水平

在初中教育阶段,对学生开展汉语言文学的教学活动可以帮助学生形成文学素养,提高学生对汉语言的运用能力。"师者,传道授业解惑也"。汉语言文学的教学者应该不断学习新的教学理念,与其他的学校、教师多沟通。提高教育者的专业能力与文化素养,使教育者在新时代的背景下能够拥有终身学习和持续发展的能力与意识。学校可以定期对教师进行专业培训,提高教育者的教学能力。教育者也可以听讲座,在经济可以支撑的条件下出国进修,等等。教育者应该时刻谨记学生的教学的关键,教育者应该尊重、爱护每一位学生,维护学生的合法利益。汉语言文学的教育教学应该面向全体学生,对所有的学生一视同仁。

随着国家经济的飞速发展,社会经济体制在不断的改革。经济全球化和信息共享已经成为一种发展趋势,在文化交融、多元化的环境下,对学生进行汉语言教学可以使学生对我国的传统文化有一个更深的认识。教育者应该转变教学的观念,关注学生的学习与成长,使学生能够健康成长、快乐学习。

第三节 高中汉语言文学教学

目前,在高中语文课堂教学中,教师是教学的主体,学生在填鸭式的教学模式中被动地学习,导致相关的语文教学实践难以开展。同时,在传统的教学模式下,学生的语文综合素养难以提升,学习积极性不高。新时期,教育要想有所发展,有必要在高中语文教学实施组织中不断思考和探索,改进高中语文教学现状。

一、高中语文教学中存在的问题

(一)语文教学中以填鸭式教学为主

高中语文教学是在初中语文教学的基础上,从阅读、写作、词汇等角度进行语言文化的延伸,具有较强的文化性。良好的语文教学方式能够有效地提升学生的语文素养,然而,当下高中语文教学在应试教育以及传统教学模式的影响下,难以激发学生的学习主动性,以填鸭式的教学方式颠倒课堂教学主次。面对填鸭式的教学模式,学生的学习主动性被剥夺,学生的学习方式效果不佳,久而久之,学生在实际学习中将会失去兴趣,语文素养难以养成。

（二）语文教学活动缺乏针对性

教育发展逐渐从整体性管理的模式中转换到了个体教育管理模式中，也就是说，学生的差异性教学逐渐成了当今教学中的主流形式。为了提升学生的语文素养，需要为学生制订有针对性的教学计划，以符合学生发展方向以及知识基础。但是就高中语文教学中的现状来看，在语文教学活动中教师与学生之间缺乏沟通，很多教师认为在课堂上与学生进行过多的沟通，将会影响课程进度。教师对于学生的基础知识掌握程度不是很了解，这种因赶教学进度而开展的教学，缺乏针对性，教师难以捕捉到学生在课堂上的学习疑惑点，在教学活动的开展上难以吸引学生。

二、新时期加强高中语文教学的对策

（一）丰富语文教学的方式

在传统的教学模式下，高中语文教学方式单一，学生对于语文知识的学习热情不高。为了丰富语文教学的方式，可以将语文教学与其他类型教学相互结合，实现活动教学中的语文知识渗透。例如，在语文课堂上开展德育活动，与语文教学环环相扣，与语文教材内容相互融合。在高中语文写作教学中，学校为学生开展德育活动，能够在学生的思想上进行启发，激发学生的真情实感。首先教师可以为学生拟好题目，为学生提供德育演出，如在某中学中，国家残疾人协会为学生组织了一场演出，在演出结束之后，教师为学生布置观后感写作，题目为《我的中国梦》。学生对于该类型具有特殊意义的演出格外关注，在思想上得以启发，对于梦想等有着一个更加深刻的认识。那么在进行写作时，学生就可以将其所看、所感应用其中，在这样的情况下所写出的来的文章就会深刻、真实、激情洋溢。这样的教学方式既能够实现高中语文教学德育渗透，也能够提升学生的写作水平。

（二）针对性课题的主讲

在高中语文教学中，存在着很多意境深刻的教学内容，为了以意境深刻的知识启发学生，教师可以将具有针对性的教学内容提炼出来进行课题主讲，以提升学生的注意力。在学习宋末词人蒋捷的《虞美人·听雨》时，教师首先在讲台上为学生有感情地朗读"少年听雨歌楼上，红烛昏罗帐。壮年听雨客舟中，江阔云低，断雁叫西风。而今听雨僧庐下，鬓已星星也。悲欢离合总无情，一任阶前点滴到天明"。

学生仔细听教师朗读诗词，能够从字面与语气上感悟诗人一身的功名成败，感悟诗人背后的人生苦短，加深对于诗词含义的理解。从观察他人的行为中感悟到人生真谛。"书不尽言，言不尽意"，教师需要将通过不同的知识，不同的教学方法，去激发学生的学习潜能。这样做，一是帮助学生实现主动学习，二是帮助其理解知识。

（三）内容创新

人类进行思维和交流的重要工具就是语言和文字。汉语和汉字根源悠久，历史长远，担负着维系文明和国家命运的重要使命，可是在现实生活中，很多学生应用到汉语言文字时总会或多或少地出现偏差。因为受到历史、区域、文化差异所影响，不规范用语、错别字的现象层出不穷。针对这个问题，必须从根源着手进行教学内容的创新，汉语言文学的课程设置里面包括了《现代汉语》《古代汉语》《现代当代文学》《古代文学》等十数种课程，笔者认为非常有必要对这些课程进行全面的内容改革创新，从几个角度进行优化，使每门课程都能够加入本领域全新的知识：第一，应当改变当前的课程结构，按照前科发展的最前沿理论重新设置本课程内容体系；第二，应当综合各门课程间的内容，既要防止出现各门科目间的内容重复，也要做好各科的互相关照影响。

（四）实践强化

让汉语言文学具有更强的实践性，一方面可以增加学生就业率，另一方面也可以使学生在就业后体现出较强的实践能力，以更加适应社会发展需要。根据汉语言文学学科在就业后的作用，可以把教学重心放在读、写、说几个方面，所以教师有必要注意教学过程中的实践能力强化工作。比如可以安排学生进行模拟招聘练习，以增强学生口头表达能力，通过自我简介与回答面试官问题的手段，也可以提升学生的社会认知水平。可以说，口才同能说会道并不是一个意思，口才是个人素质（德、学、才、识）的全面体现，是用人企业获得应聘人员真实能力水平的一种检测方法。另外，学生在活动口才训练时，可以将平时课堂上所学到的知识加以灵活应用，这样的理论与实践结合，其效果远非普通的理论学习所能取代。

（五）改革教学方法

改革教学方法是提高汉语言文学教学效率的重要途径之一。教师应以汉语言学科性质以及学生学习能力、学习态度、学习特点为根本出发点，采取启发式、引导式的教学方法，帮助学生挖掘深层语言规律。教师不应过于强调知识的体系性和全面性，而应突出教学重点、突破教学难点，解决教学疑点，作者建议应当采用以下几种教学方法：其一，互动教学法。在课堂教学中营造师生互动、生生互动的教学氛围，强化师生间的合作与交流，调动起学生参与教学活动的积极性，使其在互动学习的环境中不断提高自我、完善自我；其二，探究式教学方法。教师应当在教学中有意识、有目的地培养学生质疑的精神，在师生共同质疑、相互质疑的过程中不断探求问题的答案，最终达到解疑的目的；其三，自主式教学法。学校应当利用网络信息技术，建立现代汉语资料库，为学生提供课件、讲义、考试试题、学生优秀作品以及研究成果等资源，使学生在网络学习平台上自主开展个性化学习，从而促进学生个性化发展。

（六）实施开放性教学

首先，在汉语言教学的过程中确立学生的主体地位，将教材看成确定、客观的认知对象，引导学生通过感知、判断、概括、抽象、推理来理解和掌握教材中的知识，从而使教材知识的获取超越了知识技能的范畴，并将其融入到生活领域中去；其次，汉语言教学应具有开放性，不能将教材单纯地看作真理和知识载体，学生只能认知和掌握，却不能重新构建。开放性的汉语言文学教学应充分尊重学生的个人见解，不应把教师的定性理解强加于学生。

综上所述，本书对高中语文教学中存在的问题进行了分析，针对教学方式传统、教学模式单一、教学活动缺乏针对性等问题提出了具体的解决对策。为了丰富语文教学的方式，可以将语文教学与其他类型教学相互结合，实现活动教学中的语文知识渗透。同时，教师可以将具有针对性的教学内容提炼出来进行课题主讲，以提升学生的注意力。希望通过相关的研究能够促进高中语文教学改革。

三、提高教师综合素质

就我国当前的教育体制而言，其已经不再仅仅局限于培养掌握知识的学生，而是要培养具有较强综合素质，能够适应社会发展需要的应用型人才。站在学生的角度上考虑，通过系统专业的汉语言文学学习，可以使学生在学习的过程中积累浓厚的文化底蕴，这对于学生整体素质的提高有着十分重要的作用。

学生接受的程度如何，是检验教学方法成功与否的标志。在语文教学时，要重视学生的接受效果，并及时加以反馈，这样才能在接下来的教学过程中，积极进取，得到更好的方法与更加优良的教学成绩。汉语言文学教学工作做好了，中国传统文化弘扬的伟大使命的基石也就奠定了。

第四节 中职汉语言文学教学

汉语言文化，是中国历史变迁的一种记载，在现代语文教学中，教师在学生面前打破时空界限讲授古文化，犹如打开了一幅历史画卷，学生穿梭在现实与历史之间。其学习的真正意义就是汲取传统文化的精髓，在传承中创新，在创新中发展。

汉语言在我国的历史源远流长，随着我国综合国力的不断提升，其在世界上的影响力越来越巨大，也为汉语言的发展提供了广阔的空间。汉语言文学专业是一个与时俱进的专业，它被社会赋予了强大的生命力。我们想要将中国的历史文化不断向外发展到世界上的每一个角落，就必须不断学习汉语言文学，在实践中探索和改变。美的语言让学生冲破了枯燥而令人窒息的学习氛围，让世界上最优美的语言——汉语，真正地走进学生的心里，这就是我们在汉语教学中追求的一种理想境界。学生是我们的未来，教师特别是中职语文教师应该具有前瞻性，要重视对学生进行高素质综合性人才的培养。中职汉语言学教学办好了，就为以后的专业学习和教学打好了基础。这样，中国的传统文化方能得到弘扬。本书将从以下几个方面来浅谈中职汉语言教学中应重视的问题。

一、汉语言文学专业在教学中存在的一些问题

（一）学生对汉语言文学专业的认同感不强

汉语言文学专业涉及面较广，但是却没有涉及一些专业性强的领域，相对于工程、医药、营销、企业管理等专业来说，也没有形成明确的发展方向。这就造成很多学习汉语言文学专业的人，都会存在被逼无奈而不得不学的状态，常抱怨选错了专业。在他们看来，选择汉语言文学专业是一种错误，他们并不认同汉语言文学专业的工作机遇和未来的发展空间，所以对本专业不关注、不学习，最后造成这些学员的专业基础知识不强，对本学科不热爱甚至厌恶，缺乏对传承伟大文化遗产的使命感和光荣感。

（二）汉语言文学的课程在设置存在较大缺失

相对于其他学科，汉语言文学的专业性要求更强，它要求对文学知识的挖掘要更广、更深。但是现在个别学校却无法达到这一要求，究其原因，是由于很多学校对于汉语言文学专业的课程设置并不合理，对其重视程度不够，使得专修课时减少。教师在进行授课时在授课方式上也存在一定问题，学生能够上到的实践课极少，由于课堂内容枯燥乏味，学生对汉语言课堂缺乏兴趣，所以开始淡漠汉语言课堂，这种情况使得文学专业学生的职业技能培养严重不足。

（三）部分学校考核制度存在漏洞

现在很多学校用一张试卷就能够决定一个学生是否可以毕业，这种做法在一定程度上不够合理。现在很多学生在大学期间根本没上过几堂课，可是最后他们也可以顺利毕业。汉语言文学专业的考试制度不规范主要表现在：专业考卷所考的内容都是一些现成的而且较为概念性的基础知识，很多学生在最后考试阶段通过死记硬背来应付考试，即便他们对专业知识的研究根本就没有广度和深度,也可以顺利地毕业。由于这一不良现象的存在,使得现在的很多学生完全忽视整个教学过程,只注重最后的考试结果。

二、中职汉语言文学教学的重要作用

随着社会多综合型人才的需求量增加,教育领域必须跟进脚步,做出改变,向其提供可靠的人才。而汉语言文学作为我国传统的教程,承载着上下五千多年的精髓,对于学生的思想道德以及精神文明建设有非常重要的作用,其他的无法替代。中职汉语言文学教学需要从孩子青年阶段着手,树立其正确的三观,因为这一时期正是他们道德建设的关键时期,如果不加以正确的引导,后期将会误入歧途。所以,此种形势下,需要中职学校汉语言文学教育对目前的教学活动进行改革,充分调动学生主体的积极参与热情,不仅着眼于汉语言文学的道德体系与理论建设,也把人文素质提高列为重要目标之一。

三、中职汉语言文学教学方式方法

(一)有效地开展合作学习

俗话说,"三个臭皮匠,顶个诸葛亮"。小组合作学习正好提供了这样的学习环境,在教学的过程中,我们可以根据学生的学习情况分成若干个学习小组,在教学中积极发挥小组合作学习的作用,互帮互助,各自取长补短,教师适时点拨、引导即可。四人合作小组发挥优等生的带头作用,在他的带领下,促进其他同学的进步,四个同学在相互学习的过程中会建立起来深厚的友谊,会成为一个有凝聚力和战斗力的集体,从而培养新型的学习关系,在小组合作中培养学生的奉献精神和集体主义精神,激发学习兴趣,发掘学生的学习潜能,发展个性。实践证明,小组合作学习明显比个人学习效果要好,因为不同智慧水平、知识结构、思维方式、认知风格的小组成员各有自己的特长和优势,他们通过在讨论中发表自己的看法,交流自己的见解,相互启发,相互帮助,取长补短,这样往往能够拓宽思维,激发思维的火花,从而更进一步深化认识。

(二)创设问题情境激发学生的学习兴趣

爱因斯坦曾说过:"提出一个问题,往往比解决一个问题更重要。"汉语言教学过程是一个特殊的认知过程,也是一个复杂的思维过程。思维活动由问题的产生开始,问题是学习的起点,问题是点燃学生创造思维的火花。所以在上课之前,教师就应该根据教学内容和学生的实际情况提出有启发性的思考题,让学生带着问题预习,并把巧设问题情境、解决疑难问题作为课堂教学的重点,使课堂教学成为学生自己质疑、解疑、互相争辩的过程。问题犹如"一石"激起千层"浪"。学生思维的火花被点燃了,学习的兴趣被激起了,就会积极主动地自主学习、积极思维。在这样一个质疑、解疑的争辩过程中,学生具有了独创性见解，从而使汉语言的教学高潮迭起。

（三）用创新理念指导专业教学

突破专业限制，实行教学内容创新。此专业的学生就业范畴广泛，但通常不精，竞争力不如其他专业学生。鉴于此专业的特殊性，教学进程中，不必过分拘泥于语言和文学自身，而能够结合中职汉语言文学教育的历史发展和就业状况，对中职学生进行有关职业技能培育。实际上，许多新专业如新闻、广告、文秘，以至公共管理在根本上均是从中职汉语言文学这一专业发展起来的。所以，在确保专业根基扎实前提下，需要打破人为设定的专业界限，便于更大限度地发挥中职汉语言文学的专业优势。如教育和教学、新闻传播、文秘和公关、社区文化管理、广告文案等均能够设计成中职汉语言文学专业应用模块，中职学生采取这些模块的学习获取动手和就业能力。

（四）注重学生创新思维构建

汉语言文学专业自身需要学生具备丰厚的东方文化底蕴。此专业有极强的文化特点，其教学直接影响学生对汉语感情，对东方文化亲和和从中汲取创新精神动力，并影响学生创新素质形成。所以，中职汉语言教学中定要注重对学生创新思维构建。首先，教师需要有强烈的创新教育意志，思想上要勇于拓展，力求指出独特的、新的教育活动思路，行为上善于探索、潜心实验，不断归纳和进步。在教学中，不能满足做文化传声筒，要适当通过文化评论等各种形式激励学生思维，并对社会文化现象实行思考，如博客、新媒体等各种文化传播形式均能够成为学生思考的问题。其次，要勤于思敏于行，发展创新思维潜质。教师需要以丰富知识做背景，在教学中，不断抛出新观点，给学生以震撼，鼓励他们也去探索、思考和创新。可以说，中职汉语言文学专业教师定要在不讷于言的同时，还要敏于行。沉默寡言不是该专业特色，只有言行结合，才可让学生令自己更自信、更有思考动力。

（五）创设成功体验的情境，实行激励性的评价

心理学家研究发现：一个人对过去经历过的或获得成功的事情容易发生兴趣。正确而充分的激励会使学生的潜力得到发挥。心理学家还指出：人最本质的需要就是渴望被肯定。因此可以说，学生在学习中重要的心理特征就是希望老师发现自己的优点并得到激励与肯定。在教学中，我们应多给学生一些成功的体验，多给学生一些喝彩，帮助学生强化自信心，在教学过程中教师要适时适地地做出适当的表扬和鼓励等激励性评价，使学生在积极参与中体验成功带来的喜悦，增强自信心。爱默生说过："自信是成功的第一秘诀。"只有学生建立了自信，才能更进一步地调动他们学习的积极性，诱发学生的学习兴趣，这是一切教学活动得以顺利开展的基础。

（六）把人文关怀渗透在教学中

怎样上出充满趣味的汉语课？有人认为汉语课就应该做到室中书声琅琅，教室热热闹闹。作者认为：这只是课堂的表面形式。实际上，好的汉语课应是教师情感投入，学生积极参与，充满讨论气息，充满人文关怀。这样，学生在课堂上获得的不仅是汉语知识，而且在双向互动中情感得到交流，运用汉语的技能得到提高。由课文而悟道，由悟道学做人，真正达到教书育人完美结合的境界。

要做到这一点，就要求教师要充分挖掘教材中丰富的人文内涵。强调对人的培养，对个性的张扬，尊重学生的独特体验，尊重学生趣味的选择。这就要求教师不能处处依赖课本，而要对课本内容做出独特的解读和情景创设。不同侧面地引导民族学生琢磨、体会、领悟、掌握。同时，教师还要挖掘教材丰富的人文内涵。例如，刚初中毕业进入中专学习的学生，已经开始对异性产生好感，对"爱"这个词非常敏感。当老师讲到"爱"这个词时，学生的反应往往是：有的羞涩，有的脸红，有的窃窃私语。通过观察，作者发现同学们对爱的理解比较狭窄，一谈到爱就会联想到情爱。为了引导学生对爱有更全面、更深层次的理解，作者便启发学生让他们说说什么是爱，爱都有哪些？并且围绕爱这个话题展开讨论。再让学生把列举的每一种爱都用一个事例来进行说明。学生踊跃参与，积极发言，列举了各种不同的爱。通过这种方法，同学们懂得了爱的博大，爱的美好，并且明白了只有不断地为他人为社会付出爱，才能赢得更多的爱，更多的尊重。最后再请学生把这些感受写下来。多做类似的训练，可以培养学生独立思考，积累语言，更能吸引学生达到自我教育，自我提高，自我升华的效果。

（七）让汉语课堂洋溢着爱的情感

在汉语教育教学活动中应着重关心学生的自身及其发展，作者认为汉语教师的语言应有一种感人的力量，诚恳并富有激励性，应把活生生的灵感和思想贯彻到自己的语言中去，使情动于中而言溢于表，从而打动学生的心。作者经常要求自己的行为须在真挚的、没有偏见的情感下面对学生。比如汉语基础水平差是汉语班普遍存在的问题，因此大部分学生存在自卑心理，特别希望老师能够理解并鼓励他们。但是往往在教学中，我们许多老师只注重知识的传授，忽略了这个细节，对某些学生的无知和理解上的困难，表现出焦躁不耐烦，语言生硬，甚至是鄙视，这对心灵稚嫩而敏感的学生无疑是一种伤害。俗话说得好：亲其人，信其道。此刻学生感情受到了伤害，那么他对老师的尊重、信任、爱戴势必大打折扣，你所传授的道他能主动接受多少就可想而知了。相反，老师一句赞美的话语，一个肯定欣赏的眼神，都会让学生体会到老师对他的爱，打开他自卑闭锁的心灵，激发他学习的热情。老师的爱像一盏灯，给学生迷失的心带来希望和光明，让他们有了勇气和自信。

语文教学的职责就在于打破传统的时空界限，在时间上，熔历史、现在与未来于一炉，把人类历史遗产的精华引入课堂，让学生来学习。而"让未来融入现在"，让学生及时了解最前沿的动态，从而为他们的未来发展打开一扇扇智慧的窗户。总之，中学汉语言学教学的顺利开展，将为学生以后的专业学习打好基础。这样，中国的传统文化和民族精神才能得到弘扬。

四、汉语言文学教学中提高学生人文素质教育对策

（一）汉语言文学教学中以德育人

中职课本中，拥有很多优秀的文章，同时也承载着自古以来思想家、政治家以及文学家的各种理念以及作品。比如孔子，他执着的人生追求，永远怀揣着热情的心，诲人不倦的长者风范化为《论语》中字字珠玑的睿语箴言，让人如坐春风，如沐春雨；而老子则追求"道"，天人合一。教师在上课的时候，就可以根据具体的内容以及特点，适当地对学生进行引导，将其中充满人文素养的知识展示到学生的面前，并且加以合理的引导，帮助他们成长。教师在新时期，必须摒弃原来的"应试"理念，不能够以学生的成绩作为唯一的标准，要知道，实施人文素质教育的关键就是以"德育"为辅助，从而使学生能够得到熏陶，并且逐渐地培养良好的人文素养。此外，教师要清醒地认识到自身的示范以及榜样作用，作为人民教师，必须要有强大的人格魅力、气质修养，这样才能够让学生信服，从而潜移默化地对他们形成引导与培育。

（二）汉语言文学教学中以情育人

现在的中职学生，自身的情况比较复杂，其素质水平也有差异。他们当中大都比较叛逆，有些是因为家长逼迫才选择来学校，有的则是由于中考失败，不得已而做出的选择。这些孩子一般来说比较自卑，自尊心也极强，因此，稍有不对就会产生极端的心理。所以作为教师，必须要以"爱"来感染。俗话说得好，"十年树木，百年树人"，想要教育好人需要一个漫长的过程。而且社会所需要的精英，必须先学会什么是"人"，它是从精神层面来讲的，懂得尊师重道，和谐礼让，无私奉献，而不是罔顾道德，缺乏责任心等。因此，我们必须深刻地认识到，在中职汉语言文学的人文素养培养过程，需要教师怀揣着一颗"爱"心，经常关心学生，对他们进行疏导，让他们感受到"情"的温暖，这样才能够促进教学活动的开展。同时，学生才会在这样的熏陶下，养成良好的品行，为社会做出自己的贡献。教师绝对不能够只把学生当作是学习的机器，完全不顾虑他们的内心及感受，这样只会阻碍教学活动的顺利实施。

（三）汉语言文学教学中以景育人

随着信息技术以及通信行业的发展，其在教学领域也有了很广泛的应用，特别是多媒体的教学，它可以将原本生硬、抽象的内容，形象生动地展示到学生的面前。因此，在中职的汉语言文学教学中，需要充分地利用好这一辅助工具，以"景"育人。面对课堂上优美的文章，其中蕴含着多少细腻的情感，教师如果能够结合学生的具体特点以及他们的生活，进行情境的创设，并且针对性地加以引导，让他们在模拟场景的影响下，亲身感受到文学所蕴含的情感，通过这样氛围的建设，提高他们对"美"的鉴赏能力，并就进一步促进人文素养的提升。同时，合理地运用好现代的教学辅助工具，还能够最大限度地拓宽学生学习的内容与范围，打破空间的限制，让汉语言文学生能够自由地徜徉在各种学习环境里，比如"大自然、虚拟的网络世界"等；而且，在这个过程中还可以突破教学的重难点，促进教学活动有效地开展。

（四）汉语言文学教学中以实育人

随着时代的变化，教育领域也越来越注重生活的重要性，不再是只关注课本内的知识，而是更加地在意生活与学习的联系，教师们也已经意识到只将学生和课本联系在一起的误区，这样并不能提高真正处理问题的能力，教育出来的不过就是会"背书"，能"写作"的机器。因为现代的社会需要的是能够解决实际问题的人才。所以，汉语言文学的专业老师不仅要关注学生的精神层面的生活，还必须将教学活动与他们真实的生活联系在一起，比如在课堂上适当地引用他们平时喜爱的、能够接触到的文学作品，当然也可以是小说、漫画，将这些东西和课本的内容联系起来，培养学生的文学能力。例如，这个阶段的青少年，会嫌弃语文课程的无趣，但是就拿女生来说，这个青春阶段就喜欢小"言情"，一拿起《少男少女》便爱不释手，接触到张爱玲、三毛等都非常感兴趣。因此，在具体的教学过程中，老师可以适当地引用这些书籍，懂得去猜测学生的心理以及喜好，这样来开展教学活动，不仅有利于促进师生和谐，还能提升学生的文学底蕴。

（五）发挥教师在人文素养教学中的辅导作用

除了上述的四点方法之外，我们还需要注意最关键的，那就是在人文素养培育过程中最重要的主体之一——教师。他们是向学生传授知识、解答疑惑的，但是又不能仅仅是这样，新时期下，要想做好组织教育，就必须及时革新观念，抓住契机，对学生进行人文教育。学校应当充分地发挥出教师的作用，学校不仅要加强对师资队伍的建设，教师自身也必须不断提高文学的素养，要明确汉语言文学教学不仅仅是传道、授业、解惑的过程，还是让学生能够自由地徜徉在我国上下五千多年文化以及思想世界的载体。因此，教学时，需要融入自己的情感，并且能够结合恰当的语言，让学生能够切身体会到所朗读中人物的力量以及魅力，促进他们产生共鸣，实现人文素养的培育。

总之，中职作为我们教育的又一阵地，是为社会培养专业人才的，汉语言文学专业承载着我国传统的文化与精神，所以在具体的教授过程中需要将培养人文素质的担子挑起来，让学生们不仅能够爱上学习，感受到语文的魅力，同时能够品味到民族文化的精髓。在具体的教学过程中，需要实施多样化的手段，以学生易接受的方式，注重德、情、景、实四者的融合，加强教师自身综合能力的提升，促进学生人文素质的培养。

第五节　大学汉语言文学教学

汉语言是我们文化教育的摇篮，大学汉语言外文学的教学更是担负着大学生人生价值取向的重任。随着世界文化的融合以及我国国际地位的不断提升，汉语言的地位也越来越重要，国内外也都开始关注汉语言以及汉语言的教育问题。

一、当前大学汉语言文学教学

（一）缺乏优秀的教学团队

在大学的教学中，教学质量在很大程度上取决于师资质量，所以，教师的价值在教学中是非常重要的。然而现在的汉语言教师队伍的素质却不尽相同，而且教学水平也不在教育水平的前沿，这也就给汉语言文学的教学造成了一定的障碍。还有就是，有一部分的语文教师是由中文系的专业教师充任，由于受自身专业的限制，导致了教学中要求的综合性不足。同时，学校对于大学语文教师的要求比较低，以至于相对的地位也就比较低，也就严重影响了语文教师的积极性，从而导致了大学语文的师资团队的不足。

（二）教学方法和教学设备落后

目前大学语文的教学方法和教学设备都比较落后，主要是因为学校对于汉语言文学的教育不够重视，认为大学生学习汉语言并没有实际的现实意义。再加上师资力量的缺陷，在汉语言的实际教学中，并没有完整的教研组和相关的教研管理人员，教学教师只是根据自己的实际经验和方式来进行教学，教学没有统一的标准。还有就是，学校对教学的资源投入不足，大部分的汉语言的教学的课堂上，老师和学生自己还是通过书本沟通，网络和多媒体等更新的技术并没有应用到大学汉语言文学的教学中去。

（三）学生对于学习汉语言缺乏兴趣

语文教学一直伴随着学生的学习生涯，从小学一直到高中，所以，已经对语文产生了一种厌倦的情绪，对于大学的汉语言文学的教育也就采取了漠视的态度。还有就是，汉语言文学的教育不像其他学科的内容那么丰富多彩，内容比较枯燥，而且书本上的知识离现实生活有一定的距离，大部分的大学生在汉语言文学的课堂上，不是玩手机就是看小说，或者是用睡觉来打发时间，对于老师布置的作业，也是胡乱地抄写来应付，这也在很大程度上打击了老师的积极性，对大学汉语言文学的教学质量产生一定的影响。

二、大学汉语言教学的改革方法

大学汉语言文学的教学中存在着很多的不足，为了提高大学语文汉语言文学的教学质量，提升大学生的综合人文素质，汉语言文学教学改革是在所难免的。

（一）提升大学汉语言文学教学的地位

要想有效地提升大学汉语言文学的教学质量，首先就要对大学汉语言文学进行重新定位，提高大学汉语言文学在教学中的地位，加大学校对汉语言文学教育的重视。汉语言文学的教育不仅要注重对知识的掌握，同时还要注重学生对于知识的运用能力，包括口语的表达能力、写作能力以及创新性思维的能力。还有就是，大学汉语言文学担任着陶冶情操、弘扬伟大的民族精神的使命，所以大学汉语言文学的教学要被放在一个正确的位置才能够有效地引导学生对汉语言的学习和对传统精神的传承。

（二）加强对师资团队的建设

教师是汉语言文学教学的主要领导者，他们传授知识的手段和方法对于学生的学习有着很大的影响。但是在当前大学汉语言文学教师的综合能力不强的情况下，加强对师资团队的建设对于现代汉语言文学的教学有着很大的意义。大学汉语言文学的教师，不仅要拥有专业的语文文化知识，还要有一定的综合能力，大学的教学是一个相对比较开放的地方，大学老师也要将现实生活和汉语言文学的教学结合起来，以适应社会文化的发展。同时高校在对汉语言文学的教师进行选拔的时候，要进行严格的考评，以确保为学生的学习提供一个良好的师资条件。

（三）加大新技术在汉语言文学教学中的应用

随着网络和多媒体的出现，大学汉语言文学也应该走上一条更好的道路。现代的大学生都是在网络和电视媒体的环境中成长起来的，其对于信息的接受能力都比较强，而且观察和了解的事物也比较广泛，以致于他们更倾向于一种互动的学习方式。而网络和多媒体也就给大学的汉语言文学教学提供了一个这样的平台，多媒体技术能够通过声音、图片以及动画更方式来更好地演绎现代汉语言文学的魅力,有效地提高学生对汉语言文学的兴趣,更好地理解文学作品中的意义。

(四)改变传统的教学方法

传统的汉语言文学教学的方法是以教师为中心,以课本为中心,但是为了达到素质教育的目标,就要转变这种思维。大学是一个开放的教学环境,而汉语言文学也是一门比较开放的学科,所以教师应该在尊重学生个性的基础上,充分发挥课堂的民主精神,以学生为主体,开展启发式的教学模式,培养学生讨论和辩论的能力。汉语言文学的教师在备课的时候要有一种汉语言文学学习大环境的意识,在围绕教学目标的前提下,加强学生与老师互动,用灵活的教学方式来吸引学生对汉语言文学的学习兴趣。汉语言文学教师还应该构建多元化的教学模式,使大学的汉语言文学的学习不仅仅只是老师讲学生听的模式,使学生真正地参与到其中来,培养学生自主学习和实践的能力,比如说积极地引导学生对课本剧的表演,通过学生自己对课本的理解来进行演绎,更能够激发学生的求知欲望。

(五)把握大学生心态有效实施教学目标

在大学汉语言文学的学习中,大学生经常会有一种矛盾的心理:一方面由于大学的课业重,而忽略了对汉语言的学习,另一方面又希望自己能够在一夜之间,汉语言文学的能力得到大步的提升。他们希望能够全面地提高自己的综合能力,但同时又缺乏必要的自主学习意识。所以汉语言教学者就要把握好学生的这种心态,尝试用不同的教学方法来平衡这种心态,不断地开展有利于这种心态的教学活动。

三、大学汉语言文学教学的意义

大学汉语言文学的教育能够有效地提升大学生的文化素质,使中国的传统文化精神得到更好的弘扬和发展。在信息瞬息万变的今天,人类历史长河中不断积累的文明精神已经越来越不被人所重视,尤其是当代大学生,他们只是注重对时尚和自我价值的追求,而忽略了传统的民族精神。而大学的汉语言文学的教育能够对大学生的人生观、价值观有一个良好的向导作用,有助于培养大学生的道德素质。

目前的大学汉语言文学的教学中还存在着一定的问题,要不断地改善汉语言文学的现状,就要提升汉语言文学在教学中的地位,不断地加强对汉语言教学师资力量的建设,更新汉语言教学的设备,使网络和多媒体全面地走进大学汉语言文学的教学课堂中去,并且改变传统的教学模式,把大学汉语教学模式向着多元化的道路发展。总之,大学汉语言教学有着很重要的使命,它担负着对祖国下一代的培养和对民族精神的传承的使命,所以更应该加强对汉语言文学教学的改革,提高教学质量,为中国传统文化的发展做出贡献。

开放大学开设汉语言文学的意义要从两方面进行探讨,一方面是对教师,有利于提高教师自身的教学水平,同时也提高了教学质量。与传统教学相比,其最大差异之处在于学生与教师的平等关系,学生可以自由对教师的教学方式进行评价,指出其中不足或者需要改进之处,这有利于教师教学水平的提高。另一方面是对学生,学生提高自主学习能力,积极加入对学习的探讨中去,有利于激发学生的学习兴趣。

四、开放大学汉语言文学专业开展微课教学

开放大学是以广播电视、互联网等媒体为依托开展的远程教育,这种教学方式完全颠覆了传统的教学方式,教师和学生分离,学生随时随地都能听课,没有时间和地点的限制。它有利于提高学生自主学习的能力,对教育的改革具有重要意义。近年来,微课教学异军突起,已成为远程教育中一股新兴力量,开放大学应与时俱进,积极开展微课教学。

(一)开放大学与微课

1. 开放大学的概念

开放大学是国内较早开展远程教育的教育部直属部门。它以新型的教育媒介为基础,有两种教育模式,一种是针对有学历的,一种是针对没有学历背景的。在这些年的实践中,均取得了良好的教学效果。这种教学模式有很多优点,它能对高校教师教学的资源进行优化整合,提高了教学内容的质量,有利于提高学生自主学习能力,突破了教学时间和地点的限制,限制少,教学门槛低,给一些没有学历背景的人提供了学习的机会。

2. 微课教学的概念

微课教学是指按照新课标和教学的要求,通过网络视频的方式,记录教师在课堂教学上针对教学重点、难点的讲解,同时还兼有有关课题的教学设计、课程总结以及课后练习等。微课教学内容更加凝练,重点突出。

微课教学这种新型的教学模式给传统的教学模式以强烈的冲击,开放大学的教学资源中,一些课程知识陈旧、教学观念落后,开放大学之于微课教学,无论教学内容还是教育形式在很多地方都落后于微课教学。开放大学应与时俱进,及时做出调整和改革,重视并引入微课教学。

(二)开放大学汉语言文学专业如何开展微课教学

1. 转变教学观念,优化教学模式

从古至今,在传统的教学观念里,都是以教师为主导,教师向学生传授知识。在这种教学模式中,学生只是被动地接受知识,教师传授了什么,学生就接受什么,长此以往,这种教学模式的弊端显现出来,学生没有自己发挥想象力的空间,思维发散的能力得不到训练,缺乏自主学习能力,不利于培养学生的个性。

随着教学改革的推进,一种新型的以学生为主体的教学模式在众多专家学者中的讨论

越来越激烈。这种教学模式以学生自学、自己探索为主,教师起辅助性作用,给学生答疑解惑,引导学生去感悟、学习并且总结,激发学生的学习兴趣,提高学生的自主学习能力。

2. 重视教学方法

开放大学属于高等教育范畴,对汉语言文学的设置要有与之相符的高度和深度。在实际的教学过程中,要求教师重视教学方式和教学方法。

优化文学内容的选取和设计。针对文学作品的教学设计,可以以作品所在的时代背景或者是作者的背景为切入点,然后从作品的主题、故事构架、风格以及对人物的塑造等多方面展开。最终教师在对这些教学内容进行整合和教学设计的时候,要注重表现形式的丰富性,使整个教学过程不死板,降低学生对知识点掌握的难度,提高学生的学习兴趣。

3. 充分利用网络平台

网络视频是微课的核心传播方式,要求教师做的网络教学视频更具科学性和合理性。在讲课的过程中,学生以提问的方式与教师进行互动,教师及时答疑解惑。在整个教学结束后,学生自主在视频下留言,对这节课进行评价,指出其优、缺点,学生也可以根据自身的需要提出更加合理化的建议。教师可以根据学生的评价,对优点之处,在以后的教学中继续保持和发扬,对不足之处,要虚心改进。还有最重要的一点,就是根据学生的需求改进教学设计,让教学设计更加科学化和合理化,更好地能为学生服务。

第十一章

文学鉴赏概述

第一节　文学语言艺术

文学是运用形象、感情,通过作家的想象再现社会人生和表现作家审美意识的语言艺术。语言艺术是艺术中的一种类型。艺术通过多种工具和手段来塑造形象、表现感情,所以根据不同的工具和手段,艺术可以分为造型艺术、表演艺术、综合艺术和语言艺术。造型艺术,主要运用线条、色彩;表演艺术,主要运用音响、节奏、旋律或人体动作;综合艺术,一般综合运用造型、表演、语言等艺术所采用的表现形式和手段。文学创作以语言文字为塑造形象的媒介和手段,语言是文学的第一要素,所以文学是语言艺术。

一、文学语言的概念阐述

文学是最普遍的一种艺术形式,它以语言为主要载体,通过形象化的表达形式来反应客观现实和作者情感。章炳麟在《文学论》中说:"文学者,一有文字著于竹帛,故谓之文,论其法式,谓之文学。"可见文学语言是文学表达的首要载体。如同绘画通过线条、色彩来表达创作目的,舞蹈通过音乐和动作表达创作目的一样,文学作品必须通过文学语言才能表达文学创作者的目的。因此,文学语言是文学作品创作的首先条件,正如罗兰巴特所讲的:"语言是文学的生命,是文学生存的世界。"

文学语言主要有文字语言和口头语言两者类型,文字经过书面形式加工而成,通过一定的工具性载体,如简、帛、纸等为传播方式,文字是文学语言最普遍的传播形式。口头语言,顾名思义,就是通过口头创作,口口传送为语言形式。所有的文学语言都需要通过文学活动的过程以表现其存在价值。文学活动即通过文学语言进行文学作品创作的过程,文学活动以语言文本为核心,既是文学语言表达的存在基础,也是文学语言存在的目的性活动。文学作为一种艺术形式,同绘画、音乐一样,具有一定的审美属性,王先霈先生的《文学理论导引》一书,指出"文学是作家借助于虚构和想象,通过语言形象来表现他对人生的审美感觉和理解的一种艺术样式"。这说明文学通过语言形式表达作者的创作心理、情感活动和创作目的。这些审美属性,只有创作者通过对文学语言的精心表达,才能够呈现给读者,使其产生审美共鸣。

二、文学语言的审美范畴

美,是使人们能够感受到愉悦和快乐的存在,其范畴既可以是客观的物质存在,也可以是主观的、抽象的、虚拟的精神存在。审美从字面意思可以理解为对美的审视,即对审美主体对审美对象做出美丑判定的过程性活动。文学活动作为一种创作过程,不同的审美主体同样能够发现不同的审美评判,对于文学作品审美主要依靠对文学语言的审美判定,文学语言的审美结果,直接决定了文学作品本身的审美价值。文学语言的审美范畴主要集中表现为语言形式、语言情感和语言意境三个方面。语言形式主要在于文学语言的审美通过语言文字的韵律、节奏和词语等方式使文学意象展现在读者面前,使读者通过对文学语言的把握,体会作品意象,达到读者的审美目的。语言情感在于语言文字能够和读者产生心理共鸣,文学语言表现出作者自身的思想情感,通过读者的个体感悟,将文学作品的审美价值融入思想之中,让读者产生审美情趣,理解和感悟作者的创作思想。语言的意境是文学创作的一个重要范畴,特别是对于诗歌、散文和戏剧等作品形式来说,意境能够使读者在不知不觉中对文学语言进行审美关照,使文学作品的审美价值得以实现。

三、文学语言的审美特性

(一)文学语言的现实关照性

文艺作品的创作无法离开对现实生活的感悟,文学创作同样需要来源于现实生活。文学语言作为创作者对文学作品的第一表现要素,其审美价值具有强烈的现实关照。首先,文学语言的审美价值体现在人对文学语言的审美能动性上。唯物主义认为,物质作为第一性,是意识产生、发展的基础。文学语言描绘的虽然是作品内容,但是读者在阅读的过程中,会不自觉地产生对现实生活的思考,对现实事务的关照。无论是作者的创作过程,还是读者的审美过程,都会通过文学语言感知作品本身,都能够通过文学语言激发对审美对象同现实的关照联系。如杜甫如果没有经历安史之乱,没有漂泊流离的生活经历,怎么会写出《三吏》《三别》这些伟大的现实主义作品,怎么会有"朱门酒肉臭,路有冻死骨"(《自京赴奉先县咏怀五百字》)的愤慨和感叹。如果岳飞没有经历南宋的边疆战乱,怎么会有"壮志饥餐胡虏肉,笑谈渴饮匈奴血。待从头收拾旧山河,朝天阙。"(《满江红》)的豪言壮语。

(二)文学语言的情感内化性

普通语言作为一种人与人之间信息交流的工具,语言表达主体可以直观地表达自己的意图,受动者也能够直观地对表达着产生反应,是一种工具性质的外化性语言。但是文学语言不同于普通语言,其语言形式既可以符合现实逻辑,也可以超越现实语言逻辑的规定,其目的在于诗人通过审美过程的判定来感悟创作者的创作意图和情感表达,其文学语言的指向是内在的思想和情感,追求的是审美情趣的共鸣。当我们读到杜甫的"感时花溅泪,恨别鸟惊心"(《春望》)时,我们并不是单纯地对花和鸟进行客观的、基于自然常识的判断,而是通过"溅泪""惊心"等文字,感悟作者的创作时孤寂、凄凉的心态和情绪。当我们读李商隐的诗句"春蚕到死丝方尽,蜡炬成灰泪始干"(《无题·相见时难别亦难》)时,我们绝对不会单纯地认为诗句描述的是春蚕吐丝的生物特性和蜡烛燃烧物理原理,而是对男女之间至死不渝的爱情的纯真情感的无比唏嘘,有些读者还会引申出奉献与生命的崇高之情。因此,文学语言既不是单纯的对客观世界具体反映,也不是规定读者的行为规范,而是传达创作者的创作情感,需要读者对文学语言为介质对于作品审美体验使其内化为情感,这也是文学语言的情感价值之体现。

(三)文学语言的意蕴性

文学作为典型的艺术形式,创作者在文学活动过程中将自己的审美感悟和创作情感融入其中,是文学作品需要通过对文学语言的关照显示出其审美价值,而文学语言恰恰具备审美过程中的意蕴特征。在文学审美对象上,文学语言的解读使审美主体通过语言的形象系统,使读者脑海中呈现出审美想象空间,对文学语言的意蕴进行反复解读、赏析。文学语言的意蕴性发源于创作主体的主观思想感情的抒发,而结束于审美主体对作品对象的意蕴融合。这就需要审美者必须具备一定的文学素养和语言功底。如解读李白的诗句"故人西辞黄鹤楼,烟花三月下扬州。孤帆远影碧空尽,唯见长江天际流。"《黄鹤楼送孟浩然之广陵》,全诗主要以写景为主,但却是典型的送别诗,其语言中无尽的离别之意是通过"孤帆""远影""天际"等文字语言所表达,作者正是通过对景色的描写,将空旷、孤独、伤感的离别之情蕴含在诗句当中。

四、提升现代白话的审美功能

(一)声律美

老舍先生认为语言是带着声音的,而他自己就是带着声写作的,所以才会写出绘声绘色的语言,他认为创作语言时要把字音、字调、语调都考虑进去。汉语是有声调的语言,古代文人早已知晓这一特点,因而创作诗词时注意平仄的搭配。这样才能使诗词读起来朗朗上口,悦耳动听,才能形成文学语言的音乐美。老舍先生强调要追求语言的音乐美,所以他是出着声写剧本小说的,他的剧本小说都是有声的作品。老舍说,当代的作家创作时十分注重语言的思想内容,但却忽略了语言的形式。这里的形式,主要指汉语的声调,也就是平仄的变化。他提出要在文章的语句中灵活地运用平仄,在前后两句中交替出现,使声调产生高低、长短的变化,从而使语言形成抑扬顿挫、高低起伏的律动,产生优美的节奏感。他说："我写文章，不但要考虑每一个字的意义，还要考虑到每一个字的声音，不但写文章是这样，写报告也是这样。我总希望我的报告可以一字不改地拿来念，大家都能听明白。虽然我的报告做得不好，但念起来很好听，句子现成。"

我们的汉语是有声调的语言，像老舍先生那样灵活运用平仄，使声调产生高低、升降的变化，从而形成文学语言的声律美。

（二）简约美

除了声律美之外，老舍先生还主张文学语言的简约美。老舍主要是从两个方面来实现白话语言的简约美。一是字词，老舍主张用现代的字尽量不用生僻的字。老舍说："我写东西，总是尽量少用字，不乱形容，不乱用修饰，从现成话里掏东西。""想起一组话，先别逐句写下来，而去想想能否找出一句代表全组，这就可以既省话又巧妙。"老舍的作品多数用字量较小，一般掌握二千左右汉字的人就基本能读懂，表达的含义也十分简洁明了，《骆驼祥子》《我这一辈子》《正红旗下》等作品都是很好的例子。

另一方面是句式，老舍不赞成用长句子，而推崇用短句子。老舍的作品中的句子多数字数较少，有时三、四个字一句，甚至两个字一句，一个字一句的都有。一部十万字的《骆驼祥子》，全书却很少有超过十五字以上的句子，多数句子都是七八字或十字左右。

（三）幽默美

文学语言的运用最忌讳晦涩、枯燥、乏味，追求的是生动、有趣、活泼。而要使文学语言生动、有趣、活泼，幽默则是必不可少的。作为语言大师的老舍同时也是一位幽默大师，老舍的语言幽默主要是由句子的构造和用词的选择来实现的。具体来说，就是通过对语言的诸多要素——词汇、句式、语音的变异使用，通过运用各种修辞方式来实现幽默。如《茶馆》第二幕的台词中，老舍十分巧妙地运用谐音双关的修辞方式，既有深刻的寓意，又有强烈的幽默效果："改良改良！越改越凉，冰凉！什么都改良，为什么工钱不跟着改良呢？"

老舍幽默的语言风格的形成最重要的在于其对语言结构方式的变异，这种变异是语言幽默的骨架，语言的变异性越强，幽默的效果越强。

以上是对老舍的文学语言观的一些主要方面进行的归纳和总结。老舍先生从创作实践中总结出来的这些文学语言观点，对我们当今的文学创作仍然十分受用，具有十分宝贵的借鉴意义和启迪作用。

五、我国文学语言的变迁

中国现代文学是以五四反对文言文、提倡白话文的语言革命为起点，这也正是文学语言革命的开端。自此之后，中国文学语言随着岁月的流逝，时代的转变，在不断地变迁，直到今天。在中国文学语言变迁的长河中，中国文学语言经历了十七年文学时期、先锋文学时期、网络文学时期,这使得文学语言在按照人们的生活方式、表达方式等一点点地变革,促使文学语言具有时代特点,能够灵活地表达,创造更加新颖的文学语言,促进文学语言更好地发展。本书将对文学语言的变迁进行详细的分析,探讨中国文学语言变迁的意义。

(一)十七年文学

19世纪末期是中国现代文学发展的开端,其起源于非正宗语体文学,所应用的语言为白话文。推行白话文最具代表性的事件就是五四运动。长期以来,中国语言形式一直以文言文为主。随着中国革命事业的崛起,白话文也应运而生。它的出现介于文言文与纯粹的白话之间,促使白话文成文当时的一种新文体。

1917年,梁启超、黄遵宪等人提倡"新民"思想,奠定了白话文的基础,促使白话文被看作为明白晓畅的工具属性。1917年1月,胡适在《新青年》上发表的《文学改良刍议》,其格式、内容、功能、文学的真实性等方面都采用了白话文学表述方式,被称为正宗的白话文学。在此之后,中国白话文学逐渐被人们所接受,白话文逐渐成为当时文学语言的主要形式。

(1)开始利用白话文及其形式进行文学创作,缩短了中国文学与西方文学交流距离,促使中国文学创作可以借鉴西方文学创作手法,促使中国文学更加贴近生活、贴近人民、贴近自然,促使中国文学焕然一新。

(2)利用白话文进行白话文学创作,创作者可以自由地表达自己所思所想,对封建社会不良作风、封建社会制度、封建社会思想等予以批判,促进了我国人民思想革新,向着"民主、自由"的思想发展。

总之,结束于1949年的"十七年文学"时期,长久以来一直存在的封建思想因中国革命的崛起而不断瓦解。禁锢的思想因为白话文以及白话文学的推出和发展而改变,人们运用白话文进行白话文学创作,批判封建思想,追求"自由、民族、安定"的思想。

(二)先锋文学

随着中国形势的稳定,以革命、解放等为主题的爱国文学逐渐失去往昔的主宰地位。这是因为,随着中国形势的稳定,人们的意识开始松动,长时间的革命状态被安定、自由、和平的生活所影响,人们不再需要借助以革命、解放为主题的文学作品来强化意志、思想、行为。在安定、自由、和平的年代里,人们需要纯粹的文学来升华精神世界。但是,一部分人认为纯粹的文学不能够体现"实现"。在这部分的人的坚持下,很长一段时间内,中国文学创作属于一种现实主义的宣教典范。这一情况直到先锋文学推出才有所改观。所谓先锋文学是指在结构、文本、意象、语言上充分展现作家的才能。"有意味的形式"是先锋文学创造的艺术原则。作为先锋文学的创作者,其所创作的先锋文学作品绝不可能平铺直叙的。所以，具有游戏化特点的文学语言被推出。在先锋文学中，语言上升到一种绝对的主体地位。具有游行特性的文学语言应用于先锋文学中，为了提高文学美感、文学内涵、文学层次性，对文学语言的运用更加灵活，或增加文学语言的自律，或增强文学语言的戏剧性，或强化文学语言的语境等，促使文学语言可以准确表达文学作品的意义。在先锋作家的审美世界中，能够最直观体现文学作品的标志就是文学语言，灵活地利用文学语言所创作的先锋文学作品才能够与众不同，才能显得独特且新颖。

在先锋文学时期，中国文学语言被改造。先锋文学颠覆了传统的真实观，其是通过一个故事或事件的描述来说明某个观念或思想。先锋文学放弃了对历史真实和历史本质的追寻，也放弃了对现实的真实反映，更放弃了平铺直叙的白话文。所以，先锋文学中所应用的文学语言注重游戏化、感觉化、寓意化等特点的探寻，就犹如罗兰·巴特所说的"在语言的能指与所指间追逐的色情化、狂欢化游戏"。在 20 世纪 80 年以后的很长一段时间内，人们因为精神层次的需求，对先锋文学中的文学语言欣然接受，并且非常热衷先锋文学作品阅读，这使得文学语言成为当时人们提升精神世界，升华灵魂的一种重要方式。

总之，在先锋文学时期，文学语言被改变，其不再以单一形式存在，其可以是自律的、灵活的、游戏的、感觉化的、寓意化的。先锋文学时期文学语言的实践，无论出于什么目的，文学语言的革新都是非常真切地体现出来了，并且从文学语言发展的角度来说，先锋文学时期文学语言的革新都是非常有意义的。

（三）网络文学

随着我国科学技术的发展，互联网于 20 世纪 90 年代末在我国迅速发展和普及。正在此时，一种新兴文学样式也悄然产生，那就是网络文学。文学语言也因网络文学的产生和发展而改变，促使文学语言意义扩大。网络文学正式被推出是源于 1998 年痞子蔡推出的《第一次亲密接触》在网络的走红。最开始，网络文学的应用主要是以草根阶级自创文学、发表文学的为主。此时，网络文学并没有被所有人认可，绝大多数人利用网络文学自娱自乐。网络文学真正被人们认识是在 2003 年——文学网站形成。文学网站将网络文学进行整理和统筹，促使网络文学创作者不断增多，相应的网络文学以其不可忽视的状态存在于网络中，并逐渐被主流评论家等所正视，这使得具有开放性、自由性、及时性、互动性的网络文学有了更好的发展。受网络文学特性的影响，文学语言在应用的过程中，寓意千变万化，这促使文学语言在网络文学中被另一种身份所代替，即网络语言。网络语言因为其独特的数字化生存形式使它更加指涉戏谑性，打破了常规，其形式千变万化、意思褒贬不一。具体来说，网络语言是语言的游戏，可以颠覆常规语言的意思、逻辑、词汇等级桎梏，自由造词，娱乐大众。所以，网络文学的产生和发展，颠覆了常规文学语言，使文学语言不受意思、逻辑、词汇等级桎梏，可以自由造词，增加文学语言的意义。

中国文学语言随着岁月的流逝，时代的转变，在不断地变迁。中国文学语言在变迁中经历十七年文学时期、先锋文学时期、网络文学时期后，其表达形式多样、意义层次增多，促使中国文学语言可以灵活地运用，在文学创作、新闻传播、语言论述等方面中发挥作用。所以，中国文学语言在经历变迁之后，其更具价值。

第二节　现代派文学的理论

一说起西方现代派文学，人们容易想到尼采、柏格森、克罗齐、弗洛伊德等西方现代哲学家，现代派文学的确能够在这些人的理论中找到直接的哲学根据，确也是事实。然而，西方现代文学理论的思想之花大多能在康德哲学中找到其形而上学之根，同样是事实。要全面理解现代派文学精神，就必须在美学上回到康德去，从康德美学中寻找现代派文学的艺术哲学基础。

现代派文学的特点之一就是追求文学自身的独立。然而，在西方历史上，文学与真理、道德等的关系一直纠缠不清。人们通常对文学的评价均非审美判断：好坏是价值判断，真假是事实判断；文学独立性的历史难题直到康德美学出现始得以解决。康德在《判断力批判》中的审美分析中，从理论上把真、善、美加以剥离，把真、善这类非审美因素从艺术创造和欣赏领域中排除出去，为艺术自律提供了坚实的理论支撑，从而成为现代派文学的精神发展契机。这就是康德了不起的地方。他的审美分析虽然没有直接论及具体的艺术对象，其问题却对所有的艺术类型都具有普适性，且其深刻性远远超出专业的艺术理论。

一、判断力与鉴赏判断

康德美学是从"鉴赏判断"的哲学分析开始的。康德所说的"鉴赏"（Geschmack）也就是18世纪英国经验主义美学家夏夫兹博里、休谟等人谈论的"taste"，该词还有"趣味""爱好""口味""味道""品尝"等意思，它是基于感觉的主观选择，是情感的而非理性的。判断（Judgment）是主体对事物的理性认识，其形式可从质、量、关系、模态四个方面考量。《判断力批判》涉及的判断有三种类型：知觉判断、反思判断、鉴赏判断。知觉判断关乎客体性质与主体经验（如"水真凉"），反思判断关乎客体性质与主体态度（如"歌真好听"），鉴赏判断关乎客体形式与主体想象（如"花真美"）。康德认为，鉴赏是判断美的一种能力，所以鉴赏判断是审美判断。康德称"鉴赏判断"的分析为"美的分析",而把全部美的分析称为"审美判断力的批判"。

判断力是主体运用理性的心理能力。根据康德的批判哲学,理论理性确立知性认识的规范,实践理性确立行为准则的规范,判断力则是教导人在特殊的场合下运用这些规范的本领。康德把判断力分为两类:规定的判断力和反思的判断力。具有"规定的判断力"的人,他会根据具有普遍性的概念或规律对具体对象的性质做出分析判断。例如,一个人说"张三唱歌跑调了"。在这句话中,跑调(曲调错误)这个概念表明了张三唱歌的性质,该判断提供了一个基本的事实,属于客观的认识。康德认为,规定的判断力是一种天赋,它只能锻炼却无法传授。事实上我们也看到,许多人惯常纸上谈兵,实际应用能力却很差,就是缺乏规定的判断力的原因。不过,康德认为,经过反复的实践锻炼,这种能力还是能够培养出来。具有"反思的判断力"的人,能从一个具体的对象中引出一个具有普遍性的论断。例如,一个人说"张三唱歌真好听"。在这句话中,好听(听着舒心)不是概念,而是一种愉快的感觉,它表明了张三唱歌的效果,这种判断展示给人的是听者的态度,属于主观的情感。康德认为,"反思的判断力"是更高一级的天赋,不仅教育难以奏效,就是后天的锻炼效果也不明显。这种情形在现实中甚为常见:有的人立志献身文学,满腔热情,练笔勤奋,写出来的东西却平淡无奇;有的人饱读诗书,满腹经纶,对相关文学名著只能说出一些抽象的道理,却找不到一点艺术感觉。凡此种种,都是主体缺乏反思的判断力的表现。

反思的判断力是审美的判断力,因为它面对具体的对象,却不打算在自然事物中寻找因果规律,因而不是认识能力;它关注事物的目的,却不像实践理性那样给人提供行动的指南,因而不是欲求能力。反思的判断力只是通过目的论的主观设定,在对象中发现令人愉快的情感,并使情感具有普遍性。情感的普遍性不是理论理性提供的概念的普遍性,因而它不产生知识;也不是实践理性提供的理念的普遍性,因而它不产生行动。情感的普遍性是一种令人愉快的主观普遍性,它产生事物美或不美的鉴赏判断。审美判断力出现之前,理论理性只面对事实而无目的,它仅停留在现象领域,它只问对象"是不是";实践理性虽有目的,却没有经验形态的显现,它只停留在精神的领域,它只问行为"该不该";审美判断力同时具有理论理性和实践理性双方的特征,因为它既像理论理性那样面对具体的对象,又像实践理性那样做出判断,它只问对象"美不美"。

运用反思的判断力对事物的表象形式所做的愉快感之普遍性推断就是鉴赏判断。鉴赏判断是康德"审美判断力的批判"的核心部分,康德根据逻辑思维的一般规律,从质、量、关系、模态(亦称样态、情状)出发,对鉴赏判断的四个逻辑阶段(契机)进行哲学分析,得出了几个富有理论影响力的美学命题。

二、审美无利害性

康德对鉴赏判断的分析是从质的方面开始的，质的分析就是对审美活动性质的考量。康德认为，从质的方面看，"鉴赏是凭借完全无利害观念的快感和不快感对某一对象或其表现方法的一种判断力"。康德关于审美鉴赏的第一认识被后人概括为这样一个美学命题：审美无利害性。

审美为何不能有利害关系掺杂在内？康德认为，这与审美的性质有关。审美是一种纯粹的情感观，任何利害因素（利益、欲望等）介入之后，都会破坏情感观照的纯粹性。康德从三个方面分析了审美活动质的特殊规定性。首先，康德从情感角度分析了审美活动的非理性（非认知性、非逻辑性）特质。在他看来，审美是情感与想象力之间的协调活动，由此决定了审美性质的鉴赏判断在本质上是非理性的；鉴赏判断的非理性决定了审美活动与认识、真理等理性目标无关。其次，康德从生理角度分析了审美活动的非实用性。康德认为，在审美活动中，鉴赏判断是静观的，鉴赏判断的主体对对象的存在是淡漠的；鉴赏判断引起的审美主体情感上的愉快感无关任何实用的生理需求，这是美感与生理快感不同的地方。而由生理原因引起的感官、欲望方面的愉快感，是一种实用的满足，它们与客体的存在有一定的利害关系。官能快感与对象间的利害关系在于：这种快感的产生以消耗对象的存在为代价，比如吃水果后的甜蜜感之于水果被吃掉。审美快感的发生却无损于对象的丝毫存在：自然山水或艺术作品不会因为人们的观赏而减少，更不会因此而消失。官能快感与对象间的利害关系还在于：每个人的官能对对象的适应状态和要求不一样，不同主体之间"萝卜白菜，各有所爱"；既然各有所爱，其欣赏态度和判断就不会纯粹；既然不纯粹，就不是鉴赏判断了。再次，康德从道德角度排除了审美与善恶的关联。康德认为，道德所产生的精神愉快感是一种理性层面的利害关系，如做好事受到奖赏、赞扬、感谢而产生的心理愉快。据此，康德提出鉴赏判断不依赖于感动。康德此论确有其道理：一旦有善恶观念的介入，情感判断必然产生立场和倾向性，包含立场和倾向性的情感判断肯定会有偏见，有偏见的判断自然谈不上纯粹。康德认为，美感与生理、道德快感有质的不同：美感产生于事物的形式观照，它只是让人的情感得到满足，既不能满足人的实用需要，也不能帮助人们解决伦理或其他精神方面的问题。

以上述论证为依据，康德宣称美感与利害关系无关："美的欣赏的愉快是唯一无利害关系的愉快；因为既没有官能方面的利害感，也没有理性方面的利害感来强迫我们去赞许。"在康德看来，人们在对相关对象作鉴赏判断时，只要夹杂着哪怕一丁点的利害感在里面，就会有偏爱而不是纯粹的欣赏判断了。康德进而指出，"当鉴赏为了愉快仍需要刺激与感动的混合时，甚至于以此为赞美的尺度时，这种鉴赏仍然是很粗俗的"。

三、无概念的普遍性

在康德的审美分析中,量是就审美活动的适用范围而言。康德对鉴赏判断进行量的分析后得出这样一个结论:"美是那不凭借概念而普遍令人愉快的。"这一命题的简化形式是:无概念的普遍性。

在鉴赏判断第一个契机的分析中,康德指出了审美快感的非知识性、非真理性,并从非实用的角度指出了审美快感与官能、道德快感的差异,从而确定了审美活动的无利害特质。在鉴赏判断第二个契机的分析中,康德试图厘定审美活动的范围,并从量的方面进一步澄清审美活动非认知性、非实用性特质。

康德之前,西方人一直为诗与真的问题所困扰,这方面的争论在历史上一直没有中断过。因此,康德在分析鉴赏判断的适用范围时,首先对诗(艺术、审美)与真(逻辑、知识)从理论上加以剥离。康德认为,鉴赏判断是建立在情感基础上的想象与知性之间的自由游戏,这种自由的游戏是想象能力与知性分析能力互相协调的结果:想象力"把多样的直观集合起来",也就是把普通事物的形象整理、加工成特定的艺术形象;知性分析能力则由概念的统一性把诸表象统一起来,也就是通过分析能力把相关人物和事件整合为完整的情节、故事。换句话说,鉴赏判断是形象思维与逻辑思维协力运作的结果,它是建立在情感基础上的直觉感悟,而不是建立在知识基础上的逻辑推论。鉴赏判断的这种特征表明,有没有判定事物美或不美的能力,关键不在于主体拥有多少知识,而在于他主观感受能力如何,因为想象和知性两种能力的共同的"推动力是感觉"。康德强调,审美愉快感只系于感觉而不系于知识,如果一个人对于某个对象没有感觉,那么他决不会因为别人给他讲出一大堆的道理就会对那个对象产生美感。康德指出,鉴赏判断中的知性活动与理论理性范围内的知性活动存在着质的不同,因为鉴赏判断中的知性行为虽然也采取了逻辑的形式,却不受认识规则的支配或限制,其判断的宾语不是指向客体性质的概念,而是指向主体的情感状态,所以康德说鉴赏判断的"规定根据""是主体的情感而不是客体的概念"。如果一个人缺乏直觉感悟力,对事物的存在既不"多情",也不"善感",那么他即使学富五车,也不一定能对事物产生美的感受。有的人虽然通晓各种门类的艺术理论,面对具体的作品却一点感觉也找不到,就是这个原因。

康德利用"不凭借概念"这一特征,在体验感悟与分析推理、艺术欣赏与逻辑认识、审美活动与科学研究之间划清了界限,揭示了美感的心理特征,为后人探讨艺术创作与欣赏的特征及规律奠定了坚实的理论基础。

在解决了鉴赏判断"不凭借概念"的问题之后,康德接下去探讨了鉴赏判断的"普遍性"问题。康德指出,普遍性总是与概念相关,美感具有普遍性却不凭借概念。然而,生理方面的快感同样"不凭借概念",在都"不凭借概念"的条件下,美感与生理快感的分界点又在哪里呢？康德从"量"即快感的广泛性程度方面对之进行了区分。

康德认为，生理快感是机体需要得到满足后产生的一种和谐状态，因而只具有个别性。在快感方面，每个人的感觉只适合他自己，他所具有的感觉别人不一定有，因此他不能要求别人的认识与他一致。换言之，快感是一种绝对的主观性，这种感觉只具有私人的有效性，因而难以传达，甚至不可传达。比如，一个人吃苹果后感到很甜，并告诉人说苹果是天下最甜的水果，但他不能要求大家都同意他这种看法，因为别人吃后不一定会有他那样的感觉，有的人吃苹果后想吐也不是没有可能。因此，康德说"快适……的判断只是依据着他个人感觉，并且当他说某一对象令他满意时，也只是局限于他个人范围内"。此外，人在对某种事物进行消费时，出于实用或利己的考虑，一般乐意独自享受而不愿与他人共享，其快感同样也只愿独享。就此而言，快感的表达只能是绝对的单称判断，如：我选择、我喜欢。个体的选择、喜欢，任何人无权干涉，也无法干涉。

鉴赏判断并不产生任何利害关系，因此可以适用于任何人。一个人判断事物为美时，既不会使事物本身有所减损，也不会给他人带来任何不利因素，因此，他可以假定其他人也会对同一对象感到愉快，并要求他人同意他的看法。正是由于这种原因，鉴赏判断虽然也是单称判断，并且与其相关的愉快感也完全系于主体的主观感觉，但却能本质地包含着普遍性的要求，"设想每个人的同意"，并"期待别人赞同"。

在此不妨对知识判断与鉴赏判断的差异做一下简单的对比。知识判断以概念为基础，它具有客观的普遍有效性。例如，面对一朵红花，谁要不同意"花是红的"这一逻辑判断，硬说它是白的，那就说明他是色盲。鉴赏判断虽然形式是逻辑的，其内容却是情感的而非认识的，其普遍性仅仅是主观的普遍有效性，不像知识的普遍性那样放之四海而皆准；它可以唤起大多数人的共鸣，却不能无条件地让所有的人共鸣。例如，面对一处美景，有的人欢呼雀跃，同时也感染周围许多人，个别人对之却无动于衷，甚至认为那欢呼雀跃者脑子有病。

利用"普遍性"这个特征，康德在均"不凭借概念"的快感与美感之间划清了界限，指出了以情感为基础的审美"趣味"与以机体官能为基础的快感"口味"的性质差异：快感有感受而无普遍性（花是香的），知识具有普遍性却无感受（花是红的），美感既有感受又有普遍性（花是美的）。

四、无目的的合目的性

康德在对鉴赏判断进行关系分析时，提出这样一种认识，"美，它的判定只以一单纯形式的合目的性，即一无目的的合目的性为根据"，该认识简化后的流行说法是：无目的的合目的性。

在纯粹理性的知识范畴中，"关系"有因果性、相互性、实体与属性三种类型。认识判断的结果是概念，概念与对象间的关系属于因果关系，这种因果关系被康德视为"合目的性"。审美表象与主体情绪状态间也具有因果性，因而这二者之间同样存在着"合目的性"的关系。鉴赏判断与认识判断在逻辑形式上是一样的，这样一来问题就出现了：既然两种判断都存在着目的性的问题，那么它们的区别又在哪里呢？

要理解"无目的的合目的性"，就必须先理解"目的"这一概念。在康德看来，目的有两种：一是主观目的，二是客观目的。康德把主观目的解释为经验主体运用意志对自身欲求在价值目标上的概念（想法）预设，对此一般人都能理解；但他对客观目的之先验解释却不那么容易让人明白了。康德认为，按照先验规定，"目的"是"概念的对象"，而"概念"是"对象的原因（它的可能性的现实根据）"。概念为什么能够作为对象（存在）的根据？因为现实世界是"人为自然立法"的结果，人为自然立法靠的是理性，理性思维的要素之一就是概念，概念是主体对对象性质的认识规定，这种规定规约着人的社会实践方向，比如：主体先有某个相关的概念（想法）这个认识前提（原因），尔后有实践的对象出现（结果）；在此意义上，概念成为对象存在的现实性根据（可能性条件，或曰原因）。当概念不仅是对象的性质规定，还是对象存在的现实性的根据时，它就成为对象发展的意义目标。这目标不是某个主体的意欲，仿佛是对象自身先天就有的理性预设——目的。

"目的"既定，"合目的性"自然不难确定。"目的"有主、客之分，"合目的性"自然也有主、客之别。像"目的"概念一样，"合目的性"概念在主、客两方面的理解上也有难易。在康德看来，"主观的合目的性"有两种类型：主观之实用合目的性、主观之形式合目的性。主观之实用合目的性，是指逻辑原因带给人的认识满足感，或自然原因带给人的生理满足感，或社会原因带给人的道德满足感等。主观之形式合目的性，就是事物表象单纯的形式带给人想象力自由活动后的精神愉快感。

像客观的目的系于概念一样，"客观的合目的性"之复杂也是因为其系于概念的关系。概念作为对象之规定和根据被称为目的，概念与对象间的因果性被康德顺理成章地称为合目的性，如说："一个概念的因果性就它的对象来看就是合目的性"。客观的合目的性也分两种类型："客观的合目的性是或为外在的，即有用性，或为内在的，即对象的完满性"。康德所说的"有用性"是指对象外在的实际效用，而其所谓"完满性"则是指对象性质的概念规定。比如，人的"完满性"的表现就是人有理性和自由意志。如果一个人既无理性又无自由意志，在任何时候都听命于他人对自己行为的安排，一辈子也没为自己做过一次主，那么人们就会说他活得窝囊，不像一个人，至少在概念上不符合人之为人的内在规定。

弄清了"目的"与"合目的性"这两个概念，"无目的的合目的性"的美学意义自然迎刃而解。

康德认为，鉴赏判断不能具有任何主观目的，因为一旦有主观的要求或意图，就会有利害关系掺杂在内，这时在人们心中唤起的感觉就会是生理、认知、道德方面的快感而不是美感了。同样，鉴赏判断也不能有客观的目的，因为任何客观目的（外在的有用性或内在的完满性）都与审美无关。

　　鉴赏判断既然与任何"任何目的"无关，"主观的合目的性"又是如何产生的呢？康德认为，鉴赏判断关注的既非基于概念的对象的性质，亦非基于机体主体的实用需求，它关注的是事物表象的纯粹形式。纯粹的形式不能满足人们的认知、实用、道德等需要，却能满足人们的审美需要。例如，自然界中碧绿的草地、翱翔的雄鹰，艺术世界里动听的音乐、曼妙的舞蹈、逼真的雕塑，它们对人来说既不能吃也不能喝，当然也不能给人带来认识或道德上的满足。人们面对这类对象不会萌动占有、消费、认识或行动的欲望，却会产生心理上的愉快感。纯粹形式与情感愉快之间的因果关系如同出自一个至上意志的安排，仿佛那形式的存在就是为了给人看并让人感到愉快，如同经验论的目的论者所说，老鼠生下来就是为了让猫吃。用批判哲学的语言来说，形式自身没有目的（因果关联），却又具有合目的性（因果间的相互性），并且这合目的性仿佛预先被规定了。这种仿佛如此的合目的性实际上是主体联想、移情的产物，因而是"主观的合目的性"。康德据此强调，鉴赏判断的根据是主体的情感与想象能力，它把对象的表象系于主体，不让主体注意对象的性质，而只注意对象表象之合目的的形式。所以，他在对鉴赏判断第三个契机做总结时，得出这样的结论："美是一对象的合目的性的形式，在它不具有一个目的的表象而在对象身上被知觉时。"

　　从逻辑上说，"美是对象合目的性的形式"是前两个美学命题的必然性推论：审美无利害性从"质"的方面排除了社会生活（利害关系）和善（道德成分），无概念的普遍性从"量"的方面排除了真（思想认识）。删除真、善和生活因素，除了形式，对象中还可能有别的东西吗？所以，结论必然是这样的："美""实际上只应涉及形式"。

五、无概念的必然性

　　康德对鉴赏判断第四个契机进行分析后，对美的性质做出这样一个总结说明："美是不依赖概念而被当作一种必然的愉快的对象"，该说明简化后的命题是：无概念的必然性。

　　鉴赏判断第四个契机旨在从模态层面向人们证明审美活动的必然性。模态在逻辑范畴中包括三种规定：可能性、现实性、必然性。在美的分析中，康德关注的是审美的必然性。知识判断以概念为基础具有认识上的必然性，道德判断以"你应该……"的义务要求为基础具有伦理上的必然性。审美判断不是以概念为基础，也不是以概念为目的，和知识无关，当然也不具有知识的客观有效性；审美出于个人的情感需要，不是出自义务或强迫，当然也不具有伦理上的必然性。日常经验中，人不会因为拥有知识就能凭概念推断出事物的美来，也不会因为接受某个人的劝告或遵从某个要求就能察知对象美不美，他只是由于切身的体验感受到某种愉快并判定事物为美。然而，就是这种个人性的感受却"期待别人赞同"（要求普遍有效性），化审美判断的个体现实性为群体必然性。这种主观性的必然性不通过知识和道德，又是通过什么东西产生和实现的呢？康德以"共通感"概念解决了这个理论问题。共通感是指个体情感得到一般人的共鸣从而产生主观的普遍有效性之心理情感，康德称之为"鉴赏判断必需"具备的"主观性的原理"。

康德从质、量、关系等三个方面对美感所做的分析，完全排除了社会内容，这从日常经验上很难说通。所以，他通过"共通感"这个纽带使鉴赏判断与社会性相联系，让审美活动从形式的真空地带回到社会生活领域。康德认为，审美共通感的社会依据源于人进行情感交流和沟通的需要。他说："在经验里，美只在社会里产生着兴趣；……人们的社会倾向是天然的，……社交性，是人作为社会的生物规定为必需的，也就是说这是属于人性里的特性"，通过鉴赏把自己的"情感传达给别人"，是"每个人的天然倾向里所要求的"。有了"共通感"，审美这种主观的情感活动就不再是纯粹个人性质的行为，而是一种社会性的精神活动了。审美活动通过使人意识到个体情感所具有的人类普遍性，使人从自然的存在提升到道德的存在，并通过人与人之间的情感交流，达至社会性乃至全人类的统一。

康德在鉴赏判断第四个契机的探讨中，找到了心理与社会、感官与伦理的联结点，并使它们获得一种经验的支撑。审美判断的纯粹形式从而获得了感性的内容，尽管这种感性内容是一种建立在抽象人性论基础上的社会心理。

六、康德美学命题的现代意义

黑格尔说，美学就是艺术哲学，这种说法至少对康德美学而言是成立的。"的确，康德通过美学建立起艺术系统的哲学惯例"，对艺术现象进行了"精彩的阐释"。康德对鉴赏判断所做的四个层面的分析，给西方艺术从古典走向现代开启了理论之门。稍加理论分析，便不难理解上述美学命题在艺术领域里的理论价值。

"审美无利害性"从质的方面揭示了人与事物的价值关联，属于"美的哲学"问题。"审美无利害性"对美无关实用也无关道德的性质定位，为艺术走向非功利化和非道德化之途敞开了大门，这直接影响着人们对艺术性质的理解，从而影响并制约着艺术创作的方向。"为艺术而艺术"的唯美主义、审美"心理距离说""表现主义"等现代派艺术理论，就是康德这一观念衍生的结果。从思想史的角度看，审美无利害性的观念确实提升了人的生存层次，它为人免除精神近视提供了一条精神思路。以致有学者认为，"除非我们能理解'无利害性'这个概念，否则我们就无法理解现代美学"。

"无概念的普遍性"从量的方面揭示了人与事物的心理联系，属于"审美心理学"问题。"无概念的普遍性"从量的方面对艺术与实用、艺术与认识做出了进一步的区分，为艺术与政治宣传、道德说教等意识形态因素保持距离提供了学理上的支持，为人们指出了审美心理的特点，这直接影响着人们对艺术创作、欣赏特征的理解，对于艺术创作实践具有实际的指导意义。"不凭借概念"这一认识告诉人们，概念化或道德说教的作品违背艺术创作的形象思维规律，这就为人们评价艺术作品品位高低提供了一个参照标准。康德对于审美活动"不凭借概念"的观点，把西方数千年艺术与真理、道德之间纠缠不清的关系从逻辑上彻底解决了。这一思想在当时直接影响了浪漫主义艺术的创作实践，后又引发艺术领域内的各种非理性主义思潮。"直觉主义""象征主义""意识流""超现实主义""意象主义"、弗洛伊德和荣格的艺术心理学等，都是从不同角度对"无概念的普遍性"之美学命题的艺术实践。

鉴赏判断的关系命题在思想上承上启下："无目的的合目的性"是对"审美无利害性""无概念的普遍性"这两个命题蕴含的审美之非认识、非功利、非道德思想的延伸发挥，其衍生命题"合目的性的形式"则是"无概念的必然性"命题成立的必要条件。"无目的的合目的性"这一命题表明，康德美学真正要排除的是私人的功利或直接的、实用的、当下的、短视的功利，而不是公共的、长远的、远大的人类功利。"无目的的合目的性"及其子命题"美是合目的性的形式"共同揭示了艺术活动的形式特征，它们向人们宣示：美的对象是符号化的形式统一体，是一个独立的世界，它有自己的游戏规则与游戏空间；与此相应，美感是无目的的合目的性的形式感。与此相关的推论必然是，艺术创作不必再去向生活中寻找素材，只需努力发掘形式本身就足够了。康德这一认识，为艺术活动走向形式主义提供了理论说辞。俄苏形式主义、英美新批评、结构主义、艺术符号学、艺术现象学等理论流派，把艺术作品视为封闭独立的结构，排斥任何内容方面的东西，均受康德这一认识的影响。就思想实质而言，各种各样的形式主义艺术理论，都不过是康德形式主义思想的放大。

"无概念的必然性"被康德视为鉴赏判断的最后一个契机，这一模态命题表明审美活动是个体性与群体性的统一。该命题赖以支撑的"共通感"概念，从理论上堵塞了艺术理解中经验主义和唯我论的片面性，从而避免了审美相对主义和不可知论。审美共通感没有现实利害上的矛盾，也没有认识或道德上的冲突，因而是人类最为纯净无私的情感，艺术领域由此得以成为人类生活中诗意的栖居地。作为美感必然性的哲学依据，共通感既是审美乌托邦思想的根源，也是一些人献身艺术的精神支点。有了共通感，审美活动才可以成为不同民族间的情感通行证；有了共通感，各类形式的唯美主义和形式主义艺术才有其存在的意义。当然，也只有在审美共通感的基础上，人们才能给予唯美主义、形式主义以合理的理解和评价。"无概念的必然性"的美学命题告诉人们，艺术美属于整个人类。因此，在康德之后，讨论艺术是大众的还是小圈子的，从逻辑上说是没有意义的。

鉴赏判断中的几个美学命题为艺术走向自律提供了哲学依据，使艺术本体论在理论上成为可能,从而成为现代派艺术的理论源头:"审美无利害性"的观念引发了唯美主义艺术思潮,"无概念的普遍性"成为非理性主义艺术思潮的理论诱因,"合目的性的形式"开启了艺术形式主义的理论闸门,审美"共通感"概念为人本主义艺术观提供了哲学依据。在现代派艺术的发展中,无论哪一个思潮或流派,都能在康德美学中找到思想依据。在西方现代文学发展史上,任何理论家的地位和影响都无法与康德匹敌,原因就在这里。

第三节 "知人论世法"与文学鉴赏

"知人论世"是鉴赏文学作品的一个重要的方法。"知人论世"说是由孟子提出来的。孟子曾对弟子万章说:"颂其诗,读其书,不知其人,可乎?是以论其世也。是尚友也。"尽管孟子的本义是要"尚友",但在客观上还是道出了理解鉴赏文学作品的一种方法。所谓"知人",就是要对作者的生平经历和思想有所了解,这样才能站在作者的立场上,与作者为友,体验作者的思想情感,准确把握作者的写作意图和正确理解作品的思想内涵。清代章学诚在《文史通义·文德》中也说:"不知古人之世,不可妄论古人之辞也。知其世矣,不知古人之身处,亦不可遽论其文也。"在"知人论世"的认知基础上,鲁迅先生结合鉴赏实践又进一步提出了"论诗三顾及"的观点:"我总以为倘若论文,最好是顾及全篇,并且顾及作者的全人以及他们所处的社会状态,这才较为确凿,要不然,是很近于说梦的。"鲁迅先生的这种论诗见解,是对孟子"知人论世"说比较严谨缜密的解释。由以上的论断我们可以看出孟子的"知人论世"说对后人产生了较为深刻的影响,使我们在鉴赏古代诗歌时,能够从作家所处的时代背景更加全面地理解作品反映的内容,透彻地把握此作品传达出的意蕴。从这一点上说,"知人论世"无疑是有着自身的科学性和合理性的。

一、"知人论世"有助于读者认知作者,体味作品寄托的情感

同样的生活遭遇,不同的人有不同的处理态度。苏轼、柳宗元同属唐宋八大家,同样才志高远,在政治上也同样遭受过打击,且仕途受挫时都不约而同地将目光投向了山水,希望能够在大自然中找到寄托,使自己失意的心灵得到自然美景的抚慰,同样的山水游记(苏轼的前后《赤壁赋》《记承天寺夜游》《游白水岩》,柳宗元的《永州八记》),却表现出不同的思想感情:柳宗元失意、孤独;而苏轼乐天安命,无往不适,旷达进取。而究其原因,则与作者所处的家庭背景、社会环境和个人的思想性格是密切联系的。从家庭

背景来看，柳宗元家庭生活很不幸，结婚三年妻子就去世了，而且没有留下子嗣，母亲又在永州染病身亡，其境况颇为凄凉；而苏轼则幸运得多。早岁与夫人情深意笃，遭贬期间有继室，还有弟弟等人的陪伴，因此，即使在外面受到了打击，但是只要想起家里的温馨，他的哀愁也就减少了许多。从社会环境来看，柳宗元参与改革获罪，上为君父弃，中无友朋援，下被庸人妒，情况十分寥落；而苏轼则不同，在政治上虽也屡遭贬黜，但其处境却与柳宗元迥异：东坡遭贬，上自皇太后，下至友亲朋，包括新党领袖王安石，都极力营救。而且东坡所到之处，人们并不因为他是个罪人而减少对他的尊重。所以，身处逆境时，苏轼心有慰藉，不似柳宗元那样凄苦。第三，从个人的思想性格来看，柳宗元有着强烈的功名心，是个执着的儒者。他虽通佛学，但是却不能真正地忘儒而信佛，因此，他就很难从佛学那里得到解脱。而苏轼博取儒、道、释三家思想，儒家的经世致用，禅宗的彻悟，道家的旷达经常交融在一起，对宦海沉浮，他也很能看得开。所以，当我们了解了这些作者的具体背景，再去探讨其诗表达的情感，就相对容易多了。

二、"知人论世"有助于读者把握作品传达出的内蕴

于谦的《石灰吟》描摹石灰特征，手法巧妙，但此诗的重点不是在咏物，传达出来的思想内蕴也不仅仅是歌咏石灰。"粉身碎骨浑不怕，要留清白在人间"，与其说是在歌咏石灰，还不如说是作者的自白。这就需要了解作者的生平经历。于谦为官清正，刚正不阿，在"土木之役"中抗击瓦剌入侵，为国家建立了奇功却受诬被杀，成为千古奇冤。石灰"粉身碎骨""清白"正是作者表达了自身的清白与愿意为国家献身的思想内蕴，其精神令人钦佩，命运令人悲叹。再如朱庆馀的《近试张水部》："洞房昨夜停红烛，待晓堂前拜舅姑。妆罢低声问夫婿，画眉深浅入时无？"此诗表面上是写一位新嫁娘精心打扮自己等待天亮拜见公婆的不安心情，但若要联系此诗写作的背景，则此诗所达出的内蕴并非如此。原来唐代有所谓行卷的风气，即应进士科举者将自己所作诗文写成卷轴，投献给朝中显贵或名人，希望得到赏识、举荐。此诗就是作者临近科场考试之际投赠给著名诗人张籍的，张时任水部员外郎。由于作者在赴试之前心情既兴奋又紧张，忐忑不安，这和新嫁娘在拜见公婆前的心境有某些相似之处，所以作者取其一点在诗中以新娘自比，以"夫婿"比张籍，以"舅姑"即公婆比主考官。但是若不了解此诗的写作背景，仅仅从字面上来理解，就没有真正地体味出此诗传达出的思想内蕴。

三、"知人论世"有助于还原读者一个真实而全面的作者

这个世界是个动态的世界，而人也是社会中动态的人。要了解作者的全貌，就必须学会用"知人论世"的方法去了解动态世界里的动态人，这样，才能够真正了解一个真实而全面的作者。如李清照的生活巨变改变了她词作的内容与风格。早期的闺中生活，安逸

舒适，再加上美满如意的婚姻生活，因此词作的内容大多抒写对大自然的热爱以及婚姻的甜蜜，而夫妻的暂离又使她弹奏出略带苦涩的望夫词。然而，在李清照生活的后半期，国破家亡的命运巨变使她的心境也随之变化，其词境充满了孤寂和清苦，风格悲凉沉痛。其境其景，又怎一个愁字了得？境遇的变化，展现了多种性格，而李清照的形象也在我们面前鲜活起来。由于世界是变化的，而个人的遭遇、情感也会随之变化，所以，不同的时间、不同的境遇创造出来的作品也会有不同的意境，展现出了人的不同性格，这有助于我们认识一个真实而全面的作者。

"知人论世"虽然是一个科学的鉴赏方法，但是，它是有局限性的。若在某些特定的情况下沿用此法，则会陷入文学作品鉴赏的误区。

（一）人品与文品不一

一般的情况下都是有什么样的人品就会有什么样的文品，但也有例外。最具代表性的例子就是潘岳。元好问在他的《论诗三十种》中的第六首这样写道："心画心声总失真，文章宁复见为人？高情千古《闲居赋》，怎信安仁拜路尘？"原来潘岳在《闲居赋》中传达给读者的就是他要守拙归田园，退隐山林，不再过问仕途上的一切。但事实上却是潘岳在做完《闲居赋》后不但没有归隐，反而与当时的权臣贾谧来往，以此作为自己达到官场显赫的政治捷径。正是由于潘岳在《闲居赋》中的感情失真，元好问对潘岳的人品与文品提出了质疑。他认为如果作品表现的总不是自己的真实情感，那么作品是很难表现作者的为人的，并以此来批评潘岳作诗的二重性。而后面的读者若还用"知人论世"的方法去鉴赏潘岳的《闲情赋》，则会有许多疑惑，所以，在这种情况下走"知人论世"的道路去鉴赏文学作品是行不通的。

（二）穿凿附会，曲解作品本意

古人解诗不免深求其义，生搬硬套，反而生硬勉强。例如《诗经·关雎》"窈窕淑女，君子好逑"本来是一句饱含爱情理想的名句，而《毛诗序》则认为它是"歌后妃之德"，曲解了这首名作。再如温庭筠的《菩萨蛮》一词写一位富贵华丽的女子晨起梳妆、穿衣打扮的情态，表现了她盛年独处的空虚、寂寞的心境，可是清人张惠言在《词选》中却认为，此词末二句有《离骚》"退将修吾初服"之意，这是不符合本词实际的。温庭筠是一位潦倒失意、有才无行的文士，既没有屈原那样的身世，也没有屈原那样的情操，怎么可能写出忠爱之思和家国之感呢？所以，生搬硬套，牵强附会，不但不会真正认识作品的文学价值，反而会得出一些荒谬的结论。

一些人看到了"知人论世"的局限性，则走向了另一个极端——偏重文本研究。这种方法是21世纪以来西方客观批评、英美新批评等方法，与我国传统的"知人论世"方法相反，它注重的是文学作品产生之后独立的价值，要求从作品自身的客观性出发去展开批评，因而有意识地避开一切外在的个人或社会的情况，把全部注意力放在对作品形式的研究上。这种方法的合理之处在于它们进入了对作品内部特点的精细研究和具体把握，在整个作品研究中占有更重要的地位。但这种偏重于文本研究的方法，也同样有着不可避免的局限。在对作品赏析时，有时候离开"知人论世"的引导，单一的文本研究也是苍白无力的。这种方法恰与"知人论世"有着互补性。所以，我们在鉴赏作品时，要把"知人论世"与"作品本体研究"紧密结合，再以其他的鉴赏方法如"以意逆志""诗无达诂""比兴寄托""虚实相生"等等作为补充，对各种鉴赏方法加以综合运用，实现感性与理性的完美结合，这样，我们才能够更好地触摸到作品的本质与精髓，才能够真正地品味出作品传达的独特的意蕴之美。

第四节　文学鉴赏与理想价值的追寻

一、关于文学鉴赏

文学鉴赏作为文艺学的理论组成部分，顾名思义就是以文学欣赏作为自己的研究对象。它是人们在阅读文学作品时的一种审美精神活动，它以语言文字为媒介塑造文学形象，反映现实生活，表现人们的精神世界。读者通过语言文字的媒介，获得文学作品中艺术形象的具体感受和体验，引起思想感情上的强烈反映，得到审美的愉悦和享受，从而使精神境界得到升华，简而言之，就是人们在阅读某一篇文章时，自身参与到了作者所塑造的世界里，从而感受这个世界里所蕴含的思想感情和精神世界。比如，著名的田园诗人陶渊明的作品《桃花源记》中构建的理想世界是生活富足、平等友爱、和谐美满、无苛捐杂税的社会，表达了人们厌恶动荡战乱、黑暗不平等的社会，向往和谐幸福平安美好的生活的愿望。这就引起了人们的认同和共鸣，激发人们的憧憬，慰藉人们的心灵，给人美好的向往，对促使人对光明平安进步社会的追求也起到积极促进作用。所以，文学鉴赏必须有读者的参与才具有文学创作的意义。

文学鉴赏作为接受的过程，它有着自身的特殊的性质特点。

（一）文学鉴赏是一种审美活动。

当我们读到某一部作品时，我们往往被作品当中优美的语言和生动的描写所吸引，为作品中饱含浓郁诗情的故事、情节、人物或者意境所感染，为作品深邃的思想意蕴所折服，总之，我们进入文学作品所创造的那个充满诗情画意的艺术世界，从而发生某种情绪上的反应，如欣喜、愤怒、悲哀、惊骇、振奋等，我们就被作品所感动了，这就是文学的审美属性所在。

（二）文学鉴赏是一种认识活动

文学作品是以语言文字为载体，作家运用自身经历以及艺术表现力加以美化的艺术作品。不同的作者创作出来的文学作品对每一个读者都会有着不同的认识。例如，鲁迅的短篇小说《祝福》通过对主人公祥林嫂这一典型形象的悲剧命运的描写，揭示了中国封建社会的君权、神权、族权、夫权严重摧残广大劳动妇女的历史真相。这一部作品就能够让现在的读者通过鲁迅的描写深刻体会到旧社会女性地位的卑微，封建制度的腐朽，因此也说文学是提供人们认识世界的有益途径。

（三）文学鉴赏是一种文化价值阐释

文学作为一种文化蕴涵丰富、文化信息秘籍的文化价值产品，其无论是对于创作者或是读者，文学都关乎作为生命主体的生存的价值和意义，因此，读者在阅读文学作品时，可以从中探索某种文化价值和意义。例如，巴金的《家》以描写20年代初期四川成都一个封建官僚地主家庭和祖孙两代的矛盾冲突为线索，通过梅、鸣凤、瑞珏三个女子的血泪悲剧沉痛地控诉了封建制度对年轻生命的摧残，深刻揭露了封建大家庭的罪恶极其腐朽没落，同时热情地歌颂了青年一代民主主义的觉醒及其反封建的斗争精神。读者在阅读作品时，实际上就是与作家进行一场交流，作家通过作品把当中蕴含着的思想或者是作者本身的希望传达给读者，希望读者能够有意义地活着，为着人生价值而斗争。笔者认为这也是文学鉴赏当中最有意义的一个环节和一个作用，它对人的理想价值追求有一定的指导作用。

二、文学鉴赏对理想价值追寻的影响

理想是现实的人对未来的想象和设计，几乎每一个人都有着自己理想的世界和自己人生的价值，但是一时半会儿我们很难找到自我人生的价值，那么我们应该从哪里找寻呢？文学。如以上所说的，作家在创作作品，读者在欣赏作品，我们在阅读的同时与作家做了深度交流，感受他们的内心世界，让自己身临其境，在慢慢积累的过程当中逐渐找到了自己的人生理想，这就是文学鉴赏最大的意义。笔者认为文学鉴赏对理想价值的追寻影响有以下几个方面：

（一）文学鉴赏能够激发人们树立正确的人生观、价值观和世界观

文学作品本身蕴涵着丰富的情感力量，它直接诉诸于人情感体验，用形象反映社会生活的意识形态,它所创作出来的意蕴能激发人们的情感,陶冶人的情操,使人排除困难,向着崇高的精神境界出发。诗,作为中华文化精华中精华,是中华文化宝库中最辉煌灿烂的部分。送别诗寓情于景,情景交融,借助于想象、联想塑造形象。写景诗或者寓情于景、情景交融,或者用白描手法,或托物言志。边塞诗,描写苍凉景物,抒发悲壮的爱国之情。浪漫主义,上天入地;现实主义,引人深思,它们都对人有不同的感染作用。美学家朱光潜谈读李白《经下邳圯桥怀张子房》一诗的体验时写道:"常常高声朗读。朗读时心情是振奋的,仿佛满腔热血都沸腾起来了,特别读到最后'唯见碧流水'四句,调子就震颤起来,胸襟也开阔起来了,仿佛自己心中也有无限的豪情胜慨,大有低回往复、依依不舍之意。"类似例子像杜甫的著名诗句"朱门酒肉臭,路有冻死骨"深刻反映了唐朝末期阶级对立、阶级矛盾的现状,人们处于被剥削被压迫的水深火热之中,预示着人们为了生存必然会反抗,必然会同吃人肉喝人血的反动统治者做斗争,推翻腐朽统治,促进社会公平。这样的作品是能引导人们认识生活本质的好作品。而在两宋时代,国事飘摇、山河破裂,这一时期的文学作品充满了强烈的爱国情感和忧患意识。保家卫国、收复失地是这一时代的文学强音。其中最为典型的就是范仲淹《岳阳楼记》的"先天下之忧而忧,后天下之乐而乐"的爱国情怀,更为后人树立了爱国主义的永恒丰碑。对这些文学作品的鉴赏赋予我们美好的情怀,所以当今的教育从来就不缺乏对人们的爱国主义教育,通过欣赏与教育,人们能够从文学中找到那些激励人心的故事,激发自己的斗志,永远保持着积极向上的精神,成为一种推动国家发展的民族精神。从古至今文学的不断传承,让人们在鉴赏中逐渐形成了积极向上的人生观、价值观和世界观。

(二)文学鉴赏能够净化心灵

文学鉴赏能够帮助人们认识自我,完善自我,陶冶情操,提高认识,树立高尚的道德品质。所以,我们需要文学鉴赏,不管是小说、散文,还是影视剧,它们都是社会的某个缩影,我们可以从中看到自身的缺陷,从而改变自己,又或者是我们可以在文学鉴赏中变更我们心里的浮躁情绪,慢慢地改变自己的心境。在品赏作品的时候,人们不仅要了解作品反映了什么样的社会生活或历史事件,还要了解作者是在什么思想情绪推动下创作作品的,以及作品表现了什么样的个人情感和社会心理。在这方面,不仅大量表现人的优美情趣、高尚情操和强烈爱国主义精神的诗文作品,可以使鉴赏者在阅读感受过程中受到美的熏陶,就是比较冷峻的以再现生活为主的现实主义作品,也能够起到这种有益的作用。如鉴赏鲁迅的《孔乙己》和契诃夫的《装在套子里的人》,鉴赏者可以认识到既无真才实学又无自爱之心的人生之可悲和把自我封闭起来拒绝现实的精神之可笑,从而产生哀愤之情。又如吴敬梓的《范进中举》和巴尔扎克的《守财奴》,在作品的犀利嘲讽中,鉴赏者可认识到利欲熏心的陈腐知识分子之可憎和敛财无度鬼迷心窍的吝啬鬼的可恶,产生一种厌恶之感。

（三）"一本书改变人生"

文学鉴赏对人生理想价值的指导作用就是它在某个瞬间不经意改变了很多人的人生走向，帮助他们找到了人生的真谛。这就是文学鉴赏的魅力和意义之所在。"一次刻骨的失恋，一次意外的车祸，一次深刻的谈话都可以改变一个人的一生，但有一个成本最低，机率最大的方式，可以改变你的人生，那就是阅读。"这是坐在轮椅上的台湾出版业传奇人物郝明义，在做客新安读书论坛时，讲述自己"寻找改变人生的一本书"的故事时说的话。40岁之前的郝明义一直在从事和出版有关的工作，但是在此期间，他不断尝试其他工作，曾经写过剧本想做编剧，就是想摆脱"指腹为婚"的出版行业。直到40岁那年冬天的一个晚上，郝明义从书柜里翻出了《韩非子集释》，他惊讶自己辛苦摸索领悟出的道理早在2000年前韩非子就已经总结出来了。郝明义忽然感受到出版的魅力，他觉得很幸运，"指腹为婚"的对象不是勉强结婚的对象，而是苦苦寻找了16年的爱人。还有作家约翰·格雷年轻的时候，因为阅读《存在的科学和生活的艺术》，通过冥想的方法开发了自己的潜能。心理医生盖伊·亨迪克斯因为一本《生活之书》，走出了悲伤的阴影，重新获得了生活的希望。商界名人鲍勃·扬因《唐吉诃德》而获得巨大的人生启发，取得了商业上的成功。一本好书，无意中会纠正人们错误的人生观，比空洞的说教强多了。好书胜过好老师，好书也胜过好家长。优秀的书籍激励人生，教人一心向善；一本好书，不但可以启迪智慧，点亮心灯，而且可以让人生不再在黑暗中徘徊。这就是阅读的魅力，也是鉴赏文学的魅力。

"文以载道"是中国文学的优秀传统，只有文学被鉴赏才能发挥它的社会功能。这里笔者认为文学鉴赏对于我们人生理想价值的树立有指导作用，使人能够树立正确的世界观、价值观和人生观，能让我们认识自我，认识社会，甚至还可能改变我们的一生。总而言之，文学鉴赏就像是人生当中的指明灯，因为它使我们明白人生意义之所在，不断地追求理想价值，实现个人的价值！让我们在阅读好书中建构自己的精神家园吧！

第十二章

文学鉴赏的分类鉴赏

︙

第一节　诗歌鉴赏

一、诗歌价值的相关概述

在我国的文学史上，几千年来，诗歌一直占领着重要地位。唐代，诗歌被列入科举考试，其更是得到了空前的发展，诗人们前赴后继，诗歌史无前例地繁荣发展着。其题材可分为：写景状物、抒情言志、寓理载道等，包含社会、人文生活中的诸多方面，不仅表达一个人的感情，更可以从中看出当时的社会风貌。

在外国人眼里，中国是一个诗意的礼仪之邦，诗歌的发展为古代的中国树立了良好形象。作为现代的中国人来说，如果对古典诗词缺乏充分的理解，就无法对过去的优秀思想文化建立深刻的认识；如果对史诗没有充分的了解，便无法从我国经历的社会变革中，对事件的发展变化产生新的思考；甚至可以说，如果不懂诗词，就不能得到我们几千年来民族情感的真传，无法理解中华民族的"风骨"。

由此可见，诗词是我国传统文化之巅的璀璨明珠，是中国上下五千多年深邃文化的精华。通过阅读诗词，体验它的美感，就如同跨越千年与古人交谈，那一篇篇千古绝唱，经过了历史的酝酿，更加浓香醇厚，能够滋养人的心灵，陶冶人的情操。

二、诗歌鉴赏常见误区

诗歌鉴赏在高中阶段始终是学生的一个痛点，诗词的阅读难度较大，尤其在理解作品的思想内容和作者的观点态度等方面，很多学生都说"看不懂"。高考中诗歌部分的得分更是成了有力的佐证。高三专题复习时花费了大量的时间和精力，却没有得到相应的效果，是什么造成了这一现象？下面对此进行分析。

（一）缺少对诗歌共性的分析

高中阶段学生只知道盲目刷题和思考、缺乏巩固，不能对所学知识进行前后联系、融会贯通。学生的知识面断裂，不能形成一个完整的知识体系。在这种情况下，学生往往不能够准确判定诗词常见的写作思路、所写的思想内容，那么在这种情况下去探究作者丰富的思想感情，简直就是天方夜谭。因而，我们要尝试着去找寻诗歌写作、抒情的共性特征。

1. 借典故抒发思古、身世之慨

封建社会的时代特征和当时一些特定的社会背景，使得一些文人不敢正面指责统治者的不足，因而相当一部分诗人就借用典故委婉地抒发自己的壮志难酬、人事变迁的情怀。

诗词典故中的人物往往和创作者有着相似或相反的人生经历，所以在抒发的情感上也一定有相通之处。如苏轼在《江城子·密州出猎》中"持节云中，何日遣冯唐？"一句借魏尚自喻，抒发了怀才不遇、壮志难酬的郁闷，表达了渴望报效朝廷的壮志豪情。因此，在学习诗歌的过程中要做一个有心人，对于出现过的典故做好分类整理，以备不时之需。

2. 借景抒发家国、飘零、思乡之情

古人有句俗话：故土难离。因为古代政局不稳、交通不便等因素，使得那些生逢乱世的文人、被贬他乡的官员、在外游历的学子对故乡有着难以言说的情愫。这类诗往往会借眼前之景抒发飘零之苦、身世之悲、思乡之切。

杜甫和王绩都写过《野望》，而这两首诗的写作手法如出一辙，层次清晰又不失变化。先叙事、写景后抒情言志，写景为言志蓄势，抒情体现全诗的意旨。如杜甫在《野望》中通过他所见的西山和万里桥之景，引发"战乱使兄弟分隔两地，自己身患疾病流落他乡，却仍一心报国"的感慨。王绩也是通过他在东皋的所见抒发出何枝可依之感，进而有了"怀采薇"的志向。

古人常通过写景、叙事来抒发自己的情感。所以了解诗词的写作方法，也是理解诗歌复杂情感的一种助力。学生在做题时如果能够掌握诗词作者一些常见的写作方法，了解每一联、每一句的内涵，那么就能准确了解作品中所抒发的情感。如果我们对学过的教材进行共性分析，那么对于诗歌的理解一定会事半功倍。

（二）缺少对作家生平和诗词风格的了解

高中复习的功利性很强，很多老师已经习惯了讲述高考考点，对于考纲不做要求的文化常识往往一语带过。学生对很多文学知识也是浅尝辄止，不能做全面的了解。如2016年海门市第二次模拟考试考了李清照的一首词，其中一题要求学生结合《如梦令·常记溪亭日暮》探寻两首诗词的语言风格。当时这道题总分是4分，结果全市的均分只有0.6分。可见学生对于李清照的生平一无所知，那更不要说诗词风格了。所以答题时部分学生在茫无头绪的情况下就自动把它换成表达技巧来做了。如果能够了解李清照的生平，知道其早年生活优渥，出嫁后生活美满，就会了解这一时期的很多作品描绘的是她悠闲的生活，韵调优美，这时的语言风格就相对婉约细腻。即使与丈夫分隔两地时写的"雁字回时，月满西楼"也是格调明朗。但是金兵入侵中原后，她流落南方又加上赵明诚病死，李清照的境遇越发孤苦无依。这一时期的词作一改早年的轻快明丽，变得沉郁哀伤。如"物是人非事事休""寻寻觅觅，冷冷清清，凄凄惨惨戚戚"都说出了她当时的哀怨，情调悲伤、抑郁。

如果学生知道"常记溪亭日暮，沉醉不知归路"是她早年的作品，那么作品明快的风格就非常容易理解了。在很多文学作品中，作家的生活经历往往会映射在他们的创作中。所以教学不能太过功利化，不能因为文学文化常识不在考纲的范围之内，我们就忽略对一些作家的了解。

（三）滥用专业术语，模式化过于严重

在高中阶段老师都比较善于进行题型的归类，如：①景物描写的作用；②赏析某一联或某一句的表达技巧；③使用某一字的好处等。这些题型的确可以建模，但是导致学生不能联系实际内容，答题时架空诗歌泛泛而谈。如2017年南通一模《酬屈突陕》中诗歌第一题：请简要说明首联写景的作用。很多学生的答案仅限于：渲染了氛围；奠定了全诗的感情基调；为下文作铺垫。这种滥用专业术语的现象非常严重，而对于诗歌"落叶纷纷满四邻，萧条环堵绝风尘"具体在讲什么、渲染了什么氛围、奠定了何种基调一概避而不谈，因而严重影响了得分。

（四）缺少辨别题型的意识

近两年诗歌中"表达效果"的题型频频出现。何为"表达效果"？简而言之，就是表达技巧所起到的作用。有部分同学把答题的重心放在了表达技巧上，这是审题的偏差。如2016江苏高考中出现的"选取李广的材料有什么表达效果"。如果只是从技巧的角度去答，那么就远离了出题者的意图。2017江苏高考中诗歌鉴赏的第二题又是这种题型的典型体现。"明朝烟雨桐江岸，且占丹枫系钓舟"，从"明朝"两字中我们可以看出，这是作者对未来的期许，所以这是虚写想象；而"桐江、丹枫"则交代了时间和地点，"系钓舟"这件事把作者的归隐之心彰显了出来。如果学生抓住这几点去分析，在结合作者的生平，那么这道题就不会失分严重。因此，审题很重要，尝试去了解出题者的意图，做到问什么答什么，绝不能离题万里。

所谓"授人以鱼，不如授人以渔"。在诗歌的教学中，我们要走出模式化的答题误区，因为对于诗歌的解答重在"神"而非"形"。只有让学生把握读懂诗歌的方法，才能以不变应万变。

三、诗歌鉴赏的美学鉴赏

古诗集中了历代中华文化的成果，具有独特的艺术气息。"诗言志，歌咏言，声依咏，律和声。"诗人们需要掌握纯熟的艺术手法，遵循严格的韵律笔法，以精炼的语句、真挚的情感和丰富的意象来细致周全地表现社会生活与人类精神世界。

早期，诗与歌、乐、舞是一体的。诗是歌词的一种早期表达，配合音乐来表演，在舞蹈中进行歌唱，后来逐渐演变成诗歌。由此可见，诗歌从产生开始，就具有极高的艺术性，其特殊的格式及韵律，配合古代歌舞，更是促进了音韵美的产生，诗歌中的对偶、押韵、夸张等艺术手段，更是体现了早先的这一特点。下面通过诗歌的语言与修辞具体分析其美学价值。

古诗按照内容可分为：叙事、抒情、送别、边塞、山水、田园、咏史、咏物、伤逝、讽喻等；其最重要的特征便是：言短意长，语言凝练、意境朦胧、情感含蓄，有中国人特有的委婉之美感，具体在以下三个方面可以得以体现。

（一）灵活处理语序

诗人通常在表达时不喜欢循规蹈矩，为了追求诗歌的艺术性，倾向于打破语言的常规，采用倒装、省略等句式，将句子灵活处理，或为了平仄及韵脚的需要，或为了突出强调，这样读起来有种音韵美。

（二）广泛使用修辞

修辞是诗歌中最常用的手段，它使语言变得有活力、生动形象。古诗中的修辞使用非常灵活。最常用的是拟人，将意向人性化，以托物言志。此外，诗词的抒情性也很强，因此在表达感情时，十分独特，纯熟运用比喻、借代等手法，形象生动地抒发感情。巧妙地处理使感情更加具有色彩，也更细致。同时，诗歌中常用对偶等句式，追求对称美和音韵美，更能体现中华文化的魅力。

（三）巧妙选择意象

意象是诗歌中常用的寄托对象，包含了作者的主观情感。诗人常常借景抒情或托物言志，巧妙地利用意象进行说理或者对比自身以抒发感慨，也有时借用意向抒发感情。诗歌的巧妙在于通过意象的变化暗示情感的变化，若隐若现的情感在仔细品读间可以慢慢体味，充分体现了古典语言的婉约之美。

四、诗歌鉴赏的美育价值

古典诗词通过诗人极高的审美认识，丰富的审美情感以及创造美的能力，为人们创造出生动的作品，传授世人以生动有趣的审美课程，对人们进行审美教育，有极高的美育价值。

（一）音韵节奏带来平和的心境

古诗的美不在于一瞬间的惊鸿一瞥，而是在慢慢体味中悠远细长的美感。在朗读时，其朗朗上口的音韵感以及铿锵有力的节奏感都能激起读者情绪的共鸣，感受到心灵的震撼。

上文提过，诗歌原本是伴舞配乐歌唱的歌词，起源时，乐人按照乐谱的音律节拍来写词、填词，后来的创作中，诗人也喜欢采用这种音律平仄。诗歌虽脱离了音乐，但其节奏、韵律、平仄、韵脚仍保留于词作之中。正是古典诗词中语句长短的恰宜、字句的推敲、前后的韵脚、抑扬的平仄，阅读之，可以让读者感受到如同聆听音乐一般的心灵沉静，收获淡定平和的心态。

（二）画面、色彩美带来审美情趣的提升

诗歌中，画面色彩特征最明显的便是山水田园诗歌。这些诗歌描绘美丽的田园风光，向往清简淡雅的乡村生活——把酒对歌、写字赋诗、闲话桑麻，表现了平淡生活的种种情趣，让对生活感到疲倦的人们体悟到生活中的平淡的魅力，同时也增加生活情趣，其对自然风光的描写启迪人们在繁忙的生活中，不汲汲于名利，懂得忙里偷闲，享受生活的乐趣。

此外，作者在作品中景物进行的描绘十分形象生动，读起来使人如身临其境，身未至而心向往之，给人以美的印象，使人生出喜悦之心，保持身心愉悦。

（三）体悟情感美带来气质的提升

古人有云：腹有诗书气自华。欣赏古典诗词，深刻体悟作者的情感，或直抒胸臆，或托物言志，其都代表了一个时期的思想文化。读诗如读史，清晰地认识一个时代的风貌，增广眼界；了解一个王朝的兴衰，以史为镜，对当今的时代有更多的了解。同时，在一些哲理、讽喻诗中，可以让人体悟许多道理，变得睿智。以上这些，均能提升一个人的眼界见识，从而带来气质的提升，在当今竞争性的社会中有重要的意义。

（四）体悟胸襟的豁达美

古典诗词艺术高远之处在于胸襟与气魄，并由此对社会、人生产生新的领悟，升华心灵，开阔眼界。在极目远眺的艺术意象中，可以体悟到豁达的人生态度，高尚的济世情怀，进一步领悟其中所包含的艺术蕴含，可以深切感悟旷达的人生态度。多读诗，可以使人目光远大，收获一种眼界与胸襟。

五、如何合理地进行诗歌鉴赏

（一）明确诗歌的类别

鉴于诗歌的漫长发展历程，它的分类变得十分复杂。从表达上可分，可分为抒情与叙事诗；从形式上有古体、近体诗以及词曲；内容上，诗又有写景、叙事、哲理、边塞等不同的题材。纷纭复杂的体裁有不同的特点，甚至影响全诗的情感走向。学会鉴赏诗歌，首先便要了解其体裁类别，才能进一步更好地去鉴赏它的艺术价值。

（二）了解诗歌的表现形象

诗歌中常用意象来暗示情感。了解诗歌特点最重要的便是理解意象。意象是诗歌中出现的物体或者景物，其中包含着作者的主观情思。在诗歌发展过程中，形成了一些特定含

义的意象。诗人常通过特定的意向来表达自己的情感，如"酒"暗示离愁，"红豆""青鸟"代表爱情，"明月"暗示思乡。熟悉了意向的含义，有利于理解作者的意图，把握诗歌的主体情感，以便进一步的鉴赏。

（三）体会诗歌的字词含义

诗歌的精华是语言，其具有优美、简练、委婉等特点。诗人常通过对语言的锤炼，去营造高雅的艺术境地，使意境悠远深长。此外，通过委婉的语言，隐藏着诗人内心深的情感，却不明显地表现出来，更加耐人寻味。因此要鉴赏诗歌，理解语言，"炼字"十分重要。在短小的诗歌中，每个字都有可能隐含情绪，有时也会有双重含义。因此作为鉴赏者，不能满足于理解基本的字面意思，更要加强对感情色彩的把握，从整体情境入手，理解其引申义，加深对语言的品味，深入体悟古诗中的语言美，最终正确理解全诗。

（四）明辨诗歌的表现手法

诗歌的表现手法包含三个方面：抒情方式、描写手法、修辞手法。此三者都作为锦上添花之物，进一步增加诗歌的美感。鉴赏诗歌时，对表现手法多加注意，更可以增加对其美育价值的感悟。

（五）把握诗歌的思想感情

诗歌的情感包含在意境中，相对不那么明确。意境是作者通过意象叠加而成的，将要表达的感情与诗中所描绘的场景有机融合而成的艺术境界。感受诗人所营造意境中的氛围特点，才能体会作者的情思。

六、现代诗歌鉴赏的方法策略

诗歌教学是一种培养学生鉴赏能力、人生感悟力、表达能力、审美观的教学科目。可以说它是一种不实用且不具备功利性的文学教育，它体现的是人们内心的世界，是一种具备智者、仁者思维的精神活动。作为新时代的教师，应准确地掌握现代诗歌的特征，不断地学习和鉴赏现代诗歌作品，从而寻求出合理而有效的诗歌教学策略，引导学生鉴赏现代诗歌。现代诗歌鉴赏可以突破时代的隔阂、语言的阻碍，但仍受到各种因素的影响，它的表现手法和表达内容较其他类型的文体要繁杂很多，给学生的理解造成了一定程度的困难，这就需要教师在教学中运用适合学生的教学手段，引导学生领悟诗歌的内涵，掌握诗歌的意境和作者的情感。本书将以鉴赏现代诗歌《再别康桥》《雨巷》为案例进行探讨，以总结出有效的现代诗歌鉴赏方法，从而提高诗歌鉴赏教学的课堂效率。

（一）介绍诗歌作品的相关信息

在进行诗歌学习时，教师可以先讲解与诗歌相关的知识，让学生能正确地认识现代诗歌，并以客观的态度去理解诗歌。要让学生认识诗歌的作者，包括作者所处的时代、作者的家庭背景，让学生能从整体上认识诗歌，从而易于进入诗歌鉴赏的状态，并结合作者的相关信息，让学生更容易地理解诗歌。比如，在对《再别康桥》这篇现代诗歌进行鉴赏教学时，教师可以向学生介绍作者徐志摩的相关背景信息及个人概况：徐志摩，生于1931年，逝于1987年，隶属于新月派，是中国最潇洒的现代诗人。他在短暂的人生中，一直追求爱、自由和美，这在他的这些诗集中可以体现出来，他的诗富于想象，富于浪漫色彩，能给人一种清新秀丽的感觉。《再别康桥》是他的名作，也是他所有诗中最具代表性的著名诗作。他曾经留学于英国剑桥大学，对剑桥充满无限的爱，康桥在作者的心中深深地埋藏，它是作者心中爱、自由和美的化身，在徐志摩三次游剑桥大学后，他带着无限憧憬、爱意和眷恋写下了这篇著名诗作。通过对诗的产生背景进行鉴赏，让学生了解作者的作品风格，从而易于接受诗歌的内容，进而从诗人的角度出发去理解感受诗歌的韵味和意境，为诗歌鉴赏做好铺垫。

（二）运用诵读的方法让学生去领悟诗歌的意蕴

诵读是依据声音、语调阅读诗歌，让学生去领会诗人的情感。它可以将无声化为有声，将简单的视觉效果化为情感的综合，从而理解和掌握诗歌的语言。它可以加强学生的感受力、理解力和欣赏力，激发学生的思维，引发学生的联想，增强学生的语感，陶冶学生的情操。故在进行现代诗歌鉴赏时必须要对学生进行诵读训练。具体可以将诵读分为以下几个环节进行训练：①进行读前指导，教师通过播放录音，让学生通过听录音感知诗的内容，掌握诗的感情基调，然后让学生带着感情去朗诵诗歌。比如在进行《雨巷》这篇诗歌鉴赏时，教师可以在课堂即将开始前，播放《雨巷》的朗诵音频，让学生去认真感受、认真听全诗，然后根据自己的理解去尝试模仿诗歌进行朗诵，这样不仅让学生易于接受，也能加深学生对朗诵诗歌的印象和美感。②进行初读尝试，让学生在自由朗读后，描述出自己诵读的感受，并引导学生一起评价诵读的质量，以体现学生的主体性。在这一过程中，教师可以鼓励学生自由朗诵，大胆诵读，还可以表演诵读，与同学进行比较诵读等等，从而活跃课堂气氛，提升课堂教学效果。再以《雨巷》为例，教师在学生听完诵读后，可以通过设置问题来引导学生描述自己的感受，如：雨巷这首诗的意境是什么样的？通过听这首诗，你眼中会展现出怎样一幅画面？通过这些问题让学生去抒发自己的看法，然后进一步让学生进行多种方式的朗读，并大胆地展示自己，然后全体学生一起参与评价。③教师品读，教师对文章有着更深的理解，通过品读，教师可以带领学生更快地掌握诗歌的主题，让学生能更好地理解诗歌，进而诵读诗歌，起到良好的示范作用。④齐读，让每位学生都有机会进行朗读，便于学生更进一步感受诗歌的情感，从而领悟诗歌的蕴意。

（三）推敲诗歌中的词、字、句，为鉴赏诗歌奠定基础

读书的次数多了，文章的意义自然就会显露出来。反复地阅读诗歌，不仅能让学生慢慢地去认识诗歌，认识生字、生词、生句，积累知识，还可以使学生对诗歌中优美的字、词、句产生推敲的意愿，从而去理解感受作者思想，进而理解诗歌。诗歌具有极强的凝聚力，简短的语句就能寄寓作者深邃的情感，这就要求读者用心去分析诗歌的每一个词句。如《再别康桥》中的"长篙"和"笙箫"，等等。另外，诗歌中的押韵、换韵也会反映作者的情感，比如《再别康桥》中的"轻轻地""悄悄地"的反复使用，让全诗蕴含了音乐的美，让读者产生余音缭绕的感觉，这可以体现出作者对康桥的依依不舍之意和惜别之情。还有阅读推敲时，可以依据文章中的句子、情境去揣摩作者情感的变化，通过体会这种情感的变化，让学生慢慢融入作者的思想，从而产生情感。如《再别康桥》中第一节的诗每行有六七个字，句子都相对平整，内容起伏不大，可以反映作者比较沉寂的感情；后面紧接着的诗句"康河的柔波里"，反映了作者情绪的变化；最后"悄悄地我走了"中的"走""悄悄地"更是体现了作者告别康桥时心情的低落感。如此这样，通过反复推敲诗歌中的字、词、句，让学生在推敲中自然发现诗歌的特点，从而结合全文内容情境进行分析，为诗歌的鉴赏奠定好的基础。

（四）通过艺术手法让学生领悟诗歌的玄妙

诗歌是用少的语言表达丰富的内涵，因此，它拥有多种表达技巧，如比喻、借代、拟人、夸张等手法。每一首诗歌都有自己的表达技巧，它可以包含一种、两种或是多种，还可以交叉运用，这就加大了诗歌鉴赏的难度。因此，教师在诗歌鉴赏教学过程中，必须多为学生介绍常用的表达手法的特征、用法和意义。比如在《再别康桥》中的"软泥上青荇的招摇"就使用了拟人的表达手法，形象地表达了康河的寂静。在鉴赏教学中，教师可以运用演绎的方法进行诗歌鉴赏，先对诗人的作风和特点进行认识，然后去分析作品。

总之，进行现代诗歌鉴赏教学，教师必须先对相应的诗歌进行自我解读和分析，并探索出更多有效的方法去提升诗歌鉴赏课堂的教学效率，以学生为主，让学生能真正参与到诗歌课堂学习中，并真正参与到现代诗歌鉴赏的课堂实践中，这样学生才可以更好地理解诗歌的意境，体会诗歌的语言美和意境感，从而真正提升自己的鉴赏能力、感悟能力和表达能力。

第二节 小说鉴赏

小说鉴赏能力的建构来自小说阅读群体鉴赏能力的苍白及高考小说鉴赏题的流行。当下高考文学类作品的鉴赏由以前相对狭小的散文鉴赏向多元化发展。专家学者们充分认识到小说作为最受读者欢迎的文学样式，有着极为深厚的阅读基础。因此，无论对于社会不同年龄结构的阅读群体，还是已具有一定文化基础的高中学生，无论是一种文化的消遣，还是一种应试的能力，掌握或理解一些基本的小说鉴赏能力，应该是有益的。

现状如此，文学创作真正进入了百家争鸣、百花齐放的时期，任何人都可以在一夜之间借助某个平台成为作家。中国的作家数量居世界之冠，但作家的经历、学识、修养，最为重要的是良知与责任意识有着巨大的差异。于是，书摊书店推出的精美甚至给人强烈感官刺激的封面和标题，会让许多学者茫然。而优秀的作品可能淹没于默默无闻之中，读者也对阅读的取舍左右为难。

一、先要明白小说的特质

一部完整的小说是一个完整的艺术生命体。它应该由形而下的形象层面和形而上的精神层面整合而成。而题材、情节、环境、人物、叙事方法、叙事语言等要素组成了形象层面，主题、情感、风格等组成了精神层面。古典小说、现代小说、当代小说在这些要素方面都有着明显的特质差异。

（一）文学创作的社会责任心和历史使命感是文学构成的上层建筑中相当重要的环节

作品思想的正确引领作用、深刻的反思特质同样使文学具备了统治者期盼完成的功利色彩。这两点于人和社会的健康发展有益无害。然而当代小说中某些作家由于个人素养与品质的问题，使不少作品中出现了这样两个现象：一味迎合低幼庸俗的阅读状态；对历史、社会的极端不负责任，以失真而误导的娱乐消费态度完成个人财富的创造。显然"文化是一种消费"是进化的结果，也不可否认，创作的物质性追求可以甚至必然导致文化消费的繁盛。还可以说，个人有创作自由、言说自由、选择自由、欣赏自由诸多的阅读权利，但文学的精神化功能完全被单纯的消费取代，是一个严峻的现状。

（二）小说定义具有含蓄的特质

且说小说题材中一个重要的潮流——以底层叙事为例，无论是高中课本选录的《祝福》《孔乙己》等，还是当下作家葛水平的《连翘》、阎连科的《天宫图》、迟子建的《雾月牛栏》等作品，当代小说定义的含蓄丰富特质与传统小说相比，应该有了明显的进步。当代小说中的许多作品尤以余华的《活着》《许三观卖血记》为代表，可以解读出这类作品的含蓄信息起码有两个：一是作品给予读者廉价欢乐的阅读享受心理，乃至在这样廉价的阅读状态中暂且忘记自我生存的尴尬，使众多阅读对象在消费许多无聊毫无价值的休闲时光中找到困窘生活中可以比照的对象，并以福贵、许三观的生存状态为参照物，有了聊以自慰的理由。这样的阅读说得可悲一点，恰恰是当下文学作品的教化功能的表现之一，教人安于现状、利于社会稳定。它与阅读《阿Q正传》时的哀思甚至是阅读过程中激起的反抗精神或受鲁迅小说定义影响而生发的革命意识有着明显的不同。二是这类作品对弱势群体的生存苦难及绝望的心理做出真实的展示，而展示是残酷的，有如没有了自尊却依然能看到苦难降临的主体。那种阅读中的恐慌焦虑、反感是主题定义深刻的表现。当代小说尤其是21世纪以后的诸多小说都给了我们这样不易觉察的痕迹。

二、小说能力的建构分两个层面

一个是消费阅读状态，一个是具有功利性的应试阅读状态。

就一般阅读状态下的读者而言，其实要关注的只是阅读过程中的期待价值是否与理想的标准一致。显性的阅读期待是小说情节的紧张刺激或忧伤悲壮或快乐愉悦是否给予阅读个体在娱乐消费中的心理期待，个体关注的小说人物的命运结局是否与阅读预设保持一致。隐性的阅读期待则是小说能否完成。无法预示的天灾人祸如同雪上加霜般地使本已困窘不堪的苦难生活更加艰难，借小说叙述语言、叙事技巧等手段得以逼真地还原再现。再深刻一点，就是能生出以文学作品中的不同人物作为阅读个体现实生活中的参照对象，从而获得比照的生活满足与为事业奋斗的阅读享受。说到底，具备了这样一些简单的能力，或者有了一些这样的阅读意识，个体的阅读素养可能会有一个提升，也能帮助读者在选择作品过程中做出物有所值的取向。

应试阅读状态下的小说鉴赏能力的建构，其重要性不言而喻。这种能力可以由教师的讲授、学生的理解并在实践中理性完成。

（一）解读小说的种种定义都离不开对情节的把握

高尔基说：语言是文学的第一要素。那么情节就应是小说的最重要元素。理解情节的能力指向可以分为以下几个方面：

1. 对小说情节的复述与概括能力

复述概括的方法由两个关键词组成，一是小说人物，二是人物完成的工作。如对《祝福》情节的概括，大致可做这样的概括：人物是祥林嫂，动作有出逃、到鲁镇、做佣人、抗嫁、撞桌子、亡夫、失子、到鲁镇遭弃、捐门槛、受斥被逐、死于祝福声中。如要复述则插入自我选择的连接词即可。

2. 情节是塑造人物形象的最重要最有效的手段

沈从文的《边城》开始就交代了翠翠母亲的悲剧，主要是为写翠翠的性格及悲剧命运作铺垫。接着借助"端午节与傩送相见""梦摘虎耳草""独守渡船"等情节，翠翠的形象才逐渐成熟完善起来。翠翠身上似乎重复着与母亲相似的悲剧，但翠翠远比她母亲更坚强，更勇敢。她怀着希望与自己的坎坷命运做持久的抗争。汪曾祺有一篇小说《鉴赏家》，汪老不厌其烦地在开头写主人公贩卖果子的经过，其用意就是以此表现叶三社会地位低下、为人善良、做事诚信、观察细致的性格特征。文后情节写叶三坚决不卖季陶民的真作并要求儿子把真作陪葬，恰恰是表现叶三对友情的珍重。

3. 情节还是解析小说主题与结构的钥匙

小说的深刻主题由情节的透视可得。依然以上述两篇小说为例，上文提到的汪曾祺笔下的两处情节，在解读出人物性格的同时，还可以触及小说结构知识。那就是使具备如此性格的叶三有了与画家季陶民交往的基础，有了叶三成为鉴赏家的真实理由。说到底就是为下午情节做了铺垫，埋了伏笔。阅读沈从文的小说情节构造的用心，我们不仅看到美好的人情人性，我们还要品味到作者寄予的对苗人的同情，希望旧中国受剥削的人们过上幸福的生活。《边城》是一个怀旧的作品，一种带着痛惜情绪的怀旧，使一个温暖的作品后面稳伏着很深的悲剧感。

（二）解读小说的种种定义也离不开对主题情节的理解

教学过程中不可否认地存在这样的事实：分析作品主题时教师往往是以告知的方式来完成，学生获取分析主题的能力显得尤为局促。他们只能识记住某些学过的作品的主题内容，或具备类似作品的主题提取能力。而且，文学作品以小说形式出现时，主题分析能力必被考查。建构主题鉴赏能力的指向可做这样两点提醒：①抓住主人公的身份特征。作品的人物身份的多重性决定小说主题的多样性。因为情节、人物、环境三者合力所指的就是主题，即对小说描绘的社会生活的最本质的反映，而人无疑是社会生活中的唯一主角。刘兆亮写过一篇《青岛啊青岛》的短篇小说：父亲是主人公的第一身份，抓住此点能够解读出的主题是人性的温暖、无私、责任等内容；同时，父亲还具有进城的民工这一身份，此点解读出现实生活中民工命运的困厄与忧患，这应该是小说的另一主题。祥林嫂、孔乙己、翠翠等中学课本中出现的大量小说人物，无一例外。只要扣住底层人物这张名片，小说主题指向学生自热能够领悟。②抓住作者。真正的作家是有民族使命感和社会责任性的。创作过程中无疑寄托了作者的多种期待。其中一种与主题有关,那就是文字背后作者寄寓的对人物命运的态度,对社会的关注。依人性向善的心理就能解读出小说主题第二层面的意义。就如鲁迅的小说,主题鲜明指向唤起觉悟的意识、反抗的愿望、革命的精神。就如杨绛真心告白的是整个社会民族对不幸的善良者命运的眷顾。就如刘兆亮,暗示出社会稳定的一个重要因素就是要妥善处理农民工的待遇问题。

培养和提高阅读鉴赏能力是高中语文学习的一个重要目标,也是语言表达能力提高的一个重要途径。语文老师应以指导小说阅读为切入点来挖掘学生阅读潜能,从而提高学生的阅读能力。

三、小说鉴赏之环境描写

在小说中,环境是人物活动的场所,帮助塑造人物和驱使人物的活动,同时环境也具体体现了作品创作的时代背景,因此,典型的环境描写对于烘托人物的心情、交代时代背景以及推动故事情节的发展都有很大的作用。那么在鉴赏小说的时候,教师就要指导学生体会环境描写的作用,帮助学生正确把握文本的中心主旨,掌握人物的性格特点,从而提高学生鉴赏小说的能力,并且形成正确的审美价值观。

(一)烘托心情,把握心理悸动

环境描写是为塑造鲜明的人物形象服务的,环境描写为文本中的主人公的活动提供了场所,交代了人物活动的背景,通过分析文本中的环境描写,就可以感知文本中所塑造的人物的心理活动,了解人物的性格特征,从而正确把握文本中的主人公的形象特点。

例如在教学《边城》这篇小说时,教师就带领学生抓住文本中的环境描写,充分体会文本主人公翠翠的心情起伏,掌握她的心理变化。在第十三章的开头,作者描写了黄昏屋后的白塔、桃花色的薄云、以及甲虫类的气味,渲染了一种宁静祥和的氛围,而在这种平静的背后却是主人公翠翠的不平静。表面上看主人公内心的不平静和环境的平静不协调,但是细想之下,就会发现文本中说的"别的雀子似乎都在休息了,只杜鹃叫个不息",这样的句子看似是写杜鹃扰乱了平静的氛围,实际上是翠翠内心和这只杜鹃一样的不平静。这里的黄昏是平静、美丽的,翠翠也是美丽的温柔的,这样就将环境和人物结合在一起,让人体会其中的深刻意味:豆蔻年华的少女翠翠有了自己的心事,内心充满了烦恼,连树上的杜鹃都明白自己的心理,但是爷爷却不明白,这样的烦恼让她哭起来。

由此可见,环境描写很好地烘托了人物的心情,让我们准确体会了文本主人公的内心悸动。因此,在小说鉴赏过程中,教师要指导学生抓住文本的环境描写分析体会所塑造的人物的心理,体会文本主人公的性格特点,从而进一步挖掘文本中蕴含的丰富意义。

（二）渲染气氛，感悟时代环境

小说中的环境描写还反映了一定时期的社会背景，展现了特定时期的社会矛盾。在文学创作中，作家几乎不会直接批判对象，他们总是通过对特定的环境的详细描绘，将那个时代独有的世态风情展示出来。那么，在鉴赏小说时，抓住这样的环境描写，可以帮助学生充分了解作品的时代环境，从而深刻体会文章的主题思想。

例如在教学《林黛玉进贾府》这篇课文时，在文本中就有三处环境描写向我们展示了当时社会的时代环境：①贾府门前：当林黛玉刚到贾府门前的时候看见的是三间兽头大门、门口的大石狮子、在门上悬挂的敕造的匾额以及服饰华丽的奴仆，这样的环境描写充分显示了贾府是一个豪华而又显赫、威严的家族；②贾母住处：文本中写到贾母的住处是五间上房、雕梁画栋、穿山游廊、各色鸟雀，无一不显示这里的儒雅和情趣；③在贾政处：这里的环境描写突出了四通八达、轩昂广阔之感，尤其是堂屋中的摆设显示了贾府的豪华宏伟。而皇帝御赐的金匾以及等级严明的规矩礼仪，无不显示贾府却是和别的普通人家截然不同，这是独得恩宠的贵族之家。这样的环境描写，让我们看见了贾家身为豪门贵族的奢华，体会到当时所处的社会地位，也明白了贾府中严格的礼教和贾府之所以富贵的原因，为学习过程中体会文本的主题奠定了基础。

每一位优秀的作家，都是在描写特定的环境中实现展示当时社会世态风情的目的，通过环境描写来渲染气氛，暗示故事发生的时代背景，因此，在指导学生鉴赏小说时，教师要注重引导学生深入体会，从而帮助学生掌握小说的主题。

（三）构筑铺垫，推动情节发展

构成小说的要素之一就是故事情节，一般小说的故事情节安排都遵循一定的逻辑顺序，但是情节的发展也离不开环境描写，它们二者既相互制约又相互依存，优秀的作家往往借助环境描写让故事情节更加曲折生动，扣人心弦，从而感染读者，这也是环境描写的重要作用之一，也是小说鉴赏的重点内容之一。

例如在教学《祝福》这篇小说时，教师就抓住了文本中关于祝福场景的描写，让学生感受故事情节的发展变化：①第一次祝福的场景描写是在作者刚刚回到鲁镇，这时鲁镇的家家户户都在燃放爆竹准备祝福，非常热闹，通过这样的描写，让我们看见了在当时的鲁镇依然存在着鲜明的阶级关系，存在着陈旧的风俗习惯，此时此地，封建势力以及封建思想还是根深蒂固，这就为祥林嫂的悲剧埋下了伏笔；②中间两次写到鲁四老爷家的祝福情景，祥林嫂在这两次祝福中遭遇的对待将她彻底击垮，预示了祥林嫂必然是悲剧的结局；③结尾部分关于祝福场景的描写，与开始呼应，热闹的祝福场景衬托了祥林嫂结局的悲凉。

小说中的故事情节是环境描写的依据，而故事情节的发展也离不开环境描写，在小说中，环境描写可以为故事情节的发展做好铺垫，推动故事情节的发展，因此，在鉴赏小说时把握环境描写可以有效地帮助学生理清故事的梗概，抓住文本的关键内容。

小说鉴赏是高中阶段的重点内容之一，掌握小说中环境描写的作者可以帮助学生全面掌握文本内容，深入体会文本主题，获得独特的情感体验，提升审美情趣，因此，在教学中应该作为重点内容加以指导，让学生学会鉴赏小说的方法，感悟小说的无尽魅力。

第三节　散文鉴赏

关于散文的界定，刘锡庆教授说："用第一人称的手法，以真实、自由的笔墨，主要用来表现个性、抒发感情、描绘心态的艺术短文，即谓之散文。"现代著名作家郁达夫曾说："五四运动的最大的成功，第一要算'个人'的发现。"正是这种"发现"，奠定了"自我"在现代散文中的主体地位，激活了"散文的'心'"，具有划时代的意义。散文便由"代圣贤立言"变为"表现自己"。

现在，我们通常认为散文是除诗歌、戏剧、小说外的文学作品，包括杂文、随笔、特写等。散文取材自由广泛，写法不拘一格，，也可纳须弥于芥子，或缘事而发，或触景抒怀，表达对社会的认识，对生活的体验，对自然的感受，对真善美的探索和追求。

散文在中专语文教材中占有很大的比重，旧版每册的六个单元中有两三个单元的内容属于散文，占了40%左右。新版的中专语文教材中，散文约占全书的50%。可见，散文教学在中专语文教学中占有非常重要的地位。另一方面，从学生的角度来说，学生对散文也比较感兴趣。散文题材广泛，形式自由，感情真挚，语言优美，而且个性鲜明，相对其他文体更容易打动读者。这些特点决定了学生对散文的接受程度较高，相应地对散文教学的期望值也较高。显然，散文教学已成为中专语文教学的重点，如何教好散文也成了中专语文教师必须研究的课题。

一、散文鉴赏教学的重点

散文又称"美文"，笔者认为散文教学的重点在于鉴赏散文的美，让学生在鉴赏中理解作者的思想感情，体会散文的美。散文的美包含以下几个方面：情感的美、意境的美、语言的美等。

（一）鉴赏散文的情感美

散文最大的特点是形散而神不散。尽管取材广泛，抒写自由，但文章始终要围绕着一个中心，也就是作者所要表达的思想感情。散文所表达的情感是美的，美在自然和真诚。散文犹如日常谈话般率性坦诚，随意自由，字里行间流露出来的都是真情实感。

诗歌以抒情为目的，而散文抒情写志的功能并不比诗歌差，在深入人心探幽，在方式途径的灵活多样上，散文更胜诗歌一筹。因此，散文往往成为作者内心情感最自然、最体贴的寄托，最好的宣泄方式。它抒发了作者独特的心灵体验和感悟，这种情感因为真实而美丽，特别容易打动读者。如朱自清的《背影》，以儿子的"视角"三写父亲"背影"在自己内心所激起的幽深微澜，朴素的文字中蕴含着至深的父子情，读后令人潸然泪下。再如黄河浪的《故乡的榕树》中"愉快的夏夜"一段，描述了一个儿童世界温馨而充满情趣的生活画面，可唤醒学生童年的记忆，回想起儿时夏夜消暑情景等生活经历，也能体会到作者蕴含在文字中的浓浓思乡情。

（二）鉴赏散文的意境美

所谓意境，一般论者认为：意与境浑，情与景化，即所谓主客交融，物我一体，这正是国学大师王国维的"境界说"的内涵。通俗地说，意境是由主观思想感情和客观景物环境交融而成的意蕴或形象，其特点是描述如画，意蕴丰富，启发读者的联想和想象，有着超越具体形象的更广的艺术空间。

很多散文名篇都具有以形传神和以神御形的特点，达到情景交融的意境。朱自清的《荷塘月色》就是意境美的经典作品，其中"月光如流水"一段给人的美感非同一般。该段重点描写荷塘的月色，文中先用一笔喻写月光，用"流水"似的"泻"来形容满月的普照，给人月华如水的真切感受。"薄薄的青雾"一句仍紧扣住"月色"二字：上有月光映照，下有荷叶反射，白雾便成若有若无之青雾。透过薄雾看荷塘，景物皆如此朦胧飘忽，作者便用"像笼着轻纱的梦"来形容月色之美，美得让人如入梦境。下文中各种情态的"树影"也是构成此段美好意境的不可缺少的一环。总之，在这幅画面中，月光、荷塘、青雾，造成了绘画的构图美；明与暗，层次和色彩，造成视觉上的美感；小提琴演奏名曲，给人以音乐美，造成听觉上的美感。

（三）鉴赏散文的语言美

散文与其他文学样式相比，语言尤其重要。优美的散文，更是富于哲理、诗情、画意。从某种程度上说，散文就是语言的艺术，突显它独有的魅力。散文特别讲究"文采"，这种"文采"更多地体现在语言方面，体现在文字表达的整齐之美、参差之美和回环之美，体现在文字达意的形象美、色彩美和声音美等诸多方面。

散文的语言美又是多种多样、富有个性的。杰出的散文家的语言各具不同的语言风格：朱自清的散文语言清新隽永，冰心的散文语言委婉明丽，茅盾的散文语言细腻深刻，郭沫若的散文语言气势磅礴，巴金的散文语言朴素优美，徐志摩的散文语言铺张华丽，孙犁的散文语言质朴，刘白羽的散文语言奔放，杨朔的散文语言精巧……有些散文大家的语言风格，又常常因作品内容而异。如鲁迅的《记念刘和珍君》的语言，锋利如匕首；《好的故事》的语言，绚丽如云锦；《风筝》的语言，凝重如深潭。不同的语言表现，弹拨着不同的声音；不同的语言特征，彰显着作者不同的个性与艺术魅力。在散文鉴赏教学中，教师要特别注意引导学生去细细品味和感悟，将散文的美作为鉴赏的重点。

二、散文鉴赏教学方法

散文鉴赏教学不同于其他文体的教学，在教学设计、教学环节、教学方法等方面要多下功夫。经过十几年的教学实践，笔者认为散文鉴赏教学方法主要体现在以下几个方面：

（一）注重导入，引发兴趣

我国著名的特级教师于漪说："教语文，要紧的是把学生的心抓住，使学生产生一种孜孜以求，锲而不舍的学习愿望。"为了引发学生阅读的渴望，教师应特别注重新课的导入设计，极力为学生创设一个良好的阅读情境。

散文内容丰富，有的偏重叙事，有的偏重写景，有的则偏重抒情，教师应根据不同的散文篇目和内容设计不同的导入方式。如《我的母亲》一文，老舍通过母亲辛劳的一生写出母亲对子女无私的爱。我们可以从学生熟知的孟郊的《游子吟》一诗引入，请学生说说自己的母亲或自己感受到的母爱，以此导入课文。

此外，教师还应该根据所教班级学生的实际情况和总体水平来设计新课的导入方式。比如《故都的秋》一文，就可以分三种情况导入：①对于语文程度比较好的班级：先播放钢琴曲《秋日的私语》，要求学生在聆听的过程中展开联想，然后把自己想象中秋天的画面口头描述出来。这种导入方法对学生的感受、想象与语言表达能力都有较高的要求。②对于一般的班级，教师先作引导："一年四季——春夏秋冬。春有春的妩媚，夏有夏的热情，冬有冬的庄重，而秋呢，更是风情万种，千姿百态。她以其特有的魅力吸引了无数的文人墨客。古往今来，咏秋的佳作很多，请同学们说出几句。"然后由学生发言，教师再归纳小结，导入新课。③对于程度较差的班级，可以请学生谈谈对首都北京的了解，展示北京的风景名胜图片，如学生都非常熟悉的长城、故宫、颐和园等，然后引入课文。

常言道："好的开始是成功的一半。"一堂课的导入正如音乐的前奏，也是为学生理解文章铺设的桥梁。教师可以做煽情性的描述，也可以做哲理性的导思，还可以借助现代多媒体的教学手段，努力把学生的注意力引向文本，以便取得最好的教学效果。

（二）训练美读，激发情感

散文至情至美，美文需要美读。"美读"是叶圣陶先生所倡导的并特别推崇的读书方法。"所谓美读，就是把作者的情感在读的时候表达出来……设身处地，激昂处还他个激昂，委婉处还他个委婉"。正确的朗读是视觉、听觉与情感、思维的全方位投入，通过自己的理解，用音调的高低，节奏的急缓以及情感的酝酿来读出自己的感悟。正如叶圣陶先生所说："吟诵的时候，对于讨究所得的不仅理智地了解，而且亲切地体会，不知不觉之间，内容与理法化而为读者自己的东西了，这是最可贵的一种境界。学习语文学科，必须要达到这种境界，才会终生受用不尽。"

在散文鉴赏教学中，教师要用示范美读的办法，将自己对作品精华处的理解和感受"读"给学生听，并且带领他们反复朗读，直到读出一点真实的"感觉"来。让学生在读的过程中，自读自悟，感受美带给自己的冲击和快乐，激发心灵深处的情感。朗读可使教学进入特定的情景中，与作者、文本一同黯然泪下，一同神采飞扬。比如朱自清的《春》，整篇文章的感情基调是明朗欢快的，教学时要求学生以轻松、欢快的语调进行朗读，读出生机勃勃的春天的感觉，感悟大自然的美好和生命的自由。

在朗读时配以合适的背景音乐，可以更好地激发学生的兴趣和热情。乐曲是有声的力量，当它与文本散发的情调相一致时，对文本的理解能起到一定的补充作用，可以营造一种强烈的情感氛围，使学生自然而然地进入文本的意境之中。比如《荷塘月色》可选择恬静的《月光奏鸣曲》，《故都的秋》可以配之以《秋日的私语》。不过，音乐的渲染虽有其独特的作用，但也不必每篇都用，有选择的采用，才能做到使学生耳目一新。

（三）思考讨论，品味语言

散文的鉴赏除了通过朗读进行整体感知，还需要思考和讨论。散文的内容包罗万象，涉及生活的方方面面。每篇散文都承载了作者的某种思想感情，表达了作者的某种观点。对同一篇作品，不同的人常常会有不同的解读，所谓"一千个读者，就有一千个哈姆雷特"就是这个意思。在进行散文教学时要鼓励学生调动自己的生活体验和知识积累，独立思考，充分理解和感悟，形成属于自己的看法和评价，并大胆表达出来，然后通过互相讨论以加深理解，澄清认识。同时还可以激发学生学习探究的兴趣，培养创新意识和合作的精神。比如毕淑敏在《我很重要》一文中围绕着"我到底重要不重要"这个人生话题从多方面进行分析，通过大胆的假设、深入的思考、全面的剖析，阐述了个体生命的价值和意义。在教学中，教师可以引导学生认真思考，进行讨论或者辩论，从而让学生明白生命的重要，懂得珍爱生命。

散文的语言美也需要通过思考细细品味，特别是对于表现力丰富的字、词更要深入品析。苏霍姆林斯基建议教师:"你要培养学生对词的感情色彩的敏感性,你要使学生像对待单位那样对待词的影响,形象地说,学生应当成为'词的音乐家',珍视词的影响、纯洁和优美。"还是以朱自清的《荷塘月色》中"月光如流水"一段为例,"泻""浮""洗""笼""画"这些动词用得非常妙,妙在哪里呢,可以请学生思考讨论,然后得出结论:"泻"字以动写静,把静态的月光写出动感,与"如流水"的比喻恰切呼应;一个"笼"字,突出了月光的朦胧缥缈;一个"画"字突出了月影的艺术美……这些动词写出了塘中月色的动态美,表达了作者难得偷来片刻逍遥的淡淡喜悦之情。只有这样咬文嚼字,才能使学生感受到语言的生动和情韵,从而更深刻地理解文章所描绘的意境。

(四)延伸拓展,实现超越

阅读鉴赏的最终目的是为了使学生具备迁移能力,能将自己所读所学融会贯通,能够举一反三,拓宽思路,培养和提高思维能力,能够更有效地进行学习,更深刻地了解社会,更迅速地促进自己成长。正如曹明海教授所言:"解读是读者向文本的敞开,读者把自身体验融注到作品的生活表达中——即表达意向、感情、心结、感悟和欲望的'他人的世界',解读者希望在对这种'他人的世界'的理解和解释过程中,扩展自己的世界","始者泯灭自我,澄怀静虑;终则主客消融,浑然一体。"散文教学不能只局限于课内的文章,还应该由课内延伸扩展到课外,通过大量的阅读拓展学生的视野,实现质的飞跃。

首先,教师要指导学生进行课外阅读。十几岁的学生还是爱看书的,但很多人不懂得怎么选择课外书。教师应教会他们寻找适合他们年龄的能开阔视野的书来读,如读名家名著、争鸣之作、《读者》《青年文摘》等,让学生体验到读书的乐趣。阅读之后还要指导学生进行交流,交流的形式多样,如新书推荐、朗诵会、书评、专题讨论会等。这些交流形式不仅可以激发学生读书的积极性,使学生的群体阅读从众倾向得以强化,还可以提高学生的口语表达能力和写作能力。

其次,在理解掌握课文的基础上,教师可以指导学生模仿名作名篇进行写作,指导学生写读后感,使学生逐渐提高阅读的能力,培养创造性思维。写作可以从仿写和读后感开始,然后引导学生寻找散文中的空白处进行创造性的补写。这种于空白处的补写其实就是再创造解读,要求学生跨出文本,重新获取一次检视自己,感悟生活的机会。上述这些做法都可成为散文教学中对文本超越的有益尝试。

散文鉴赏教学是中专语文教学的重要组成部分,教师要从审美的需要出发,解读和鉴赏这些文学作品,恰当地运用教学方法,因材施教,充分调动学生学习散文的兴趣,有效地提高散文教学的质量,培养和提升学生的审美素质以及阅读鉴赏能力和写作能力。

三、散文鉴赏能力的提升

新课程标准中对语文教学的鉴赏能力有明确的规定,"语文教学要通过阅读和鉴赏实现精神境界的提高,让学生形成完善的人格"。而在高中语文教学中,散文教学也占据一定的比例,这些散文或者语言优美,或者蕴含深刻的哲理,基本上都是一些文质兼美的名家经典之作,鉴赏这样的作品,可以让我们从中感受到很大的审美价值,让学生受到美的熏陶。因此,我们要重视散文教学,提升学生鉴赏散文的能力。

(一) 剥丝抽茧,提取线索

散文的突出特点就是"形散而神聚",从表面看来,每一篇散文的内容或者形式都是比较零散的,但是其中都有一条主线将其串联起来,这就是线索的作用,也是我们所说的散文的"神"。散文的"神"是一篇散文的精神支柱,让一篇散文形成一个完整的整体,而我们学习散文就要学会抽丝剥茧,把握文本的线索,理清作者的脉络。

例如在教学《囚绿记》这篇课文时,教师在课堂教学的过程中就采用了这样的方法来帮助学生整理文本的思路,让学生轻松把握文本的内容。在具体的教学过程中,首先学生对文本的题目产生了浓厚的兴趣:"这篇文章的题目中用了'囚绿'一词,那么作者想表达什么意思呢?绿色怎么能被囚禁起来呢?"而教师就抓住学生的质疑,引导学生自主阅读文本,寻找问题的答案,同时为学生布置了这样的问题,引导学生整体感知文本,把握作者的行文思路:①在文本中找一找作者囚绿的原因是什么?②作者囚绿的举动成功了吗?他是怎样囚绿的?③作者将绿释放了之后,他的内心感受是怎样的?在这些问题的引领下,学生走近文本,寻找相关的句子,最后得到了这样的答案。作者一开始对绿是非常喜爱的,但是他并没有真正将绿囚禁起来,而是将绿释放了,而离开了绿,作者难免又产生了深切的思念之情。

在这篇文本的学习中,教师引导学生抓住文本中作者感情的变化,引导学生抓住文本的线索把握行文的思路,实现了对文本的整体把握。在阅读散文的过程中,教师要善于抓住文本的线索,明确作者的用意构思,从而提高学生阅读散文的能力。

(二) 放飞想象,体验意境

引导学生体会文本的情感也是散文教学的重要内容之一。而散文中的意境体验是学生把握文本情感捷径之一,所以教师要注重引导学生放飞自己的想象,引导学生走近文本情境中去,让学生在情景交融的氛围中体会文本中作者的情感,把握文本的主旨,实现学生对散文的深入解读。

例如在教学《故都的秋》这篇课文时,教师就要注重引导学生欣赏美景,感受文本中的意境之美,体会文本中的深厚情感。在实际的教学过程中,教师首先引导学生体会文本中描绘的五幅画面,同时引导学生深入体会哪一幅画最吸引自己,并且想一想理由是什么?然后教师引导学生进一步体会文本中描绘的"故都的秋"的"清、静、悲凉"的特点,并且结合文本中的内容具体分析。在教师的引导下,学生们一起讨论、交流,然后抓住文本中景色描写的角度来体会:例如文本中的颜色——碧绿的天色、牵牛花的蓝朵等,还有文本中的声音描绘——驯鸽的飞声、衰弱的蝉声等,在此基础上,让学生发挥自己的想象:"如果你身处这样的画面中,你会产生怎样的感受?郁达夫的情感是怎样的?他为什么会产生这样的感受?"在大家的共同讨论下,学生很容易体会到秋天的清以及静,但是悲凉的感情可能更多的是郁达夫个人的主观感受,这和当时的时代背景以及作者的遭遇是相关的。

鉴赏散文离不开鉴赏散文的情感,而且每一篇散文中都蕴含着深厚的情感,可以说情感是散文篇章的灵魂,因此,在散文教学中,教师要抓住文本的中的情感,引导学生放飞自己的想象,让学生走进文本中的意境,让学生倾听文字背后的声音。这样不仅可以提高学生的鉴赏散文的能力,同时还可以使学生受到情感的熏陶,让学生的眼界更加开阔。

(三)洗练字词,品析语言

散文之所以具有很大的魅力,深受大家的喜欢,这和散文的语言特色密切相关。散文的语言或者优美生动,或者含蓄隽永,有的带给我们美的享受,有的让我们懂得深刻的哲理。因此,鉴赏散文要将语言品析作为重点内容,让学生掌握品析散文语言的方法,提高学生鉴赏散文的方法。

例如在教学《荷塘月色》这篇课文时,在这篇朱自清的名篇佳作中作者用生动优美的语言向我们展示了荷塘月色的美景,让我们不禁陶醉其中。在教学过程中,教师就要引导学生赏析文本中的语言之美,例如在文本中作者写花的时候,选用了"袅娜""羞涩"等词语,又将花比喻成星星和明珠,让读者充分体会到文本语言的清新隽永;而在描写荷香的时候,作者用"远处高楼上渺茫的歌声"来形容,将嗅觉的感觉转化为听觉的感受,这样的通感手法的使用让人产生了丰富的联想,让人得到了美的享受。

咀嚼文本的语言,鉴赏散文中特色的词句,是鉴赏散文的重要方法之一。在散文教学中,教师要重点引导学生体会散文的语言之美,让学生受到美的熏陶,帮助学生形成正确的审美情操,同时形成一定的鉴赏散文的能力。

总之,散文教学在高中阶段的教学中占据着一定的位置,而作为高中语文教师就要紧扣散文"形散神聚"的突出特点,引导学生抓住文本的线索、意境和语言鉴赏散文,让学生享受散文之美,提高学生鉴赏散文的能力。

第四节 戏剧文学鉴赏

戏剧是文化的一种载体,是一种借助文学、音乐、舞蹈、美术等艺术手段来塑造人物形象,揭示社会矛盾,反映社会现实,展现人的价值取向的综合性舞台艺术,剧本、演员、舞台和观众是其必不可少的元素。戏剧具有综合性、表演性、冲突性等特点,本书先由戏剧冲突这一特点着手分析戏剧文学。

一、戏剧文学的冲突精髓

戏剧文学的冲突是构成戏剧的重要因素,它主要指戏剧作品中故事情节的发展经过,也就是剧中人物角色之间、人物内心世界以及人物与环境之间的矛盾彼此消长的过程。其主要包括以下三种情况:

(一)人物角色之间的冲突

人物之间的性格与意志的冲突是导致戏剧人物角色之间冲突的主要原因。性格表现的是人物角色对现实的看法和其采取的言行,而意志是指人物以自己的目的支配、调节自身的行动,并在此过程中主动克服困难,实现预定目标的心理过程。戏剧文学中的性格和意志冲突是不可分割的,意志冲突需要通过性格冲突的形式来表现。

(二)人物内心世界的矛盾与冲突

一部戏剧的成功不仅需要紧张的情境冲突,还需要精彩的心理冲突。人物内心的冲突与外部冲突相互作用,共同构成了完整的戏剧文学冲突。通常内部冲突更能展示戏剧的内涵,因此戏剧时常以描述人物内心世界的矛盾,借助情感的力量感动读者。

(三)人物立于环境的挣扎与冲突

人物与环境之间的冲突属于外部冲突,具体表现在人物的性格、意志等与周围所处自然或社会环境不能够达到和谐的状态,被生活环境所排斥。人与环境的冲突有利于人物角色性格的建立与凸显。

二、戏剧文学鉴赏该如何把握技巧

戏剧文学主要具有三个特征:一是空间和时间的高度集中;二是有集中、尖锐的矛盾冲突；三是戏剧人物的语言和行为表现个人性格。下文就围绕戏剧文学特征论述戏剧文学的鉴赏技巧。

（一）对人物形象的鉴赏

通过对人物形象的分析可以知晓人物处境与时代环境，反之，通过周遭环境也能鉴赏人物形象。因此，鉴赏人物形象是鉴赏戏剧文学作品的重点之一。首先，鉴赏戏剧的人物形象要从角色人物的性格特征入手。上文提及，性格是指人物对生活的态度以及相应的行为方式中的较稳定，并具有核心意义的心理特征。不同的人物有不同的性格特色，甚至同一个人也具有性格的多面性。因此，鉴赏戏剧人物形象必须要注意对人物性格的把握，尤其是抓住人物的主要性格特征，如此才能更为深入地了解戏剧内涵。其次，鉴赏戏剧人物形象要重视戏剧人物语言的揣摩。人物语言是刻画人物角色形象的重要手段。戏剧人物语言往往具有个性化，通过对这些语言的剖析可以深入理解戏剧人物的整体形象，从而分析戏剧主旨和内涵。最后，深刻理解人物形象还需要理顺其成长经历。戏剧人物不能脱离外界环境而独立存在。生长环境与阅历关系着一个角色的性格和心理的形成，其成长经历能够从侧面反映出人物角色的形象特色，辅助读者完成对戏剧人物更为深刻的鉴赏。

（二）对戏剧语言的评述

语言是戏剧的基础。戏剧文学中思想的展现、情节的变化和人物的刻画等方面都是依靠戏剧人物的语言来推动完成的。其中，戏剧语言分为舞台说明和人物语言两种；舞台说明则指戏剧中除了人物语言之外的所有说明性语言，是作家根据表演需要，以文字的方式给导演和演员的提示。舞台说明包括背景介绍、人物动作、画外音、旁白及其他叙述语言等。虽然舞台说明是戏剧语言中不可缺少的重要部分，但是它的作用也只限于辅助说明。若要深刻地鉴赏戏剧文学，就必须对戏剧人物的语言进行重点分析。而戏剧中的人物语言就是通常所说的戏剧台词，包括对话、独白、旁白三种，其中人物语言是人物心理的外在表现，也是戏剧文学的主要成分。

戏剧人物语言主要有三个特点：首先，戏剧人物语言具有高度的个性化。个性化是指戏剧人物受到自身因素和成长教育环境等影响形成的特性。人物语言具有了高度的个性化，只需要简短几句就可以准确地展现人物的个性，表达人物的思想情感。其次，戏剧人物语言具有丰富的潜台词。戏剧中的潜台词有的是语言本身具有言外之意，有的是因为某些话不方便直接表述，或者在某一时间点沉默和停顿比语言更具深意。潜台词表现的是人物真实的内心。具有丰富潜台词的人物语言往往能够深入人心，引起人们的关注。通过潜台词的研究有助于人们深入剖析戏剧人物的形象。最后，戏剧人物语言富于动作性。动作性语言是指在戏剧中人物的动作冲突或者人物的内心活动。因为戏剧中人物内在的性格和心理需要通过外在的行为和语言表现出来，因此也可以说，富有动作性的人物语言能够展示人物的内心世界。

（三）对矛盾冲突的"记录"

冲突即是戏，"没有冲突就没有戏剧"，可见矛盾冲突对于戏剧的重要性。戏剧冲突指的是戏剧作品中故事的情节发展过程，主要表现为人与环境之间、人与人之间、以及人物内心的矛盾冲突。戏剧的矛盾冲突贯穿整部戏剧，它是戏剧的重要因素，也是构成戏剧情景的基础。因此，鉴赏戏剧的关键是牢牢把握戏剧的矛盾冲突。戏剧冲突具有尖锐激烈、高度集中、进展紧张、曲折多变四个特征。尖锐激烈是指平淡的矛盾积累到最后的强烈爆发；高度集中指冲突表现为既定时间和空间内的社会矛盾；进展紧张指戏剧冲突必须波澜起伏，扣人心弦；曲折多变指戏剧冲突的复杂和多变。这些戏剧特征的结合制造尖锐又引人关注的戏剧矛盾。戏剧矛盾冲突推动了整部戏剧的情节发展，或者可以说，戏剧情节的发展过程就是矛盾冲突出现、发展、激化和解决的过程。在鉴赏戏剧的过程中，明确戏剧冲突的因果和顺序有助于对戏剧文学的主体情节和内涵思想的理解与分析。

综上所述，在进行戏剧文学鉴赏时需要从人物形象、戏剧语言、以及戏剧矛盾冲突着手分析。人物形象是戏剧文学分析的主体，戏剧语言是戏剧文学的主要成分，戏剧冲突则是戏剧文学的重要构成因素，是戏剧文学的精髓。而上述三方面是相互独立又相辅相成的，每一方面的鉴赏都必不可少，其中任何一方面都可以辅助其他方面的分析。只有熟练地使用鉴赏技巧，全面地分析戏剧剧本，才能更进一步理解戏剧文学的深刻内涵。

第十三章

文学鉴赏能力培养策略

第一节　文学鉴赏能力培养的重要性

文学作品中不仅有丰富的知识，还有丰富的感情色彩，这些都有助于学生语文水平的全面发展。所以，越来越多的学生和教师倡导多读文学作品。可是，在文学作品鉴赏热潮中，很多学生只是浅显地理解文学作品的内容，大多只是增加了学生的阅读量，由于表面的鉴赏，也导致了学生文学作品阅读量上升，但是却没有带给学生实质性的用处。作为教师，应该对学生的文学鉴赏能力从多方面进行培养，依次提高学生的学习整体水平。

一、文学鉴赏能力的重要性和特点

（一）丰富学生情感

在文学作品的鉴赏中，文学鉴赏能力是其组成的重要一部分。文学鉴赏能力具有调动学生的情感这一特色。它能够让学生在解析文学作品中投入情感，更加专注地阅读作品；能够在阅读作品中，渲染学生的情绪，让学生犹如身临其境，贴近作品深入地解剖。例如在《红楼梦》中有一章节描述了林黛玉鉴赏《牡丹亭》时，因为情绪过于投入，以致掩面痛哭。这侧面地向我们展示了鉴赏能力能够极大地调动人们的情感。在文学鉴赏中，鉴赏能力的深入性，也能够调动学生的情感，让学生更加贴近作者想要表达的感情色彩，也让学生进一步地巩固文学作品的内容和表达的感情。

（二）促进学生品读的完整性

在鉴赏文学作品中，很多学生由于没有文学鉴赏能力，在鉴赏中囫囵吞枣，对所鉴赏的作品未能仔细回味，这就导致了许多学生虽然文学作品阅读量偏高，可是记住并利用的知识却一点也没有。所以在文学鉴赏中，要求学生不止停留于表面阅读，还应该提高文学鉴赏能力。文学鉴赏能力的提高有助于学生品读作品的完整性。一个懂得鉴赏文学作品的学生，是不会放过作品中的一丝一毫，他们会对作品的字、句、符号、标题等进行久久回味，体验作者作品的精妙之处。所以文学鉴赏能力的提高，有助于学生对作品品读的完整性。

（三）情感是文学鉴赏的核心要素

文学鉴赏中，情感是核心因素。可以说，整个文学鉴赏都要围绕情感来进行。作为那些对于作品仅作字面了解的学生大多是因为没有投入感情去鉴赏文章，所以久久不能理解文章所要表达的含义。所以要想鉴赏作品，就得全身心投入情感，仔细体会作者所表达的情感，才能够正确地开展文学鉴赏。因此，情感是文学鉴赏的核心要素和基本条件。

（四）全面促进提高学生的发展

文学鉴赏的过程，不仅丰富了学生的情感，还开阔了学生的眼界。并且，由于鉴赏作品是一个需要静下心的过程，这也让很多学生浮躁的心得以改善，有助于学生的心理发展。另外在文学鉴赏中，需要学生自主学习，自主思考，这也极大地锻炼了学生的自主学习性和思维拓展性。由于文学作品的深入鉴赏，也让学生的写作水平在不知不觉中得到了提高，语文能力逐渐上升。所以关于文学的鉴赏不仅能增强学生的心理素质，还能够让学生掌握更多的知识量。文学鉴赏能力是一种多综合能力的体现，也是培养学生多种能力的基础。

二、培养文学鉴赏能力的途径

（一）加强学生的文学阅读兴趣

"兴趣是最好的老师"。没错，要想培养学生对文学的鉴赏能力，首先就应该加强学生的文学阅读兴趣。目前很多学生对文学作品兴趣不高，造成这样的原因是多方面的，其中有两点最为突出。①由于"应试教育"，造成了教师对学生的阅读指导观念缺乏，导致学生没有阅读兴趣。②由于信息化的时代，学生们逐渐接受时代的新闻信息，对传统文学作品觉得提不起兴趣，不够新颖。因此，培养文学鉴赏能力应该从阅读兴趣下手。首先，教师可以结合学生的兴趣和年龄特性选择文学作品。比如教师可以选择从影视入手，跟学生们谈论电视剧版的《三国演义》《西游记》等，然后和学生进行交流，激发兴趣。这时教师就可以拿出相关读本，请学生们阅读，并实行奖励制度让学生找出文本与电视剧的差别，这从很大程度上调动了学生的阅读积极性和阅读兴趣。为了巩固阅读兴趣，教师可以在班上设立一个"文学图书馆"让学生自行翻阅感兴趣的作品。

（二）培养学生选择阅读文本的能力

当学生对阅读产生浓烈的兴趣后，教师应该培养学生选择阅读文本的能力。教师可以帮助学生依据自身喜好，去了解每本书的大致内容，然后选择最适合自己的进行仔细阅读。同时，教师应该大力倡导学生读经典文学作品，并帮助学生进行解读，让学生深入体会这些作品所带来的情感和意义。

（三）发展丰富的想象力

在文学鉴赏能力的培养中，要想让学生能够深入透彻了解文章内容，就得发展丰富的想象力。教师要深入引导学生，创设情境。教师应该让学生能够利用情感去感受文章内容，然后对内容以及作者渲染的感情色彩进行联想，并且为学生提供一个安静舒适的环境，这样才能够让学生在鉴赏文学作品中身临其境,才能够更加透彻地解剖作品表达的思想,以及给自身带来的感悟。学生才能够从作品中获得启发,促进身心全面发展。

第二节 文学鉴赏写作路径

文学是一种运用语言媒介创造艺术形象、表达思想情感的语言艺术,文学作品是人类形象思维成果的物化,是一种具有审美价值的精神产品。从写作学的角度看,文学鉴赏是介于文学阅读和文学批评之间的阅读姿态,是一种纯审美的文学活动。文学鉴赏是以文学阅读为先导,由阅读主体对文学作品所做的感性透悟。古今中外的文学大家,以各种形式为我们留下了精妙绝伦的鉴赏文字,文学鉴赏写作已经成为一种特别的艺术创造,一种心扉互启的灵性凝结,一种由艺术的一种形态向另一种形态的美妙衔接。较之文学批评,鉴赏写作表现得更为随意恣肆,鉴赏者往往放纵自己的感官和情感而随波逐流。而文学批评就带有专业的性质,它往往要求写作者必须具备更为复杂的欣赏心理结构和深刻的理解能力,能够透过表面的意象组合而深层次把握作品的本质特征,具体写作时必须以一定的文学理论为指导,对具体的文学现象进行分析、研究和评价。鉴赏写作的形式也是多种多样,自由灵活,可以评点,可以批注,也可以写札记、读后感等。如果说阅读是对文本的一种浅层次吸附,那么随着阅读主体的情感投入,文学阅读就进入了文学鉴赏的层面,它没有任何功利的行为,就是一种感性的喜欢,就是一次智慧的翱翔,心灵的晤谈,相逢一笑的顿悟,泰山极顶的放纵。一切伟大的作家、文学研究者,无不是独具慧眼的鉴赏家。他们在字里行间读出一种风度和品格,中国古典诗论、文论等,都是鉴赏的结晶,为我们展示了鉴赏写作的范例。这里,有着复杂的心态意念,有着得自幽深杳渺而又高远明净艺术至境的稍纵即逝的审美顿悟,有着面对艺术杰作由"读"而"写"的郁勃而空濛的创作意兴。把心灵的奇遇化作文字的奇遇,在言语缤纷中思绪翩然,追求读与写的内在圆融!

本书意在从探索文学鉴赏写作的路径入手,寻找其内在的关联,并提示出文学鉴赏从观念到心得再到形成文字的方法。

一、鉴赏的深度取决于鉴赏主体精神的投入

人们阅读文学作品时的精神活动,与阅读社会科学著作时的精神活动有着明显的不同。文学的本质是审美,文学鉴赏是一种独具特点的精神活动。它不仅是一种审美享受活

动，而且是一种参与艺术创造的活动。读者在鉴赏过程中，依靠形象思维，结合个人的生活体验，对作品中的艺术形象进行补充、扩大、丰富，对艺术形象、艺术情感往往进行了再造、加工。读者凭借自身的联想和想象，会发掘出形象之中很多隐蔽的意义，甚至会发现作者都未曾想到的问题，领悟到作者没有领悟到的意义。这就是阅读者在阅读过程中的主体情感渗透，它在一定程度上强化或改造了作品中的感情元素。从这个意义上说，鉴赏者对文学作品的鉴赏实质是参与了作家对艺术形象的创造活动。因此，可以说文学作品中的艺术形象是由作者与读者共同创造的。所以，某一鉴赏者在头脑中呈现的艺术形象与其他鉴赏者以及作者创作时心目中的艺术形象不可能完全一样。所谓"诗无达诂""一千个读者就有一千个哈姆雷特"，讲的就是这个道理。

鉴赏的深度取决于阅读主体精神的投入，投入得越深，再创造的程度也就越深，主观的感情色彩也就越强烈。王夫之指出："作者用一致之思，读者各以其情而自得。"作者创作时总有它明确的"意"，而读者从各自的审美经验和个性出发，所得到的"意"就与作者的"意"不完全一样了，读者可以充分发挥自己的主观能动性，以自己的审美理想、联想、想象、感性认知来诠释、充实、丰盈鉴赏对象。文化场里，虽然有人类几千年累积下来的原型积淀和符号规定，但也存在可以情感衍生。阅读到一篇能够进入内核的作品，除了拍案叫绝、暗自叫好之外，更多的是为自己的领悟能力而沾沾自喜，同时也会为自己能够通过文字与作者之间找到一种心灵上的共鸣而激动不已。如三毛在谈及她第一次读《红楼梦》的情形，她是在课堂上偷偷看的。当她读到赤头光脚的宝玉被一僧一道挟着高歌而去时，她就有了如下的感觉：

当我看完这一段时，我抬起头来，愣愣地望着前方的同学的背，我呆在那儿，忘了身在何处，心里的滋味，已不是流泪感动所能形容，我痴痴地坐着，痴痴地听着，好似老师在很远的地方叫我的名字，可是我竟没有回答她。老师居然也没有骂我，上来摸摸我的前额问我："是不是不舒服？"我默默地摆摆头，看着她，恍惚对她笑了笑，那一刹那间，我顿然领悟，什么叫作"境界"，我终于懂了。

三毛虽然处在现实世界的特定时空（上课、教室）里，但是她已经完全沉浸在《红楼梦》的情境之中，她的灵魂已从现实世界飞向审美的境界，与现实世界暂时隔离了，只是在老师摸摸她前额时才把她拉回到现实世界来。

明代袁宏道读徐渭诗时，"灯影下读复叫，叫复读。童仆睡者皆惊醒"，十分富有戏剧性。袁宏道进入徐渭诗的审美境界中，忘记了夜深人静的现实，"读复叫，叫复读。"直至惊醒童仆等人，才使他从自己的审美迷醉中清醒。

文学鉴赏的主观性，不同的读者有不同的鉴赏角度，由于自身的文化素养、生活积淀、审美情趣等存在着差别，所处的社会地位、时代情怀、民族情结等因素的不同，产生的主观感受可能不尽相同；即使是同一个人，由于主客观条件的变化，即使对同一部作品的感受，也会随着年龄阅历、心境意绪的变化而有所不同。一部作品，少年时代阅读时可能使人如醉如痴，成年后再去读它，可能会感到平淡无奇；有时候情况正好相反。这种现象的产生，正是由文学鉴赏的主观性的特点决定的。正如蒋捷的《虞美人·听雨》："少年听雨歌楼上。红烛昏罗帐。壮年听雨客舟中。江阔云低，断雁叫西风。而今听雨僧庐下。鬓已星星也。悲欢离合总无情。一任阶前，点滴到天明。""雨"作为同一客体，主体虽然为同一人，但时过境迁，获得了不同的听雨体验。

但有一点要注意，文学鉴赏虽有其主观性的一面，但读者的主观感受并不是凭空而来的，任何一部文学作品一旦产生，都具有客观存在的意义，它是不以任何人的主观意志为转移的。读者在鉴赏过程中，虽然要进行再造、想象、加工，但都要以作品本身的艺术形象为基础，都要受到作品中艺术形象的思想境界所制约和支配，决不能主观臆断，乱作揣测。比如阅读《水浒传》，也许有人喜欢武松，有人喜欢鲁智深，不同的人可以在自己的头脑中想象出不同的武松和鲁智深形象。但是，无论鉴赏者的主观差异有多大，也不能改变武松打虎和鲁智深倒拔垂杨柳的事实，也不可能把武松想象成宋江或李逵。文学作品做描绘的艺术形象和生活画面，是读者在鉴赏活动中感受、体验、认识的客观依据，它既能唤起读者的联想和想象，又能制约读者主观的思想感情活动。当然，由于鉴赏者自身条件不同，他们的感受、体验、理解和领悟往往会有深与浅、全面与片面、正确与错误的区别，这是很自然的。

二、情感是诱发鉴赏写作的源头活水

刘勰在《文心雕龙·知音》中曾说："夫缀文者情动而辞发，观文者披文以入情。"写文章需要作者情感澎湃，而阅读文章，要真正读懂，就必须读懂作者的情思所在。所以鉴赏者对文学作品的鉴赏，是一种以情感为中心地全身心投入。因此鉴赏写作活动，就是一次情感的有效外化活动。在这次情感的外化活动中，首要的一点，是识字。"字"是符号，也是情感的载体，它往往积淀了丰富的内容，对它的情感越投入，挖掘也就越深刻，对作品的理解也就越透彻。

如《红楼梦》中有一段很好的文学鉴赏文字，我们可以概括为"黛玉听唱生情"。曹雪芹采用"背面敷粉"之法，通过大部头的心理描写让林黛玉做了一次有效的文学鉴赏。林黛玉隐隐听见大观园里的小戏子们在排练，顺着乐声走过去，原来是在排练《牡丹亭》。她顿时被优美的唱词所吸引，她的鉴赏活动也随着情感的投入而渐渐升华，与审美对象产生了默契神交。

当一句"原来姹紫嫣红开遍，似这般都付与断井颓垣"充满诗意的唱词进入林黛玉的耳鼓，她立刻感慨缠绵。从心理学上讲，这是客体对主体引起的感觉注意。让我们回到文本中，简单阐释一下这句唱词。在主人公的眼中，到处都是开得艳丽的鲜花，但是这些美丽的鲜花开在什么地方呢？一扬一抑，是盛开在荒废日久的水井旁和倒了的土墙边。景随情换，情随景迁，杜丽娘以鲜花自比，她就像艳丽的鲜花一样怒放着，而她的美却没有人欣赏，只能在寂寞中日复一日地走向凋零。这不正符合林黛玉此时此刻的心理感受吗？她的美丽，她的孤独，她对宝玉无法言说的情感。

既而林黛玉又听，"良辰美景奈何天，赏心乐事谁家院"。不觉点头自叹。"良辰""美景""赏心""乐事"，人生四件好事，而它们在哪？杜丽娘满心惆怅，人生的美好与她的距离总是那么遥远，林黛玉何尝又不是如此，她顾影自怜，所以她点头自叹。

当林黛玉听到"如花美眷，似水流年"，更是心动神摇。如果说前两段唱词可以理解为借景抒情，那么第三段就是直接陈情了，完全唱出了林黛玉的心理。柳梦梅唱对杜丽娘的印象，"则为你如花美眷，似水流年。"而林黛玉跟杜丽娘一样，就是眼看如花美眷在似水流年中无可奈何地消逝。

柳梦梅接着又唱到，"你在闺中自怜"，林黛玉此时不觉如痴如醉。如果说"如花美眷，似水流年"是对青春消逝的无奈感伤，那么"你在闺中自怜"的感慨就让她更不能自持，全身心地投入到了戏文当中。

这里是林黛玉的一次文学鉴赏活动，她从感慨到自叹，再到心动神摇，最后如痴如醉，一次比一次掀起情感的波澜。她情思喷涌，不觉又想起《西厢记》中"花落水流红，闲愁万种"的句子，顿觉心痛神痴，眼中落泪。

林黛玉的鉴赏活动之所以能够步步深入，就在于情感的一种全身心投入。情感催生着作者对于生活的燃烧，情感也同样催生着鉴赏者对于鉴赏客体的燃烧。近人陶曾佑曾将小说鉴赏的情感渲染得淋漓尽致：

刺人脑球，惊人眼帘，畅人意界，增人智力；忽而庄，忽而谐，忽而歌，忽而哭，忽而激，忽而劝，忽而讽，忽而嘲；郁郁葱葱，兀兀硁硁，热度骤跻极点，电光万丈，魔力千钧，有无量不可思议之大势力。

在情感的诱导下，鉴赏者情不能自禁，和鉴赏对象心心相印，由"象"的感悟走向了"境"的升华。比如读唐代诗人王之涣的五言绝句《登鹳雀楼》，"白日依山尽，黄河入海流，欲穷千里目，更上一层楼。"这首耳熟能详的诗歌到底在说什么呢？从字面意思看，写太阳落山了，黄河向东流入大海，要想看得更远一些，必须再登上更高的一层楼。诗人通过虚实相生的景物构筑了宏伟的空间意象，"太阳""黄河""山峦""大海"，这些具有崇高感的意象同时又涵盖了永恒流逝的时间意象。诗人站在时空的维度纵横驰骋，登高怀远，又体现了"站得高才能看得远"的辩证哲理，鲜活而不枯寂，充满了理趣。当然，在情感的诱导下掀开了鉴赏的门扉，要进行深入地理解，步入写作的佳境，还需要"知人论世"，在把握了时代情怀的基础上再进入作者微观的字句提示。

三、再创造是进入鉴赏写作的有效途径

文学作为一种语言艺术，语言就是它的艺术媒介物，这和以色彩为媒介的绘画，和以节奏、旋律为媒介的音乐有着很大的不同，无论是视觉还是听觉，都属于人们最为直接的感觉功能，都是很形象的呈现。但我们在欣赏文学作品时，文字只是一个个抽象的符号，所以读者在鉴赏过程中，必须将这些符号化了的形象还原为具象的世界。而要完成这一转化，鉴赏者就必须具有充沛的领悟能力和丰富的想象能力，阅读主体能够在作品中沉潜，能够和作者的情感、主人公的情感相契合，同悲同喜，进入一种新的审美境界。如《红楼梦》第四十回，写刘姥姥在大观园的一次家宴上，因受凤姐故意逗乐，引起众人大笑的一段：

贾母这边说声"请"，刘姥姥便站起身来，高声说道："老刘，老刘，食量大如牛，吃个老母猪不抬头！"说完，却鼓着腮帮子，两眼直视，一声不语。众人先还发怔，后来一想，上上下下都一齐哈哈大笑起来。湘云撑不住，一口茶都喷出来。黛玉笑岔了气，伏着桌子只叫"嗳哟！"宝玉滚到贾母怀里，贾母笑着搂着叫"心肝"，王夫人笑着用手指着凤姐儿，却说不出话来。薛姨妈也撑不住，口里的茶喷了探春一裙子。探春的茶碗都合在迎春身上。惜春离了座位，拉着他奶母，叫"揉揉肠子"。地下无一个不弯腰屈背，也有躲出去蹲着笑的，也有忍着笑上来替他姐妹换衣裳的。独有凤姐鸳鸯二人撑着，还只管让刘姥姥。

这里就是借助文字符号，提供了一个热闹非凡的场面。作者抓住了人物的特征进行雕刻，而鉴赏者必须张开想象的翅膀，结合自己对人物相关信息的掌握对于每一个不同的形象进行再创造，让他（她）栩栩如生地出现在读者面前。鉴赏活动中就把这种想象称为对文学作品的"再创造"。通过"再创造"，进一步加深了鉴赏者对于艺术形象的把握，甚至把自己的生活经验也糅进去。如对刘姥姥的把握和理解，这是一个家庭贫困的村妇，但如果是一个没见过世面的村妇赫然出现在花团锦簇的大观园中，还有没有本事幽默诙谐？这就需要我们进一步思考，进一步考察这个人物的来龙去脉，这样就可以把相关的细节进行整合。通过思考，我们发现刘姥姥却原来也有着不寻常的经历，也是见过大世面的人，她在"金陵王家"呆过，可见"王家"和"贾家"的实力相当。好的作品就是在细节处做文章，鉴赏者如果能够于细节处流连，积极地思考和想象，就会寻找到思维的突破口，诱发鉴赏写作的动力，步入鉴赏写作的佳境。

另外，对文学作品的鉴赏应注重其审美的规律。比如，作者在创作时通常通过物态人情化或人情物态化的方式加以表达，使得作品饶有情趣。并且为了拓展作品的表现力，作者往往通过夸张、象征等技法的使用，一方面充分地表达出了自己的主观体验，另一方面也使作品具有了含蓄朦胧的特征。这时，鉴赏者就需要结合自己的人生体验，发挥自己丰富的想象力，使作品获得更广泛的可读性和再创造的空间，诗歌的鉴赏无疑就是这样的。

一首好的诗歌，往往是由一系列美的意象按照作品主题的美的律动有序组合而成。诗人的内在之意往往是蕴含在作品的外在之象上，如珠玉蕴藏在水中。那么鉴赏者在鉴赏作品时，首先就是对意象的感知，它要经历一个再现——联想——完形的过程，完成对诗歌意象的还原。当然，这并非是一种对作家创作的意象的简单还原，而包含了鉴赏者的二度创造。

如我们读王昌龄的《闺怨》，"闺中少妇不曾愁，春日凝装上翠楼。忽见陌头杨柳色，悔教夫婿觅封侯。"读着诗句，在我们的脑海里可能同时就会闪现出这样的一幅画面：在春日阑珊之际，微风习习，柳枝轻扬，一片祥和、柔美、温馨之境。这时有一个妆容精致的美丽女子登上高楼，她在怡然自得之时突然看见了远处的杨柳青枝，一种孤独寂寥之感顿时袭上心头，蓦然想起了自己的丈夫从军日久，从折柳送别到今天杨柳又泛青枝。想当年自己为了富贵功名让丈夫去从军，却不曾想因此辜负了自己美好的青春和家庭的幸福。

鉴赏者在创造了诗中的艺术形象之后可以进一步延伸作者的情感。如果是普通的阅读者，可能就停留在"少妇"这个层面，没有向更深处走去，当然也无法触及诗人的灵魂深处。诗人仅仅是在写一个"不曾愁"的少妇吗？还是借"少妇"来喻"自己"？这就是文学作品的艺术魅力所在，它留下了大量的空白需要鉴赏者去填补，由此，我们也就寻找到了鉴赏写作"留白填充"的路径。

所以，一个真正的文学家在创造作品时，总是用极为有限的语言包容最大限度的信息量，给读者留下极大的想象空间，这种艺术创造的现象表现在作品中，就是艺术的审美空白，其内涵与中国文论中常说的"象外之象""味外之旨""言外之意"是十分相近的，尤其与"空"的审美范畴更为相近。在鉴赏活动中，鉴赏主体要对文本对象具体化，进行虚拟、幻化、充实，完成对于作品审美主体的"重建"。如我们读到李清照《声声慢》中"寻寻觅觅，冷冷清清，凄凄惨惨戚戚"的词句时，眼前浮现的是一位少历繁华、中经丧乱、晚景凄凉的女词人形象。李清照在经历了江山易主、国家支离破碎的同时痛失恩爱丈夫，终于不得不孤苦面对寻觅而不得、冷清凄凉的日日夜夜。这种对作品中艺术形象的感知、复活就是一个形象再现的过程。总之，从阅读走向鉴赏，再到鉴赏写作，需要一个过程，需要鉴赏主体真正全身心地投入。只有沉潜于作品之中，才能调动起自己的联想、想象，把自己的主观意趣和作品的深厚主题糅合在一起，最后通过有效的文字表达出来，最终完成一次阅读的飞升。

第三节 文学鉴赏能力的培养

每回执教初一都会发现这种情况:很多学生都认为某篇文章写得好,可是让他们谈其一二时,却不知如何开口。我们知道语文新课程标准的一个重要目标是:"能初步理解、鉴赏文学作品,受到高尚情操与趣味的熏陶,发展个性,丰富自己的精神世界。"因此,教师在教学中更应有意识地培养和提高学生的文学鉴赏能力,引导学生解读出作品的真谛,悟出人生哲理,从而让学生真正走进文学的殿堂。

一、"积"出锦绣,"累"得华章——打下鉴赏的基石

刘勰说:"操千曲而后晓声,观千剑而后识器。"由此可见,要有良好的鉴赏能力,必须有广博的知识。这就要求学生多读书、读好书,通过广泛阅读,精读细思来积累沉淀自己的文学素养,来拓宽自己的见识。

在教学过程中,教师不妨抓住学生学习的黄金时机,向学生推荐好书、推荐佳作,让学生在潜移默化中提高文学品位。于是,我们自选的"名篇雅韵"就走进了学生的课堂,美丽的文字也化成了清脆的音符。在读书声中,在字里行间,学生看到了美的身影。当然,鉴赏文学作品需要具备多方面的知识,诸如语言文字知识、文学技巧知识、作家作品知识,等等。因此笔者有的放矢,鼓励学生多读、多看、多听。渐渐地,在图书馆内,多了学生痴迷阅读的身影;在阅读课上,闪烁出一双双求知若渴的眼神。

二、"品"取英华,"悟"入情理——敞开鉴赏的襟怀

歌德说:"经验丰富的人读书用两只眼睛,一只眼睛看到纸面上的话,另一只眼睛看到纸的背面。"因此仅靠多读是远远不够的,教师要引导学生自己深入文本,细嚼慢品,体味情思,悟其意境。唯有对作品的彻底领悟,才可能有真正的鉴赏。

(一)乘着想象的翅膀,飞入作品的意境

一部好的文学作品,往往具有高尚的情操和理趣。一个会鉴赏的人,也必定能读其文、入其境、揣其意,从而悟其理。因此,教师指导学生学会鉴赏,首先就应让学生走入作品的具体意境中,借助想象的翅膀,身临其境,参悟真谛。

都德先生的《最后一课》写得简练明快,作者用细腻的笔调描绘了小弗朗士在最后一

堂课上的所见所闻。在赏析韩麦尔先生宣布下课这一情节时，笔者首先让学生抓住描写韩麦尔先生的一系列动词及神情描写品读语句，然后让学生说说韩麦尔先生宣布下课后小弗朗士的心理如何，完成一篇作文。

由此可见，学生借助想象的翅膀融入作品，不仅可以提高自己的鉴赏能力，更是对自己情操的一种陶冶。诚如车尔尼雪夫斯基所说："凡是好书，必定会在读者心中唤起对真、善、美的向往，这是一切好书所具有的共性。"那么教师在教学时，也就不能忽视文学作品的育人作用。

（二）转换"你""我"的角色，追寻作者的情思

白居易认为："感人心者，莫先乎情。"（《与元九书》）文学作品的情感决定着基调，鉴赏者必须能把握作者的情思。因此，教师在教学时不妨鼓励学生去重新体验，走一遍作者的心路历程。引导他们走进作家情感世界，转换角色，把自己融入其中，我就是作者，我就是"他"。让"时光倒流"，让学生再走一遍"他们"所走过的路，和"他们"同喜同忧。例如，教师可以让学生站在一个起步点上，结合实际进行揣测："接下来会发生什么事？""作者会怎么写？""如果我是'他'又会如何？"……当然，"一千个读者就会有一千个哈姆雷特。"在体验的同时，教师还可鼓励学生根据自己的感受和已有经历进行再创造、再组材，拓宽学生思维的空间，从而培养他们甄别鉴赏的能力。长此以往，学生在以后的阅读中，就会更容易把握作者的情感思路和组材技巧。

（三）拨动情感的琴弦，听出深蕴的真理

很多时候文学作品中的"情""理"是很难分解的，但是它们又互相有别，"理"往往决定着"情"。毛泽东的《沁园春·雪》，其气势恢宏，感情激昂，读之更让人感到心胸开阔，豪情万丈。这首诗之所以有如此强烈的震撼力，是因为这种情感是建立在热爱祖国、热爱人民大众的理性之上的，舍此也就没有了如此巨大的感染力了。

由此可见，在阅读文学作品时，教师要引导学生不能仅停留于作品或作者所流露出来的情感上，更要学会思索、联系，掌握科学的分析方法，从多角度去了解作品的诸多侧面，进行全方位的剖析，知人论世，从而真正做到"闻弦歌而知其理"，将鉴赏提高到哲学的高度。

相信在阅读过程中只要含英咀华，运用各方面的知识深入文本，必能在"入境""入情""入理"后达到"一览众山小"的鉴赏佳境。

三、"点"来意趣，"评"得精神——提升鉴赏的境界

评点水平的高低，是鉴赏能力高低的重要标志。因此，教师在平常的教学中就应抓住一切时机让学生练习评点，自出机杼。

(一)说

在课堂教学时,教师可有意识地让学生对文章进行点评。"这篇文章写得好,好在哪里?语言上?结构上?情理上?……"教师在培养初期一定要耐着性子听学生讲,用各种方法让学生的嘴巴动起来、说出来。只要有一个学生开了口,这种氛围就会像星星之火,可以燎原。在一次次的思维冲浪中,学生就会不自觉地去模仿,继而自己思索,把对作品的理解说出来,然后又会在他人的感悟中进行鉴别、升华,从而自出机杼。

(二)写

课堂上交流的范围和时间毕竟是有限的,因此更应让学生养成读书时写评注的习惯。清代的唐彪这样说:"读书而无评注,即偶能窥其微妙,日后终至茫然,故评注不可以已也。"可见在阅读文学作品时,若能写些旁批、眉批、总评,对提高鉴赏能力是大有裨益的,这也是对课堂训练的一种巩固和延伸。教师也可鼓励学生多做摘抄,规定好格式,要学生对所摘抄的内容进行评点。日积月累,学生定会获益匪浅。

(三)拓

很多时候文学和艺术是相通的,教师不妨拓宽学生的视野,丰富学生的精神世界,将艺术的东西引进课堂,培养他们举一反三、触类旁通的能力。例如可以让学生看一些经典的影视作品,评一评影视中的拍摄技巧、剧本构思,也可以让学生编排课本剧,对文学作品进行再创作等。

在上完《斑羚飞渡》这篇课文后,笔者让学生看了《美丽人生》这部经典影片,学生感慨万分:"狼和人一样,对子女的爱是最无私的。""人类不应该这么残忍,不管对人还是对动物都应怀着一颗仁慈之心。"在一片唏嘘声中,学生的精神境界一下子提高了。笔者的目的也就达到了。"那你觉得这部片子拍得好吗?好在哪里?"想不到,随口的一问却像春雷炸开了学生的思维:"我觉得开头拍得很温馨,流露出了人物幸福的感觉。而且还和后面压抑的色调氛围形成了一个鲜明的对比。""我觉得圭多这个人物拍得很成功,贯穿他身上的始终是那种乐观的精神。""我觉得父爱好伟大,圭多不仅保护了儿子的身体,更是保护了他的心灵,没有让战争在孩子的心中留下阴影。最后儿子获救时看见坦克还真以为是自己赢来的呢。""我觉得一个细节设计得很好,电影开头就放到这个小孩子是不喜欢洗澡的,正是因为如此才没有和集中营的人一起去'洗澡'(毒气),所以逃过了一劫,这是为下文埋下了伏笔。"……虽然学生的语言略显幼稚,但是不难看出他们已经把所学的东西灵活运用了,这种思维的拓展,技能的迁移,无形中又把学生的鉴赏能力提高到了一个新的境界。

当然,培养学生文学鉴赏的能力,不是一朝一夕就能实现的,这还需要长期的积累、坚持、运用。教师只有运用适当的方法，给学生提供更多的机会，让学生真正爱上文学，才能带领他们走进文学的殿堂。

第四节 培养学生文学鉴赏能力的教学

一、在语文教学中对文学鉴赏能力进行培养的意义

在语文教学中，教师要培养学生文学鉴赏的能力。对学生开展相应的文学鉴赏，对于提升学生的语文能力，特别是提升学生的阅读能力有着十分重要的作用。同时，对文学作品进行适当的读、写、说，将对学生的阅读能力起到很大的提升作用。而且学生语文学习能力的提升，也将为他们今后的学习奠定更稳固的基础。

二、对中学生文学鉴赏能力进行提升的对策

（一）加强学生对审美的认识，提高学生审美认知

初中语文课程标准明确提出，在初中语文教学中要重视提高学生的品德修养和审美情趣，要将审美能力的培养贯穿于教学始终。基于此，在优化调整初中语文阅读教学之际，教师应当注意提高学生审美认知。因为初中语文教材中的诸多文章都或多或少存在语言美、情境美，所以教师在初中语文阅读教学中应有意识地引导学生感受文章的语言美和情境美，增强学生对"美"的认识和感受，为后续更好地培养学生的审美能力奠定基础。例如，某教师在组织学生进行《繁星》一文的阅读与赏析过程中，教师先进行文章范读，之后让学生自行阅读文章，以便学生对文章有一定的了解。在此基础上，教师让学生从文章中找出认为有美感的句子，说明美在哪里。这样，学生会认真赏析文章，说出具有美感的句子及原因。而教师适当地补充说明，可以让学生感受到句子的美感，从而使他们对审美有一定的认识。

（二）激发学生审美兴趣，提高学生审美意识

教师要在初中语文阅读教学中培养学生的审美能力，还需要激发学生的审美兴趣，提高学生的审美意识。只有学生的审美意识得到强化，才能提高学生的审美能力。因此，教师激发学生的审美兴趣是非常重要的。那么如何在初中语文阅读教学中激发学生的审美兴

趣呢？一是重视朗读，用心感受美的存在。朗读是语文学习的重要方法，学生只有有情感地朗读课文，才能感受到作品的美。教师只有组织学生有感情地朗读文章，才能使学生感受到文章的情感，进而体会文章的美妙之处。当然，对于正处于认知和情感发展阶段的初中生来说，他们还没有真正掌握有感情地朗读文章的方法，这就需要教师在组织语文阅读教学活动的过程中，要着重指导学生进行有感情地朗读文章，体会文章的情感，进而感受"美"。例如，教师在教学《春》这篇文章时，指导学生侧重于对春天特征的把握，尤其是描写春天景象的部分，在朗读时要体会作者对春天的热爱和对未来的憧憬。同时，教师要引导学生品味语言，尤其是其中蕴含的生活之美。二是问题引导，提高审美意识。教师在教学中巧妙地运用问题，能够激发学生的审美兴趣，提高学生的审美意识。因为很多时候学生在进行文章朗读的过程中，难以把握重点，尤其是审美重点，进而使他们对文章的审美不到位。而教师提出适合的、贴切的问题，能够将学生带入到文章审美重点上，让学生有目的、有方向地进行文章审美，进而激发学生的审美兴趣，并且在持续的文章语言、情感等方面赏析的过程中逐渐强化自身的审美意识。同时，教师在教学过程中，要尽可能地让学生带着问题对文学作品进行阅读。在实际阅读环节中，如果学生没有目的地通读，就很难提升自己的文学鉴赏能力。因此，教师要想让阅读发挥出更大的价值和作用，就要让学生真正参与到阅读过程中，不断提高他们的文学鉴赏能力。这样，教师通过对问题的提问或设问，能使学生更好地掌握整个作品的深刻性，为提升学生的鉴赏能力奠定良好的基础。

三、要注重提高学生文学鉴赏能力

教师在实际教学过程中，要注重对学生生活体验和文学作品的连接性进行调动，让学生的情感能和文学作品中的情感进行充分衔接。在这个过程中，教师可以借助学生特有的好奇心，进一步引导学生进行自主学习，并对文学作品进行分析，以更好地锻炼和提升学生的文学鉴赏能力。这种方式不仅能在一定程度上使学生参与到文学鉴赏的环节中，而且能充分调动学生的学习热情，为他们今后的语文学习和文学素质的提升奠定良好的基础。

总之，想要在语文教学中培养学生文学鉴赏能力，教师应不断加强学生对审美的认识，提高学生审美认知，激发学生审美兴趣，提高学生审美意识。只有这样，学生的语文学习能力才能提升，也为今后的学习奠定更稳定的基础。

第五节　在阅读中提升学生的文学鉴赏能力

我们都知道，语文素养是一种以语文能力为核心的综合素养，要想形成这样的综合素养首先得将学生广泛阅读的心扉打开，没有敞亮的心扉初中生既完不成 400 万字的阅读总量，也读不好至少 9 部的文学名著。如何让学生能够形成敞开心扉阅读鉴赏文学作品的习惯和能力，现结合教学谈几点肤浅认识和不够成熟的做法。

一、让学生的阅读具有愉悦性

对于语文教学，人们已越来越清醒地意识到，必须有学生积极参与的阅读鉴赏之系列性的活动，但在我们平时的教学中，学生参与的积极程度不够，诸多学生都把阅读鉴赏看成是苦差事，因此，学生阅读鉴赏的所获也就不多。教育教学的实践告诉我们：知之者永不如乐知者，学生阅读鉴赏缺乏兴趣，是永远也不能获取效果的。由此，初中生的阅读鉴赏必须具有愉悦性。可能我们有这样的认为或设想，把课堂炒得热热闹闹的，学生便获得不尽的欢乐。但笔者不敢苟同，窃以为学生阅读的愉悦性应当体现在阅读鉴赏过程中学生探究所呈现出来的诸多成功乐趣。譬如教学《木兰诗》，这是一则叙述古代民族女英雄的叙事诗，阅读这首诗，从弘扬花木兰这位女民族英雄精神的角度看，学生所要鉴赏的内容还是比较丰富的，但如果面面俱到，学生则显得兴趣大减。教学时笔者让学生对这首汉乐府诗进行了多种形式的读，在充分读的基础上抓住作品中自己感到有探究兴趣的内容进行探究。学生们所探究的内容以及所站的角度均不一样，学生在进行交流时则显现出极度的广泛性，而学生所探究的内容亦显现出极丰富的意蕴，学生在交流中则凸现出极为欢快的愉悦性。应当说，当学生把阅读鉴赏当回事去孜孜以求、津津乐道时，学生阅读鉴赏的心扉就会更敞亮，阅读鉴赏的效果就会更显著。

二、让学生的阅读具有主动性

现行初中语文教材都是经过语文教育专家精心选择和安排的，它们的遣词造句的精到和字里行间所蕴含哲理的丰富给我们的学生带来了极富教育意义的资源，学生只有心扉敞亮地阅读鉴赏，才能获取广泛而又深刻意义上优秀文化的熏陶感染。但离开了学生高度的主动性，还是不能获取成效的。因此，在平时的教学中应利用古今中外文学的精品价值调动起学生主动阅读鉴赏的积极性。为了让学生能够充分地自主阅读鉴赏文学作品，笔者常让学生去进行体验，因为体验既符合建构主义教学理论，又能根植于学生的精神世界。譬如教学老舍先生的《在烈日和暴雨下》，这是一篇建议为略读的课文，略读并非就是让学生去简单浏览或者就是放弃学生去读的机会。笔者以为这正好给学生一个自主而又主动阅读鉴赏文学作品的机会，因此，让学生去主动略读并以略读为主要抓手则可以比较好地形成学生主动探究的态势。这个作品的一大特色是以细腻的写景文字来烘托人物的心情，要求学生在略读的过程中注意梳理写景写情的过程，因为只有细心而又主动梳理出这个过程，学生才能真正体会出这个特色。于是，学生一步步找出烈日之"烈"，又一步步找出暴雨之"暴"，又去理出祥子的心情以及更多的用景物、人物的感觉来侧面烘托心情的语句，学生从这一系列的探究中真正地感受到人物悲苦的生活环境，也从中体会到祥子不可逃脱的悲惨命运。更为可喜的是，学生对自己的生活充满着极大的欣慰，对党和政府、优越的社会主义制度的感激之情油然而生。应当说这是学生主动探求的结果，没有这样主动的探求是生发不出如此灿烂的花朵的。

三、让学生的鉴赏具有创新性

我们所使用的教材每册书都分为三大块，每篇课文后都有"探究练习"，每个单元后也都安排了"综合学习与探究"的内容。这些探究题一个最明显的特征是，都是些具有多维多角度的探索题，事实上如果能让我们的学生去做到真正意义上的探究，那么将完全可以体现出学生阅读鉴赏的创新。所以，阅读鉴赏中学生的创新探究应当成为我们教学活动的必然追求。不但要循着文后的探究去让学生练习，还要寻求文本的相关探究点激发学生的创新探究兴趣，诱发学生进行探求。譬如九年级上册围绕气象物候专题选择了古今诗文，这些诗文都从不同角度向人们提示一些气象物候的基本知识，尤其是古人、前人不懈探索自然规律的精神对学生具有极大的激励作用。教学这个专题时笔者比较重视引发学生去追求古人、前人不懈探求气象物候的精神，诱发学生去借助自己所见识的各种材料，积极思考，发现并研究问题。所以，在教学气象物候专题的诗文时，笔者特别注意让学生进行一些前置性的观察积累，譬如天空中云彩总是千变万化的，云彩的变化带来怎样的气候变化呢？而学习气象物候专题的内容时则让学生去比照，古人、前人的不懈探索有着怎样的正确性和科学性，而自己经过观察又能发现多少古人、前人所未曾发现的气象物候呢？由此，学生也从平常的事物中发现了问题，也学着去寻求带有规律性的东西，事实上也培养了学生的一些基本的科学意识。虽然此专题多是以说明形式行文的，但学生也同样在说明文的语言鉴赏阅读中体现出一定创新和创造的意味。

四、如何更好地进行文学作品的阅读鉴赏

（一）尊重原著精神与个性化解读相结合

《语文课程标准》强调："注重个性化阅读，充分调动自己的生活经验和知识积累，在主动积极的思维和情感活动中，获得独特的感受和体验。学习探究性阅读和创造性阅读，发展想象能力、思辨能力和批判能力。"在解读过程中，传统阅读指导习惯于对文本的颠覆，诸如介绍写作背景、划分段落层次、归纳中心思想、分析写作特点等，貌似按部就班，循序渐进，符合由浅入深由易到难的认知规律，本质实为通过一系列技巧性的"程序"来寻求课堂的"圆满"效果，结果完美的文本被颠覆了，浑然的结构被肢解了，和谐的语境被葬送了。因此，对于文学作品的解读，既要尊重原著精神，又要对作品进行个性化解读。

在尊重原著精神的基础上对作品进行个性化解读，有时只需适当转换一下视角。鉴赏教学强调的是学生的个性理解，多元解读，强调的是把学生对作品的困惑、疑难、问题，或兴趣、好感，或在解读作品中所产生的智慧、感悟转化成教学的新生成点。因此，教师在文学鉴赏课中的主要任务就是引导学生自由地、个性地解读文学作品，去领悟文学作品所构建的美学意境和人文精神，从而提升自己的精神，陶冶自己的情操。

（二）加强对文学作品的吟诵朗读

俗话说得好，"熟读唐诗三百首，不会写诗也会吟"，诵读在教学中占有举足轻重的地位。作品的思想，作品的精神，作品的表现艺术，都需要通过学生的读去理解把握。《普通高中语文课程标准》提到，"阅读文学作品的过程，是发现和建构作品意义的过程。作品的文学价值，是由读者在阅读鉴赏过程中得以实现的"。尤其在古代诗歌鉴赏过程中，学生必须通过反复吟诵来感悟体味，准确把握作者表达的思想感情，进入作者营造的特有情境，从而在潜移默化中受到感染，受到熏陶，最终产生顿悟，获得前所未有的审美体验。

一堂好的语文课，总是伴随着读而展开的，初读感知课文，细读理解课文，精读品味欣赏。让学生在反复的阅读中，读出形——在头脑中形成课文中语言所描绘的形象；读出情——读出语言文字中所蕴藏的情感；读出神——读出语言文字所包括的寓意、精髓。在进行文学作品的教学时，教学设计一定要有明确的层次，要有前瞻性的预设，指导的重心在于引导学生进入作者创设的特定情境，真切体会作者抒发的特定情感，从而融情于作品之中，在诵读中准确再现诗境。

第六节 文学鉴赏中创新思维能力的培养

创新是一个民族发展与进步的推动力、灵魂,而创新思维能力的培养,是永恒的话题。对于个人而言,创新是进步的源泉,是立足于社会的重要保障。初中生正处于青少年时期,思维活跃、好奇心强、喜欢争强好胜、奇异想法多是他们富有的特征。语文学科是一门语言学科,学生在感悟文学作品的过程中,自身思维想象得到触发,进而萌生出创新意识。那么,新视域下教师应怎样利用文学鉴赏课,实现对学生创新思维能力的培养呢?

一、从辩证角度鉴赏人物形象,培养学生的创新思维

在文学作品中,塑造人物形象是一项重要任务。在鉴赏文学作品的过程中,如果能够正确理解作品对人性及人的揭示,这可在很大程度上帮助学生受正确教育及美的熏陶。然而,文学作品塑造的人物形象是立体化的,每个人在阅读经验、生活阅历、学识素养等方面都有所不同,对人物的解读自然也会带上明显的个性特征。为此,在文学作品的鉴赏中,教师应鼓励学生从辩证角度进行理解与鉴赏人物形象,提出有根据、新颖、准确的见解。

例如,在学习苏教版八年级下册第四单元的十六课《孔乙己》该篇课文时,文学领域对他的评价大多是这几个词语:落魄、疯癫、迂腐、圆滑、虚伪。大多数学生也只是顺着教师的思路走,对孔乙己这个人物形象的鉴赏也基本定格在上述词语。然而,也有学生发表了自己独特的理解:虽然孔乙己迂腐、自命清高、虚伪,但也是受害者,本性仍存善念,并无害人的想法。比如,在丁举人打折双腿时,孔乙己遭受了巨大冤屈与灾难,但从未产生报复的心理,虽然行为有些懦弱,但也是善良之举。试想,在当时、甚至现代,多少人在面对恶势力时都会采取这样的举动,何况孔乙己这样的身份?从另一种角度看,在那样的社会背景,如果大家没有当孔乙己是异类,他或许就不会假装清高来维持那一份仅存的自尊……在这个过程中,学生从孔乙己的角度对这个人物形象进行了新的解读,未尝不是一种新的思维。

二、从多元角度诠释文学主题,培养学生的创新思维

在文学作品中,主题诠释也是一项重要的任务。那么,在进行文学作品鉴赏教学时,如果能帮助学生正确、深刻地理解作品诠释的主题,将有利于学生受到一次深刻的思想教

育。从某种角度说，作品的主题是读者赋予的。由于每位读者都是一个独立的个体，对主题的诠释自然也存在差异，故只要理解合乎情理，都应认可。因此，教师在进行文学作品鉴赏教学时，应注意引导学生从多元角度去理解作品主题，发表自己独特的见解。

比如，在学习八年级上册第七课《最后一课》时，文章的主题是表达阿尔萨斯省人民在沦为异族奴隶后的痛苦及对祖国的热爱。一些学生可能会产生这样的想法：打败仗的原因很多，但其中一个原因就是社会腐败，领导者的管理、领导能力不足，试想多少败仗是与决策有关？此外，还与民族的团结程度有关。面对这些新颖的见解，教师不应立即评判对错，而应在给予肯定的同时再与大家一起分析。

三、从想象角度填补情节空白，培养学生的创新思维

情节也是文学作品的重要组成部分。通过对情节的到位理解，可帮助学生更好地把握文学作品的整体感情基调、人物形象的特征。然而，在众多文学作品中，许多情节并未直接描写出来，而是通过文章内容暗示给读者。这部分空白里，往往包含着很丰富的意蕴，值得我们细细品味。因此，在进行文学作品鉴赏教学时，教师应注意引导学生发现这些情节空白，并让学生通过自己的想象，完成对这部分情节空白的填补。想象，其实就是一种创造力。在对文学作品情节空白填补的过程中，离不开想象，而在想象的过程中，学生可以发散思维，从而有利于他们萌发创新意识。

例如，在学习苏教版七年级上册第六单元二十五课《皇帝的新装》时，教师可让学生结合自己的想象，写一段故事结尾，如那些赞美皇帝"新装"的人，最后会是怎样的结局？那个敢于说出真话的小孩，又会怎样？给皇帝换"新装"的人，结局又该如何？通过对这些空白情节的想象，学生充分发挥了自己的想象力，而这个过程也是促使学生产生奇异想法的过程，对培养学生爱想象的习惯具有积极意义。

在初中语文文学鉴赏教学中，教师敢于打破传统教学模式，合理引导学生发散思维与想象，有利于学生创造性思维能力的培养，这一点对于语文教学具有重要的现实意义。

第七节 对语文教学中文学作品鉴赏能力的培养

阅读文学作品包含理解和鉴赏两个层次：理解是指弄懂文学作品的词义、句义、全文大义；鉴赏是指鉴别和欣赏文学作品的语言、写作手法、篇章结构，还要鉴别和欣赏它的思想感情和主题的意义，并能对文章作恰当的评价。培养学生的文学鉴赏能力是一个日积月累的过程，不仅需要老师在教学过程中的引导，还需要学生的配合。

一、读懂文章，训练语感，增强对文章的理解力

对文学作品的鉴赏的第一步就是要对文学语言有感受力。每一篇文学作品都是由字、词、句、段落组成的，能将文章中的字、词、句读懂是鉴赏文学作品最基本的要求。而在课本中选编了大量的文言文与白话文，而学生在对作品的理解上难免会有困难。因此，在阅读文学作品时还需要老师对一些困难的词句进行指导。特别是对于文言文，很多的字词的意思不同于现在的汉语，而且有的词还有多种词义和用法。在这方面，老师在讲解的时候就要对词句分析透彻，找出一些规律，或者是增加一些趣味性的教学，让学生有更深刻的印象。学生只有将文章中的字、词、句的意思掌握精确，才能运用得熟练，从而进一步加深理解。

除了读懂文章之外，朗读训练也是语文教学中重要的组成部分。学生在阅读文学作品时，脑海中会浮现出自己所阅读的文章所描述的情景，这样，就会使得文学作品变得鲜活、立体。多次对文章进行朗读就能更多地去感受作者文章中所描述的意境，从而也能加深对作品思想感情的体会。这样，反复地进行阅读训练，不仅能提高语言感受力，还会因为更能体会作者的思想感情而加强对文章的理解，从而慢慢地提高鉴赏能力。

然而，读文章也不能马马虎虎地去阅读，在朗读文章的时候，不仅要语音准确、语句清晰，还要做到声情并茂。只有在朗读时读出文章的情感，才能加深对文章的理解。这是因为，在朗读时读出文章中的情感的必定是对文中的词句进行了揣摩。而在揣摩的过程中自然而然地就会对文章的理解更进一层。

朗读与理解文章是培养文学作品的鉴赏能力的最基本的一步，而要进一步提高学生对文学作品的鉴赏能力，还需要对文学知识和其他领域的知识不断地拓宽。

二、学习文学作品知识

文学作品的鉴赏除了需要对文章进行阅读之外，还需要掌握文学作品中必须要掌握的基本知识。因为在鉴赏文学作品时还包括对主题、材料、语言等进行鉴赏。在这方面老师可以开展一些活动，将课本上的知识深入生活中，让学生去亲身体验和感受生活，激发学生的学习兴趣性。另外，还可以制定一些系统的学习和训练计划，通过学习与训练让学生对文学知识有比较深刻的印象，这样才能将那些知识记住并进行运用。

学生除了要掌握老师在课堂上所教授的文学知识外，还要自己在课后积累其他的知识。只有多积累知识和材料，才能提高感悟能力、文字表达能力以及一些其他的能力。要做到这些可以再课后去扩展阅读量，增大阅读量也能加强对文学作品的感悟力。

三、了解文学作品的作者与创作背景

对文学作品的作者的了解应该算是积累文学知识的一部分，因为在学习文学作品时必须要掌握一些著名作者的基本情况，那样在要对这些作者的其他文章进行鉴赏时才能更容易理解他的文章。但是，在对一篇文章进行鉴赏之前，除了要了解作者的基本情况之外，还要对作者当时的思想和心境进行了解，那样才能更容易了解文章的思想感情。

文学作品是现实社会生活在作者头脑中反映的产物，是作者用来表达对现实社会生活的意见态度。因此，不同时代的文学作品具有不同的风貌；同一时代、不同作者的作品也具有不同的思想与情调；而同一个作者也会因为时代和社会的变迁，其文学作品也会有不同的感情。所以，在鉴赏文学作品之前，了解作者的写作背景是必备的功课。

四、学习鉴赏文学作品的鉴赏方法

（一）着眼整体，鉴赏局部

作者在创作文学作品时，都是先确定其中心，从整体出发写作局部，以各个局部构成完整地作品。作品的某一个局部既有它独特的感情，又和其他局部相联系，共同表达主题。因此，在鉴赏局部时不能将其分开来理解，而应该结合文章的主题思想对局部进行理解，再融入整体的文章中。这样能更全面地体会和把握作品的思想感情。

（二）根据文章的体裁进行鉴赏

文章有很多不同的体裁，而不同体裁的文章在鉴赏时也要抓住不同的重点进行鉴赏。虽然不同体裁的文学作品的表达主题的方式不同，但是运用的表达手法却大多相同。所以，在鉴赏文章时，要根据不同的体裁抓住表达主题的方式，然后围绕主题的中心思想对文章运用的表达手法进行分析与鉴赏。

五、文学鉴赏的积累

在鉴赏文学作品之前，老师必须对文学作品的知识进行讲解并让学生对那些文学知识掌握到位；要鼓励学生多进行课外阅读，多积累一点课外知识，培养学生的语言感受力与积累文学知识；还要多鼓励学生朗读文章，帮助学生增强语感与对文章的感受力。鉴赏文学作品是需要长时间的积累的，不是一朝一夕就能完成的。在对知识积累到一定的程度后，在鉴赏文学作品时就能有通顺的语言表达能力。除了这些之外，还要让学生了解文学作品的多种体裁，只有对各种体裁都了解了才能提高对文学作品的鉴赏能力。当一切都需要积累的知识都到达一定的程度时，在鉴赏文学作品时就需要将文章的体裁与作者的相关信息、创作的背景等其他方面相结合对文章进行鉴赏。培养文学作品的鉴赏能力是语文教学中必不可少的一部分，这一方面的能力提高后在语文的学习时也能更加轻松，还能提高学生的感受力与领悟能力。所以，在语文教学中培养学生对文学作品的鉴赏能力是非常必要的一个阶段。

第十四章

职业院校文学鉴赏能力的培养

第一节　文学鉴赏对高职学生的影响力

文学鉴赏是人们在阅读文学作品时所产生的一种披文入情、动情观照的精神活动。在这种活动中，读者对文学作品中所创造的艺术形象、艺术意境进行感受、体验、领悟、理解、玩味，得到赏心悦目、怡情养性的审美享受和思想认识、道德情操等方面的教益。所以我们说，正确的文学鉴赏有着不可估量的影响力，它能引起作者与读者的感觉共鸣。正因为文学鉴赏能够引起共鸣，文学鉴赏才能使读者享受精神产品的愿望和要求得以实现，所以说面对当前的高职学生，提升他们的文学鉴赏能力，进而能充分发挥出高职学生无可限量的从业能力。

一、文学鉴赏能够让高职学生的情感得到宣泄和补偿

黑格尔说："艺术应该通过什么来感动人呢？一般地说，感动就是在情感上的共鸣，人们，特别是现在的人们，往往是太容易感动了……但是在艺术里感动的应该只是本身真实的情致。"作家与读者之间的情感是以作品为中介的对流过程，所以阅读文学作品就可以感受到作家的心意，就是形成了共鸣，共鸣过程中，情感得到了宣泄和补偿。在我们日常工作中，我们每个人彼此都会发生各种不同的关系，甚至是在不同的年代，不同地位，包括不是一个民族的人都有可能会遭遇到相同或者相近的经历。因此，当学生读到作品时，发现人物形象所经历的事件或者人物形象的背景、挫折，甚至奋斗的过程以及遇到问题时所产生的感情及想法都会和自己相同时，读者就会进入了共鸣状态，进而会产生一种"仿同"心理，会把自己想象成主人公，去跟作品中的人物形象融合，去再一次陪同人物形象经历普遍经历过的一切。所以我们可以说，当作者在进行文学创作的时候，当他刻画的人物、事情、场景、景物，以及对所刻画的一切的主观评价恰恰与读者的评价一致时，读者就会产生强烈的共鸣，这样读者就自然而然地把自己当成人物形象，与人物形象的思想感情相融合，进行潜移默化的宣泄和补偿。文学鉴赏的这种影响力如果作用于学生身上，那对高职学生的心理会起到一定的平衡作用。

比如《红楼梦》第23回《西厢记妙词通戏语牡丹亭艳曲警芳心》中写道："当黛玉听到《牡丹亭》中的戏文：'原来是姹紫嫣红开遍，似这般，都付与断井颓垣。良辰美景奈何天，赏心乐事谁家院'时，心痛神痴，潸然泪下……"其实这就是因为黛玉和文学作品产生了

深深的共鸣。《牡丹亭·惊梦》里的几句唱词深深打动了黛玉,激发起她与杜丽娘的心灵沟通与共鸣。但是,杜丽娘伤春的爱情苦闷没有黛玉的感慨深广。黛玉幼年丧母,寄人篱下,"一年三百六十日,风刀霜剑严相逼",她对人情世态的了解胜过一直生活在幽闺中的杜丽娘,她在爱情中遭受的挫折、打击与苦闷、忧伤也比杜丽娘更强烈更深刻。这段戏文让黛玉觉得自己与杜丽娘之间有着相同的"爱而不得其爱"的情感体验,所以发生共鸣,把作品中的人物想象成自己,随着作品中的人物的命运而情感起伏,随之哭泣,随之大笑……情感得到宣泄,宣泄过后情感也得到了一定程度的满足和补偿。

再比如,当高职学生在阅读长篇小说《红岩》时,他们会为江姐、许云峰、华子良等革命烈士的高贵品质和革命精神所深深感动,崇敬之情油然而生,而对国民党反动派和叛徒甫志高之流则充满了强烈的义愤。有时,学生由于深受作品的感染,情感体验往往会进入一种忘我的境界,把自己和作品中的人物融合为一,爱其所爱,恨其所恨,甚至在实际生活中处处仿效作品中的人物,这样起到一种精神的满足感和情感的补偿作用。

当然鉴赏文学作品同样也能净化某些负面情绪,宣泄胸中的郁闷不满,使怨恨之心得到排遣而不致激化为愤怒。比如,学生在生活中可能会有人喜欢吟诵前人忧郁、感伤的诗句,这样就能排遣忧郁的情感。李清照的"寻寻觅觅,冷冷清清,凄凄惨惨戚戚"让她陷入一种苦闷至极,忧郁排遣的情感境界。当心情也郁闷的学生读到李清照这几句话时,就会感同身受,似乎和作者陷入同样的情感忧伤中,这样情感就宣泄出去了。有时这种缘于情感体验相同而导致的共鸣宣泄,会达到一种难以自拔的强烈程度。当然,有时作家创作也是在宣泄,比如歌德创作出小说《少年维特之烦恼》时,他所有的忧伤都随着这部作品的诞生而宣泄出来,那么阅读作品的人也会从中受到影响而选择正确的爱情观。

二、文学鉴赏能够让高职学生的情感得到升华

情感的宣泄与补偿必然导致情感的升华,也就是说,接受者的自然情感、生活情感与作品中的情感合而为一,上升到一种艺术情感,它意味着对现实情感的解脱或超脱,同时又使现实情感得到净化、丰富与提高。文学对鉴赏者情感体验潜移默化的陶冶作用,证明它具有情感洗涤功能。如电视连续剧《大宅门》,其原作和剧作编导均出于著名导演郭宝昌之手,电视剧的推出赢得了很高的收视率。此剧演绎了一个医药世家四代人的悲欢离合、起伏跌宕的故事。《大宅门》的文本内容所形成的时间跨度为百年,自1880年写起,直到改革开放,故事结构的生活化和悬念迭出。大部分演员,无论主次,在表演上的真挚感、自然感、亲切感、质朴感等综合因素,无可逆转地将观众导入了作品的情境中,为之喜、为之叹、为之爱、为之恨。剧中摒除了说教成分和塑造痕迹,奉献给欣赏者的是镶嵌在大时代背景上鲜活而令人唏嘘不已的人生轨迹,会让人感受到历史上曾经有这样一些名不见经传的人曾经这样地做人,曾经这样地活着。无论是"二奶奶"(斯琴高娃饰)还是"三

爷"（刘佩琦饰），无论是"白景奇"（陈宝国饰）还是"老爷子"（杜雨露饰），等等，诸多人物的音容笑貌、个性举止，无不冲击着人们的心扉，令人难以忘怀。《大宅门》会让学生在感动、感怀之余，体验着人生的况味，阅读着生活的真善美和假恶丑，聆听着人性的倾诉，种种，自然而然地让学生在对剧情内涵的理解、探求中，精神提升到一个理想的境界，一个暂时摒除俗念的心灵净化境界，让自己的情感得以最大程度地升华。

三、文学鉴赏能够提升高职学生的人格魅力

读者由于作品中某种情感力量的震撼，使压抑的某种情绪得以宣泄，使畸变的心态得以矫正，使扭曲的人格变得圣洁和纯正。郭沫若在《文艺之社会使命》一文中举过这样一个例子：日本古时代有一个妙龄的尼姑，名叫慈门。有一次群盗掩入，缚之柱上，抢劫财物。慈门不能反抗，便很超然地唱出一首和歌："编织就的篱栅/本来是难波地方的芦苇/逾过来也是当然的道理呀/夜里的白波。"意思是说：庵中所有的东西都是从外面取来的，强盗来拿去也是当然的道理。结果出乎人的意料，歌中的那种淡然、超脱的精神和情感一下子感动了强盗，他们最终没有去抢劫财物，反而把慈门从柱上解下来，离开了。可见文学作品经欣赏后，有净化情感、提升境界、启迪良知的效果。文学鉴赏通过感染影响学生，提升人格魅力，进而去影响社会。这就说明文学鉴赏具有让人领悟的影响力。再比如，当我们教师带领学生去欣赏古诗的时候，他们同样会领略古诗中那种让人积极向上的力量。王之涣在《登鹳雀楼》中写道："白日依山尽，黄河入海流。欲穷千里目，更上一层楼。"当学生读到这首诗的时候，就会从这首诗所描写的那种登高极目的艺术意象中，进一步领略其所包含的艺术意蕴，寻索它那不断升腾向上所能启迪的某种人生的真理，似乎觉得他说的不再是登楼，而是人生追求的一种象征、一种暗示、一种领悟：人只有志存高远，才能目光远大。通过这种寻索玩味，人们的心灵便有所升华，人格境界得到提升。

当学生读到一部充满哲理和教育意义的文学作品时，他就会进入领悟过程，会超越了作品的现象层面，趋向于对其深层意蕴的把握。在作品的深刻意蕴中，往往又具有极大的概括性和深刻性，通常暗示着人类潜意识中人性最隐秘的部分，暗示着人的生命活动本质和要义，这样作者也才能进入较高层次的鉴赏环节，也最终才能提升人格魅力，这样才能完成作品呼唤真善美的真正意义。从这种意义上说，文学鉴赏又是一种寓教于乐的精神活动，是一种群众性的自我教育的普遍形式。通过文学鉴赏，学生就能从作品的艺术形象中获得精神享受，得到健康的娱乐，并在不知不觉中受到潜移默化的良好影响，更自觉地去"求真、向善、爱美"，因而，它有利于学生提升自己的综合素质，也有利于社会主义精神文明的建设。

第二节　高职院校汉语言教学中的文学鉴赏

现在汉语言文学课堂被众多的着力于培养作家、文学知识分子的老师看重。汉语言文学教育将重点放在对学生的语言分析运用能力的培养上，同时注重学生个人素质修养的培养，因此，课堂教学主要以文学鉴赏为主。在文学鉴赏教学中应加强实践活动，引导学生在实践过程中能够自主选择，认真思考，探索创新。在高职院校汉语言教学中应该从以下三个方面进行文学鉴赏。

一、熟悉诗人，理解诗题

"文章合为时而作，诗歌合为事而发"，这句话清楚地表明文学作品对于作者情感和思想的表达。所以，如果要想理解一篇诗词，首先要清楚作者身处的时代、作者的所见所闻所感，这是作者创作的背景，有助于我们准备把握诗词中的情感。因此，我们要学习一首诗词，就要对作者所处的时代、人生经历、内涵精神等"写作背景"有所了解，这有助于我们准确理解诗歌的内容及所抒发的情感。在具体的操作中，它可分成两个方面：一是课前要预习所要学习的内容，多了解作者创作的大背景。教师在课堂教学中要让学生明确多种学习资源并尽可能地运用这些资源来为诗词鉴赏服务，通过多种资源渠道等探寻作者的见闻。二是通过诗词的背景了解诗词的含义。诗词的创作必然离不开特定的环境，作者往往是由于其身处的环境或所经历的事情而有所感慨。因此，学生通过自己的主动了解和资料收集，既培养了学生收集信息的能力，又锻炼了他们的口头表达能力和听说能力，同时还有助于对诗歌意境的理解，有助于对诗歌整体感情基调的把握。

以李白的《赠汪伦》为例，先弄清楚此诗的创作背景，有助于引发学生课堂学习的兴趣、很好地理解诗词含义。诗词的背景是：隐居在安徽泾县桃花潭畔的汪伦非常敬佩李白，尤其喜欢他的诗。有一天，李白来到了安徽，汪伦立即修书一封，信中写道："先生好游乎？此地有十里桃花。先生好饮乎？此地有万家酒店"。而李白也早知豪爽的汪伦，因此便欣然赴约。不过二人见面后，李白方知"受骗"，这里并没有"十里桃花"，也没有"万家酒店"，有的只是桃花潭。但李白并不为恼，反而笑："临桃花潭，饮万家酒，会汪豪士，此亦人生快事！"两人还因此义结金兰。临别之时，李白深感汪伦的情谊，即兴创了千古绝句《赠汪伦》。

二、紧抓字眼，明白文意

汉语言文学具有特殊的特征，比如语句浓缩、意思跳跃、成分省略、词序倒置等，但是这些都不易教学。所以在教授汉语言文学过程中，要学会运用留、补、换、调、扩等方法教学。"留"指的是在进行文学教学当中要刻意的保留古文当中涉及的人名、地名、物名等。比如《赠汪伦》中的"李白""汪伦""桃花潭"等名词，要在解释的语义当中保留。"补"指的是将古文当中舍去的重要内容进行补充，特别注意古文当中常会出现的留白或省略成分。比如"松下问童子，言师采药去"就要补充省略的主语以及宾语。"换"指的是古语当中与现代词汇意义不同、用法不一致的词语需要进行更换。比如"儿童急走追黄蝶"的"走"，"停车坐爱枫林晚"的"坐"等，都要与现代用法进行互换。"调"指的是对古诗当中所运用的众多词汇的顺序进行调换。比如"林暗草惊风"中"林暗"在现代用语当中应当调换为"暗林"。这样就能使得古诗通俗易懂。"扩"指的是将承载意义较多的词汇进行展开。比如"孤舟蓑笠翁"应当展开为在孤单的一条小船上，有一位身穿蓑衣，头戴斗笠的老渔翁。

在进行教学时要把握住古诗当中具有代表性的特点，引导学生自主地剖析古诗的真正含义。比如在教学《九月九日忆山东兄弟》的古诗当中，应当把握住古诗当中诗人对家人、兄弟的思念之情，不断地引导学生自主地感受诗人的抒情手法与表达方式。在"独在异乡为异客"一句中就出现了两个"异"字，更能表达诗人感受到自己目前举目无亲的处境，抒发了自己思念家乡的感情。"每逢佳节倍思亲"当中的"倍"字，是一个量词，能够衡量诗人想念家乡的程度。而整个故事后面出现了"遍""少"等关键字眼，抒发了诗人兄弟无法及时相见的痛恨与思念。所以，这些词汇都是教师能够利用的关键点，同时也是学生能够理解的部分，引导式的教学可以在这首诗词当中顺利进行。

三、想象意境，感悟内涵

汉语言教学中的难点就是如何使学生很好的想象诗词所蕴含的意境，进而深刻地领悟诗词中表达的情感，这就需要教师能够将多元化的教学理念和教学模式运用到其中，让学生能够入情入境。

优秀的文学作品对于读者的感染力是相当强烈的，因为作品本身包含了无与伦比的意境美、语言美、情境美等。以李商隐的《锦瑟》为例，短短几行诗句表达了鲜明而又朦胧的意境，称得上是韵外之致的经典作品。毋庸置疑，古诗歌的意境美是经由简短精炼的诗句表达的。古诗词的评判标准之一就是看其语言是否精炼，是否恰到好处地表达出了意境。我们看到的古诗词大多遵循了"对仗""押韵""平仄"等要求，这给古诗词平添了优美的意境，从听觉视觉等方面带来优美的享受。评判古诗语句精美的标准，是看其语言是否恰到好处地表现了诗的艺术境界。古典诗词的韵律大大增加了汉语言的表现力。诗词的对仗表现出诗句形式的建筑美，而押韵和平仄，则在听觉上造成诗的音乐美。节奏鲜明的诗词具有抑扬顿挫、回环往复的韵致，读起来朗朗上口，沁人心脾，豁人耳目。

高职院校汉语言的教学特别需要看重诗词作品中的意境美、语言美和情境美，通过这些美的享受提高学生的思想内涵，使之文学修养得到有效的提高。这不仅是新课改对于汉语言教学的要求，更是汉语言文学的文学属性能够在新课改之下发挥出最有利的优势，更好地突出对学生的人文教育。利用诗歌教学提升个人精神意境，让学生的文学修养得到提升。

第三节　高职文学鉴赏课的教学

作为一种艺术形式，文学的鉴赏能够对人良好的品德修养的形成具有重要意义与作用。因此，当前文学鉴赏课也是非常重要的。作为高职院校的学生来说，实施合理的文学鉴赏课是非常重要的，它能够合理提升学生的文学修养水平，促进学生欣赏水平与审美能力的提升与发展。因此，本书主要针对高职文学鉴赏课教学质量的提升提出了合理的建议，希望能够为我国的高职文学鉴赏课的教学提供合理的指导意见，有效促进学生文学鉴赏水平的提升与发展，也能对文学教学质量的提升具有积极的帮助。

作为一项重要的能力，审美能力的培养能够使人获得终生的教育。当前，在高职院校中开展文学鉴赏课，能够积极促进学生审美能力的提升与发展。作为文学素质教育来说，可以使学生的思想道德水平得到一定提升，可以促进学生的审美能力，使人得到良好的身心健康发展。所以，笔者主要针对高职院校实施文学鉴赏课进行合理的分析与研究，希望能以此为高职文学鉴赏课质量的提升做出相应的贡献。

一、运用多样化的教学手段

对于高职院校的教学来说，应该从激发学生的审美意识入手，在教学方面需要针对不同的文体进行合理教学。对于文学鉴赏课来说，具有多样化的教学方式与手段。作为文学鉴赏课的教师来说，应该在备课过程中，针对不同文章的题材与形式进行分类。例如，可以分为歌颂故乡的文学、爱国作品以及歌颂友情与爱情的作品等等，以此能够在教学过程中运用不同的教学手段，可以将学生的学习积极性被合理调动起来，积极融入文学鉴赏过程中。由于高职院校的学生的文学基础的差异比较大，因此在理解文学作品的过程中，会存在着一定的难度。对文学基础比较薄弱的学生来说，其在鉴赏作品的过程中会有些茫然，因此在教学过程中可以合理运用多样化的教学手段，积极改进教学效果，可以将一些与作品相关的知识内容引入课堂教学中，挖掘学生的兴趣，激发学生的热情，这样才能让他们在文学鉴赏过程中取得一定的成效。而对于文学基础比较好的学生来说，老师可以着重对学生文学鉴赏手段的讲授与引导，促进学生鉴赏水平的提升。

二、鉴赏内容的合理丰富

在高职院校的文学鉴赏课堂中，为了有效吸引学生的学习兴趣，可以对文学鉴赏的内容进行合理丰富。针对文学鉴赏的内容，应该贯穿古今中外的作品与内容，从欧美、亚非，以及不同民族的文学作品，等等；另外，在文学体裁上，也要讲求一定的丰富性。诗歌、影视文学，或者戏剧、小说等等，都应该走入文学鉴赏的课堂之中。针对非中文专业的学生来说，会对这些文学内容产生比较浓厚的兴趣，因此就有了学习的动力与目标，从而能够为学生带来一定的指导，使学生的文学鉴赏能力得到积极提升，促进学生的合理健康发展。因此，作为高职的文学鉴赏课的老师来说，应该积极认识到鉴赏内容的多样化特征，为学生选择各种各样的文学作品，能够为学生的审美能力与鉴赏能力的提升提供积极的帮助；另外，还能积极拓宽学生的视野，提升学生的文学修养与水平，能够为未来的学习与生活奠定良好的基础。

三、加强学生的互动交流，达到情感上的共鸣

作为文学作品来说，它主要是对社会生活与现实的反映。因此，在学生欣赏文学作品的过程中，能够对社会现实有一定的了解，以此能够获得自身的人生体验。所以，在文学欣赏课的教学过程中，作为老师来说，应该加强学生之间的互动与交流，让学生能够积极发表自己的见解，并且还要培养学生与文本、作者等的相互对话。比如，在教学《诗经·卫风·氓》的过程中，学生在掌握大概的意义的基础上，可以积极引导学生的思维发展，布置学生这样的学习任务：让学生对女主人公与氓从热恋结婚到最后决绝的过程进行描述，并且应该仔细描写主人公的心理、语言以及外貌等的变化，以此能够很好地体现人物形象与特征，使学生能够与诗人之间进行合理对话，也能提升学生的写作水平与能力，激发学生的想象力与创造力，还能使学生的学习兴趣被合理激发出来，从而能够促进学生的文学鉴赏能力的提升，为学生未来的学习提供积极的帮助。最后，老师在教学设计上还要注意相应的问题。在教学方式上，既要合理激发学生的学习兴趣，还要注重教学质量的提升，因此，可以借助现场观摩、话剧演出等等形式，加深学生对文学作品的理解，并且积极促进学生的文学鉴赏水平的提升与发展。

综上，作为一种特殊的艺术形式，文学作品的鉴赏能够提升学生的审美水平。而作为高职院校的文学鉴赏课的教师来说，应该积极从学生的学习情况出发，实施合理的教学手段，对教学方式与教学内容进行丰富，这样能够激发学生的学习兴趣与积极性，有助于学生未来的学习与成长。另外，在教学过程中，还要注重互动交流方式的运用，能够使学生的学习效果得到合理提升，提升学生的文学素养与道德水平，从而能够为学生未来的学习与成长提供积极的帮助。

第四节 高职文学鉴赏教学片论

文学鉴赏是文学活动进行的基础，是文学发挥和实现基础社会作用的重要环节，是文学创作的积极反馈。搞好文学鉴赏能够能动地促进文学创作发展，也有利于提高读者艺术修养和思想情操。高职文学鉴赏教学是高职语文教学不可忽略的重要环节，教师必须在教学中进行积极有效的探索。

由于不用参加高考，也就没了应试教育的压力，高职语文教材不再追求学科自身的完备性和知识的覆盖面，而是把学生的发展和引导学生学会学习作为根本理念，即把教材的中心价值转移到学生怎样使用教材上，变教材为学材，而且赋予教材中的知识内容以更多的价值观。在文学鉴赏教学中，由于不用"戴着镣铐跳舞"，语文教师能够在素质教育的音乐节拍下翩翩起舞，舞姿婀娜。根据"教无定法"的道理，文学鉴赏教学的具体方法不是一成不变，而是灵活多样的。

一、创设学习情景，找到最好的切入点

不要说中外古典小说，即使是现当代小说，其着力刻画的内容与读者的生活也或多或少地有些距离，因此，要充分发挥教师的引导作用，激发学生浓厚的学习兴趣。例如，在学习《林黛玉进贾府》时，笔者并不急于介绍作者及背景，而是先让学生自读课文并根据林黛玉进贾府的线索，画出贾府大院平面示意图，然后问学生，在那个时代，什么人才有资格住？那个时代的普通人过的是什么样的生活？两相比较，学生自然明白了《红楼梦》中的典型环境。在这种背景之下，再来分析人物形象就容易多了。学习《林教头风雪山神庙》时，笔者先让一个同学上讲台表演林冲这个形象。林冲这一形象家喻户晓又常在银屏上出现，学生的表演很到位也很轻松，引来了阵阵欢笑。笔者又问，林冲既是豹子头，他

为什么会委曲求全、忍辱负重呢？《水浒传》写的是官逼民反，林冲是小官吏，他算是被压迫者吗，属于民吗？为什么安排在风雪之夜？同学们一下子陷入沉思之中，接着展开了充分的讨论，从而领会作者的写作意图，收到了良好的教学效果。一句话，对新教材应以启发优先，以激励优先。

二、多边互动交流，激发学生的情感共鸣

优秀的文学作品无一不是社会生活的真实反映。文学作品的这种真实性和典型性能够使读者在审美享受的同时，了解和认识到社会生活的丰富性、历史发展的必然性，从而领悟昔往，透视现实，预测未来，获得由文学形态所提供的人生经验与认识。根据接受美学的观点，是作者和读者共同创造了作品。因此，必须强调文学鉴赏活动中师生的共同参与，强调双边及多边的互动交流。这一过程是多向对话的过程：老师与作家作品的对话，学生与作家作品的对话，老师与学生就作家作品的对话。一句话，是老师、学生、作家作品三方的对话。由于各自的经验、情感、生活理念的差异，各自的视点可能大同小异，也可能迥然相异，因此，这一鉴赏过程必然是多姿多彩的。但要特别强调的是作者与读者的视点相交融。作者的目的就在于要把自己的所见所闻、所思所悟告诉读者，以期唤起共鸣，而读者正是在进入作者所虚拟的规定情境后，直接看见人物的行动和遭遇，从而激发感情和想象活动，而作者在作品中留下的空白，只有让读者在想象和联想中去体察、揣度和补充了。也就是说，对新教材的教法上要打破重教师不重学生的做法，鼓励学生积极探索。

例如，在学习《诗经·卫风·氓》时，在疏通文意后，笔者调动学生的生活积累进行意象加工，启发他们运用合理的联想和想象，用500字描写"女主人公与氓从热恋结婚到婚变直至决绝"的场景，要求刻画出人物的外貌、动作、心理和语言，体现人物的个性特征。通过这个活动引导学生准确地把握诗人的感情脉络，与诗人发生感情交流。同学们运用丰富的联想和富有表现力的语言，营造深邃的意境，准确表达了诗中的复杂情感。这样不仅训练了他们的联想想象能力，也提升了其语言表达能力，同时还培养了他们对诗歌学习的兴趣。

三、变换阅读视角，进行个性化解读

文学作品往往不只具有唯一的意义，这就提供了创新思维的最广阔空间，可以发挥自己的想象力和理解力，各式各样的理解都应当允许，只要是言之成理，持之有故，就应当给予肯定。鲁迅曾经谈到人们对《红楼梦》理解的分歧："单是命意，就因读者的眼光而有种种，经学家看见《易》，道学家看见淫，才子看见缠绵，革命家看见排满，流言家看见宫闱秘事……"同时，要尽量摆脱千篇一律的公式和套话，用自己的经验和情感去理解，用自己的语言去概括。再创造的过程表现为读者以文学作品的内容为基础，带着被艺术形

象所唤起的全部激情和想象,结合自己的直接或间接的生活积累和审美经验,积极主动地去探索和发掘蕴含于形象之中的深层含义。就是说,在教材的文学鉴赏教学中要培养学生的创新意识。

白居易的《琵琶行》,从诗前的小序我们了解到这是作者一段真实的遭遇。在聆听琵琶女动人的演奏之后,作者把自己的遭遇和琵琶女的身世结合起来,有了深刻的漂泊、沦落之感,但是作者并没有直接叙述自己的感慨,而是把自己的思想赋予作品。作品既展现了琵琶女演奏的绝妙如神的音乐形象,也描述了琵琶女悲惨的人生遭遇,通过琵琶女的身世联及自己的人生遭遇。因而主题之说就有了"爱情说""同情说""讽刺说""惋惜说""感慨说""自伤说""长恨说""双重主题说""矛盾主题说"等不同说法,与其说是作品多义性的客观存在,毋宁说是鉴赏者的阅读创造。我们在鉴赏文学作品主题时,不断地变换视角,进行个性化的分析解读,这样就能使我们对作品主题的认识进一步深化,会更加完整和准确地解释作品。

一般而言,阅读有三个层次:表象感受,触文生情,得意入境。阅读文学作品最先接触到的是作者用语言描绘出来的人物、事件、生活场景,然后在想象和联想的作用下把它们综合起来,在脑海中形成一幅幅充满生机和活力的生活画面。表象感受是文学鉴赏的基础,但表象未必都反映文学的本质,只停留在文学作品的表层去做出判断,就很有可能良莠不辨,误把低级庸俗、声色犬马的作品视作佳作。这一点不能不引起我们的高度重视。

阅读海明威的《老人与海》,在老人与大自然的搏斗中,明白了自己在这个充满险恶风暴的世界上,面临着严峻的人生历程的考验,一个朴素的真理呈现在面前:胜利的欢乐、失败的苦恼都是暂时的,无限的追求才是永恒的。读者在阅读作品过程中不断地获得这种心灵上的飞跃,就会不停地创造新的自我。

需要注意的是,个性化解读不是任意化解读,要有一定的解读依据。如依循文本或作品,依循作者和时代,依循他人解说,依循自己客观健康的判断。应是:创新与循规一色,创造性思维与规范性思维齐飞。

当然,文学鉴赏面广量大,虽然有大量优秀的文学作品进入教材,但由于课时的限制,一般无法在语文教学过程中充分地进行文学鉴赏,也不宜把语文课上成文学课。这对一部分文学爱好者,甚至于将来要从事文学事业的同学来说,就难以得到更大程度上的满足和发展,故可以通过开设文学鉴赏选修课的渠道解决这一问题。

第五节　如何引导高职学生提高文学鉴赏能力

文学鉴赏是文学作品中作者与读者进行共鸣的一种艺术思维的散发活动，亦是人们对于文学作品进行认知以及剖析事物本质的一种精神活动，高职学生的文学鉴赏能力培养尤为重要，本书就如何引导高职学生提高文学鉴赏能力，从让学生认知到文学作品鉴赏的意义，通过有效方法引导学生的自觉鉴赏来探讨。

所谓鉴赏，它是文学作品中作者与读者进行共鸣的一种艺术思维的散发活动，亦是人们对于文学作品进行认知以及剖析事物本质的一种精神活动，同样，也有进行评价的一种过程。作为教师，我们该如何引导学生自然而然地知道文学本身的魅力，对此，笔者认为可以在以下几点进行着手：

一、让学生认知到文学作品鉴赏的意义

（一）通过文学作品陶冶自身的情操

文学作品大都直接呈现了该作者的内在，亦如情操、道德观、世界观，更包涵个人的修养。而在作者的作品中往往都体现了他们对于这个世界，对于生活的一种辩证透析，从而达到自身精神面貌饱满的需求，以此怀着积极的心态去面对人生荣辱。读余华的《活着》，可以说半身凄凉半身苦，以直接的死亡面对读者，来实现我们对富贵儿的同情，但终归富贵儿无需我们的怜悯，作者留下了对于生活思考的一丝阳光，即使生活如此艰难，活着仍是活着。作品给我们展现了一种人的生命力的蓬勃和坚持追求自己人生的伟大和崇高。在探讨各类文学作品之时以自身的人生经历对作品中的情景事件进行创造性的模拟，让学生明白其中人物的思想行为，辨别其中的真与假，善与恶，自然而然地升华自身的情感，从而陶冶了性情。

（二）指在提高自身的读写能力

如何去培养学生自身的读写能力，本身便是文学类老师最重要的问题。其中，又以写作为最甚。其中包含着精神层面和对现实认知结合自身能力进行的一种综合型的智力活动。加强文学鉴赏能力本身便是一种透析文章，从而提高自身写作能力的一种方法。从策略方面来说，鉴赏文学作品有从主题、情节、形象、语言、结构、意境这几个固定的方面进行。

通过分析通篇文学作品的结构框架，形神兼备的意境，跌宕起伏的情节和鲜活的人物形象，本身便是文学写作能力的提高过程。在逐渐深入的鉴赏过程中，学生通过领略着文学作品本身的魅力，会自然而然地去思考通篇的行文结构，会去模仿其中优美的语言，会去思考如何以情节内容传达自身的精神内在，其本身便是一种隐形的提高。遂有通过文学鉴赏能力的提高从而达到提高自身的写作能力一说。

二、通过有效方法引导学生的自觉鉴赏

（一）影视与文学鉴赏间的双向交流

一个人的兴趣永远不可能只有一种，一个再喜欢的兴趣也一定有厌倦的时候。做一件事，如果只是凭借责任，可能可以做得很好，但一定无法做到极致，只有兴趣的加持，才能使之愉悦从而带来创造性的改变。我们知道，读很多文学巨著本身是一种比较枯燥的活动。所以这个世界衍生了另一种读文学的方法——影视文学。绝大多数人更喜欢这种声音和视觉的交错。可能我们本身并没有读过这本书，但我们已经大致明白了这本书的内容。张艺谋就曾经导过一部《活着》的电影，与原著有许多的差异，学生看过这部电影之后会很自觉地想去了解原著本身和电影差异性的存在，这种对比的思考便是一种另类的文学鉴赏。本身电影的存在便是一种文学赏析。电影的存在在引导着学生去了解原著本身的故事，老师并没有强制性地去让学生看，这是兴趣使之自发地区了解。就像光与影，因光有了影，以影了解光，文学作品使影视有了基础，影视再反馈学生从呈现的画面再引导着学生去鉴赏文学本身。

（二）以生活引导文学鉴赏

生活的不同造就着不同的人生，也塑造着不同的人生观、价值观。所以因为经历的不同，我们所能看到的文学触点也一定有所不同。"一千个读者一千个哈姆雷特"，生活经历的不同造就着视角的不同，文学鉴赏首先自身对文学作品的品位，同时夹杂着自身对于原作者思想的猜测和见解。以现在的视角去解读战争年代的文学，这与当时的人相比必然有差异性的存在。生活环境的不同，引而带来的是善恶价值观的不同。这样的文学鉴赏就开始有了多样性。例如孔子的"兴，观，群，怨"说，文学能够激起人们心中的情感，使之产生共鸣，从而抒发难以言表的情感。又能通过文学人们在群体中到达认识的统一，但因个体的不同、视点的不一，遂又形成了各有特色的群体文化，通过某一群体的文学作品，便能窥知该群体的精神风貌，从而了解他们的生活，转而丰富了人们对于作品的理解，从而影响着鉴赏的多样性。多变文学来源于多变的生活，所以这样的生活也引导着我们对于文学不同的解读。

(三)人际间交流对于文学鉴赏的重要性

文学起源于生活,而生活来源于交流。文学其实是生活的一种缩影,是作者对这个社会生活的一种高度概括。文学鉴赏涵盖着人们对于一个人思想的理解。交流可以促进这种理解,不同的人有不同的见地,多样性交流有助于更加透彻地理解事物的本质。所谓物以类聚,一个人的文学鉴赏必定受制于自身的局限性,而同样喜欢一本书的人有着不同的人生所以能看到的触点也不同。这样的交流便会提高文学鉴赏能力,下一次会引导着你往另一个方向思考,多出一种选择。学生本身有自主选择的能力,这样的交流是一种潜移默化喜欢文学的开始,也是一种认知自身文学鉴赏能力的机会。所以,人际间的交流对于文学鉴赏来说是非常必要的。交流会引导着学生思维的散发,保证文学鉴赏的全面性。

三、引导文学鉴赏灵性变化

(一)知晓文学的自由性

文学从某种程度上来说是自由的,每一位作者可以进行自由的框架设定,并赋予自己想要的**语言**。首先,文学鉴赏本身没有一个固定的框架,只是后人在自身的理解上添加了主题、结构、情节、人物等来剖析一篇文学作品。我们要知道,文学是自由的,是阐述自身精神内在的载体,我们在解读一部文学作品时,是自身对这部文学作品的感受,你的见解可能与别人不一样,但不一定是错的。我们应当让学生知晓文学的自由性,而非拘泥于固定的答案,从而引导学生在创作文学或是在进行文学鉴赏之时有自己的灵性。文学的自由犹如天之浩大,不应拘泥。在引导学生知晓文学的自由性,便可以让学生在理解文学本身之时具有更多的选择性。

(二)文学鉴赏随性中的统一化

文学鉴赏是出于对于一部文学作品的解读,一方面在注重鉴赏的随性之时,注重自身思维变化的灵活性,从多方面的进行阐述解读,或字,或句,同时在鉴定之时统筹全局,不至于跑偏了方向。如果说一部传送向上乐观的文章,你硬是说这是悲观的,便是胡闹了。文学确实自由的,但并不代表文学鉴赏是自由的。我们需要的是文学鉴赏的过程中保持自由的方法且具有随性的视角,但其处于一个大致的范畴,使自身能够在这样的范畴中保持随性的统一化。我们需要的是学生能力的提高,是自身在创作文学作品的时候不被狭隘的视角束缚,能够拥有灵性,再为之后的文学鉴赏提高自身的鉴赏能力。所谓眼界博大,能看到的事物也必然拥有全面性。

总之,笔者认为引导学生进行文学鉴赏的最终目的是旨在提高学生自主进行文学鉴赏的兴趣。通过影视、生活和交流等来激发学生对于文学的兴趣,完善学生的价值观、社会观，让学生可以保持良性的生活观。通过这些日常的行为逐渐地去影响学生对于文学的辩知能力，使学生从而真正地喜欢上文学，提高学生阅读文学的自主性。因为就阅读文学作品本身而言，其本身便是一种文学鉴赏。所以，提高学生的阅读兴趣才是当务之急。一个人文学鉴赏能力的高低离不开他个人的阅读量，当代高职学生的修养问题一直一个很严重的问题。而我们旨在通过文学作品逐渐地去陶冶一个人的情操，逐渐去改善一个人的修养，以达到"腹有书乡气自华"。而文学鉴赏的提高必定是学生对于社会认知的提高，一个从愚昧到博学的过程。而学生能通过逐渐提高的文学鉴赏能力来得到他对于社会认知的改变以及自身本质的剖析，从而达到提高自身的修养的目的。

结束语

当代文学并不能将其简简单单地理解为现代语言式与文学表达形式的结合，而应该看到现代汉语思维对文学表达的结构设置、人物性格等方面的重大影响，以现代汉语思维自身的特殊性为出发点，对中国当代文学的实质性内涵以及思维模式做出科学的探索。

首先，中国现当代文学与西方文化。中国当代文化作为我国文学发展的一个新的阶段，是以现代汉语作为语言表述的基础，以现代汉语思维为导向的新文学。现代汉语的语言表述使得当代文学有着更为强烈的时代性，从语言形式上更容易被大众所接受。而现代汉语思维自身所具有的普遍性与特殊性，使得中国当代文学表现出明显的现实主义特色，并将其作为自身的载体，实现了自身的健康发展。本书旨在结合中国当代文学发展的实际，在相关文学研究理论的指导下，对现代汉语思维背景下的中国当代文学做出全面的探讨，以期促进中国文学的进一步发展。

其次，汉语言文学。汉语言文学专业学习和研究的课程在理论上，其毕业生应获得掌握马克思主义的基本原理和关于语言、文学的基本理论；掌握本专业的基础知识以及新闻、历史、哲学、艺术等学科的相关知识；具有文学修养和鉴赏能力以及较强的写作能力；了解我国关于语言文字和文学艺术的方针、政策和法规；了解本学科的前沿成就和发展前景；能阅读古典文献，掌握文献检索、资料查询的基本方法，具有一定的科学研究和实际工作能力等六方面的知识和能力。汉语言文学专业教授给学生一系列语言和文学方面的基础课程，意在让学生具有扎实的语言、文学理论功底，具备良好的写作能力，毕业后能够在新闻出版、文艺宣传、教学科研等文化研究单位，从事编辑、采写、企宣、文案、教师等与专业基础尤其是文字能力密切相关的工作。

最后，文学鉴赏。在文学作品的鉴赏教学中，语文教师要注重对学生的追问与发现能力进行培养。文字作品的内涵是比较丰富的，潜藏着很多未知的东西，等待着鉴赏者通过各种方式去发现。如果鉴赏课的教学设计只停留在表面，只关注中心思想和段落的划分，只关注生词的解释，忽视通过追问去发现深层意蕴，就会阻碍文学作品鉴赏的深入进行，从而降低学生的文学作品鉴赏能力。在文学作品的鉴赏过程中,学生的追问与发现能力的培养是非常关键的。文学作品中蕴含的美,需要通过挖掘、分析才能够感受到,学生只有在鉴赏过程中不断地对文学作品进行分析、追问、发现,才能感受到文学作品表达的美。

总而言之,文学作品是作家观照人生、透视社会与自然的独特审美发现,具有深刻的美学价值和思想。文学作品的鉴赏是语文教学中非常重要的部分,对于提高学生的审美能力、丰富学生的思想感情具有重要的意义。因此,在语文教学过程中,教师应当采取有效的教学策略,不断提高学生的文学作品鉴赏能力。

参考文献

[1] 徐景宏. 探析中国现当代文学的研究现状与发展 [J]. 中国科教创新导刊, 2013, 12（34）: 96-97.

[2] 陈红旗. 多民族文学史观构建与中国现当代文学研究 [J]. 西南民族大学学报（人文社科版）, 2014, 16（8）: 162-165.

[3] 李柳. 汉学热与中国现当代文学分析 [J]. 时代文学, 2015.23（10）: 204.

[4] 张柠. 中国当代文学与文化研究 [M]. 北京: 北京师范大学出版社, 2008.

[5] （美）雷内·韦勒克. 批评的诸种观念 [M]. 成都: 四川文艺出版社, 1988.

[6] （波）瓦迪斯瓦夫·塔塔尔凯维奇. 西方六大美学观念史 [M]. 上海: 译文出版社, 2006.

[7] 王汶成. 文学语言中介论 [M]. 济南: 山东大学出版社, 2002.

[8] 洪子诚. 中国当代文学史 [M]. 北京: 北京大学出版社, 1997.

[9] 以群. 文学的基本原理（下册）[M]. 北京: 作家出版社, 1964.

[10] 十四院校编写组. 文学理论基础 [M]. 上海: 上海文艺出版社, 1981.

[11] 江西大学中文系. 文学概论 [M]. 南昌: 江西人民出版社, 1985.

[12] 曹廷华. 文学概论 [M]. 北京: 高等教育出版社, 1986.

[13] 郑松生. 文学概论讲义 [M]. 北京: 文化艺术出版社, 1988.

[14] 叶凤沅. 文学概论 [M]. 上海: 华东师范大学出版社, 1990.

[15] （古希腊）亚里士多德. 修辞学 [M]. 北京: 三联书店, 1991.

[16] 蒋孔阳. 美和美的创造 [M]. 南京: 江苏人民出版社, 1981.

[17] 李泽厚. 李泽厚哲学美学文选 [M]. 长沙: 湖南人民出版社, 1985.

[18] 童庆炳. 中国新文学大系（1976—1982）[M]. 北京: 中国文联出版公司, 1988.

[19] 童庆炳. 文学概论（上）[M]. 北京: 红旗出版社, 1984.

[20] 王元骧. 审美反映与艺术创造 [M]. 杭州: 杭州大学出版社, 1992.

[21] 钱中文. 新理性精神文学论 [M]. 武汉: 华中师范大学出版社, 2000.

[22] 吉林大学中文系文艺理论教研室．文学概论 [M]．长春：吉林人民出版社，1981．

[23] 童庆炳．文学概论 [M]．武汉：武汉大学出版社，1989．

[24] 罗建忠．文学概论教程 [M]．石家庄：花山文艺出版社，1990．

[25] 国家教委社科司．文学概论教学大纲 [M]．北京：高等教育出版社，1993．

[26] 刘甫田，徐景熙．文学概论 [M]．北京：高等教育出版社，2000．

[27] 姚文放．文学概论 [M]．南京：南京大学出版社，2000．

[28] 王忠勇．本世纪西方文论述评 [M]．昆明：云南教育出版社，1989．

[29] 杜书瀛，张婷婷．中国二十世纪文艺学学术史·第四部 [M]，上海：上海文艺出版社，2001．

[30] 李泽厚．美的历程 [M]．北京：文物出版社，1981．

[31] 狄其骢．文艺学新论 [M]．济南：山东教育出版社，1996．

[32] 蔡仪．文学概论 [M]．北京：人民文学出版社，1979．

[33] 樊德三．文学概论 [M]．长春：东北师范大学出版社，1989．

[34] 文学概论考试编写组编．文学概论考试参考书 [M]．北京：中央广播电视大学出版社，1994．

[35] 陶东风．文学史哲学 [M]．郑州：河南人民出版社，1994．

[36] 童庆炳，程正民．文艺心理学教程 [M]．北京：高等教育出版社，2002．

[37] 周宪．现代性的张力 [M]．北京：首都师范大学出版社，2001．

[38] 朱立元．西方美学范畴史·第二卷 [M]．太原：山西教育出版社，2006．

[39] （美）M.H·艾布拉姆斯．镜与灯：浪漫主义文论及批评传统 [M]．北京：北京大学出版社，1989．

[40] （德）康德．判断力批判 [M]．北京：商务印书馆，1964．